河出文庫

くそったれ！　少年時代

C・ブコウスキー
中川五郎 訳

河出書房新社

くそったれ！　少年時代

すべての父親たちに

1

何かの下にいたというのがわたしの最初の記憶だ。何かというのはテーブルで、テーブルの脚や、家族みんなの脚、それに垂れ下がったテーブルクロスの一部分などが見える。テーブルの下は暗く、わたしはそこが気に入っていた。たしかドイツでのことで、一歳から二歳にかけての頃だった。一九二二年のことだ。テーブルの下にいると気分がよかった。わたしがいることに誰も気づいていないようだった。敷物やみんなの脚に日の光があたっている。わたしは日の光が好きだった。みんなの脚には興味がわかなかった。垂れ下がったテーブルクロスやテーブルの脚、それに日の光ほどには、心を引かれなかった。

それからしばらくは何の記憶もなく、次に登場してくるのがクリスマス・ツリーだ。そしてキャンドルと小鳥の飾り物。くちばしに小さな苺の小枝を挟んでいる小鳥たち。星が一つ。二人の大きな人間が喧嘩して、怒鳴りあっている。食事をしている人たち。みんなしょっちゅう食事をしている。わたしも食べていた。わたしのスプーンは曲がっていたので、食べたい時は右手でスプーンを持ち上げなければならなかった。左手で持ち上げると、スプーンは口の外に出てしまうのだ。わたしは左手でスプーンを持ちたかった。

二人の人間。大きいほうの人間は、髪が縮れていて、鼻も口も大きく、眉も濃かった。いつでも腹を立てているようで、よく怒鳴っていた。小さいほうの人間は、もの静かで、丸顔で大きな目をしていたが、顔色は悪かった。わたしは二人とも怖かった。時々は三人目の人間も登場した。襟のところにレースのついているドレスを着た太った女性で、大きなブローチをつけている。顔にはいぼがいっぱいあって、そこからは短い毛が生えていた。みんなは彼女のことを〝エミリー〟と呼んでいた。これらの人々は、一緒にいてしあわせそうには思えなかった。エミリーは祖母で、わたしの父の母親だった。父の名前は〝ヘンリー〟。母の名前は〝キャサリン〟。わたしは二人のことを決して名前では呼ばなかった。わたしは〝ヘンリー・ジュニア〟。誰もがふだんはドイツ語を喋り、わたしも小さい時はそうだった。

祖母が言っていたことで真っ先に思い出すのは、「まったく、ろくでなしどもばっかりだね！」という言葉だった。彼女がそう言うのを最初に耳にしたのは、わたしたちが食事を食べ始める直前のことで、その後も食事の直前になると何度もこの言葉を口にした。食事はとても大切なことのように思えた。わたしたちはマッシュポテトのグレイビーソースがけを、とりわけ日曜日によく食べた。ほかにもロースト・ビーフ、クナックヴルスト・ソーセージとザウアークラウト、グリーンピース、ルバーブ、人参、ほうれん草、さやえんどう、チキン、それにミートボール・スパゲティを、時にはラビオリと一緒にしたりして食べた。茹でたたまねぎやアスパラガスも出てきたし、日曜日には必ずバニラ・アイスクリームを添えた苺のショートケーキにありつけた。朝食は、フレンチ・トーストとソーセージ、もしくはベーコンとスクランブル・エッグを添えたホットケーキかワッフルだった。それにいつもコーヒーがあった。しかしいちばんはっきりと覚えているのは、マッシュ・ポテトのグレイビーソースがけ、そして祖母のエミリーが「まったく、ろくでなしどもばっかりだね！」と言っていたことだ。

わたしたちがアメリカへ移ってきてから、祖母はパサディーナからロサンジェルスまで赤いトロリーバスを利用して、よく訪ねてきた。T型フォードに乗ってわたしたちのほうから彼女を訪ねて行くのは、ほんの時たまのことだった。

わたしは祖母の家が好きだった。小さな家で、たわわに茂ったコショウボクの木が屋根の上に覆い被さっていた。エミリーはカナリアをいろいろな籠に入れて飼っていた。ある日訪ねていった時のことを、今もはっきりと覚えている。その日の夕方、彼女は小鳥たちが眠れるようにといろいろな鳥籠を白い布でせっせと覆っていた。ほかの者たちはみんな椅子に座ってお喋りをしていた。ピアノがあったので、わたしはピアノの前に座って、みんながお喋りをしている間、鍵盤をたたいて、それがどんな音をたてるのか耳を傾けていた。わたしはピアノのいちばん端にある鍵盤の音が気に入っていた。たたいてもほとんど音がしなくて、氷のかけらがぶつかり合う時にたてるような音が微かに聞こえるだけだった。

「やめてくれないか？」父が大声で言った。

「この子にピアノを弾かせてあげなさいよ」と祖母が言う。

母は微笑みを浮かべていた。

「あの子ったらね」と祖母が続ける。「キスしてあげようと揺りかごから抱え上げようとしたら、乗り出してきてわたしの鼻をぶったんですよ！」

みんなはもう少しお喋りを続け、わたしはピアノを弾き続けた。

「こいつを調律したらどうかね？」と父が提案した。

それから、みんなで祖父に逢いに行くことになった。祖父と祖母は一緒には住んでいなかった。祖父は極悪人で、息が臭いとみんなは教えてくれた。

「どうして息が臭いの？」

誰も答えない。

「どうして息が臭いの？」

「お酒を飲むからよ」

みんなでT型に乗り込んで、祖父のレナードに逢いに行った。敷地に乗り入れて車を停めると、祖父はポーチに立って待っていた。年老いていたが、しゃんとして立っている。ドイツで陸軍士官だった祖父は、通りには金が敷きつめられているという噂を耳にしてアメリカへやってきたのだ。実際は違っていて、結局祖父は建設会社の社長となった。

誰も車から降りなかった。祖父が指をくねくねさせてわたしに合図をする。誰かが車のドアを開け、わたしは車から降りると、祖父のもとへと歩いていった。祖父の髪は真っ白で長く、あごひげも真っ白で長かった。近づいていくと、彼の目がきらきらと輝いているのが見えた。まるで青い光に見つめられているようだ。わたしは祖父から少し離れたところで立ち止まった。

「ヘンリー」と彼が言う。「おまえとわたし、お互いに知り合い同士だ。家の中に入りなさい」

祖父が手を差し伸べる。近づくと、彼の息の臭いがした。とても強烈な臭いだったが、祖父はわたしがそれまでに逢った中でいちばん立派な男だった。わたしは怯えてはいなかった。

祖父と一緒に家の中に入った。祖父がわたしを椅子のところへと連れていく。「さあ、座んなさい。おまえに逢えてとても嬉しいよ」

祖父は別の部屋に行き、小さなブリキ箱を手にして戻ってきた。

「おまえにあげるよ。開けてごらん」

わたしは蓋にてこずって、その箱を開けられなかった。

「ほら、貸してごらん」と祖父が言う。

彼は蓋をゆるめてから、ブリキ箱を返してくれた。蓋を開けると、中には十字勲章が、それもリボンがついたドイツの十字勲章が入っていた。

「だめだよ」とわたしが言う。「持ってなくちゃ」

「おまえのものだよ。ただのつまらん記章さ」

「ありがとう」

「もう行ったほうがいいな。みんなが心配する」

「わかったよ。さよなら」

「さよなら、ヘンリー。あっ、ちょっと待て……」

わたしは立ち止まる。祖父はズボンの前にある小さなポケットに指を何本か突っ込み、もう一方の手で長い金の鎖を引っぱり出した。そして鎖のついた金の懐中時計をわたしに手渡してくれた。

「ありがとう。おじいさん……」

表ではみんなが待っていて、わたしがT型に乗り込むと、すぐに車を発車させた。車を走らせながらみんなはいろいろなことを喋っていた。みんなお喋りが好きで、祖母の家に到着するまで途切れることはなかった。いろいろなことを喋っていたが、祖父が話題にのぼることは一度たりともなかった。

2

T型フォードのことを憶えている。車高が高く、踏み板が役立った。寒い日や朝など、あるいはほかの時もしばしば、車をスタートさせるために、父はエンジンの前に手動クランクを差し込み、何度もクランクを回さなければならなかった。

「こうしていて腕を折ってしまうことがある。まるで馬みたいな力で巻き戻そうとするんだ」

祖母が訪ねてこない日曜日には、わたしたちはT型に乗ってドライブに出かけた。父も母もオレンジの果樹園を気に入っていた。どこまでも続いているオレンジの木々は、いつも花盛りか、果実が鈴なりになっているかのどちらかだった。両親はピクニック・バスケットと金属製の密閉容器とを用意していた。金属製の容器の中にはドライアイスが入っていて、その上で果物の缶詰が冷凍されていたし、ピクニック・バスケットの中にはウィニー・ソーセージとレバー・ソーセージとサラミのサンドイッチ、ポテト・チップスにバナナ、それにソーダ水などが入っていた。ソーダ水は金属製の容器からピクニック・バスケットへ、そしてまたその逆と、絶えず場所を移し変えられていた。すぐに凍ってしまうので、そうなると今度は解凍しなければならなかったのだ。

キャメルの煙草を吸っていた父は、その煙草の包みを使って、いろいろな手品や遊びをわたしたちに披露してくれた。ピラミッドがいくつある？　数えてごらん。わたしたちが数え上げると、父はほかにももっとあるよと教えてくれるのだった。

それに、らくだのこぶや包みに書かれている文章を使っての謎かけもあった。キャメルの煙草は魔法の煙草だった。


ある日曜日のことをはっきりと覚えている。ピクニック・バスケットは空っぽだった。それでもわたしたちはオレンジの果樹園を車で走り抜け、家からどんどんと遠ざかっていた。

「父さん」と母が呼びかけた。「ガソリンが切れてしまうんじゃない？」

「いや、ガソリンは腐るほどたっぷり入っている」

「どこに行くの？」

「オレンジとやらをちょっぴり仕入れに行くのさ！」

それから車を走らせている間、母は何も言わずにおとなしくしていた。父は車を道端に寄せ、鉄条網の柵の近くに駐車させた。わたしたちは車の中で座ったまま耳をそばだてていた。しばらくして父はドアを蹴り開け、車から降りる。

「バスケットを持ってこい」

わたしたちは柵の網目をよじ登った。

「わたしについてこい」と父が言う。

気がつくとわたしたちは二列に植えられたオレンジの木々の間にいた。枝や茂った葉で日陰になっている。父が立ち止まり、手を伸ばして、すぐそばの木の低い枝からオレンジをもぎ取り始めた。彼はまるで怒っているかのように木からオレンジをもぎ取り、枝も怒っているかのように、上下に激しく跳ねた。母が抱えていたピクニック・バスケットへと彼はオレンジを投げ入れる。オレンジがうまく入らず外にこぼれ落ちたりすると、わたしが走って追いかけ、バスケットの中に収めた。父は木から木へと移動して、低い枝を下に引っ張っては、オレンジをピクニック・バスケットの中に投げ込んでいった。

「父さん、もうこれぐらいでいいでしょう」と母が言った。

「とんでもない」

彼はもぎ取り続ける。

突然一人の男が姿を現わした。とても背の高い男だった。散弾銃を抱えている。

「よーし、あんた、いったい何をしてるつもりなんだ?」

「オレンジを摘んでいるのさ。オレンジがやたらとあるからね」

「これはおれのオレンジだ。さあ、よく聞け、あんたの連れの女に全部放り出せと言うんだ」

「オレンジが腐るほどあるじゃないか。少しぐらい惜しくはないはずだぜ」

「惜しくないオレンジなんて一つたりともないぜ。連れの女に放り出すように言えよ」

その男は父に向かって散弾銃を構えた。

「放り出せ」

父が母に向かって言った。オレンジが地面に転がった。

「さあ、おれの果樹園から出ていけ」

「ここにあるオレンジ全部なんていらないはずだぜ」

「自分のいる分はちゃんとわかっているさ。さあ、とっとと出ていけ」

「あんたのようなやつらは縛り首になるべきだ！」

「ここはおれの天下さ。さあ、出ていけ！」

男はまた散弾銃を構えた。父は向きを変えると、オレンジ園を立ち去り始めた。わたしたちも父に続き、その後を男がついてくる。それから車に乗り込んだが、こんな時に限ってまたしてもエンジンがかからなかった。父がクランクを回すために車から降りる。二度クランクを回してもエンジンはかからなかった。父は汗をかき始める。男は道の端に立っていた。

「そのろくでもない代物を早く動かせよ！」と男が言う。

父はまたクランクを回そうとしているところだった。「わたしたちはおまえの私有地にいるわけじゃないぞ！　自分たちがいたいと思えばいつまでだってここにいてもいいんだからな！」

「てやんでえ！　そいつをここからどかしな、大急ぎでな！」

父はまたクランクを回してエンジンをかけようとした。パタパタと音をたてたかと思うと、すぐに止まってしまう。母は膝の上に空のピクニック・ボックスを抱えて座っていた。わたしは怖くて男のほうを見られなかった。父がもう一度クランクを旋回させ、ようやくエンジンがかかった。車に飛び乗り、ハンドルのレバーを操作し始める。

「戻ってくるなよ」と男が言う。「今度はこんな程度じゃ済まないからな」

父はT型を発車させた。男はまだ道端に立っている。父はうんと速く車を走らせた。それからスピードを落とすと、Uターンする。そして男が立っていたところまで引き返した。男の姿は消えていた。わたしたちはまたスピードをあげてオレンジの果樹園から走り去っていった。

「そのうち戻ってきて、あの野郎をやっつけてやるからな」と父が言う。

「父さん、今夜はご馳走にしましょう。何がいいかしら？」と母が尋ねる。

「ポーク・チョップス」と彼は答えた。

あんなにも速く父が車を走らせたのは、後にも先にも初めてのことだった。

3

父には兄弟が二人いた。弟のベンと兄のジョンだ。二人とも大酒飲みのごくつぶしだった。わたしの両親はよく彼らの話をした。

「二人ともまるでどうしようもないね」と父が言う。

「家族がよくなかったのよ、父さん」と母が答える。

「おまえの兄貴だってろくなものにはなっていないじゃないか！」

母の兄はドイツにいた。父は彼の悪口をよく言った。

わたしにはもうひとり伯父がいた。父の姉のエレノアと結婚したジャックだ。わたしは伯父のジャックにも伯母のエレノアにも一度も逢ったことがなかった。彼らと父との間には感情的なしこりがあったからだ。

「この手の傷痕が見えるかい？」と父が尋ねる。「いいか、わたしがまだ小さかった頃エレノアが尖った鉛筆で突き刺したところだよ。この傷痕は永遠に消えないんだ」

わたしの父は人嫌いだった。わたしのことも好きではなかった。「子供たちというのは目の届くところにいて黙っているのがいちばんだ」というのが父の教えだった。

ある日曜日の、午後も早い頃のこと、祖母のエミリーは留守だった。

「ベンに逢いに行かなくちゃ」と母が言った。「死にかけているのよ」

「あいつの金は全部エミリーから借金したものだ。博打や女遊びや酒で湯水のように使ってしまった」

「わかってるわ、父さん」

「エミリーが死ぬ時は、手元に一銭も残っちゃいない」

「それでもベンに逢いに行かなくちゃならないわ。あと二週間しか持たないんですって」

「わかったよ、わかったよ！　さあ行こう！」

そこでわたしたちはみんなでT型に乗り込み、出かけていった。結構時間がかかり、途中で母が花を買うために車を停めたりもした。山のほうへと向かう長いドライブだった。山の麓に辿り着くと、曲がりくねった山道を登っていった。叔父のベンは山の上にあるサナトリウムに入院していて、結核で死にかけていた。

「ベンをここに入院させておくのは、エミリーにとっては相当な出費だったに違いない」と父が言った。

「レナードが助けているかもしれませんよ」

「レナードなんて一文無しだ。すべて酒に注ぎ込んでしまった」

「ぼくはレナードじいちゃんが好きだよ」とわたしが言う。

「子供たちは黙って目の届くところにいればいい」と父が言った。そして彼は自分の言いたいことを続ける。「ああ、あのレナードめ、わたしたち子供によくしてくれたのは、酔っぱらっていた時だけだった。一緒に冗談を言って、みんなにお金をくれたものさ。だけどあくる日しらふになると、また世界一たちの悪い男に逆戻りなんだ」

T型は山道を快調に登っていった。空気は清々しく、日も照っていた。

「ほらここだ」と父が言う。彼は車をサナトリウムの駐車場に入れ、わたしたちは車から降りた。

わたしは母と父の後について建物の中に入っていった。ベン叔父さんの部屋に入ると、彼はベッドの上に背筋をまっすぐ伸ばして座っていて、窓の外をじっと見つめていた。振り返って部屋に入ってきたわたしたちを見る。彼はとても美男子で、黒髪で痩せていて、まばゆい光を受けてきらきらと輝く黒い瞳の持ち主だった。

「こんにちは、ベン」と母が声をかける。

「やあ、ケイティ」そして彼はわたしを見る。「ヘンリーかい？」

「はい」

「お座り」

父とわたしが椅子に座る。

母は立ったままだった。「お花よ、ベン。花瓶がないのね」

「素敵な花だね、ありがとう、ケイティ。そうなんだ、花瓶がないんだよ」

「花瓶を手に入れてくるわ」と母が言う。

そして花束を手にしたまま病室から出ていった。

「おまえの彼女たちはみんなどこにいるんだい、ベン？」と父が尋ねる。

「みんなやってくるよ」

「そうだろうな」

「みんな訪ねてきてくれるよ」

「キャサリンがおまえに逢いたがったから、みんなでやってきたんだ」

「わかってるよ」

「ぼくも逢いたかったよ、ベン叔父さん。あなたってほんとうに素敵な人だね」

「わたしのケツみたいに素敵さ」と父が言う。

母が花瓶に花を入れて病室へと戻ってきた。

「ほら、窓のそばのこのテーブルの上に置きましょうか」

「きれいな花だね、ケイティ」

母も腰を下ろした。

「長居はできないよ」と父が言う。

ベン叔父さんの手がマットレスの下を探り、出てくると煙草の包みを摑んでいた。一本取り出すと、マッチを擦って火をつけた。たっぷりと吸ってから、煙を吐き出す。

「煙草はだめなのはわかっているくせに」と父が言った。「どうやって手に入れるか知っているぞ。あの売春婦どもがおまえに持ってくるんだ。よおし、医者たちにそのことを言いつけてやろう。そして売春婦どもを出入り禁止にしてもらうんだ！」

「あんたはそんなたわけた真似はしないよ」と叔父が言う。

「今すぐにでもおまえの口からその煙草をむしり取ってやれるぞ！」

「人のことを思ったことなんか一度もないくせに」

「ベン」と母が口を挟む。「煙草は吸うべきじゃないわ、命取りになるわよ」

「いい人生だった」と叔父が答える。

「何がいい人生なものか」と父。「嘘をついて、飲んだくれて、借金しまくって、女ばっかり買って、酔っぱらって。自分の人生で働いたことなんて、一日だってない！　そして二十四の歳で死んでいくんだ！」

「それでよかったよ」と叔父が答える。そしてまたキャメルを思いきり吸うと、煙を吐き出した。

「さあ、帰るんだ」と父が言う。「この男は正気じゃない！」

父が立ち上がった。続いて母も立ち上がる。わたしもそれから立ち上がった。

「さよなら、ケイティ」と叔父が言う。「それからヘンリーも、さよなら」

どちらのヘンリーに言っているのかをはっきりさせようと彼はわたしを見つめた。

わたしたちは父についてサナトリウムの廊下を抜け、表に出てT型フォードが待ち受ける駐車場へと向かった。車に乗り込むと、エンジンがかかり、曲がりくねった道を通って山から下り始めた。

「もっと長くいるべきだったわ」と母が言う。

「あの結核はうつるものだと知らないのか？」と父が尋ねる。

「彼はとても美男子だったと思うな」とわたしが言う。

「病気のせいさ」と父が言う。「それであんなふうになるんだ。それに結核以外にも、あいつはいろんなものにかかっているんだ」

「いろんなものって？」とわたしは質問する。

「おまえには教えられない」と父は答える。彼がT型のハンドルを握って、曲がりくねった山道を下っていく間じゅう、わたしはいろんなものとは何なのかとずっと考え続けていた。

4

また別の日曜日には、みんなでT型フォードに乗って伯父のジョンを捜しに出かけたこともあった。

「あいつには向上心というものがない」と父が言う。「よくもうなだれもせず人様の目を見られるものだと思うよ」

「嚙み煙草さえやめてくれたらねえ」と母が言う。「いたるところに吐き出すんだもの」

「あいつのような男ばっかりだったら、この国は中国人どもに乗っ取られてしまって、わたしたちはクリーニング屋でもやっていることだろう……」

「ジョンは一度としてチャンスに恵まれなかったのよ」と母が弁護する。「若くして家から飛び出してしまったし。少なくともあなたは高校を出ているわ」

「大学だ」と父が訂正する。

「どこの？」

「インディアナ大学」

「あなたは高校に行っただけだってジャックが言っていたわ」

「高校にしか行っていないのはジャックのやつさ。だからあいつは金持ちのために庭をいじっているんだ」

「これからジャック伯父さんに逢えるの？」とわたしが口を挟む。

「まずはジョン伯父さんに逢えるかどうかだな」と父が言う。

「中国人たちはほんとうにこの国を奪おうとしているの？」とわたしが尋ねる。

「あの黄色い悪魔どもはそうしたくて何世紀も手ぐすね引いて待っていたんだ。今のところは日本人どもと戦争するので手いっぱいだけどね」

「どっちのほうが強いの？　中国人と日本人とでは」

「日本人さ。厄介なのは中国人がやたらといすぎることさ。一人の中国人を殺すと、まっぷたつに裂けて、二人の中国人になってしまうんだ」

「どうして肌が黄色いの？」

「水を飲む代わりにやつらは自分たちのおしっこを飲んでいるからさ」

「父さん、子供にそんなこと言わないで！」

「だったら子供にあれこれ質問するなって言えよ」

　穏やかなロサンジェルス日和の中、わたしたちは車を走らせていた。母はよそいきのドレスを着て、お洒落な帽子を被っていた。母がきちんとした恰好をした時は、いつも背筋をしゃんと伸ばして座り、頭もほとんど動かさなかった。

「わたしたちに十分お金があればね。そうすりゃジョンや彼の家族を助けてあげられるのに」と母が言う。

「やつらに小便するためのおまるがなかったとしてもわたしのせいじゃないよ」と父が答える。

「父さん、あなたと同じように、ジョンも戦争に行っていたのよ。彼も報われて当然だって思わないの？」

「あいつは軍隊で一度も出世しなかった。わたしは一等曹長になったよ」

「ヘンリー、兄弟がみんなあなたみたいになるとは限らないわ」

「やつらには意欲というものがこれっぽっちもありゃしない！　なりゆきまかせで生きていけると思っているのさ！」


　わたしたちはそれからも車を走らせた。ジョン伯父さん一家は狭い路地に住んでいた。でこぼこの歩道を通って傾いてしまっているポーチに辿り着き、父が呼び鈴を押した。呼び鈴は鳴らなかった。父が激しくノックする。

「開けろ！　警察だ！」

　父が叫んだ。

「父さん、やめて！」と母が止める。

　随分と時間が経ったと思えた頃、ドアが微かに開いた。それからもう少し開いた。伯母のアナの姿が見えた。とても痩せていて、頬は落ち込み、目の下はどす黒くたるんでいる。その声もか細かった。

「あら、ヘンリー……キャサリン……どうぞ、おはいんなさい……」

わたしたちは彼女に続いて中に入った。家具はほとんどない。ちょっとした食事ができるテーブルと椅子が四脚、それにベッドが二台。母と父が椅子に座った。女の子が二人流しのところにいて、かわりばんこに、ほとんど空になったピーナッツ・バターの壜から中身をこそぎ取ろうとしていた。彼女たちの名前はキャサリンにベッツィだと後で教えられた。

「ちょうどお昼を食べていたところなの」とアナ伯母が言った。

ピーナッツ・バターのわずかなかたまりをこそぎ取った女の子たちは、ぱさぱさのパンに塗りつける。彼女たちはなおも壜の中を確かめ、ナイフを使ってもっとかき出そうとした。

「ジョンはどこだい？」と父が尋ねる。

うんざりした様子で伯母が腰を下ろす。彼女はとても弱々しく、顔色もまるでさえなかった。汚れた服を着て、髪の毛も梳かさないままで、くたびれ果てて、悲しげだった。

「わたしたちもずっと待っているのよ。あの人にはもう長いこと逢っていないのよ」

「どこへ行ってしまったんだ？」

「知らないわ。オートバイに乗って行ってしまったの」

「あいつときたら」と父が言う。「自分のオートバイのことしか考えちゃいない」

「この子がヘンリー・ジュニアなの？」

「そうだよ」

「じっと見つめるだけ。とてもおとなしいのね」

「そうあってほしいものさ」

「〝音なし川は水深し〟ってわけね」

「こいつの場合はそうじゃない。深いのは耳の中だけだよ」

二人の女の子は自分のパンをそれぞれ一切れずつ持って表に出ていき、ポーチの階段に座って食べ始めた。二人ともわたしたちには話しかけなかった。彼女たちはとてもいかしていた。二人とも母親に似て痩せていたが、それでも彼女たちはとても可愛かった。

「元気なの、アナ？」と母が尋ねる。

「元気よ」

「アナ、元気そうには見えないわ。ちゃんと食べていないんじゃないの」

「あなたの子供はどうして立ったままなの？　お座んなさい、ヘンリー」

「こいつは立っていたいんだ」と父が言う。「それで鍛えられるからね。中国人どもと闘う心構えができているのさ」

「中国人が嫌いなの？」とアナ伯母がわたしに尋ねる。

「ううん」とわたしは答えた。

「ところで、アナ」と父が言う。「調子はどうだい？」

「ひどいものよ、実際の話……家賃はどうなっているかって大家がしつこいの。ほんとうにいやらしいのよ。わたしを脅かすの。どうすればいいかわからないわ」

「警察がジョンを追い回しているって耳にしたけど」と父が言う。

「大したことはやっていないのよ」

「いったい何をしでかしたんだ？」

「十セント硬貨を偽造したのよ」

「十セント硬貨だって？　とんでもないね、いったいぜんたい何が望みでそんなことを？」

「ジョンはそんなに悪いことをするつもりはなかったのよ」

「あいつは何をするつもりもないように思えるね」

「できることがあるならするでしょうに」

「そうとも。蛙に羽が生えていたら、何も苦労してぴょんぴょん跳びはねたりしないさ！」

誰も何も喋らなくなり、みんな黙ったまま座っていた。わたしは振り返って表のほうを見た。女の子たちはすでにポーチから姿を消し、どこかに行ってしまっていた。

「さあ、お座んなさい、ヘンリー」とアナ伯母が言った。

わたしは立ったままだった。「ありがとう、だいじょうぶだよ」

「アナ」と母が尋ねる。「ジョンがほんとうに帰ってくると思っているの？」

「女遊びが一段落したら帰ってくるさ」と代わって父が答える。

「ジョンは子供たちを愛しているわ……」とアナ。

「もっと別の理由で警察が彼を追い回していると聞いているがね」

「どんな？」

「強姦さ」

「強姦？」

「そうさ、アナ、噂を耳にしたよ。ある日のことあいつはオートバイに乗って走っていたんだ。すると若い娘がヒッチハイクしていた。ジョンはその娘を自分のオートバイの後ろに乗せ、二人でしばらく走っていたところ、突然あいつが空き家になっているガレージを見つけたんだ。あいつはその中に乗りつけ、扉を閉めて、娘を無理やり犯した」

「そんな話をどうして嗅ぎ出したの？」

「嗅ぎ出しただって？　警官たちがやってきてわたしに教えてくれたんだ。あいつはどこにいるのかって聞かれたよ」

「教えたの？」

「何のために？　あいつを刑務所送りにさせてさまざまな負債から逃れさせてやるためか？　それがあいつの望むところだったんだよ」

「そんなふうには一度も考えなかったわ」

「強姦がいいと言うわけではないが……」

「男というものは自分を抑えられなくなってしまうこともあるのよ」

「何だって？」

「わたしが言いたいのは、子供たちをもうけて、こんなかたちの生活を続け、気苦労もあれこれと抱え……わたしだって何の魅力もなくなってしまった。あの人は若い女の子に出会い、その娘がとてもきれいに思えたのよ……そんな娘が自分のバイクに乗ってきて、からだに手を回してくるのよ……」

「どういうことだ」と父が言う。「おまえも強姦されたいとでもいうのか？」

「それはごめんこうむるわ」

「そうさ、若い娘だって同じようにごめんだと思うよ」

蠅が一匹飛んできて、テーブルのまわりをぐるぐると回る。みんなが目で追った。

「ここには食べるものなんか何もない」と父が言う。「蠅は飛んでくる場所を間違えたんだ」

蠅はどんどん大胆になって、テーブルのそばに近づき、ぶんぶんとうるさい音をたてた。近づいてくるほどに、その音はうるさくなった。

「ジョンが家に帰ってくるかもしれないって警察に言うつもりじゃないでしょうね?」とアナ伯母が父に尋ねる。

「あいつにそう簡単に責任逃れさせてたまるものか」と父が答える。

母の手が素早く空をつかんだ。その手を結んだままテーブルの上に戻す。

「捕まえたわ」

「捕まえたって何を?」と父が聞く。

「蠅よ」と母が笑みを浮かべる。

「そんなことできるもんか……」

「どこかにまだ蠅が飛んでいる? いなくなってしまったでしょう」

「飛んでいってしまったんだよ」

「違うわ、わたしの手の中よ」

「そんな早業を使える者は誰一人としていないよ」

「この手の中に捕まえたのよ」

「馬鹿言え」

「わたしを信じないの?」

「信じないね」

「口を開けてごらんなさい」

「いいとも」

母の丸めた手が、大きく開けられた父の口を覆った。父が跳び上がり、喉を掻き毟る。

「何てこった!」

父の口の中から蠅が飛び出してきて、またテーブルのまわりを旋回し始めた。

「もうたくさんだ」と父が言う。「さあ、帰るぞ!」

父は立ち上がってドアから出ていき、歩いていってT型フォードに乗り込むと、からだをこわばらせたまま座っていた。今にも爆発しそうに思えた。

「缶詰を少し持ってきたわ」と母が伯母に言う。「お金じゃなくてごめんなさいね。お金だとジョンがジンや自分のオートバイのガソリンを買うために使ってしまうとヘンリーは心配しているの。大したことはないのよ、スープとか細切れ肉、豆とか……」

「まあ、キャサリン、ありがとう! ありがとう、二人とも……」

母が立ち上がり、わたしもその後に続いた。車には缶詰の箱が二箱積まれていた。厳めしい顔で座っている父の姿が目に入った。まだ怒っている。

母がわたしに小さいほうの缶詰の箱を手渡し、自分は大きいほうの箱を抱えた。母について路地へと引き返す。箱を台所の小さな机の上に置いた。アナ伯母がやってきて、缶詰を一個取り上げた。丸くて小さな緑の豆がラベルにいっぱい描かれている缶詰だった。

「素敵だわ」と伯母が言う。

「アナ、もう行かなくちゃ。ヘンリーの威厳をそこねることになってしまうわ」

伯母が両手を回して母を抱きしめた。「何もかもすべてひどいことばかりだったの。でもまるで夢のようだわ。せめて娘たちが帰ってくるまで待っていて。こんなにたくさんの缶詰を娘たちが目にするまで待っていて！」

母が伯母を抱きしめ返す。そして二人は抱擁を解いた。

「ジョンは悪い人じゃないわ」と伯母が言う。

「わかっているわ」と母が答える。「さよなら、アナ」

「さよなら、キャサリン。さよなら、ヘンリー」

母は伯母に背中を向けて、ドアの外に出る。わたしもその後を追う。車まで歩いていって乗り込んだ。父が車をスタートさせる。

わたしたちが走り去っていく時、伯母は戸口に出て手を振っていた。母も手を振り返す。父は手を振り返さなかった。わたしも振り返さなかった。

5

わたしはだんだんと自分の父親のことが嫌いになりだした。父はいつも何かに腹を立てていた。どこへ行っても父は必ず誰かと言い争いをした。しかし父に恐れをなすような人はあまりいないように思えた。たいていの場合、みんなは冷静さを失わずに父のことをじっと見返すだけで、それが却って彼の怒りを駆り立てた。めったにないことだが、たまにわたしたちが外食したりすると、父はいつも食事に何か難癖をつけ、時には支払いを拒否することもあった。「このホイップ・クリームに蠅の糞が入っているぞ！　ここはいったいどういう店なんだ？」

「申しわけありません、お客様。お勘定は結構です。お帰りください」

「いいとも、出ていってやろう！　だが戻ってきてやる！　このとんでもない店を焼き払ってやる！」

ある時はドラッグ・ストアで、父が店員に食ってかかっている間、母とわたしが店の反対側でずっと立ちつくしていたこともある。別の店員が母に聞いた。

「あのひどい男はいったい何者なんだ？　うちに来るたび必ず言い争いになるんだ」

「あれはわたしの夫です」と母が店員に教える。

さらにこんなこともあった。父が牛乳配達人として働いている時のことで、配達は早朝に行なっていた。ある朝、父がわたしを起こした。「おいで、おまえに見せてやりたいものがあるんだ」わたしは父と一緒に表に出た。パジャマとスリッパのままだった。夜は明けていず、頭上には月がまだ姿を見せていた。わたしたちは牛乳を積んだ荷馬車のところまで歩いていった。馬車を引く馬はじっとしたままだった。「よく見るんだ」と父が言う。彼は角砂糖を一個取り出し、手のひらに載せて、馬の鼻面へと突き出した。馬が父の手のひらの上の角砂糖を食べる。「さあおまえもやってごらん……」父がわたしの手のひらに角砂糖を載せる。やたらと大きな馬だった。

「もっと近づいて！　手を差し出すんだ！」わたしは馬が自分の手を食いちぎってしまうのではないかと恐れていた。馬の頭が下りてくる。鼻孔が見え、唇が捲れ上がる。馬の歯と舌が見えたかと思うと、手のひらの上の角砂糖はなくなっていた。「ほら、もう一回やってごらん……」わたしはもう一度やってみた。角砂糖をもらった馬は頭を揺する。「よし」と父が言った。「馬がおまえの上に糞をたれる前に、家に戻ろう」

わたしは、ほかの子供たちと遊ぶことを許されなかった。「あいつらは悪い子供たちだ」と父が言う。「貧しい親たちだ」

「そうですよ」と母も同意する。金持ちになりたがっていたわたしの両親は、自分たちのことを金持ちだと思い込んでいた。

自分と同じ歳の子供たちとは幼稚園で初めて出会った。自分とはまるで違う感じで、笑ったり喋ったりして、みんなしあわせそうだった。わたしは彼らが嫌いだった。わたしはいつも、今にも気分が悪くなって吐きそうな気がしていた。そして、空気はどういうわけか白くてよどんでいるように思えた。わたしたちは水彩絵の具で絵を描いた。畑にラディッシュの種を蒔き、何週間後かに塩をかけて食べた。わたしは幼稚園で教えている女性が好きだった。両親よりも気に入っていた。悩みの種はトイレだった。いつもトイレに行かずにはいられなかったのだが、自分が行かずにはいられないことをほかのみんなに知られるのが恥ずかしくて、我慢していた。我慢するのは死ぬほどつらかった。空気は白く、わたしは今にも吐きそうで、大便も小便もしたくてたまらなかったが、じっと黙っていた。そしてほかの誰かがトイレから帰ってきたりすると、こう思うのだった。おまえは不潔だ、あの中であんなことをしたんだぞ……。

少女たちは、短いドレスを着て髪の毛を長く伸ばし、きれいな目をしていて、みんな素敵だった。しかしわたしは密かに考えていた。そんなことはおくびにも出さないくせに、あの子たちもあそこで同じことをやっているのだと。

幼稚園はいつも白い空気に包まれていた……。

小学校は違っていた。一年生から六年生まであり、十二歳にもなっている生徒がいたりして、みんな貧しい地域からやってきていた。わたしはトイレに行くようになったが、小便だけに限られていた。ある日トイレから出てきたら、小さな男の子が噴水式の水飲み場で水を飲んでいた。大きな少年が背後から近づき、その子の顔を思いきり噴水口に押しつけた。小さな男の子が顔を上げると、歯が何本か折れ、口から血を流し、水飲み場にも血がこぼれていた。「このことを誰かにばらしたら」と大きな少年が彼に言う。「本気でやっつけてやるからな」男の子はハンカチを取り出し、それを口にあてた。教室に戻ると、教師はジョージ・ワシントンとヴァリー・フォージについて教えているところだった。彼女は入念に仕上げられた白髪の鬘をかぶっていた。生徒が言うことをきかないと思った時は、よく定規でわたしたちの手のひらをぴしゃっと叩いた。彼女がトイレに行ったことがあるとは思えなかった。わたしは彼女を憎んでいた。

放課後になるといつも二人の上級生の間で喧嘩があった。場所は教師が決して姿を見せない裏のフェンスのところと決まっていた。それに互角の喧嘩というのもありえなかった。必ず大きな少年と小さな少年の喧嘩で、大きなほうが拳固で小さいほうを打ちのめし、フェンスへと押しつけてしまう。小さい少年はやり返そうとするのだが、どうしようもなかった。すぐにも少年の顔は血まみれになり、その血がシャツを汚した。小さな男の子たちは何も言わずに殴られるだけで、許しを求めたり、情けにすがろうとしたりするようなことは一度としてなかった。そのうち大きな少年が攻撃をやめると、それで終わりとなり、ほかの男の子たちはみんな勝者と一緒に家路についた。わたしは一人で、大急ぎで家に向かう。学校にいる間も喧嘩の間もずっと大便を我慢し続けていたのだ。たいていいつも家に着く頃には、用を足したくてたまらない状態は収まっていた。それが悩みの種となっていた。

6

学校に友だちは一人もいなかったし、欲しいとも思わなかった。一人でいるほうが心地よかった。ベンチに座って、みんなが遊んでいるのを見つめていた。みんなが馬鹿のようにわたしには思えた。ある日のお昼時のこと、一人の見たこともない少年が近づいてきた。寄り目で内股で、ニッカーボッカーを穿いている。わたしは彼が気に入らなかった。見た目が悪い。ベンチのわたしのすぐ隣に座った。

「やあ、ぼくはデイヴィッドっていうんだ」

わたしは返事をしなかった。

彼は自分のランチ・バッグを開ける。「ぼくはピーナッツ・バター・サンドイッチだよ」と彼が言う。「きみのは何だい？」

「ピーナッツ・バター・サンドイッチ」

「ぼくはバナナもあるよ。それにポテト・チップスもね。ポテト・チップス欲しいかい？」

少しもらった。彼はポテト・チップスをたくさん持っていて、カリカリとしてしょっぱく、そこに日の光があたっている。おいしかった。

「もっともらっていい？」

「いいよ」

わたしはもう少しもらった。彼のピーナッツ・バター・サンドイッチにはジャムまでついていた。はみ出して、彼の指にからみついている。デイヴィッドは気がついていないようだった。

「どこに住んでいるの？」と彼が聞く。

「ヴァージニア・ロードだよ」

「ぼくはピックフォードだ。学校が終わったら一緒に帰れるね。もっとポテト・チップスをお食べよ。きみの先生は誰？」

「コロンバイン先生」

「ぼくはリード先生。放課後に逢おう。一緒に家に帰ろうよ」

彼はどうしてあんなニッカーボッカーを穿いていたのか？　彼は何を望んでいたのか？　わたしは彼のことがまるで気に入らなかった。わたしはもう少しポテト・チップスをもらった。

その日の放課後、彼はわたしを見つけ、一緒に並んで歩き始めた。「きみは自分の名前を教えてくれなかったね」と彼が言う。

「ヘンリーだよ」

二人並んで歩いていて、一年生の少年たちの一団が後をつけていることに気がついた。最初は半ブロックほど離れて後をつけていたが、どんどんその間隔をつめて、数メートル後ろにまで接近してきていた。

「あいつら何がしたいんだろう？」デイヴィッドに尋ねる。

彼はわたしの質問には答えず、黙って歩き続ける。

「おい、くそったれニッカー！」と集団の一人が大声で囃し立てた。「おまえの母ちゃんはそのニッカーの中に糞をたれさせるのか？」

「内股、ホーホー、内股！」

「寄り目え！　いますぐ死んじめえ！」

それからみんなでわたしたちを取り囲んだ。

「おまえの友だちは何者だ？　おまえのおケツにキスをするのか？」

一人がデイヴィッドの襟首を摑んだ。そして彼を芝生の上に投げ倒す。デイヴィッドが立ち上がった。後ろから別の少年が手と膝を摑む。もう一人がデイヴィッドを乱暴に押し、彼は後ろ向きに倒れる。また別の少年が彼をひっくり返してその顔を芝生に押しつけた。それから彼らは後ろに下がる。デイヴィッドはまた立ち上がった。何も言わなかったが、その頰を涙が流れていた。いちばん大きな少年が彼のもとに歩み寄る。「おまえなんか俺たちの学校に来るな、いくじなしめ。学校から出ていけ！」そしてデイヴィッドの腹を殴った。彼が前に屈むと、その少年の膝が顔面を直撃する。デイヴィッドは倒れた。彼は鼻血を流している。

それから少年たちはわたしを取り囲んだ。「今度はおまえの番だ！」

わたしは彼らに取り囲まれつつ、その中でぐるぐると回り続けた。必ず自分の背後に誰かがいる。今にも大便が出そうになりながらも、闘わなければならない。わたしは怯えながら、同時に落ち着いてもいた。彼らの動機がわからなかった。彼らはわたしを取り囲み続け、わたしはぐるぐると回り続ける。いつまでも終わることがない。みんなわたしに向かっていろんなことをわめいていたが、何を言っているのかわからなかった。とうとう彼らは後退りして、通りを去っていった。デイヴィッドがわたしを待っている。わたしたちはピックフォード・ストリートにある彼の家に向かって歩道を歩いていった。

そして彼の家の前に着いた。

「もう中に入らなくちゃ、さよなら」

「さよなら、デイヴィッド」

彼が家の中に入ると、母親の声が聞こえた。「デイヴィッド！　そのニッカーボッカーにシャツは何なの！　破れて草の汚れだらけじゃない！　ほとんど毎日このざまよ！　教えて、どうしてそんなことするの？」

デイヴィッドは何も答えない。

「聞いているんですよ！　どうして自分の服をそんなふうにしちゃうの？」

「しようがないんだよ、ママ……」

「しようがないですって？　何て馬鹿な子なの！」

母親が彼をぶつ音が聞こえた。デイヴィッドが泣き始め、母親がもっと激しくぶつ。わたしは前庭の芝生の上で耳を澄ませていた。しばらくしておしおきは終わった。デイヴィッドがしゃくりあげる声が聞こえる。それもしばらくして止んだ。

彼の母親が言う。「さあ、ヴァイオリンの練習を始めなさい」

わたしは芝生に座って待った。やがてヴァイオリンの音が聞こえた。とても悲しげな響きだった。わたしはデイヴィッドの弾き方が気に入らなかった。座り込んだまましばらく耳を傾けていたが、音楽は少しもましなものにはならなかった。大便はわたしの中で固くなってしまっている。もうしたくてたまらないということもない。昼下がりの光が目に痛い。わたしは吐きたくなった。立ち上がって家に向かった。

7

しょっちゅう喧嘩があった。教師たちは何も気づいていないようだった。それに、雨が降ると必ず揉め事が生じた。傘をさしたりレインコートを着たりして学校に来た生徒は誰でもみんな狙われた。ほとんどの親は貧しすぎて子供たちに雨具を買ってやれなかった。それに買ってもらったとしても、ほかの生徒たちがそれらを茂みの中に隠した。傘をさしていたりレインコートを着ているのを見られたら、誰でもいくじなし扱いされた。そして放課後に殴られた。デイヴィッドの母親はちょっぴり曇っているだけの時でも彼に必ず傘を持たせた。

休み時間は二回あった。一年生たちは自分たちの野球場に集まり、そこでチームが決められた。デイヴィッドとわたしは一緒に並ぶ。いつも同じだった。最後から二番目に決まるのがわたしで、いちばん最後に決まるのがデイヴィッドだ。だからわたしたちは毎回別々のチームに分かれてゲームをすることになった。デイヴィッドはわたしよりもひどかった。寄り目なのでちゃんとボールを見ることすらできない。わたしもたっぷりと練習しなければならなかった。わたしは近所の子供たちと遊んだことがなかった。どうやってボールを摑んだり、打ったりすればいいのかわからなかった。何とかやってみたかったし、気に入ってもいた。デイヴィッドはボールを怖がっていたが、わたしは怖くなかった。わたしはバットを思いきり、ほかの誰よりも強く振り回した。ボールにまったくあたらない。いつも三振だった。一度だけファウルになったことがある。なかなかいい気分だ。また別の時は四球で一塁行きとなった。一塁に進むと、一塁手がわたしに言った。「おまえが塁に出られるのはこれしかないよ」わたしは立ったまま彼のことをじっと見つめた。彼はチューインガムを噛んでいて、鼻の穴からは長くて黒い鼻毛が伸びている。髪の毛はワセリンでぺったりと固められ、人のことをいつもせせら笑っていた。

「何を見てんだよ？」と彼がつっかかる。

どう応じればいいのかわからなかった。人と話をすることに慣れていなかった。

「みんなおまえのことをむちゃくちゃだって言ってるぜ」と彼が言う。「でもおれが怖くないんだろう。いつかそのうち学校が終わったらおまえを待ちぶせしてやるからな」

わたしは彼を見続けた。恐ろしい顔をしている。すぐにもピッチャーが振りかぶったので、二塁目がけて走った。がむしゃらに走り、二塁に滑り込む。ボールのほうが遅かったし、タッチも遅かった。

「アウト！」とアンパイア役になっている男の子が叫ぶ。わたしは信じられないまま立ち上がった。

「**おまえはアウトだ**って言ったんだぞ**！**」アンパイアが金切り声をあげる。

わたしは、自分が受け容れられていないのだということにようやく気づいた。デイヴィッドとわたしはみんなから好かれていないのだ。何だかんだいってもわたしは結局はアウトにされることになっている。デイヴィッドとわたしが友だちだということはみんなに知られていた。わたしが好かれないのも、デイヴィッドのせいなのだ。ダイアモンドから歩み去る時、ニッカーボッカーを穿いてサードを守っているデイヴィッドの姿が目に入った。青と黄色の靴下がたるんで落っこちている。どうして彼はわたしを選んだのか？　わたしは目をつけられてしまったのだ。その日の放課後、わたしはすばやく教室を出て、デイヴィッドとは別に、一人で家に帰った。彼が同じクラスの男の子たちや母親から殴られるのをもう二度と見たくなかった。彼の弾く悲しげなヴァイオリンももう聞きたくはなかった。だが次の日のお昼時、デイヴィッドが隣に座ると、わたしは彼のポテト・チップスを食べていた。

　わたしが主役となる日が訪れた。わたしは意気さかん、闘志満々で本塁のそばに立っていた。みんなが決めつけようとしているほど自分のことがひどいとは、どうしても信じられなかった。わたしは荒々しく、しかし力を込めてバットを振った。自分が強いことはわかっていたし、もしかするとみんなが言うように〝めちゃくちゃ〟なのかもしれないとも気づいていた。とはいえ何か侮りがたいものが自分の中に宿っているように思えてならなかった。単に大便が溜まって固くなっているだけなのかもしれない。しかしそんなものではないことはわかっていた。わたしはバットを構えた。「ほら、**三振王だぜ！　風車男め！**」ボールが飛んできた。スウィングしたわたしは、長い間待ち望んでいた確かな手ごたえをバットに感じた。ボールが高く上がり、左翼のほうへと、左翼手の頭の上も**越して**、どんどん遠くまで飛んでいった。左翼手はドン・ブルーベイカーという名前で、彼は突っ立ったまま、ボールが自分の頭上を越えていくのをただ見守っている。ボールはどこまでもひたすら飛んでいきそうに思えた。やがてブルーベイカーがボールの後を追いかけ始める。彼は返球してわたしをアウトにしたがったが、それは叶わぬことだった。グラウンドに落ちたボールは五年生たちがゲームをしているところまで転がっていった。わたしはゆっくりと一塁に走り、ベースを踏むと、一塁手の顔を見てから、ゆっくりと二塁に走り、そこも踏むと、今度はデイヴィッドが守っている三塁に向かい、彼のことは無視してベースにタッチすると、本塁めざして歩いた。こんな日はこれまでに一度もなかった。一年生が本塁打を打つなど一度としてない！　本塁を踏むわたしの耳に、選手の一人のアーヴィング・ボーンがチームの監督のスタンリー・グリーンバーグに「あいつをレギュラー・チームに入れようよ」と言っているのが聞こえてきた（レギュラー・チームは他校のチームと試合をした）。

「だめだ」スタンリー・グリーンバーグは答えた。

スタンリーは正しかった。わたしは二度とホームランを打たなかった。たいていは三振だった。しかしあのホームランはみんなの脳裏から離れず、わたしは相変わらず嫌われてはいたが、どうしてなのかよくわけはわからなかったものの、彼らの嫌悪感は少しはましなものへと変化していった。

フットボールのシーズンはもっとひどかった。みんなはタッチ・フットボール（ボールを持っている者のからだに触れればタックルしたことになる別ルールのアメリカン・フットボール）をした。わたしはフットボールを受け止めたり投げたりすることはできなかったが、それでもある時ゲームに加わった。走り抜けようとする者がいたので、彼のシャツの襟を摑んで、地面に投げ倒した。起き上がろうとする彼を蹴っとばした。わたしは彼が嫌いだった。ワセリンで髪の毛をぺたぺたに固め、鼻毛を伸ばしていたあの一塁手だ。スタンリー・グリーンバーグがわたしたちのほうにやってきた。彼はわたしたちの誰よりも大きかった。その気になりさえすれば、わたしを殺すこともできた。彼がリーダーだ。彼が何か言えば、それで決まりだった。その彼がわたしに告げた。「おまえはルールがわかっていない。二度とフットボールはやらせない」

わたしはバレーボールに変えさせられた。デイヴィッドやほかの者たちと一緒にバレーボールをした。まるで面白くない。みんなはわめいたり叫んだりして夢中になっている。しかし、他の人間はフットボールをやっている。わたしはフットボールがやりたかった。ちょっと練習しさえすればだいじょうぶだ。バレーボールなんて恥さらしもいいところだった。バレーボールは女の子のゲームだ。しばらくしてから、わたしは参加しなくなった。空いている運動場のど真ん中にただ突っ立っていた。どんなゲームにも参加しようとしない生徒はわたししかいなかった。来る日も来る日もそこに一人ぽつんと突っ立って、二度の休み時間が過ぎていくのをただ待ち続けていた。

そんなふうにぽつんと立っていたある日のこと、もっとひどい災難に巻き込まれた。背後から飛んできたフットボールが、わたしの頭を直撃したのだ。地面に打ちつけられ、頭がくらくらした。みんながまわりに立ち、ある者はくすくすと、またある者は声を出して笑っている。「ほら、見ろよ、ヘンリーが気絶したぞ！　ヘンリーが女の子みたいに気絶したぞ！　ほら、ヘンリーったら何てざまだよ！」

太陽がまだぐるぐる回っているのにわたしは起き上がった。しばらくすると太陽は動かなくなった。迫ってきた空が一面に広がる。檻の中に入れられているような気分だった。まわりを取り囲んだみんなの顔や鼻、口や目に閉じ込められている。みんながわたしのことを嘲っているので、わざとボールをぶつけたに違いないと気づいた。ずるいやり口だ。

「誰がボールを蹴った？」とわたしが尋ねる。

「誰がボールを蹴ったのか知りたいのか？」

「そうだ」

「わかったらどうするつもりなんだ？」

　わたしは答えなかった。

「ビリー・シェリルだよ」と誰かが言った。

　ビリーは丸々と太った少年で、ほかのみんなよりずっとましだったが、それでも彼らの仲間であることに変わりはなかった。わたしはビリーに向かって歩きだした。彼はじっと立っている。近寄っていくと、殴りかかってきた。まったくの外れだ。わたしは彼の左耳の後ろを殴りつけ、彼が自分の耳を押さえると、みぞおちを殴った。彼が地面に倒れる。そのまま立ち上がらない。

「起き上がってやつと闘え、ビリー」とスタンリー・グリーンバーグが言う。スタンリーはビリーを引っ張り起こし、わたしのほうに押し出した。わたしがビリーの口を殴ると、彼は両手で自分の口を押さえた。

「わかった」とスタンリーが言う。「代わりにおれが相手になってやる！」

　みんなが喝采する。わたしは逃げようと決心した。死にたくはなかった。しかしその時教師が現われた。「いったい何をやっているんだ？」ホール先生だった。

「ヘンリーがビリーをいじめました」とスタンリー・グリーンバーグが言う。

「そうかね、みんな？」とホール先生が問いただす。

「そうです」とみんなが答えた。

ホール先生はわたしの耳をずっと引っ張ったまま校長室へと連れていった。誰もいない机の前にある椅子にわたしを押し込むと、校長のいる部屋のドアをノックした。中に入ってしばらくしてから出てきたホール先生は、わたしに一瞥もくれず去っていく。五分か十分ほど座って待っていると、校長が出てきて机の向こう側に腰を下ろした。校長はたっぷりとした白髪の威厳に満ちた人物で、青い蝶ネクタイをしていた。本物の紳士然としている。ノックス先生という名前だった。ノックス先生は両手を組み合わせ、一言も喋らずわたしのことをじっと見つめた。そういう態度に出られたので、彼が紳士かどうか確信が持てなくなった。わたしを卑しめたがっているように、ほかのみんなと同じようにわたしのことを扱いたがっているように思えた。

「さてと」と遂に彼が口を開く。「何があったのかわたしに話してごらん」

「何もありませんでした」

「おまえはあの子を傷つけた。ビリー・シェリルだ。彼のご両親はそのわけを知りたがるよ」

わたしは返事をしなかった。

「何かおまえにとって好ましくないことが起こっても、自分でちゃんと責任がとれると思っているのかね？」

「いいえ」

「それならどうしてやったんだ」

わたしは返事をしなかった。

「自分がほかのみんなよりも優れているとでも思っているのか?」

「いいえ」

ノックス先生は座ったまま動かない。手にした長いレター・オープナーを机の上の緑のフェルトの敷物にあてて、前へ後ろへと滑らせている。彼の机の上には大きな緑のインクの壜とペンが四本入ったペン立てもあった。彼はわたしをぶとうとしているのだろうか。

「それならどうしてあんなことをしでかしたんだね?」

わたしは返事をしなかった。ノックス先生はレター・オープナーを前後に滑らせる。電話が鳴った。彼が受話器を取る。

「もしもし? ああ、カービー先生か? 彼が何だって? 何だって? いいかい、あなた自身で懲罰を与えることができないのかね? わたしは今忙しいんだ。わかった。この件が片付いたら電話することにしよう……」

彼が電話を切る。目にかかった見事な白髪を片手でかきあげ、それからわたしを見つめた。

「どうしておまえはわたしをこんなに手こずらせるんだね?」

わたしは彼の質問に答えなかった。

「自分のことを根性があると思っているのか、そうだろう?」

わたしは沈黙を続けた。

「手ごわい子供、そうかな?」

ノックス先生の机のまわりを一匹の蝿が飛び回っていた。緑のインク壜の上を飛んでいる。それからインク壜の黒い蓋の上にとまり、そこで羽をこすった。

「わかったぞ、おまえも強いのならこのわたしだって強い。同じということで、さあ握手しよう」

わたしは自分のことを強いとは思わなかったので、彼に手を差し出さなかった。

「さあ、手を出すんだ」

手を伸ばすと、彼はそれを握って揺すり始めた。それから揺するのをやめるとわたしをじっと見つめた。彼は締めている蝶ネクタイよりももっと淡くて澄んだ青い色の瞳をしている。きれいな瞳だと言ってもよかった。彼はわたしから目を離さず、手もずっと握ったままだ。彼の握り方がだんだんと強くなり始めた。

「おまえがそこまで強い子供だということをお祝いしてあげよう」

彼は握力をもう少し強めた。

「わたしのことを強い男だと思うかね？」

わたしは返事をしなかった。

彼はわたしの指の骨を押し砕いてしまいそうだった。それぞれの指の骨がナイフの刃のように隣の指の肉に食い込んでいくのがわかった。目の前で赤い星が舞う。

「わたしのことを強い男だと思うかね？」彼が再び聞く。

「殺してやる」わたしは言った。

「何だって？」

ノックス先生はもっと力を入れて握りしめる。まるで万力のような手の持ち主だ。彼の顔の毛穴が一つ残らず見えた。

「強い男は悲鳴をあげたりしない、そうだな？」

もう彼の顔を見返せなかった。机の上に顔を伏せる。

「わたしは強い男かな？」ノックス先生が尋ねる。

彼の握力がますます強まる。わたしは悲鳴をあげずにはいられなかったが、できる限り声をあげないよう我慢した。教室のみんなには何も聞こえないはずだ。

「さてと、わたしは強い男かな？」

わたしは我慢した。その言葉を口にするのはいやだった。それから、言ってしまった。「はい」

ノックス先生はわたしの手を放した。怖くて手を見れない。脇にだらりと垂らせたままにした。

蠅はいつのまにか飛び去ってしまっている。蠅になるのもそんなに悪いことじゃないなと思った。

ノックス先生は紙に何か書いている。

「ほら、ヘンリー、おまえのご両親にちょっとした手紙を書いたから、ちゃんと渡してもらいたいんだ。おまえは手紙を渡してくれる、そうだな？」

「はい」

彼は手紙を封筒の中に入れてからわたしに手渡した。封筒は封がされている。開けたいと思う気持ちはこれっぽっちもなかった。

8

封筒を家に持ち帰って母に手渡すと、寝室へ引きこもった。わたしの寝室だ。寝室でいちばんいいのはベッドがあることだった。ベッドの中になら何時間でも、たとえ日中でも、顎のところまでカバーをかけて横になっていたかった。ベッドの中はよかった。そこでは何ごとも起こらないし、誰もいない。日中ベッドの中にいるところをよく母に見つかった。

「ヘンリー、起きなさい！　元気な男の子が一日中ベッドでごろごろしているなんてよくないわ！　さあ、起きて！　何かやりなさい！」

しかしやるべきことは何もなかった。

その日は、ベッドの中には潜り込まなかった。母が手紙を読んでいた。すぐにも母の泣き声が聞こえてきた。やがて声をあげて嘆き悲しむ。「ああ、何てこと！　おまえは父さんやわたしに大恥をかかせた！　恥さらしもいいところだわ！　近所のみんなに知れたらいったいどうするの？　近所の人たちはどう思うかしら？」

両親が近所の人たちと口をきいたことは、これまでに一度もなかった。

すぐにもドアが開いて、母が部屋の中に駆け込んできた。「どうして母さんをこんな目にあわせるようなことができるの？」

彼女の頬を涙が流れ落ちている。わたしはやましさを覚えた。

「父さんが帰ってくるまで待っていなさい！」

彼女は寝室のドアをばたんと閉め、わたしは椅子に座ったままじっと待った。とにもかくにもやましさを感じながら……。

父が帰ってきた音がした。彼はいつも玄関のドアをばたんと閉め、どんどんと足音をたてて歩き、大声で話す。家に帰ってきたのだ。しばらくして寝室のドアが開いた。父は身長が百八十八センチもある大男だ。何もかもが一瞬にして消え去ってしまった。自分が座っている椅子も、壁紙も、壁も、頭の中で考えていることも。彼は太陽を覆い隠す闇で、その狂暴さはほかのあらゆるものをあとかたもなく消滅させてしまう。目に入るのは彼の耳や鼻、そして口ばかりで、彼の目を見ることはできなかった。怒りで真っ赤になった彼の顔が待ち受けている。

「よし、ヘンリー。バスルームへ行け」

バスルームに入ると、彼はドアを閉めた。白い壁。バスルームには鏡と小さな窓があり、網戸は黒く汚れて破れている。浴槽に便器にタイル。彼は手を伸ばしてフックに吊り下げられている剃刀用の革砥をはずした。これが、その後数えきれないほど行なわれることになる鞭打ちの罰の始まりだった。この罰は、それから特に理由がなくても、何度も何度も繰り返し行なわれた。

「よし、ズボンを下げるんだ」

わたしはズボンを下げた。

「パンツも下におろせ」

わたしは下におろした。

それから父は革砥を強く打ちつけた。最初の一発は痛みよりもショックのほうが強かった。二発目のほうがずっと痛い。その後、打ちつけられるたびに痛みは増していった。最初わたしには壁や便器や浴槽が見えていた。最後には何も目に入らなくなってしまった。わたしを打ちながら、父はわたしのことを激しく叱りつけていたが、何を言っているのかはわからなかった。彼の薔薇のことを、彼がどんなふうに庭で薔薇を育てているのか考えた。車庫の中にある彼の車のことを思い浮かべた。わたしは我慢して悲鳴をあげないようにした。悲鳴をあげれば父はやめるかもしれないことはわかっていたが、そのことがわかっているだけに、それに何とかしてわたしに悲鳴をあげさせようとしている父の魂胆もわかっているだけに、どうしてもそうすることはできなかった。一言も声をあげないわたしの目から涙が流れ落ちた。しばらくするうちに何が何だかわけがわからない状態となり、ここで永遠にこうしているしかないように思えた。とうとう、何かが突如動きだしたかのように、わたしは泣きじゃくり始め、喉の奥のしょっぱくてぬるぬるとしたかたまりに噎《むせ》んだり、それを飲み込んだりした。父が打つのをやめた。

彼はその場からいなくなっていた。わたしの目にまた小さな窓や鏡が入ってきた。フックには茶色の長い革砥が振れて吊り下がっている。わたしはパンツやズボンを上げるために屈むこともできず、衣類を足もとに巻きつけたまま、ぎごちない動作でドアへと近づいていった。バスルームのドアを開けると、廊下に母が立っている。

「こんなの間違っているよ」とわたしは母に訴えた。「どうしてぼくを助けてくれなかったの?」

「父さんはいつも正しいのよ」と母が答える。

そして母は行ってしまった。わたしは自分の寝室まで行き、足に絡まっている衣類を引きずり下ろすと、ベッドの端に座った。肌に触れるマットレスが痛い。裏の網戸の向こうで父の薔薇が花開いている。赤や白や黄色の薔薇で、どれも大きくて満開だった。陽はかなり落ちていたが、まだ完全に沈んでしまってはいず、顔を出している最後の部分が裏窓越しに姿を消していく。あの太陽だって父のものなんだと、わたしは思った。父の家の上で輝いているのだから、わたしには何の権利もない。わたしは彼の薔薇と同じだった。彼の所有物で、わたしのものではない……。

9

夕食の時間を告げられた頃には、何とかパンツやズボンを穿けるようになり、日曜日以外はいつも食事をとることになっている台所の片隅のテーブルまで歩いていくことができた。わたしの椅子の上には枕が二つ置かれていた。その上に座ったものの、脚や尻に焼けるような痛みを感じていた。いつものように父は自分の仕事の話をしている。

「三つの配達路を組み合わせて二つにして、それぞれの交替組から一人ずつ行かせればいいってサリヴァンに提案したんだ。あれだけの負担をこなしきれる者なんていやしない……」

「あなたの言うことをみんな聞くべきよね、父さん」と母が言う。

「お願い」とわたしは言った。「悪いけど食べたくないんだ」

「自分の食事をちゃんと食べなさい！」と父が言う。「母さんが作ってくれたんだぞ！」

「そうよ」と母も加わる。「にんじんにえんどう豆にロースト・ビーフよ」

「それにマッシュ・ポテトのグレイビースがけだ」と父が言う。

「お腹がすいていないんだ」

「自分の皿の人参、それにションベン豆（豆のＰＥＡと小便のＰＥＥとをかけている）を一つ残さず食べるんだ！」

父はふざけようとしていた。彼のお気に入りの洒落だ。

「父さん！」信じられないという口調で母が言う。

わたしは食べ始めた。ひどかった。それが何であれ、彼らが食事だと思い込んでいるもの、それをわたしもしかたなく食べているような感じだった。何一つ噛まず、とにかく目の前から消し去りたい一心で呑み込んでいた。父はといえば、どの料理もどんなにおいしいかということを話していた。世界中のほとんどの人たちが、このアメリカにおいてすら多くの人たちが、貧しくて飢えているというのに、自分たちがご馳走にありつけてどんなに幸運かということを、さかんにまくしたてていたのだ。

「デザートは何かな？」と父が尋ねる。

彼はぞっとするほどいやらしい顔をしていて、突き出された唇は、脂でぎとぎと光り、満腹感にぬめっていた。何ごともなかったかのように、わたしを殴ったことなどなかったかのように、振る舞っている。自分の寝室に戻ってわたしはこう考えた。あいつらはわたしの両親なんかじゃなくて、わたしを養子にもらっただけに違いない。そしてわたしがこんなふうに育ったことが気にくわないのだ。

10

リラ・ジェインはわたしと同い年の女の子で、隣に住んでいた。相変わらずわたしは近所の子供たちと遊ばせてもらえなかったが、寝室にずっといてもつまらなくなってしまうことが多い。そこでわたしは部屋から出て、裏庭をうろつき回り、いろいろなものを観察したりした。たいていは虫が相手だった。あるいは芝生に座り込んで、想像を巡らせたりした。よく思い浮かべたのは、とてつもない野球選手になっている自分自身で、あまりにもうますぎるから、バットを持てば必ずヒットを打つし、その気になればいつだってホームランも打ててしまうのだ。しかしわたしは相手のチームをだますためにわざと打ち取られる。打ちたくなった時だけヒットを飛ばすのだ。あるシーズンのこと、六月に入ってもわたしの打率は一割三分九厘で、ホームランも一本だけという成績。新聞には、**ヘンリー・チナスキーの選手生命も終わり**という見出しが躍っている。ところがそれからわたしは打ち始める。どんなに打ったことか！　ある時は十六打席連続ホームラン、またある時は一試合で二十四打点といった具合だ。シーズンの終わりには、打率は五割二分三厘になっている。

リラ・ジェインは、学校で見かける可愛い女の子の一人だった。いちばん可愛い部類と言ってもよく、その子がわたしの家のすぐ隣に住んでいるのだ。ある日庭で座り込んでいると、彼女がフェンスのところまで近づいてきて、立ったままこっちをじっと見つめた。

「ほかの男の子たちと遊ばないのね、そうでしょう？」

わたしは彼女を見つめた。赤茶色の髪の毛は長く、濃い茶色の目をしている。

「そうだよ」とわたしは答える。「そう、遊ばないんだ」

「どうしてなの？」

「学校で逢うだけでたくさんだもの」

「わたし、リラ・ジェインよ」

「ヘンリーだ」

彼女はわたしのことをじっと見続け、わたしも芝生の上に座ったまま見返した。やがて彼女が言った。「わたしのパンティを見たい？」

「もちろんさ」と答える。

彼女はワンピースをたくし上げた。ピンクの清潔なパンティを穿いている。素敵だった。彼女は服をたくし上げたまま後ろを向いたので、そのお尻も見ることができた。素敵なお尻だった。それからワンピースを下ろした。「さよなら」と言って歩き去っていく。

「さよなら」とわたしも言った。

それからは午後の恒例となった。「わたしのパンティを見たい？」

「もちろんさ」

パンティはほとんどいつも違う色で、見るたびにいいものになっているかのようだった。

ある午後のこと、リラ・ジェインにパンティを見せてもらってから、「散歩に行こうよ」と声をかけてみた。

「いいわよ」と彼女が答える。

表で待ち合わせ、一緒に通りを歩いていった。彼女はほんとうに可愛かった。空き地に辿り着くまで二人とも一言も声を交わさずに歩いた。緑の雑草が高く生い茂っている。

「空き地に入ってみようよ」とわたしが言う。

「いいわよ」とリラ・ジェインが答える。

わたしたちは高く茂った雑草の中へと分け入っていった。

「もう一度パンティを見せてよ」

彼女がワンピースをたくし上げる。ブルーのパンティだ。

「ここで寝っ転がろうよ」とわたしが言う。

わたしたちは雑草の中に腰を下ろす。彼女の髪の毛を摑んで引き寄せ、キスをした。それから服を捲り上げて、彼女のパンティを見つめた。彼女の尻に手をあててもう一度キスをした。キスを続けながら彼女の尻を鷲摑みにする。かなり長い間そうしていた。それからわたしは言った。

「やろうよ」何をすればいいのかよくわかっていなかったが、もっと何かできる気がしていた。

「だめ、できないわ」と彼女が言う。

「どうしてだめなの？」

「あの人たちに見られちゃうわ」

「どの人たち？」

「あそこよ！」と彼女が指をさす。

わたしは雑草の隙間から覗き見た。半ブロックほど先のところで、男たちが道路の修理作業をやっている。

「ぼくらのことなんて見えっこないよ！」

「だめよ、見られちゃうわ！」

わたしは立ち上がった。「ちくしょうめ！」わたしは捨てぜりふを残して空き地から出て、家に帰った。

それからしばらくの間、午後にリラ・ジェインの姿を見かけることはなかった。気にはならなかった。フットボールのシーズンになっていて、わたしはとてつもないクォーターバックになっていたからだ。もちろん自分の想像の世界での話だ。わたしは九十ヤードもボールを投げることができたし、蹴れば八十ヤードは飛んだ。それにわたしがボールを持っている以上、誰も敢えて蹴る必要はなかった。わたしは大男たちの中を駆け抜けるのをいちばん得意としていた。彼らを粉砕した。五人も六人もの男たちがタックルしてくる。時には、野球の時と同じように、あまりにもみんなに申しわけないからと、八ヤードから十ヤードほど前に進んだだけで、自らタックルを許すこともあった。それからたいていわたしは怪我をして、それもうんとひどい怪我をして、みんなにフィールドから運び出される羽目となる。そこでわたしたちのチームは負けていき、たとえば四十対十七ぐらいまでになって、試合時間も残り三、四分というところで、怪我をさせられて頭にきているわたしが復活する。わたしにボールが渡るたび、駆け抜けてタッチダウンまでもっていった。観衆たちはどんなに大歓声をあげたことか！　ディフェンスにまわれば、わたしはタックルの連続で、あらゆるパスを遮ってしまう。神出鬼没だ。烈火の男、チナスキー！　試合終了のピストルの合図が轟く直前、わたしは自分たちのエンドゾーンに向かって思いきりボールを蹴っ飛ばす。前に、横に、後ろへとわたしは駆けた。次から次へとタックルを躱《かわ》し、倒れた敵を跳び越えていく。味方の援護は一切受けられない。わたしのチームはいくじなしばかりだった。わたしは五人の敵に捕まりながらも、倒れることなく、彼らを引きずったままゴールラインを越えていき、遂には勝利のタッチダウンに持ち込んでしまう。

ある午後のこと、ふと目を遣ると、大きな少年が裏門を通ってわたしの家の庭に入ってきた。近づいてきて目の前に立ち、わたしをじっと見つめている。一学年ほど上で、わたしと同じ小学校ではなかった。「マーマウント小学校から来たんだ」と彼が言った。「ここから出ていったほうがいいよ」と彼に言う。「父さんがもうすぐ家に帰ってくるから」

「ほんとうかい?」と彼が尋ねる。

わたしは立ち上がった。「何の用でここに来たんだ?」

「自分たちは誰にも負けないってデルゼイ小学校のやつらは思っているらしいな」

「ぼくたちは学校対抗試合で負けなしだよ」

「そりゃおまえたちがいんちきをやるからだ。マーマウントのみんなはずるをするやつらが気にくわないんだ」

彼はくたびれた青いシャツを着ていて、ボタンは半分までしかとめていなかった。左の手首に革ひもを巻いている。

「自分のことを強いって思ってるのか?」彼がわたしに聞く。

「ううん」

「ガレージに何が入っている? おまえのガレージから何かいただいていこうかな」

「そこに近づくな」

ガレージの扉は開いたままで、彼はわたしの横をすり抜けていった。中には大したものはなかった。彼はぺしゃんこになった古いビーチ・ボールを見つけて、それを拾い上げた。

「こいつをもらっていこうかな」

「もとに戻せ」

「てやんでえ！」そう言って彼はわたしの頭めがけてビーチ・ボールを投げつけた。頭を下げる。彼はガレージから出て、向かってきた。わたしは後退る。

彼はわたしを追いかけて庭に出てきた。「いんちき野郎がうまくやれるものか！」そう言って殴りかかってくる。わたしは頭を引っ込めた。彼のパンチが空を切り、風が伝わる。わたしは目を閉じ、彼に向かって突進すると、パンチをくわせ始めた。時々何かにあたった手ごたえがした。自分も殴られているのがわかったが痛くはなかった。恐怖のほうが先に立っている。手を出し続けるしかなかった。すると、「やめて！」という声が聞こえた。リラ・ジェインだった。わたしの家の裏庭まで来ている。二人とも手を出すのをやめた。彼女が古びたブリキ缶を拾って投げつける。マーマウントの生徒のおでこの真ん中にあたって、跳ね落ちた。彼はその場に瞬間立ちつくしていたが、すぐに泣きだして、大声で泣きわめきながら逃げていった。裏の門から逃げ去り、路地を走り抜けて、どこかへ行ってしまった。ちっぽけなブリキ缶。わたしは仰天していた。彼のような大きな男の子があんなふうに泣きわめくとは。デルゼイでは一つの掟があった。何ごとがあっても声をあげない。たとえいくじなしでも黙って殴られていた。マーマウントのやつらは大したことがなかった。

「ぼくを助けることはなかったのに」とわたしはリラ・ジェインに言った。

「あの子はあんたをぶっていたのよ！」

「あいつになんか痛めつけられちゃいなかったさ」

リラ・ジェインは庭を走り抜けると、裏の門から外に出て、自分の家の庭に入り、そして家の中に消えてしまった。

リラ・ジェインは今もぼくのことを気に入っているぞ、とわたしは思った。

11

二年生や三年生になってもわたしは野球をするチャンスには恵まれなかったが、自分がまがりなりにも選手として使いものになりつつあるということには気づいていた。もしもこの手で再びバットを握ることがあれば、校舎をも飛び越えるヒットを打ってみせるに違いない。ある日わたしが何もしないで突っ立っていたら、一人の教師が近づいてきた。

「何をしているんだ?」

「何も」

「体育の授業中だぞ。おまえも加わらなくちゃだめだ。おまえは何か障害があるのか?」

「何ですって?」

「どこか悪いところがあるのか?」

「わかりません」

「わたしと一緒に来なさい」

彼はわたしをみんながいるところまで連れていった。みんなはキックボールをしている。キックボールは野球と似ているが、使うのはサッカーのボールだ。ピッチャーが本塁へと転がしたボールを蹴っ飛ばす。フライになって受け止められたらアウトになる。内野を抜けて転がったり、外野手の向こうまで高く蹴っ飛ばせば、進める限り多くのベースを回れる。

「きみの名前は？」と教師がわたしに尋ねた。

「ヘンリーです」

彼は遊んでいる集団のところへ近づいていった。「ほら、ヘンリーがショートを守りたがっているぞ」

みんな同じ学年だった。みんなわたしのことを知っている。ショートはいちばん難しい守備位置だ。わたしはその場所についた。みんなで寄ってたかってわたしをいじめるだろうことはわかっていた。ピッチャーがボールをやたらとゆっくり転がし、最初の男の子がわたし目がけて蹴っ飛ばした。強いボールが胸の高さに飛んできたが難無くさばけた。ボールは大きく、わたしは手を突き出して摑まえた。そのボールをピッチャーに投げ返す。次の男の子も同じことをした。今度のボールは前よりも少し高く、スピードもあった。どうってことはない。次にスタンリー・グリーンバーグが本塁に歩み寄った。これでおしまいだ。わたしはついていなかった。ピッチャーがボールを転がし、スタンリーが蹴っ飛ばす。わたしを狙って、頭の高さに、まるで砲丸のように飛んできた。身を竦めたかったが、そうしなかった。両手の中に激しく飛び込んできたボールを摑まえた。そのボールをピッチャーズ・マウンドに転がす。スリー・アウトだ。小走りでサイドラインのほうに向かう。駆けているわたしとすれ違いざま、誰かが声をかけた。「チナスキー、お見事なくそショート！」

髪の毛をワセリンで固め、黒い鼻毛を伸ばしている少年だった。わたしは振り返った。「おい！」と呼びとめる。少年が立ち止まった。彼を睨みつける。「二度と俺にそんな言い方をするなよ」彼の目に恐怖が浮かび上がったのがわかった。彼は自分の守備位置に向かい、わたしはサイドラインから出てフェンスにもたれ、自分のチームが本塁のほうに集まってくるのを眺めていた。誰もわたしのそばにはいなかったが、気にもならなかった。わたしは徐々に受け容れられてきている。

よくわからないことがあった。わたしたちは最も貧しい学校の子供たちだった。両親も貧しくて、まともな教育も受けていず、ほとんどがひどい食生活をしていた。それなのに男の子同士を比べたら、わたしたちは近くにあるほかのどの小学校の少年たちよりもずっと大きかった。わたしたちの学校の名前は轟いていた。みんなから恐れられていた。

わたしたちの学校の六年生チームは、同じ街にある他校の六年生チームをとことんやっつけた。特に野球がすごかった。十四対一、二十四対三、十九対二といったようなスコアだ。ただボールを打つだけでよかった。

ある日のこと、街のチャンピオンの中学校、ミランダ・ベルのチームが我が校に挑戦してきた。まがりなりにも金が集められ、白い〝D〟のマークが正面についた新品の青い野球帽が、選手一人ずつに与えられた。その帽子を被ったわたしたちのチームはかっこよかった。七年生のチャンピオンだというミランダ・ベルの選手たちが現われた時、まだ六年生の我が校のチームは、彼らを見て声を出して笑った。わたしたちのほうがずっと大きく、みんな手ごわそうに見えたし、歩き方も違っていれば、彼らの知らないこともちゃんと知っていた。わたしたち年下の生徒も一緒になって笑った。いつでもその気になれば彼らをやっつけられるとわかっていた。

　ミランダの生徒たちは礼儀正しすぎるように思えた。それにとてもおとなしかった。選手の中ではピッチャーがいちばん大きかった。わたしたちのチームの中でも好打者揃いの最初の三人を、ピッチャーは三者三振に打ち取った。しかし我が校にはローボール・ジョンソンがいる。ローボールも彼らを同じ目にあわせた。両チームとも三振に打ち取られるか、内野にゴロが飛んで、たまにはシングル・ヒットになることもあったが、後が続かず、そんなふうにして試合は運んでいった。それから七回裏のわたしたちの攻撃となった。一発を放ったのはビーフケーキ・キャパレッティだった。ああ、その快音ときたら！　ボールは校舎まで飛んで窓ガラスを打ち割るかに思えた。あんなに飛んだ打球はこれまで見たことがない！　ボールは旗竿のてっぺん近くにあたって跳ね返った。やすやすとホームランだ。キャパレッティがベースを回り、白い〝D〟がついたまっさらの青い野球帽を被った我が校の選手は、有頂天になっていた。

　その後でミランダの連中は試合を放棄してしまった。どう反撃すればいいのかわからなかったのだ。彼らはみんな裕福な地区の出身で、やり返すというのがどういうことなのか知らなかった。わたしたちの次の打者は二塁打を放った。みんながどんなに歓声をあげたことか！　もうおしまいだ。彼らはもう手の下しようがない。次の打者は三塁打だ。彼らは投手を替えた。次の打者を四球で歩かせ、その次の打者はシングル・ヒットを打った。そのイニングだけで我が校は九点も点を入れていた。

　ミランダは八回の攻撃に移る気力をなくしてしまっていた。わたしたちの五年生が彼らのところまで行って、闘うようけしかけた。四年生の一人ですら、彼らのもとに駆け寄って、その中の一人に喧嘩をふっかけた。ミランダの選手たちは道具をかたづけて去っていった。わたしたちは通りの先のほうまで彼らを追っ払った。

何もすることがなくなってしまったので、わたしたちの中の二人が喧嘩を始めた。いい喧嘩だった。二人とも鼻血を出しながらも思いきり殴り合い、そのうちに試合を見ようと残っていた一人の教師が分けに入った。あまりにもそばに来すぎて、手をこまねいているわけにはいかなくなってしまったのだ。

12

ある早朝、牛乳配達に出かける時、父はわたしを連れていってくれた。もはや馬で引く荷馬車の時代ではなくなっていた。エンジンのついた牛乳配達のトラックだ。牛乳の会社で積み込みを終えると、わたしたちは父の配達地域に向けて出発した。朝うんと早く外に出るのがわたしは好きだった。月はまだ出ていたし、いろいろな星を見ることもできた。寒かったがわくわくさせられる。父は週に一、二度は革砥でわたしのことをぶつようになり、わたしたちの間はうまくいっていなかった。それなのにどうして父は一緒に来るように誘ったのかと、わたしは訝しい気持ちも抱いていた。

配達先で停まると、父は車から飛び降りて牛乳瓶を一瓶か二瓶届けた。カテッジ・チーズやバターミルク、バターが加わることもあったし、たまにはオレンジ・ジュースの瓶を届けることもあった。ほとんどの人が空き瓶の中に自分たちの欲しいものを書いた紙切れを入れていた。

父は車を停めたり発車させたりして進んでいきながら配達を続ける。

「よし、坊主、わたしたちはどっちの方角に走っている？」

「北」

「そのとおり。北に向かっている」

通りを登ったり降りたりして、車を停めては発車させる。

「よし、今度はどっちに進んでいると思う？」

「西」

「違うぞ。わたしたちは南に向かっている」

二人とも何も喋らずしばらく走り続けた。

「今おまえをトラックから無理やり降ろして歩道の上に置き去りにしたとしたら、いったいどうするかね？」

「わからない」

「つまり、おまえはどうやって生きていくのかということだ」

「えーと、引き返して父さんがポーチの階段のところに置いていった牛乳やオレンジ・ジュースを飲むと思うな」

「それからどうするんだ？」

「警官を見つけて父さんが何をしたのか言う」

「そうするのか、ほんとうに？　それで警官に何と言うんだね？」

「わたしを迷子にさせたかったから、父さんは〝西〟を〝南〟だと教えたと言うんだ」

明るくなり始めた。もうすぐ配達も終わるというところで、朝食を食べようとカフェに立ち寄った。ウェイトレスがやってくる。「おはよう、ヘンリー」と彼女がわたしの父に声をかける。「やあ、ベティ」「この子は誰なの?」とベティが尋ねる。「息子のヘンリーさ」「あなたにそっくり」「けれど、わたしのような脳みそは持ち合わせておらん」「持ってないのがさいわいよ」

注文をする。ベーコン・エッグだ。食べながら父が言った。「さてと、これからがいちばん厄介だ」

「何をするの?」

「わたしに借りのあるやつらから金を取り立てていかなくちゃならん。払いたがらない連中もいるからね」

「払わなくちゃだめだよ」

「だからそう言ってやるのさ」

食事を終えて、また走り始めた。父が車から降りてドアをノックする。彼が大声で文句を言うのが聞こえた。**「いったいこのわたしはどうやって食べていけばいいと思っているんだ? 牛乳を飲み干してしまったのなら、今度は金をひり出す番だぞ!」**

父は毎回違うせりふを用いた。金を取り立てて戻ってくることもあれば、そうでないこともあった。

やがて父は小さな木造の平屋が立ち並ぶ敷地へと入っていった。開けられたドアのところに、絹のようなキモノをだらしなく着た一人の女が立っている。煙草を吸っていた。

「いいか、あんた、わたしは金がどうしてもいるんだ。あんたは誰よりもわたしを困らせている！」

女は父を嘲笑う。

「ほら、あんた、半分だけでもわたしに寄越せ、支払いをするんだ、しめしをつけろよ」

彼女は煙草の煙で輪を作ると、手を伸ばして指で壊した。

「いいか、あんたに払ってもらわなくちゃ」と父が言う。「もうとことんまできているんだ」

「中にお入りよ。話をつけましょう」と女が言った。

父が中に入り、ドアが閉まった。父は随分と長い間そこから出てこなかった。朝日はすっかり昇っていた。やっと出てきた父は、額に髪の毛が垂れ、シャツの裾をズボンの中に押し込んでいた。彼はトラックに乗り込んでくる。

「あの女の人はお金を払ってくれたの？」とわたしは尋ねた。

「回るのはあれでおしまい」と父が言う。「もうこれ以上は無理だ。トラックをUターンさせて家に帰ろう……」

わたしはまたその女に逢うことになった。ある日のこと、学校から家に帰ってくると、彼女が居間の椅子に座っていた。母と父もそばの椅子に座っていて、母は泣いている。わたしを見かけると、母は立ち上がって駆け寄り、ひっつかまえた。寝室へと連れていき、ベッドの上に座らせる。「ヘンリー、母さんを愛している？」ほんとうは愛してはいなかったが、母があまりにも悲しげだったので、「うん」と答えた。母はまたわたしをもとの部屋へと連れていった。

「あなたの父さんが言うには、この女の人を愛しているんですって」と母がわたしに言う。

「わたしはおまえたち二人とも愛しているんだ！　さあ、子供をここから追い出せ！」

　父が母をとても不幸な目にあわせていると思った。

「あんたを殺してやる！」とわたしは父に向かって言った。

「この子をここから追い出せ！」

「どうしてあんな女の人を愛せるの？」とわたしは父に尋ねた。「あの鼻を見てごらんよ。象のような鼻をしている！」

「ひどいわ！」とその女が叫ぶ。「もう我慢できない！」彼女がわたしの父を見つめる。「選ぶのよ、ヘンリー！　どっちか一人を！　今すぐ！」

「選べないよ！　二人とも愛しているんだ！」

「あんたを殺してやる！」とわたしは父に向かって言う。

　彼は近づいてくると、わたしの耳を平手で打って、床に打ち倒した。女が立ち上がって家の中から飛び出し、その後を父が追いかけた。女は父の車に飛び乗ると、エンジンをかけて、通りを走り去っていく。あっという間のできごとだった。彼女と車の後を追いかけて父が通りを走っていく。「エドナ！　エドナ、帰ってこい！」父はほんとうに車に追いつくと、運転席に手を伸ばしてエドナのハンドバッグを掴み取った。車がスピードを上げ、ハンドバッグを手にした父が取り残される。

「何かおかしいことがあるって思っていたの」と母がわたしに言う。「そこで車のトランクに隠れて、二人が一緒のところをとっ捕まえたの。あんたの父さんはあのとんでもない女と一緒にわたしを家まで連れ帰ったわ。そしてあの女は父さんの車をせしめてしまった」

父がエドナのハンドバッグを手にして戻ってきた。「みんな家の中に入れ！」わたしたちは家の中に入り、父はわたしを寝室に閉じ込めた。それから二人の言い争いが始まった。大声でとても下品だった。やがて父が母を殴り始めた。母は悲鳴をあげるが、父はかまわず殴り続ける。わたしは窓から出て、玄関のドアから中に入ろうとした。鍵がかかっている。裏口にまわったり、窓を確かめたりした。すべて鍵がかかっている。わたしは裏庭に立ちつくして、殴打の音や悲鳴を聞いているしかなかった。

やがて殴打の音も悲鳴もしなくなり、聞こえるのは母の啜り泣く声だけになった。彼女は長いことむせび泣いていた。その泣き声はだんだんと小さくなっていき、そのうちに母は泣きやんだ。

13

わたしがあのことを知ったのは四年生の時だった。恐らくもっとも晩生《おくて》の一人だったのだと思う。というのもわたしは相変わらず誰とも喋らなかったからだ。休み時間にぽつんと立っていると、一人の少年が近づいてきた。

「どんなふうにやるか知っているか？」と彼が聞く。

「何を？」

「おまんこさ」

「何、それ？」

「おまえの母ちゃんには穴がある……」彼は右手の親指と人差し指とで輪を作ってみせる。「そしておまえの父ちゃんにはちんぽこがあるだろ……」彼は左手の人差し指を立てて、輪の中に入れたり抜いたりする。「するとおまえの父ちゃんのちんぽこから汁が出て、母ちゃんに赤ん坊ができることもあるし、できないこともある」

「神様が赤ん坊を作るんだ」とわたしが言う。

「糞みたいなことを！」

捨てぜりふを残してその少年は去っていった。

すぐには信じられなかった。休み時間が終わり、教室に戻って席についていても、頭の中からそのことが離れなかった。わたしの母には穴があって、父は汁を噴き出すちんぽこを持っている。そんなものを持っていながら、彼らはよくも何もかもがあたりまえのような顔をして歩き回ったり、お喋りをしたりできるものだ。そんなことをしながら、どうして誰にも言わないままでいられるのか？　そんな父の汁がわたしの始まりだったと考えると、今にも吐きたくてたまらなくなってしまった。

その夜、家の明かりが消えてからも、わたしはベッドの中でまんじりともせず、聞き耳をたてていた。はたして、何か音が聞こえ始めた。両親のベッドがきしみだしている。スプリングの音が聞こえる。わたしはベッドから抜けだして、忍び足で彼らの部屋のドアまで行き、耳を澄ました。ベッドは音をたて続けている。それから物音がしなくなった。あわてて廊下を引き返し、自分の部屋へ戻った。母がバスルームに入る音が聞こえる。トイレの水を流す音がして、それから彼女が出ていく。

何とおぞましいことを！　二人が隠れてあのことをやっているのは疑うべくもない！　思うに、きっと誰もがやっているのだろう！　教師も校長も、誰もかもだ！　ほんとうに馬鹿げている。それからわたしはリラ・ジェインとやってみることを考えた。それほど馬鹿なことのようには思えなかった。

次の日も教室でわたしは一日じゅうそのことばかり考えていた。女の子たちを眺めては、彼女たちとやっている自分を思い浮かべてみた。あの子たちみんなとわたしはやって、子供を作ってやろう。自分のような男の子で世の中をいっぱいにしてみせる。偉大な野球選手やホームラン打者たち。その日、最後の授業が終わる直前、女教師のウェストファル先生に声をかけられた。「ヘンリー、授業の後、残ってくれる？」

ベルが鳴ってほかの生徒はみんな帰っていった。わたしは自分の席に座ったまま待った。ウェストファル先生は答案用紙を添削している。わたしはふと思った。もしかして彼女はわたしとあれをやりたいのかもしれない。彼女の着ている服を捲り上げ、彼女の穴を見ているところを想像した。「よーし、ウェストファル先生、これからいきますよ」

彼女は答案用紙から目を上げた。「よろしい、ヘンリー、まず黒板を全部消してちょうだい。それから外に行って黒板消しをはたいてきなさい」

わたしは言われたとおりのことをした。それからまた席に戻って座った。ウェストファル先生は座って答案用紙の添削を続けている。彼女はぴっちりとしたブルーのワンピースを着て、大きな金色のイヤリングをつけていた。小さな鼻で、縁なし眼鏡をかけている。わたしは延々と待った。それから口を開いた。「ウェストファル先生、どうして授業が終わってもぼくを帰してくれなかったんですか？」

彼女は顔を上げてわたしをじっと見つめた。緑の目は奥に窪んでいる。「たまに悪い子になる時があるから居残りにさせたんですよ」

「ええっ、そうなの？」わたしは微笑んだ。

ウェストファル先生はわたしのほうを見る。眼鏡を取って見つめ続けた。彼女の脚は机の向こうに隠れている。彼女の服の裾がどうなっているか確かめることはできなかった。

「今日のあなたはまるでやる気がありませんでしたよ、ヘンリー」

「そう？」

「〝はい〟と言いなさい。女性に向かって話しているんですよ！」

「ああ、わかってるよ……」

「生意気な口をきくんじゃありません！」

「何とでも言えば」

ウェストファル先生は立ち上がり、机の後ろから出てきた。机の間を通って近づいてきて、わたしの向かいの机の上に腰を下ろす。脚は長くきれいで、絹のストッキングを穿いている。微笑みかけ、手を伸ばしてわたしの片方の手首に触れた。

「ご両親のあなたへの愛が足りないんじゃないの、そうでしょう？」

「そんなものいらない」とわたしは彼女に言い返す。

「ヘンリー、誰でも愛なしではいられないのよ」

「ぼくは何もいらない」

「何てかわいそうな子」

彼女は立ち上がってわたしの机に近づくと、自分の両手でゆっくりとわたしの頭を抱える。そして身を寄せてくると、わたしの頭を自分の胸に押し当てた。わたしは手をあちこちに伸ばして、彼女の脚を摑む。

「ヘンリー、みんなと喧嘩するのはもうやめなくちゃだめ！　わたしたちはあなたを助けてあげたいのよ」

わたしはウェストファル先生の脚をもっと激しく摑んだ。「わかったよ」とわたしは言った。

「おまんこしよう！」

「何て言ったの？」

ウェストファル先生はわたしを突き放すと後退りした。

「〝おまんこしよう！〟って言ったんだ」

彼女は随分と長いことわたしを見つめていた。それからようやく口を開いた。「ヘンリー、あなたが今言ったことは絶対に誰にも言わないようにしますからね、校長先生にもあなたのご両親にも誰にも。でももう二度と、わたしに向かって絶対にそんなことは言ってほしくないわ！　わかった？」

「わかりました」

「よろしい。もう家に帰ってもいいわよ」

わたしは立ち上がり、ドアに向かう。ドアを開けると、ウェストファル先生が声をかけた。

「さよなら、ヘンリー」

「さよなら、ウェストファル先生」


通りを歩きながらあれこれと考えた。わたしにはこう思えた。彼女はおまんこをしたがってはいたが、わたしが相手ではあまりにも若すぎるし、わたしの両親や校長にばれてしまうかもしれないのを恐れてもいた。彼女と二人きりで教室にいるのはとても刺激的なことだった。おまんことやらはなかなか面白い。それでまた一つあれこれと考えることが増える。

家に帰るには大通りを一つ横切らなければならない。わたしは横断歩道を渡り始めた。突然一台の車がわたし目がけて走ってきた。まったくスピードを落とさない。激しく蛇行していた。その行く手から逃れようとしたが、わたしを追いかけているように思えた。ヘッドライトや車輪、それにバンパーが目に入る。その車に撥ねられ、わたしは意識を失った……。

14

病院で、わたしは何かに浸した綿を膝にぱたぱたと当てられていた。ひどく痛かった。肘もずきずきと痛んだ。

医者と看護婦とがわたしの上に覆い被さっていた。わたしはベッドに横たわっていて、窓から陽が射し込んでいる。とても心地よかった。医者はわたしに微笑んでいる。姿勢を正した看護婦も微笑んでいる。とても気分がよかった。

「きみの名前は？」と医者が聞く。

「ヘンリー」

「ヘンリー何？」

「チナスキー」

「ポーランド人かな？」

「ドイツ人」

「どうしてみんなポーランド人はいやがるんだろう？」

「ぼくはドイツ生まれだ」

「どこに住んでいるの？」と看護婦が尋ねる。

「両親と一緒に」

「ほんとう？」と医者が聞き返す。「どこに？」

「ぼくの肘や膝はどうなっているの？」

「車に轢かれたんだよ。幸運なことに、車輪の下敷きにはならなかったけどね。目撃者の話では酔っぱらい運転だったそうだ。轢き逃げだ。でも車のナンバーは控えてある。すぐに捕まえられるよ」

「きれいな看護婦さんですね」とわたしは言った。

「あら、ありがとう」と彼女が言う。

「彼女とデートしたいかね？」と医者が聞く。

「それって何のこと？」

「彼女と一緒にどこかへ行きたいかい？」と医者が尋ねる。

「あの人とぼくがやれるかどうかよくわからない。ぼくって若すぎる」

「やるって何を？」

「わかっているくせに」

「さあ」と看護婦が微笑む。「膝の傷がすっかり治ったらわたしに逢いに来て。それからどうするか考えましょう」

「失礼するよ」と医者が言う。「事故にあった別の患者を診《み》なくちゃならないんだ」

彼は病室から出ていった。

「さて」と看護婦が言う。「どの通りに住んでいるの？」

「ヴァージニア・ロード」

「番地を教えて、坊や」

彼女に家の番地を教えた。電話はあるのかどうか彼女が聞く。番号を知らないとわたしは答えた。

「いいわ」と彼女が言う。「後で調べるから。気にしなくていいわ。あなたは幸運だったのね。頭にたんこぶがひとつとちょっとした擦り傷だけよ」

彼女は素敵だったが、膝の傷が癒えたらもう逢ってはくれないだろうとわたしにはわかっていた。

「ここにずっといたい」とわたしは彼女に告げる。

「何ですって？　ご両親のもとには帰りたくないっていうこと？」

「うん、ここにいさせてよ」

「そんなことできないのよ、坊や。うんと重い病気だったり、ひどい怪我をしている人たちのためにベッドをあけてあげなくちゃ」

彼女は微笑みを残して病室から去っていった。


父は病院にやってくると、ずかずかと病室に入り込み、一言も言わずにわたしをベッドから抱え上げた。そしてわたしを病室から連れだし、廊下を進んでいった。

「このどうしようもないやつめ！　右も左もよく見てから通りを渡れとおまえに教えなかったか？」

わたしを抱えて父は急いで廊下を進んでいく。看護婦とすれ違った。

「さよなら、ヘンリー」と彼女が声をかける。

「さよなら」

わたしたちは車椅子に乗った年寄りの男と一緒にエレベーターに乗り込んだ。男の後ろには看護婦が立っている。エレベーターが下に降り始める。

「わしは死ぬんだ」と年寄りの男が言う。「死にたくない。死ぬのは怖い……」

「もうたっぷり生きただろう、この老いぼれのろくでなし！」と父がぶつぶつと文句を言った。

老人はぎょっとしたようだった。エレベーターが止まった。ドアは閉まったままだ。わたしはエレベーターの操縦者がいることに気づいた。彼は小さな腰掛けに座っている。小人で、鮮やかな赤の制服に身を包み、赤い帽子を被っていた。

　小人が父を見上げた。「ちょっと、あんた」と彼が言う。「あんたはめちゃくちゃいやらしい馬鹿者だね！」

「ショートケーキめ」と父が応酬する。「さっさとドアを開けんか、さもなきゃてめえのけつを蹴っ飛ばすぞ」

　ドアが開いた。わたしたちは玄関から出た。父はわたしを抱えたまま病院の芝生を横切っていく。わたしはまだ病院のガウンを着たままだった。父はもう一方の手にわたしの衣類が入った袋を抱えていた。風が吹いてガウンの裾が捲れ上がり、すでに繃帯がとれてヨーチンが塗られているだけの擦りむいた膝が目に入る。父はほとんど走らんばかりの勢いで芝生を横切っていた。

「あのくそったれが捕まったら」と父が言う。「訴えてやるからな！　訴えて一銭残らず奪い取ってやる！　これから一生ずっとわたしに金を出し続けるんだ！　あのどうしようもない牛乳運搬トラックにはもううんざりだ！　ゴールデン・ステート牛乳販売だって！　黄金の州《ゴールデン・ステート》なんてとんでもない！　南洋に引っ越してやるからな！　ココナッツとパイナップルを食べて暮らしてやる！」

　父は車に辿り着くと、わたしを前の座席に座らせた。そして自分は反対側から乗り込むと、隣に座って車を発車させた。

「わたしは酔っぱらいが大嫌いだ！　わたしの親父は酔っぱらいだった。わたしの兄弟も飲んだくれだ。酔っぱらいは弱虫だ。酔っぱらいは臆病者だ。轢き逃げをした酔っぱらいどもは、残りの一生をずっと監獄で過ごせばいい！」

家に向かって車を走らせながら、父はなおもわたしに話し続けた。

「南洋じゃ、現地人たちはみんな草の家に住んでいるって知っているか？　朝起きれば、木の上から地上に食物が降り落ちてくる。それを拾って食べるだけでいい。ココナッツやパイナップルだ。それに現地人たちから見れば白人は神なんだ！　やつらは魚をつかまえ、猪を丸焼きにし、娘たちは踊り、草のスカートを穿いて男たちの耳の後ろを擦ってやるんだ。ゴールデン・ステート牛乳販売なんかくそくらえだ！」

しかし父の夢は叶わなかった。わたしを轢いた男は警察に逮捕されて刑務所送りとなった。その男には妻と三人の子供がいて、仕事にあぶれていた。一文無しの酔っぱらいだったのだ。男はしばらく刑務所に入っていたが、父は金を請求しようとはしなかった。父はこう言うだけだった。

「文無しのくずから金は搾り取れないよ！」

15

父はいつも近所の子供たちを自分の家から追い払った。わたしは彼らと遊ばないようにと言われていたが、言われなくても通りを歩いていって、みんなが遊ぶのをただ眺めているしかなかった。

「やーい、ドイツ野郎！」とみんなは囃し立てる。「どうしてドイツに帰らないんだ？」

どういうわけかみんなはわたしの出生地を探り当てていた。それに何といっても厄介だったのは、彼らはみんなわたしと同じ年頃で、同じ地域に住んでいるからというだけでなく、同じカトリック・スクールに通っているから、しっかりと一つに纏まっているということだった。みんな手ごわい子供たちで、何時間もタックル・フットボールをして遊び、そのうち何人かが毎日のように拳骨での殴り合いを始めていた。中心人物はチャック、エディ、ジーン、それにフランクの四人だった。

「やい、ドイツ野郎、塩漬けの国に帰ってしまえ!」

彼らと仲よくなることなどありえなかった……。


やがて赤毛の子供がチャックの家の隣に引っ越してきた。彼は特別な種類の学校に通っていた。ある日のこと、歩道の縁石のところに座っていたら、彼が自分の家から出てきた。わたしと並んで縁石に腰を下ろす。「やあ、ぼくの名前はレッドだよ」

「ヘンリーだ」

わたしたちは一緒に座ってみんながフットボールをして遊んでいるのを見守った。わたしはレッドを見る。

「何で左手に手袋をはめているの?」とわたしは尋ねた。

「片手しかないんだ」と彼が答える。

「本物の手みたいだね」

「偽物さ。偽の手なんだ。触ってみなよ」

「何だって?」

「触ってみなよ。偽物なんだ」

彼の義手に触った。堅かった。岩のように堅かった。

「どうしてそうなっちゃったの？」

「生まれつきこうなんだ。肘のところまで偽物の腕なんだよ。紐で吊んなくちゃならないんだ。肘の先に小さな指があって、指の爪も何もかもちゃんとあるんだけど、指はまるで役立たずさ」

「誰か友だちいる？」とわたしは聞いた。

「いない」

「ぼくもいないんだ」

「あいつらはきみと遊ぼうとしないの？」

「しない」

「ぼく、フットボールを持っているよ」

「キャッチできるの？」

「簡単なものさ」とレッドが答える。

「取っておいでよ」

「オーケイ……」

レッドは父親のガレージに戻り、フットボールを持って出てきた。ボールをわたしにトスする。そして彼は自分の家の芝生を後退りしていく。

「さあ、投げてみなよ……」

わたしはボールを投げた。彼のいいほうの腕と悪いほうの腕とが差し伸べられ、ボールをキャッチする。ボールを摑まえる時、義手がちょっと軋む音をたてた。

「ナイス・キャッチ」とわたしは声をかける。「さあ、ぼくに思いきり投げてみて！」

彼は腕を振り上げてボールを投げつけた。ボールはまるで弾丸のような勢いで飛んできて、わたしは何とか受け止めたものの、みぞおちに深く入ってしまった。

「そばにいすぎるよ」と彼に告げる。「もう少し後ろに下がって」

とうとう、とわたしは思った。誰かと一緒にボールを投げたり受けたりすることができた。気分は実に爽快だった。

今度はわたしがクォーターバックだ。タックルしてくる見えない敵を、腕をまっすぐ突き出して撃退し、ボールが渦巻状に回転するパスを投げる。ボールは思ったほど飛ばずに落ちる。レッドが前に向かって走ってきて、跳びはねたかと思うとボールを摑まえた。倒れて三回転か四回転したものの、ボールはしっかり摑んだままだった。

「うまいじゃないか、レッド。どうしてそんなにうまくなったの？」

「父さんが教えてくれたんだ。たっぷり練習したよ」

それからレッドは後退りすると、大きくボールを放り投げた。ボールは後ろ向きに走って受け止めようとするわたしの頭上を越えていくように思えた。レッドの家とチャックの家との間に生け垣があり、ボールを追いかけていたわたしはその生け垣の中に倒れ込んでしまった。ボールは生け垣のてっぺんに当たって、向こう側に落ちていく。ボールを拾いにチャックの家の庭に入っていった。チャックがわたしにボールを投げてよこす。「ようやくおまえにもできそこないの友だちができたってわけだな、そうだろう、ドイツ野郎」

それから数日後のこと、わたしはレッドと彼の家の前庭の芝生の上で、フットボールを投げ合ったり、蹴り合ったりしていた。チャックと彼の仲間はあたりにはいなかった。レッドとわたしはどんどんとうまくなっていく。練習第一、それに尽きる。後はチャンスさえ巡ってくればよかった。誰かがいつも、チャンスを摑める人間と摑めない人間とを仕切っている。

肩越しにボールをキャッチすると、ぐるぐると回してからレッドに投げ返す。彼は高く跳び上がってボールを摑まえた。そのうちいつかわたしたちはUSC（南カリフォルニア大学）の選手として試合に出られるかもしれない。ほどなく五人の少年たちが歩道をこちらに向かって歩いてくるのが目に入った。わたしたちの小学校の生徒ではない。同じ年頃で、何か面倒なことが起こりそうな気配がした。レッドとわたしがボールの投げ合いを続けていると、彼らはそばに立ってじっと見つめる。

やがて少年たちの中の一人が芝生に入ってきた。いちばん大きな少年だ。

「おれにボールを投げてみろよ」と彼がレッドに言う。

「どうして？」

「キャッチできるかどうか確かめたいんだ」

「きみがキャッチできようができまいが知ったこっちゃないよ」

「ボールを投げてよこせ！」

「彼は片腕なんだ」とわたしが言った。「ちょっかいを出すなよ」

「ひっこんでろ、猿顔め！」それから彼はレッドを見つめる。「ボールをよこしな」

「渡すもんか！」とレッドが言う。

「ボールを取り上げろ！」と大きな少年がほかの仲間に命令した。みんながわたしたちに向かって駆け寄ってくる。レッドは後ろを向くとボールを彼の家の屋根の上に放り投げた。ボールは傾斜した屋根の上を滑り下りると、雨どいの裏にはまり込んだ。すぐに彼らがわたしたちに襲いかかってきた。五対二だ、と思った。勝ち目はない。わたしは誰かのこめかみに拳骨をくらわせ、腕を振り上げて、今度は空振りした。誰かがわたしの尻に蹴りを入れる。強烈な一発で、背骨に激痛が走った。それから何かが砕ける音がした。ほとんどライフルの一撃のような音で、連中の中の一人が、額を抱えて地面に倒れた。

「くそっ」と倒れた少年が言う。「俺の頭の骨が砕けたぞ！」

レッドを見ると、芝生のど真ん中に立っていた。いいほうの腕で、義手を抱えている。まさに棍棒のようだった。彼がまた腕を振り回す。また何かが砕ける大きな音がして、別の一人が芝生の上に倒れた。勇気が湧き始めてきたわたしは、相手の口に見事なパンチをかました。唇が裂けて、血が顎のほうへと滴り落ちる。ほかの二人はとっとと逃げ去ってしまった。しばらくすると最初に倒れたいちばん大きな少年が起き上がり、それからもう一人も起き上がった。彼らは二人とも自分の頭を抱えている。口から血を流した少年はその場に立ちつくしている。やがて三人は一緒に通りを退却し始めた。かなり遠くまで行ったところで、大きな一人が振り返って叫んだ。

「また戻ってくるからな！」

レッドが彼らに向かって走りだし、わたしもその後を追いかけた。彼らも走り始め、角を曲がったところで、レッドとわたしは追跡するのをやめた。引き返して、ガレージの中にあった梯子を見つけた。そしてフットボールを屋根から下ろすと、また投げ合いを始めた……。

ある日曜日のこと、レッドとわたしはビミニ・ストリートにある公衆プールに泳ぎに行くことにした。レッドは一風変わった少年だった。彼はあまり喋らなかったが、わたしもあまり喋らないほうだったので、二人はうまがあった。いずれにしてもわざわざ喋ることなど何もなかった。ただ一度だけわたしは彼に学校のことを聞いてみたことがあるが、そこは特別な学校で、父親はかなりのお金を払っていると答えただけだった。

わたしたちは午後早くにプールに到着し、ロッカーを見つけて、服を脱いだ。すでに服の下に水着を着けていた。それからわたしはレッドが義手を外してロッカーに入れるのを目撃した。義手をつけていない彼の姿を見るのは、あの喧嘩以来初めてのことだった。肘のところまでしかない彼の腕を見ないようにしようとした。二人で塩素の溶解液に足を浸すところへと歩いていく。いやな臭いがしたが、水虫か何かがうつらないためのものだ。それからプールまで行き、水の中に入った。プールの水もいやな臭いがし、わたしは入った後、その中で小便をした。プールには、男も女も、少年も少女も、あらゆる年代の人たちがいた。レッドはほんとうに水が大好きだった。水の中で跳びはねていたかと思うと、今度は水の中に潜って、それから浮かび上がってくる。そして口から水を噴き出す。わたしは泳ごうとした。半分までしかないレッドの腕のことが気になって、どうしてもそこに目がいってしまう。彼が何かに気を取られていると思える時だけ目をやるように心がけた。左手は肘のところまでしかなく、先は丸くなっていて、小さな指も見ることができた。じっと見つめるつもりはなかったが、指は三本か四本しかないようで、やたらと小さく、縮こまっていた。まさに赤い色をしていて、それぞれの小さな指には小さな爪も生えている。今後大きくなるような気配はまるでなく、すべて成長しきっている。彼の手のことはもうそれ以上考えたくはなかった。わたしは水中に潜る。レッドをびっくりさせようと思っていた。後ろから忍び寄って彼の脚を摑もうとした。何か柔らかいものにぶつかった。目の前に何かがある。太った女の尻だった。その女に髪の毛を摑まれ、水の外へと引っ張り上げられた。彼女は青い水泳帽を被っていて、きつく縛られたその紐が、顎の肉にびっちりと食い込んでいる。前歯は銀歯で、にんにくの口臭がした。

「このガキの変態め！　ただで触るつもりかい、そうだろう？」

　わたしは彼女を押しやって、後退りした。後ろ向きで逃げると、彼女は水の中を追いかけてくる。垂れた乳房が行く手に大津波を起こしている。

「このちびの悪ガキめ。あたいのおっぱいを吸いたいのかい？　変なことを考えているんじゃないのかい、そうだろう？　あたいのうんこでも食べたいのかい？　あたいのうんこはいかがかな、ちびガキめ」

　わたしはどんどん水が深いところへと後退りしていく。ほとんど爪先立ちの状態で、どんどん後ろにさがっていく。水を少し飲んでしまった。彼女はなおも迫り続ける。蒸気船のような女だ。もうこれ以上後ろにはさがれない。目の前に彼女が立ちはだかる。色を失ったその目はうつろで、何の生気も感じられない。彼女のからだがわたしのからだにぶつかる。

「あたいのおまんこに触りな」と彼女が言う。「おまえが触りたがっているってわかっているよ。ほら、やってみな、あたいのおまんこに触ってみな。触るんだ、触れ！」

彼女は待ち構えた。

「触らないなら、おまえは痴漢だと監視員に言いつけてやる。そうすりゃおまえは檻の中さ。さあ、触りな!」

わたしはどうしても触れなかった。突然彼女の手が伸びてきて、わたしの大切な部分を思いきり引っ張った。ちんぽこが毟り取られそうな激しさだった。わたしは深い水の中に後ろ向きに倒れて沈み、もがき、そして水面に浮かび上がった。彼女から二メートルほど離れたあたりで、浅いほうに向かって泳ぎ始めた。

「おまえがいやらしいことをしたと監視員に言いつけてやる!」と彼女が叫ぶ。

すると一人の男が彼女とわたしとの間に泳いでやってきた。「あのガキのくそったれ!」と彼女がわたしを指さしながらその男に金切り声をあげる。「あいつはあたいのおまんこに摑みかかったのよ!」

「奥さん」とその男が言う。「あの子はきっと排水口についている鉄格子だと思ったんですよ」

わたしはレッドのいるほうに泳いでいった。

「ねえ」と呼びかける。「ここからずらかんなくちゃ! あのでぶの女がぼくにおまんこを触られたと監視員に言いつけようとしているんだ!」

「なんでそんなことをしたの?」とレッドが尋ねる。

「どんな感触なのか知りたかったんだ」

「どんな感触だった?」

わたしたちはプールから上がり、シャワーを浴びた。レッドは義手をつけ直し、わたしたちは服を着た。「ほんとうにやったのかい?」とレッドが質問する。

「男には手を出さずにいられない時もあるのさ」

それから一月かちょっとしてレッドの家族は引っ越していった。気がつくと彼らはいなくなっていた。そんな感じだった。レッドは前もってわたしに一言も教えてはくれなかった。彼は消え去り、フットボールも消え去り、あの爪すら生えた赤くて小さな指も、みんな消え去ってしまった。彼はいいやつだった。

16

どういうわけからなのか、はっきりとはわからなかったが、チャック、エディ、ジーン、それにフランクは、たまにわたしをゲームの中に入れてくれるようになった。もう一人別の仲間が現われ、三対三にする必要があったので、そうなったのだと思う。ほんとうにうまいと言われるにはまだまだ練習しなければならなかったが、わたしは上達しつつあった。土曜日が最良の日だった。その日こそ本格的な試合の日で、ほかの連中も加わって、通りでフットボールをした。芝生の上ではタックルも行なったが、通りでする時は、タッチだけとなった。すぐにタッチされるので一人でいつまでも走ることはできず、自然とパスが多くなった。

家では、父と母との間で諍いが絶えず、その結果、わたしのことは放っておかれるようになった。土曜日には必ずフットボールをした。ある試合の時、パスを防ごうとする最後の敵を躱《かわ》して誰もいないところへ躍り出ると、チャックがボールを大きく弧を描いて投げるのが見えた。ボールは螺旋状となって高くどこまでも飛び、わたしは走り続けた。肩越しに振り返ると、ボールがちょうど飛んできて、わたしの両手の中にすっぽりと収まり、そのまま抱えて後はタッチダウンするだけだった。

ちょうどその時、「ヘンリー！」と怒鳴る父の声が聞こえた。家の前に立っている。試合が続けられるように自分のチームの一人にボールをそっと投げて渡し、父が立っているところへ歩み寄っていった。彼は怒っているようだった。彼の怒りがはっきりと伝わってくる。いつものように片足を少しだけ前に出して立ち、真っ赤な顔をしている。息をするたび、彼の太鼓腹が上下しているのがわかった。彼は百八十八センチもある大男で、怒ると耳と口と鼻しか見えなくなってしまう。目を見ることはできなかった。

「よし」と父が言う。「おまえももう芝生を刈れる歳だ。それだけ大きいと、刈ったり、揃えたり、水を撒いたり、それに花にも水をやったり、十分できるだろう。おまえにせっせと働いてもらう時が来たようだ。せっせとな」

「でもぼくは今みんなとフットボールをしているんだ。土曜日しかするチャンスがないんだよ」

「おまえはわたしに口答えしているのか？」

「いいえ」

カーテンの陰から見つめている母の姿が目に入った。土曜日ごとにわたしの両親は家中の掃除をする。敷物に電気掃除機をかけ、家具を磨き上げる。敷物を上げて、硬材の床をワックスがけし、それが済むと再び敷物で覆う。ワックスをかけたところは誰の目にも触れないのに。

芝刈り機と縁揃え機は庭の道に置かれてあった。父がわたしに指し示す。「さあ、この芝刈り機で芝生を行ったり来たりするんだ。一か所たりとも刈り残しはだめだぞ。ここにある草入れがいっぱいになったら、必ず中身を捨てること。ある方向で芝生を刈り終わったとすると、今度はまた芝刈り機を使って逆の方向から刈っていくんだ、わかるか？　まずは南北の方向に芝を刈って、それから東西に刈っていく。わかったな？」

「はい」

「それにそんなにめちゃくちゃふしあわせそうな顔をするな。さもなきゃおまえがほんとうにふしあわせになってしまうような目にあわせるぞ！　芝刈りが終わったら、今度は縁揃え機の番だ。縁揃え機に付いている小さな芝刈り機で、芝生の縁をきちんと刈り込んでいくんだ。生け垣の下も、伸びた芝は全部だぞ！　それから……縁揃え機のこの回転刃で芝生の縁を刈っていく。芝生の縁に沿って完全に真っ直ぐにな！　わかったか？」

「はい」

「それが済んだら、今度はこいつで……」と父はわたしに何本かの植木鋏を見せる。

「跪いて、まだはみ出している芝を一つ残らず刈っていくんだ。それからホースを取り出して、生け垣や花壇に水を撒く。次にスプリンクラーを作動させて、芝生のそれぞれの部分で十五分間ずつ散水させる。今言ったことをすべて前庭の芝生や花壇でやったら、次は裏庭の芝生やそこにある花壇でもそっくり同じことを繰り返すんだぞ。何か聞きたいことはあるか？」

「いいえ」

「よし、それからこれだけは言っておこう。終わったら、このわたしが外に出てすべてをチェックするからな。おまえがやり終えた時、前庭だろうが裏庭だろうが、ほんの少しでも伸びている芝が一本でもあったりするのはごめんだからな！　一本たりともだぞ！　もしあったとしたら……！」

父は背中を向けると、車回しを歩いていき、ポーチを通って玄関のドアを開け、ばたんと閉めると家の中に入っていった。わたしは芝刈り機を手にして小道を進んでいき、それを押しながら、南北方向の最初の作業を開始した。道の向こうでフットボールをしているみんなの声が聞こえる……。

わたしは前庭の芝刈り、縁揃え、刈り込みをやり終えた。花壇に水をやり、スプリンクラーを作動させ、今度は裏庭に向かって作業を進める。裏庭へ続く私道の中にも芝生が生えている。そこもちゃんとやった。自分がふしあわせなのかどうかよくわからなかった。あまりにも惨めすぎてふしあわせだと感じる余裕すらなかった。世の中のすべてが芝生になってしまい、わたしはただそこを突き進んでいるだけのように思えた。頑張って作業をやり続けたが、突然やる気をなくしてしまった。何時間もかかるどころか、一日仕事になってしまう。試合は終わってしまうだろう。みんなは夕食を食べに家路につき、土曜日も終わってしまう。それなのにわたしは芝刈りを続けなければならない。

裏庭の芝生に取りかかり始めた時、父と母が裏のポーチからわたしを見守っていることに気づいた。二人とも黙って突っ立っているだけで、ぴくりともしない。芝刈り機を押してわたしが前を通りすぎた時、母が父にこう言っているのが聞こえた。「ほら、あの子ったら、あなたが芝刈りをする時のように汗びっしょりにはなっていないわ。何でもないって顔をしている」

「何でもないだって？　何でもないどころか、あいつは死んでいるんだ！」

彼らの前をまた通りすぎると、父がどなりつける。

「もっと速く押すんだ！　まるでかたつむりみたいだぞ！」

スピードを上げて芝刈り機を押した。かなり無理をしなければならなかったが、なかなかいい気分だった。わたしはどんどん速く押し始めた。芝刈り機と一緒にほとんど走っていた。刈った芝があまりにも勢いよく後ろに吹き飛ばされるので、大部分が草入れに入ることなくこぼれ落ちてしまう。父の怒りを買うことはわかっていた。

「このくそったれ！」と父が大声をあげる。

彼は裏のポーチからガレージの中に走り込んでいった。そして長さ三十センチほどのツー・バイ・フォーの角材を持って出てくる。父がその角材を投げるのを目の隅でとらえた。わたしに向かって飛んでくるのがわかったが、敢えて避けようとはしなかった。角材がわたしの右脚の後ろを直撃する。強烈な痛みを覚えた。激痛で脚がもつれたが、何とかして歩き続けようとした。脚を引きずらないようにしながら、芝刈り機を押し続けた。芝生の別の場所を刈ろうと向きを変えると、ツー・バイ・フォーの角材が行く手に転がっている。それを抱え上げて横に置き、芝を刈り続けた。痛みはますます激しくなってくる。気がつくとわたしのすぐそばに父が立っていた。

「やめろ！」

わたしはやめた。

「刈った芝を草入れからこぼしていたところに戻って、もう一度最初から全部芝を刈り直すんだ! わたしの言っていることがわかるか?」

「はい」

父は家の中に戻っていった。そして、母と二人で裏のポーチに立って、わたしのことをじっと見ていた。

歩道にこぼれた芝をすっかり掃き集めて捨て、そこを水で洗えば仕事はすべて終わりだった。後は裏庭の芝生のそれぞれの部分にスプリンクラーを十五分ずつ作動させるだけでよかった。スプリンクラーを据えつけようとホースを引っ張っている時、父が家の中から出てきた。

「水を撒く前に、刈り残しがないかどうか芝生を調べてみよう」

父は芝生の真ん中まで歩いていくと、その上に四つんばいになり、芝の葉の先が一本でもはみ出ていないかどうか確かめようと、片頬を地面にくっつけるようにした。じっと見つめ、首を捻ったりして、なおも凝視し続ける。わたしは静かに待っていた。

「ほら見ろ!」

父は起き上がると、家のほうに駆け出していく。

「ママ! ママ!」

家の中に駆け込んでいった。

「いったい何の騒ぎ?」

「刈り残した芝を一本見つけたぞ!」

「そうなの?」

「おいで、見せてやろう！」

父は大急ぎで家の中から出てきて、母もその後についてくる。

「ここだ！　ここ！　ほら見せてやろう！」

彼は両手両膝をつく。

「見つけたぞ！　ここに二本もはみ出ている！」

母も父と一緒に四つんばいになる。二人とも気が変になったのではないかと思った。

「わかるか？」と父が母に聞く。「二本も伸びている。見えるか？」

「ええ、父さん、見えるわ……」

二人とも立ち上がった。母が家の中に入っていく。父がわたしを見つめる。

「中に入れ……」

わたしはポーチに向かって歩き、それから家の中に入った。父が後についてくる。

「バスルームに入れ」

父がドアを閉める。

「ズボンを下ろせ」

父が革砥を手に取るのがわかった。わたしの右脚はまだ痛んでいた。これまでにも何度となく革砥の罰を受けていたが、そんなことは何の救いにもならなかった。まわりの世界もすべて何の関係もない。何の救いにもならない。世の中にはありとあらゆる人たち、犬や猫にちんぴらたちがいるし、あらゆる通りにはさまざまな建物が建っている。しかしすべてどうでもよかった。世界は父と革砥、そしてバスルームとわたしだけだ。父は剃刀を研ぐためにその革砥を使っている。

毎朝早く、父が石鹸の泡で顔を真っ白にして鏡の前で髭を剃っているのを見るたび、彼に対する憎しみでいっぱいになった。やがて革砥の最初の一打ちがわたしを襲った。革砥は鈍くけたたましい音をたて、その音は痛みとほとんど同じほど我慢がならないものだった。また革砥がわたしに打ちつけられる。父は革砥を打ちつける機械と化している。まるで墓穴の中にいるような気分だ。革砥がまた打ちつけられ、わたしはきっとこれが最後の一発だと思う。しかしそうではなかった。また革砥で打たれる。父を憎んではいなかった。この世の生き物とは思えなくて、ただ父のもとから逃げ出したくてたまらないだけだった。泣くことすらできなかった。泣くにはあまりにも気分が悪すぎたし、取り乱しすぎてもいた。またしても革砥が打ち下ろされる。それから父は打つのをやめた。わたしは立ったままじっと待っている。父が革砥をもとの場所に掛ける音がした。

「この次は」と父が言う。「刈り残しは一本もないようにな」

父がバスルームを出ていく音がする。バスルームのドアが閉まった。壁は美しく、バスタブは美しく、洗面台は美しく、シャワー・カーテンは美しく、便器すら美しかった。父は行ってしまった。

17

近所に残っていた少年たちの中で、フランクがいちばんいいやつだった。わたしたちは友だち同士となって、いつも一緒に行動するようになり、ほかの仲間とはあまりつきあわなくなった。

彼らはフランクを仲間はずれにしがちで、そういうこともあって、結局彼はわたしと友だちづきあいをするようになったのだ。彼はデイヴィッドとは違っていて、学校から家までわたしと一緒に帰ったりはしない。フランクはデイヴィッドより大いに有利な立場にあった。わたしはフランクが通っていたからというだけでカトリック教会にすら足を運んだ。両親はわたしを教会に行かせたがっていた。日曜日のミサは退屈千万なものだった。それにわたしたちは教理問答の教室にも出席しなければならなかった。教理問答の本を学ばなければならなかったのだ。これまた面白くも何ともない問答だった。

ある午後のこと、わたしの家のポーチに二人で腰かけ、わたしはフランクに大声で教理問答書を読んで聞かせていた。わたしはこんな一節を読んだ。「神には肉体的な目があって、すべてを見通す」

「肉体的な目だって？」とフランクが尋ねる。

「そうだよ」

「こんなのかな？」と彼は両手を拳にして目の上にあてる。

「神の目は牛乳瓶なんだ」とフランクは言って、両手の拳を目に押しつけながらわたしのほうを向いた。そして笑いだす。わたしも笑いだした。二人で長い間声をあげて笑っていた。それからフランクが笑うのをやめた。

「神に聞こえたかな？」

「そう思うよ。神にすべてが見えるのなら、きっとすべて聞くこともできるはずさ」

「怖いよ」とフランクが言う。「神はぼくたちを殺すかもしれない。ぼくらのことを殺すと思う？」

「わからないよ」

「ここでじっとしたまま待ったほうがいいよ。動かないで。じっと座っているんだ」

わたしたちは階段に腰かけたまま待った。随分と長い間待ち続けた。

「神は今は何もするつもりがないのかもしれないね」とわたしが言った。

「神は時間をかけるつもりなんだ」とフランクが言う。

なおも一時間ほど待ち、それからフランクの家まで歩いていった。わたしは彼が作っている模型飛行機をちょっと見てみたかった……。

ある午後のこと、わたしたちは初めて告解に行くことにした。二人で教会まで歩いていった。わたしたちは司祭の一人を知っていた。いちばん偉い人だ。その司祭とはアイスクリーム・パーラーで出会い、彼のほうからわたしたちに話しかけてきたのだ。彼の家に一度だけ行ったこともあった。年老いた女性と一緒に教会の隣に住んでいた。わたしたちは彼の家にかなり長い間いて、神についてのありとあらゆる質問をした。例えば、神の背の高さはどれぐらいなのか？ 神は一日じゅうずっと椅子に座りっぱなしなのか？ みんなと同じように神もトイレに行くのか？ といったような質問だ。司祭はわたしたちの質問に直接答えてはくれなかったが、それでも素敵な人物のように思えた。笑顔が素晴らしかった。

わたしたちは告解とはいったいどんなものなのかとあれこれ考えながら教会まで歩いていった。教会のそばまで来た時、一匹の迷い犬がわたしたちについてき始めた。とてもやせ細って、腹をすかせている様子だ。立ち止まって犬を撫で、背中を掻いてやった。

「犬が天国に行けないなんてひどすぎる」とフランクが言う。

「どうして行けないのかなあ？」

「天国に行くには洗礼を受けなくちゃ」

「この犬に洗礼を施すべきだよ」

「ぼくらがやるべきかな？」

「こいつだって天国に行く機会を与えられるべきだよ」

わたしは犬を抱きかかえ、フランクと一緒に教会の中に入っていった。聖水の入った器のところへ犬を連れていき、わたしが押さえていると、フランクが犬の額に水を振りかけた。

「ここにわたしはおまえに洗礼を施す」とフランクが言う。

犬を表に連れていき、また歩道に放した。

「何だか前とは違うように見えるね」とわたしが言った。

犬は興味を失い、歩道を歩き去っていった。教会の中に戻ると、まずは聖水のところで立ち止まり、その中に指を浸して十字を切った。二人とも告解室のそばにある信徒席で跪いて待った。一人の太った女性がカーテンの後ろから出てきた。体臭が強かった。そばを通り過ぎる時、彼女の強烈な体臭がぷんぷん臭った。彼女の体臭が小便のような教会の臭いと混ざり合う。日曜日ごとにミサにやってくるみんなは、この小便くさい臭いを嗅いでも、誰も何も言わないのだ。わたしは司祭にこの臭いのことを打ち明けようとしたが、できなかった。もしかすると蠟燭のせいなのかもしれない。

「入るよ」とフランクが言った。

　彼は立ち上がると、カーテンの向こうに歩いていって姿を消した。随分と長い間、中に入っていた。出てきた時はにやにや笑いを浮かべていた。

「すごかったよ、ほんとにすごい！　さあ中に入れよ！」

　わたしは立ち上がると、カーテンを引き上げて中に入っていった。中は暗い。わたしは跪いた。目の前に見えるのは内陣仕切りだけだ。その向こうに神がいるとフランクが言っていた。跪いたまま、自分がしでかした何か悪いことを思い浮かべようとした。何も思い浮かばない。跪いて何でもいいから必死で思い浮かべようとしてみたが、だめだった。何をすればいいのか見当もつかない。

「さあ」と中から声がする。「何か言いなさい！」

　怒りに満ちた声だった。中から声がするとは思ってもいなかった。神にはたっぷりと時間があるとわたしは思った。わたしは怯えていた。嘘をつくことにした。

「わかりました」と口を開く。「わたしは……父を蹴飛ばしました。わたしは……母を罵りました……わたしは母の財布からお金を盗みました。それで棒飴を買いました。わたしはチャックのフットボールの空気を抜きました。女の子のワンピースをじろじろと見ました。母を蹴飛ばしました。自分の鼻くそを少し食べてしまいました。それで全部です。あと、今日、犬に洗礼を施しました」

「おまえは犬に洗礼を施したのかね？」

　それでおしまいだった。地獄に落ちるような大罪。これ以上続けても無駄だ。立ち上がってその場を去った。わたしが言ったことに対して中の声が天使祝詞を述べたのか、それとも何も言わなかったのかよくわからなかった。カーテンを引き上げると、すぐそばでフランクが待っていた。わたしたちは教会から表通りへと出た。

「罪が洗い清められたみたい」とフランクが言う。「きみはどう?」

「全然」

わたしは二度と告解には行かなかった。十時のミサよりもひどかった。

18

フランクは飛行機が好きだった。彼は自分が持っている第一次世界大戦の安っぽい雑誌を全部わたしに貸してくれた。「フライング・エイセズ」がいちばんだった。空中戦が最高で、スパッズ機とフォッカー機とが交戦した。わたしはすべての話を読破した。ドイツ軍がいつも負けるという成り行きは気に入らなかったが、そのことを別にすれば実に素晴らしかった。

雑誌を借りたり返したりするためにフランクの家を訪れるのがわたしは好きだった。彼の母親はハイヒールを履いていて、見事な脚をしていた。脚を組んで椅子に座り、スカートが上のほうまで捲れ上がっている。フランクの父親は別の椅子に座っていた。彼の両親はいつも酒を飲んでいた。父親は、第一次大戦の時の航空兵で、撃墜されていた。片腕には骨の代わりに針金が入っている。彼は恩給を貰っていた。しかし好人物だった。わたしたちが部屋に入っていくと、いつでも声をかけてくれた。

「元気にやっとるかね、坊主ども？　調子はどうかな？」

そのうちわたしたちは航空ショウのことを知った。盛大なものになりそうだった。フランクが地図を手に入れ、わたしたちはヒッチハイクをして会場まで行くことに決めた。もしかすると航空ショウには辿り着けないかもしれないとわたしは思ったが、フランクはそれでいこうと言う。彼の父親がわたしたちにお金をくれた。

地図を片手に大通りに出たわたしたちは、すぐに車をつかまえることができた。歳を取った男で、唇がやたらと濡れていて、絶えず舌で唇を舐めまわしている。くたびれたチェックのシャツを着て、いちばん上までボタンをしっかりと留めていた。ネクタイはしていない。目の中まで入り込んでしまいそうな奇妙な眉毛の持ち主だ。

「おれの名前はダニエル」とその男が言う。

フランクが答える。「こいつはヘンリー。ぼくはフランク」

ダニエルは車を走らせる。ラッキー・ストライクを一本取り出して、火を点けた。

「きみらは自分の家に住んでいるのか？」

「うん」とフランクが言う。

わたしも「うん」と答えた。

ダニエルの煙草はその口のせいで早くも濡れてしまっている。信号で車が停まった。

「昨日ビーチにいたら、桟橋の下で男が二人捕まっていたよ。警察に捕まってブタ箱行きになったんだ。一人の男がもう一人の男のあれをしゃぶっていたってわけさ。それがお巡りといったい何の関係があるんだ？　おれはむかっときてしまったね」

信号が変わり、ダニエルは車を発車させる。

「馬鹿げた話だっておまえらも思わないか？　そいつらがしゃぶるのをお巡りがやめさせるだなんて」

　わたしたちは何も答えなかった。

「そうさ」とダニエルが続ける。「二人の男たちにはごきげんな尺八をする権利があると思わないかい？」

「そう思うよ」とフランクが答える。

「そうだね」とわたしも言う。

「おまえたち、どこに行くんだ？」とダニエルが尋ねた。

「航空ショウだよ」とフランクが答える。

「えっ、航空ショウだって！　おれは航空ショウが好きなんだ！　こうしようじゃないか、おまえらがおれも一緒に行かせてくれるというのなら、そこまでちゃんと連れていってやろう」

　わたしたちは二人とも返事をしなかった。

「さあ、どうかな？」

「いいよ」とフランクが答えた。

　わたしたちはフランクの父親から入場料と交通費のお金を貰っている。しかしヒッチハイクをして交通費を浮かすことにしたのだ。

「もしかしておまえたちは泳ぎに行くほうがいいんじゃないのか」とダニエルが言う。

「そんなことないよ」とフランクが答える。「ぼくらは航空ショウを見たいんだ」

「泳ぐほうがもっと楽しいぞ。お互いに競争できる。おれたちだけになれる場所を知っているんだ。おれは桟橋の下になんか絶対に行かないぜ」

「ぼくらは航空ショウに行きたいんだ」とフランクが言う。

「わかったよ。航空ショウに行こう」とダニエルが答えた。

航空ショウの駐車場に到着して、車から降り、ダニエルが車の鍵をかけている時、フランクが叫んだ。「**逃げろ！**」

わたしたちは入場口に向かって走った。逃げ去るわたしたちにダニエルが気づく。

「**こら、この変態ガキども！　こっちに戻ってこい！　帰ってこい！**」

わたしたちは走り続けた。

「たまげた」とフランクが言う。「あの野郎は気が変だぞ！」

わたしたちはほとんど入場口のところまで来た。

「**おまえらを捕まえてやるぞ！**」

金を払って中に入った。ショウはまだ始まっていなかったが、すでに多くの観衆が集まって来ている。

「正面の観覧席の下に隠れようぜ、そうすりゃ見つからないよ」とフランクが言った。

みんなが座れるようにと、厚板を使って間に合わせの正面観覧席が作られていた。わたしたちはその下に潜った。ちょうど正面観覧席の中央あたりの真下に少年が二人立って、上のほうを見ている。十三歳か十四歳ぐらいで、わたしたちよりも二、三歳年上のように思えた。

「あいつら何を見上げているんだろう」とわたしは尋ねた。

「見にいってみよう」とフランクが答える。

彼らのいるところまで歩いていった。一人が近づいてくるわたしたちに気づく。

「こら、このガキども、こっちに来るな！」

「いったい何を見ているのさ？」とフランクが尋ねる。

「このガキども、こっちに来るなと言っただろう！」

「ああ、ちくしょう、マーティ、こいつらにも見せてやろうぜ！」

わたしたちは彼らが立っているところまで近づいていった。そして見上げる。

「いったい何なの？」とわたしが尋ねる。

「くそ、おまえら見えないのかよ？」彼らの一人がわたしに聞き返す。

「見えるって何が？」

「おまんこだよ」

「おまんこ？　どこに？」

「ほら、あそこだよ！　見えるか？」

彼が指でさし示す。

束ねた自分のスカートを下に敷くようにして一人の女性が座っていた。彼女はパンティを穿いていない。厚板の隙間を見上げると、彼女の性器が目に飛び込んできた。

「見えるか？」

「ああ、見えるよ。おまんこだ」とフランクが言う。

「さあ、わかったらとっとここから行っちまえ、何も言うんじゃないぞ」

「でもぼくらも、もうちょっとだけ見たいなあ」とフランクが言う。「もうちょっとだけでいいから、ぼくらにも見せてよ」

「よーし、でもちょっとだけだぞ」

そこに立って、顔を上げて見つめた。

「見えるよ」とわたしが言う。

「おまんこだよ」とフランクが答える。

「本物のおまんこだ」とわたし。

「そうさ」と年上の一人が言った。「あれがそうなのさ」

「これからいつも思い出すだろうな」とわたしが言った。

「よーし、おまえたち、もう行ってもらわなくちゃ」

「何で？」とフランクが尋ねる。「どうしてぼくら見続けていちゃだめなの？」

「それはな」と年上の少年の一人が言う。「おれはこれからあることをするからさ。さあ、あっちへ行くんだ！」

わたしたちは立ち去った。

「あいつは何をするんだろうね」とわたしが尋ねる。

「わかんないよ」とフランクが答える。「きっとあそこ目がけて石でも投げるのかもね」

正面観覧席の下から出て、ダニエルはいないかとあたりを見回した。彼の姿はどこにもなかった。

「行ってしまったのかもしれないね」とわたしは言った。

「あんなやつは飛行機なんか好きじゃないよ」とフランクが言う。

わたしたちは正面観覧席の上のほうに昇って、ショウが始まるのを待った。わたしはまわりにいる女性みんなに目をやった。

「どれがあの女の人かな？」とわたしが聞く。

「上から見たんじゃわかんないと思うよ」とフランクが答える。

やがて航空ショウが始まった。フォッカー機に乗った操縦士が曲乗り飛行を披露した。見事な腕前だった。宙返りをして旋回し、失速させたかと思うとまた機首をもとに戻し、地上すれすれに飛び、インメルマン反転もやってのけた。彼のいちばんの得意技は両翼に付けられた鉤を使ったものだった。地上およそ二メートルほどの高さの棒のてっぺんに二枚の赤いハンカチがしっかりと結びつけられている。フォッカー機が飛んできて、片方の翼を下げ、棒の先のハンカチをそこに付けられた鉤で引っかけて取る。もう一度飛んできて、今度は別のほうの翼を下げて残りのハンカチも取り去ってしまった。

それから退屈きわまりない空中文字飛行があり、くだらない気球競争が続き、その後でやっと面白い出し物が登場した。地上すれすれの四つの標識を旋回していく競争だ。飛行機は標識のまわりを十二回旋回しなければならず、いちばん速く飛び終えた者が優勝だった。標識の上を飛んでしまうと操縦士はその時点で失格となった。競争機がそれぞれ地上でエンジンをふかしてウォーミング・アップしている。一つとして同じかたちの飛行機はない。ほとんど翼がついていないような細くて長い機体のものがある。ずんぐりとして丸く、まるでフットボールのようなものもある。それぞれが違っていて、みんな派手な塗装がされていた。優勝賞金は百ドルだ。いくつもの飛行機が地上でウォーミング・アップしている。これからすごいものが見られると誰もが興奮を隠せないでいる。エンジンが飛行機から吹き飛んでいってしまいそうなすさまじい轟音がしたかと思うと、スタート係が旗を振り下ろし、全機が離陸していった。全部で六機で、くっつくようにして標識のまわりを飛んでいく。低空飛行をする操縦士もいれば、高く飛ぶものも、あるいはその間を飛ぶ者もいる。速く飛びすぎて、標識をまわる時に負かされる機もあれば、遅めに飛んで急旋回する機もある。素晴らしかったが、恐ろしくもあった。そのうちに一機が片翼を失った。機体が地面の上を飛び跳ね、エンジンから炎と煙とが噴き出る。逆さにひっくり返った飛行機のもとに、救急車と消防車とが駆けつけた。ほかの飛行機はまだ飛び続けている。今度はまた別の飛行機のエンジンが爆発して脱落し、残りの機体が一命を失ったかのように墜落していく。地上に激突して、木端微塵になった。しかし不思議なことが起こった。操縦士が操縦席のカバーを後ろにずらせて開けて這い出してきたのだ。彼は救急車の到着を待っている。観衆に向かって手を振ると、熱狂的な大喝采で迎えられた。奇跡的なできごとだった。

それから突然最悪の事態が起こった。標識を旋回していた二機が翼を接触させたのだ。二機ともきりもみ降下して地上に激突し炎に包まれた。救急車と消防車とがまた駆けつける。操縦士が二人引きずり出され担架に乗せられるのが見えた。悲しいできごとだった。二人の勇敢な男たちが、一生不具の身となったか、あるいは命を落としてしまったのだ。

残ったのは二機だけとなった。五番機と二番機との優勝争いだ。五番機はほとんど翼のない細身の飛行機で、二番機よりもずっと速かった。二番機はフットボール型で、あまりスピードは出なかったが、旋回の時にかなり挽回した。しかし限度があった。五番機のほうが二番機に差をつけ続けていた。

「五番機が」とアナウンサーが告げる。「二周先を飛んでいます。残りあと二周です」

優勝をものにするのは五番機かのように思えた。その時五番機が標識に突っ込んでいった。旋回しようとしたところが、標識に衝突し、すべてを粉々にしてしまったのだ。それでも機体は原っぱの上を全速力で飛び続け、どんどん低くなっていって、地面に激突した。車輪が地面に当たり、機体が高く跳ね上がったかと思うと、ひっくり返り、そのまま地上を滑っていった。救急車と消防車が駆けつけるにも、かなりの距離だ。

二番機は残った三つの標識と壊れ落ちたもうひとつの標識のまわりを飛び続けてから着陸した。優勝は二番機だ。操縦士が外に出てくる。自分の飛行機そっくりの太った男だった。わたしはがっちりとしたもっとかっこいい男が出てくるものだとばかり思っていた。彼はついていただけだ。ほとんど誰も喝采したりしなかった。

ショウの締めくくりは、パラシュート・コンテストだった。標的として地面に輪が描かれ、そのいちばん近くに着陸した者が勝者となる。何だかつまらなそうに思えた。はらはらさせられるようなことは何も起こりそうにない。パラシュートをつけた参加者たちが飛び出してきて、標的を狙っている。

「こんなの大したことないよ」とわたしはフランクに言った。

「まったくさ」と彼も言う。

みんなが輪の近く目ざして降下してくる。頭上の飛行機からまた新たな参加者たちがパラシュートをつけて飛び出す。観衆が「おぉ」とか「あぁ」とか声をあげ始める。

「見ろよ！」とフランクが声をあげた。

半分しか開いていないパラシュートがあった。空気をたっぷりと溜めることができない。ほかの者よりもうんと速く落ちてくる。男はもつれてしまったパラシュートを開けようと、手足をばたつかせて悪戦苦闘している。

「ああ、神様」とフランクが言った。

男はどんどん低く落ちてきて、その姿がはっきりと見えるようになった。パラシュートをちゃんと開けようと紐を強く引っ張り続けているが、まるで作動しない。地面に激突して少し跳ね上がり、再び落ちると男はびくともしなくなった。彼の上に半開きのパラシュートが舞い落ちてくる。

残りのパラシュート降下は中止となった。

ダニエルがあたりにいないかと注意しながら、わたしたちはみんなと一緒に会場を後にした。

「ヒッチハイクで帰るのはやめよう」とフランクに言った。

「いいよ」と彼が答える。

みんなと一緒に会場から出ていきながら、自分が何にいちばん興奮したのかよくわからなかった。飛行機競争だったのか、失敗したパラシュート降下だったのか、それとも女性器だったのか。

19

五年生になるともう少しましになった。ほかの生徒はそれほど敵意をむき出しにはしなかったし、わたしのからだも大きくなっていた。クラスのチームの選手には選ばれなかったものの、以前のように脅されることは少なくなった。デイヴィッドはヴァイオリンと共にどこかに行ってしまった。家族が引っ越ししたのだ。わたしは一人で歩いて家に帰った。しょっちゅう一人か二人の少年に後をつけられ、そのうちでもホアンのほうがずっとたちが悪かったが、彼らのほうから何か仕掛けてくるようなことはなかった。ホアンは煙草を吸っていた。煙草を吸いながらわたしの後をつけ、彼のそばにはいつも違う相棒がいる。一人だけでわたしをつけるようなことはなかった。わたしは怯えていた。彼らがどこかに行ってくれればいいと願っていた。それでも、わたしは同時に気にもしていないようなところがあった。わたしはホアンが嫌いだった。学校にいるみんなが嫌いだった。みんなもそれに気づいていたのだと思う。だからこそみんなはわたしのことを毛嫌いしたのだ。みんなの歩き方や人を見る目付き、それに喋り方が嫌いだった。自分の父や母も嫌いだった。自分が白くて空っぽの空間に取り囲まれているような感じをわたしはその時もまだ持ち続けていた。いつも胃がむかつき軽い吐き気をおぼえていた。ホアンは肌が黒く、ベルトの代わりに金の鎖を巻いている。女の子たちは彼のことを恐れていたし、男の子たちもそうだった。彼と仲間の誰か一人が、ほとんど毎日のように家に帰るわたしの後をつけてきた。わたしが家の中に入っても、彼らは表に立っている。煙草をふかすホアンはいかつくて、そのすぐそばに相棒がただ突っ立っている。わたしはカーテン越しに彼らを見守った。そしてようやく彼らは立ち去っていく。

フレタグ夫人がわたしたちの英語の先生だった。最初の授業の時、彼女はわたしたちみんなにそれぞれの名前を言わせた。

「わたしはあなたたちみんなのことをよく知りたいの」と彼女が言った。

そして微笑みを浮かべる。

「ところで、みんなにはお父さんがいるわよね。みんなのお父さんがいったいどんな仕事をしているのか、一人ずつわかったら面白いと思うわ。席順の一番から始めて、クラスのみんなに言ってもらうことにしましょう。さあ、マリー、あなたのお父さんは何をしているの？」

「庭師をしています」

「まあ、それは素敵ね！　席順の二番は……アンドリュー、あなたのお父さんは何をしているの？」

とんでもないことだった。わたしの近所の父親たちはみんな失業していた。わたしの父も失業中だった。ジーンの父親は何をするでもなく日がな一日表のポーチに座っている。食肉工場で働いているチャックの父親以外はみんな仕事がなかった。チャックの父親は食肉会社の名前が入った赤い車を乗り回していた。

「ぼくのお父さんは消防士です」と席順二番が言った。

「あら、それは興味深いわ」とフレタグ先生が答える。「席順三番」

「わたしの父は弁護士です」

「席順四番」

「ぼくの父さんは……えーと……警官……」

いったいわたしは何と言えばいい？　わたしの近所の父親だけが失業しているのかもしれない。わたしは株の大暴落の話を聞いていた。とてもひどいことらしかった。もしかするとわたしたちの近所でだけ株が大暴落したのかもしれない。

「席順十八番」

「ぼくの父は映画俳優です……」

「十九番……」

「わたしの父はオーケストラのヴァイオリニストです……」

「二十番……」

「ぼくの父さんはサーカスに勤めている……」

「二十一番……」

「わたしのお父さんはバスの運転手です……」

「二十二番……」

「わたしの父はオペラで歌っています……」

「二十三番……」

二十三番。それはわたしだった。

「わたしの父は歯医者です」とわたしは言った。

フレタグ先生はクラスのみんなに言わせるつもりでどんどん続けていく。三十三番まで行った。

「ぼくの父さんは仕事がありません」と三十三番が言った。

くそっ、とわたしは思った。そう言えばいいとどうして思い浮かばなかったのだろう。

ある日フレタグ先生がみんなに宿題を出した。

「わたしたちの誉れある大統領、ハーバート・フーバー大統領が演説をするためこの土曜日にロサンジェルスを訪れることになっています。みんな一人残らず我らが大統領のお話を聞きに行ってね。そして自分が何をしたか、フーバー大統領の演説を聞いてどんなことを考えたか、そのことを作文してください」

土曜日? わたしは行けるわけがなかった。芝刈りをしなければならなかった。微かに伸びた草まで刈り込まなければならなかった(すべてを見落とさずに刈り込むのはわたしには不可能だった)。ほとんどの土曜日、わたしは革砥で打たれた。父が刈り残しを見つけるからだ(わたしはほかにもへまをしたり、ちゃんとやらなかったということで、週に一、二度革砥で打たれた)。フーバー大統領を見に行かなければならないと父に言えるわけがない。

だからわたしは行かなかった。その土曜日、紙を何枚か取り出し、座り込んで大統領がどんな様子かを思い描きながら作文していった。彼の乗ったオープン・カーが、飾りの旗を翻しながら、フットボール・スタジアムへと入っていく。特別護衛官たちがたくさん乗った車が一台先を行き、すぐ後ろにも二台車が続いている。銃を手に大統領を守ろうとする護衛官たちは勇壮だった。大統領の車が中央の競技場に入っていくと、観衆が立ち上がった。誰にとっても初めての体験だ。大統領が目の前にいるのだ。彼が手を振っている。わたしたちは喝采する。楽隊が演奏している。

頭上のかもめたちも、まるで大統領が来ているのだとわかっているかのように旋回していた。空には空中文字を描く飛行機も飛んでいた。大空に「繁栄はすぐにも訪れる」といったような文字を描いている。大統領は車に乗ったまま立ち上がり、そのとたん雲間から太陽の光が差し込み、彼の顔に降りそそぐ。神もまたわかっているかのようだった。それから車が停まり、護衛官たちに囲まれた我らが偉大なる大統領は、演壇へと歩を進めていく。大統領がマイクの前に立った時、空から一羽の小鳥が舞い降りてきて、演壇の彼のすぐそばにとまった。大統領は小鳥に手を振って笑い声をあげ、わたしたちみんなも彼と一緒に笑った。それから彼は演説を始め、みんなはその話に耳を傾ける。わたしは騒がしい音をたてて粒をはじけさせるポップコーンの機械のすぐそばに座っていたので、彼がどんなことを話しているのかはっきりとは聞き取れなかったが、満州で起こっていることはそれほど深刻ではない、国の中のことはすべてうまくいき、心配することは何もない、わたしたちはアメリカを信じていさえすればいい、といったようなことを言っていたようだった。みんなに十分仕事が行き渡るようになる。抜く歯がいくらあっても歯医者には事欠かないようになり、火事が頻発しても、それを消すだけの消防士は十分控えているようになる。製材所や工場は仕事を再開するようになるだろう。南アメリカの我らが友人たちは負債を払ってくれるだろう。すぐにも誰もが安らかな眠りを貪れるようになり、満腹で満ち足りた思いをすることだろう。神様と我らが偉大なる国家は、愛でわたしたちを包み込み、邪悪な手や社会主義者たちからわたしたちを守り、国中にはびこる悪夢からわたしたちを目覚めさせてくれる、とこしえに……。

大統領は観衆の喝采に耳を傾け、手を振って応えると、自分の車に戻ってその中に乗り込み、護衛官でぎゅう詰めの車を何台も従えて走り去っていった。日中から夕方へと変わるちょうどその時で、沈みゆく太陽が赤や黄金の素晴らしい光を放っていた。わたしたちはこの目でハーバート・フーバー大統領の姿を見てこの耳で彼の言葉を聞いたのだ。

月曜日にその作文を提出した。火曜日、フレタグ先生はクラスのみんなの前に立っていた。

「わたしたちの誉れある大統領のロサンジェルス訪問についてのみんなの作文に全部目を通しました。わたしもその場にいたんですよ。それぞれに何か理由があって行けなかった人たちがいることもわかっています。会場に行けなかった人たちのために、ヘンリー・チナスキーの書いたこの作文を読んであげましょう」

クラスは水を打ったように静かになった。その時までわたしはクラス中で最も相手にされない生徒だった。みんなはまるでナイフで心臓を抉られているかのようだった。

「とても独創性のある作文です」とフレタグ先生は言って、わたしの作文を読み始めた。見事な文章に思える。誰もが耳を傾けている。前の黒板から後ろの黒板までわたしの書いた言葉が教室中を満たし、天井にぶつかっては跳ね返り、床の上に降り積もって、フレタグ先生の靴も覆いつくす。クラスの中でいちばん可愛い女の子たちが、ちらちらとわたしのほうを盗み見し始める。いつも威張っている少年たちもみんな頭にきている。自分たちの作文は相手にもされなかったのだ。わたしは喉が渇き切った人間のように、自分の言葉をことごとく呑み込んだ。まるでほんとうのことだったようにも思えてくる。ホアンを見ると、わたしに一発食らったような顔をして座っていた。わたしは両足を伸ばしてふんぞりかえった。朗読はあっけなく終わってしまった。「この優秀な作文を読んだところで」とフレタグ先生は言う。「今日の授業はおしまい……」

みんなが立ち上がり、持ち物を鞄に入れ始める。

「あなたはだめよ、ヘンリー」とフレタグ先生が声をかけた。

自分の席に座ったままでいるわたしのそばにフレタグ先生が立ち、じっと見つめている。

それから彼女が質問した。「ヘンリー、その場にいたの?」

どう答えればいいのかと頭をはたらかせた。いい答えが見つからない。「いいえ、いませんでした」と答えた。

先生は微笑む。「だからこそあんなによく書けているのよ」

「はい、先生」

「帰ってよろしい、ヘンリー」

わたしは立ち上がって教室から出ていった。家に向かって歩き始める。そうなのか、みんなが望んでいるのは嘘なのだ。よくできた嘘。それをみんなは求めている。みんなすぐに騙される愚か者だ。わたしはうまくやっていけそうだった。あたりを見回した。ホアンや彼の仲間はわたしの後をつけていない。万事は好転しつつある。

20

フランクとわたしがチャックやエディ、それにジーンと仲良くしていた時期もあった。しかしいつも何かと問題が持ち上がり（その原因となるのはたいていわたしだった）、そうなるとわたしは仲間はずれにされた。フランクもわたしの友だちだということで、場合によっては仲間はずれにされた。フランクとつきあうのは楽しかった。わたしたちはいたるところでヒッチハイクをした。二人のいちばんお気に入りの場所の一つが、ある映画スタジオだった。中に忍び込むには、丈の高い草で覆われた柵の下を這ってくぐらなければならなかった。中にはキング・コングの映画で使われた巨大な壁や階段があった。まやかしの通りや見かけだけの建物もあった。建物は表だけで、裏にまわると何もない。守衛に見つかって追い払われるまで、映画の撮影現場をあちこち何度でも歩き回った。ヒッチハイクをしてビーチのびっくりハウスに行くこともあった。そしてその中で三、四時間は過ごした。その場所はわたしたちの脳裏に焼きついた。結構ひどいところだった。その中で小便や大便をする者もいたし、いたるところ空の酒瓶が捨てられていた。便所には皺くちゃのまま干涸びてしまったコンドームが落ちている。閉館後のびっくりハウスは浮浪者たちの寝場所となる。おかしくてびっくりさせられるようなものはびっくりハウスにはあまりなかった。鏡の館も最初はおもしろかった。鏡の迷路からどう抜け出せばいいのか、その道筋がわかるまで、わたしたちはその中にいたが、いったんわかってしまうともうおもしろくなくなってしまった。フランクとわたしが喧嘩をすることは一度もなかった。二人ともいろんなことに対する好奇心でいっぱいだった。埠頭で帝王切開の映画が上映されていたので、中に入ってそれを見た。血なまぐさい映画だった。女性のからだにメスを入れるたび、血が噴き出し、それこそおびただしい血がほとばしり出て、赤ん坊が取り出される。わたしたちは埠頭の先まで行って釣りをし、何か獲物がかかると、ベンチに座っているユダヤ人の年老いた女性たちに売りつけたりした。フランクと一緒に逃げたということで父から打擲を受けることもあったが、そうしなくてもどのみち打たれるとわかっていたので、楽しい思いをしたほうがよかった。

しかしわたしは近所のほかの子供たちとの関係で苦労し続けていた。父は何の助けにもならなかった。例えばほかの子供たちがみんなカウボーイの恰好をしている時、彼はわたしにインディアンの服と弓矢のセットを買ってくれたりした。結局校庭にいる時と同じで、みんなはぐるになってわたしをやっつけようとした。カウボーイの恰好をして銃を持ったみんなに取り囲まれ、窮地に陥ったりすると、わたしは弓に矢を当て、それを後ろに思いきり引いて構えた。そうするとみんなはたいてい退散した。父に無理やり着せられないかぎり、わたしは絶対にインディアンの服を着ようとはしなかった。

わたしはチャック、エディ、それにジーンたちから仲間はずれにされ続け、それから仲良くなったかと思うと、また爪弾きにされた。

ある昼下がりのこと、わたしはぼんやりと突っ立っていた。連中との関係は良くも悪くもないといった状態で、この前みんなの怒りを買ったわたしの行為を彼らが忘れてくれるのをただ待つしかなかった。ほかにすることも見つからなかった。ひんやりとした空気の中、何かが起こるのをじっと待つだけだ。ただ突っ立っているのにも飽きて、丘を登ってワシントン大通りに出て、映画館のところまで東に行き、それからウェスト・アダムス大通りまで戻ってくることにした。もしかすると教会の前を通ることになるかもしれない。わたしは歩きだした。するとエディの呼ぶ声が聞こえた。

「おい、ヘンリー、こっちに来いよ！」

連中は二軒の家の間の私道に立っている。エディ、フランク、チャックにジーンの四人だ。彼らは何かを見つめていた。大きな茂みの上に覆い被さって何かを見守っている。

「こっちへ来いよ、ヘンリー！」

「いったい何なの？」

みんなが身を乗り出しているところまで近づいていった。

「蜘蛛が今にも蠅を食べようとしているんだ！」とエディが教えてくれた。

わたしは目を遣った。灌木の枝と枝の間に蜘蛛が巣を張っていて、そこに一匹の蠅が捕まっている。蜘蛛はとても興奮していた。蠅が逃れようともがいているので、蜘蛛の巣全体が揺れていた。激しく、しかし何の効果もなくもがくほどに、蠅の羽やからだは蜘蛛の巣にますます絡まっていく。蜘蛛はまわりを行き来し、糸を吐き出しては、もがく蠅をしっかりと捕らえてしまう。とても大きくて気味の悪い蜘蛛だった。

「さあ襲いかかるぞ！」とチャックが喚声をあげる。「ほら、食らいつこうとしている！」

わたしはみんなの中に押し入り、足で蹴飛ばして蜘蛛と蠅とを巣から落としてしまった。

「何て馬鹿なことをやったんだ？」とチャックが言う。

「このくそったれめ！」とエディが金切り声をあげる。「おじゃんにしやがって！」

わたしは後退りした。フランクですら解せないといった顔をしてわたしを睨みつけている。

「ひどい目にあわせてやろうぜ！」とジーンもわめく。

通りに出させまいと彼らはわたしの前に立ちはだかる。わたしは私道を駆け抜けて、知らない人の家の裏庭に入り込んだ。みんなが追いかけてくる。裏庭やガレージの裏を通って逃げた。蔓に覆われた高さ百八十センチ以上もある格子の柵に出くわした。てっぺんまでその柵を一気によじ登る。隣の家の裏庭を駆け抜け、また私道に出る。私道を走りながら後ろを振り返ってみると、ちょうどチャックが柵のてっぺんに辿り着こうとしていた。それから彼は滑り落ちて、庭の上に仰向けに倒れる。「くそっ！」と彼が悪態をつく。わたしは右に曲がって、走り続けた。七、八ブロックは走ってから、誰かの家の芝生に座り込んで一息ついた。あたりには誰もいなかった。フランクはわたしを許してくれるだろうかと気になった。ほかのみんなもわたしを許してくれるだろうか。わたしは一週間かそこいら、みんなとは顔を合わさないようにしようと決めた……。

そのうち彼らは忘れてくれた。しばらくは何ごとも起こらなかった。どうということもない日が何日も過ぎていった。それからフランクの父親が自殺した。どうして自殺したのかそのわけは誰にもわからなかった。フランクが言うには、母親と一緒に別の地域のもっと小さな家に引っ越さなければならなくなるということだった。手紙を書くよと彼は言った。そしてそのとおり書いてきた。といってもわたしたちは文章を書かなかった。漫画を描きあっただけだ。人食い族が登場する漫画だった。人食い族に悩まされる漫画を彼は描いて寄越した。そして彼が途中でやめているところから、今度はわたしが続きを描いた。同じく人食い族に悩まされる物語だ。そのうちフランクの描いた漫画がわたしの母に見つかり、彼女はそれを父に見せて、わたしたちの文通は終わりとなった。

五年生から六年生になり、わたしは家出することを考え始めたが、自分たちの父親のほとんどが仕事を見つけられないでいるのに、ましてや百五十センチほどの身長しかない人間が見つけられるわけがないということに気づいた。大人も子供も、みんなのヒーローはジョン・ディリンジャーだった。彼は銀行の金を奪った。ほかにもプリティ・ボーイ・フロイドやマ・バーカー、マシン・ガン・ケリーなどがいた。

みんなは雑草が生えている空き地に足を運び始めた。雑草の中には、料理して食べられるものもあることがわかったのだ。空き地や通りの片隅で大の男たちが殴り合いの喧嘩をした。誰もが怒っていた。男たちはブル・ダラムを吸い、誰に対しても喧嘩早かった。彼らはシャツの前ポケットから丸くて小さなブル・ダラムのタグを覗かせ、誰もが片手だけで煙草を巻くことができた。ブル・ダラムのタグをぶらぶらさせている男を見たら、そいつには気をつけろということだった。人々は二度目や三度目の抵当の話をしながらうろつき回っていた。ある夜、父が片手を骨折し、両目のまわりに黒い痣をつけて家に帰ってきたこともあった。母はどこかで低賃金の仕事をしていた。近所の男たちはみんなよそいきのズボンとふだん着のズボンとをそれぞれ一本ずつしか持っていなかった。靴が擦り減っても、新しい靴はなかった。デパートに行けば、靴底とかかとが接着剤と一緒に十五セントか二十セントで売っていて、それを買ってきて磨り減った靴の裏に貼りつけた。ジーンの両親は裏庭で雄鶏を一羽と雛鶏を何羽か飼っていた。雛鶏が卵を産まなくなると、つぶして食べた。

わたしのことを言えば、変わりばえはしなかった。学校にいても、チャックやジーン、それにエディと一緒だった。あさましくなったのは大人たちばかりではなく、子供たちもまたそうで、動物ですらあさましくなってしまった。ちょうど人間の例にならったかのようだった。

ある日のこと、何をすることもなく突っ立って、いつものように時間をつぶしていた。連中とは打ち解けず、親しくなりたいという気分ももはやそれほど感じなくなっていた。するとジーンがわたしのもとに大急ぎで駆け寄ってきた。「おい、ヘンリー、来いよ！」

「何だい？」

「来いったら！」

ジーンが駆け出し、わたしも彼の後を追った。私道を駆け抜けて、ギブソン家の裏庭へと入っていく。ギブソン家は高い煉瓦の壁で裏庭を囲っていた。

「見ろよ！　猫を追い詰めちゃったぜ！　殺すつもりなんだ！」

一匹の白くて小さな猫が壁の隅に追い詰められていた。上に跳び上がることもできなければ、どの方向にも逃げ出すことができない。猫の背中はアーチのように曲がり、爪をたてて、フーッと声を出して威嚇している。やたらと小さな猫で、チャックのブルドッグのバーニーが、低く唸り声をあげながらその猫ににじり寄っていた。みんながその猫をそこに置いて、それからブルドッグを連れてきたのだとすぐに感づいた。チャックやエディやジーンの様子を見れば、はっきりとわかる。じっと見つめる彼らはみんな疚《やま》しげな顔をしていた。

「おまえらがやったんだろう」とわたしは言った。

「違うよ」とチャックが答える。「猫が悪いんだ。こいつがここに入り込んできたのさ。あとは自分で逃げだすしかないのさ」

「このろくでなしども め、大嫌いだ」

「バーニーはこの猫を殺そうとしているぜ」とジーンが言う。

「バーニーが嚙んでズタズタにしてしまう」とエディが続ける。「爪に用心しているけど、飛びかかったら一発さ」

バーニーは顎からよだれを垂らした茶色の大きなブルドッグだった。馬鹿で太っていて、茶色の目は死んでいた。絶えず唸り声をあげながら、少しずつ前に出ていく。首や背中の毛が逆立っていた。こいつのたるんだ尻を蹴飛ばしてやりたくなったが、自分の足が食いちぎられてしまうことになるかもしれない。今のこいつは相手を殺すことしか考えていない。白い猫はまだ子供だった。壁にぴったりとくっついて、身動きもとれず、フーフー声をたてている。まったく汚れのない美しい生き物だ。

犬はじわじわと近づいていく。連中はどうしてこんなことをしなければならないのか？　勇気を試すといったようなことではなく、単に卑劣な遊びでしかなかった。大人たちはどこにいるのか？　警察の人間はどこにいるのか？　やつらはいつもあたりにいてわたしを責め立ててくる。そのやつらは今どこにいるのか？

突進して猫をひっつかまえて逃げようかとも思ったが、そうするだけの度胸がわたしにはなかった。ブルドッグに襲いかかられるのが怖かった。今しなければならないことがあるのに、自分にはそれをするだけの勇気がないと知って、みじめな気持ちに襲われた。実際わたしは気分が悪くなってしまった。わたしは弱虫だ。起こってほしくないことがあるのに、それをやめさせる手立てを何ひとつ思い浮かべることができない。

「チャック」とわたしは言った。「その猫を逃がしてやれよ。お願いだ。おまえの犬にやめろって言っておくれ」

チャックは返事をしない。彼はじっと見守っているだけだ。

それから彼が口を開いた。「バーニー、そいつをやっつけろ！　その猫をしヽとヽめヽてヽしヽまヽえ！」バーニーが前に進むと、突然猫が跳び上がった。爪と歯を剝き出し、すさまじい怒りの声を上げる白い塊と化していた。バーニーが引き下がると、猫もまた壁際まで後退する。

「やっつけるんだ、バーニー」とチャックが繰り返した。

「くそったれめ、黙れ！」とわたしは彼に向かって言った。

「おれにそんな口をきくな」とチャックが言う。

バーニーはまたにじり寄り始める。

「おまえらが全部仕組んだんだ」とわたしが言う。

背後で微かな物音がした。振り向くと、年寄りのギブソンさんが寝室の窓からこちらをじっと見つめている。彼もまた連中と同じように猫が殺されることを望んでいた。どうしてなのか？

年寄りのギブソンさんはわたしたちの地区を回る総入れ歯の郵便配達人だった。いつも家の中にいる奥さんがいた。彼女が表に出てくるのは、ごみを捨てる時だけだ。ギブソン夫人は髪の毛をいつもネットで覆っていて、いつもナイトガウンにバスローブを羽織り、スリッパを履いていた。

わたしが見つめ返していると、いつもの恰好をしたギブソン夫人がやってきて、夫の隣に立った。彼女も猫が殺されるのを待ち望んでいる。年寄りのギブソンさんは、このあたりで仕事を持っている数少ない一人だった。それでも彼は猫が殺されるのを見ずにはいられない。ギブソンさんもチャックやエディ、それにジーンと同類だ。

そんな連中があまりにも多すぎる。

ブルドッグが近づいていく。わたしは猫が殺されるのを見ていられなかった。そんなふうに猫を見捨ててしまう自分自身がたまらなく恥ずかしかった。猫が逃げ出せるチャンスは少しは残されていたが、みんながそれを圧し潰してしまうことは明白だった。あの猫はブルドッグと対決しているだけでなく、人間性そのものと向き合っていた。

わたしは向きを変えて、裏庭から私道を抜け、表の歩道へと歩き去った。歩道を歩いて自分の家へ向かうと、父が前庭に立って待っていた。

「どこに行っていたんだ？」と父が尋ねる。

わたしは返事をしなかった。

「中に入れ」と彼が言う。「それにそんなにふしあわせそうな顔をするのはやめろ。さもないとおまえをほんとうにふしあわせにしてやるからな！」

21

それからわたしはマウント・ジャスティン中学に通い始めた。デルゼイ小学校のほぼ半分の生徒がそこに進んできていた。大きくて逞しい者ばかりだった。別の小学校からも大柄な生徒ばかりの一団がやってきていた。わたしたち七年生のクラスは、九年生のクラスよりもみんな大きかった。体育の授業で整列する時もおかしかった。わたしたちのほとんどが体育の教師たちよりも背が高かったからだ。出席をとられるために立っているのだが、みんなだらけた姿勢で、腹をせり出し、項垂《うなだ》れて、肩もがっくりと落としていた。

「ひでえなあ」とわたしたちの体育教師のワグナーが言う。「肩を張って、まっすぐしゃきっと立つんだ！」

姿勢を変えようとする者は誰一人としていなかった。みんなあるがままの自分をさらけ出していて、別人を装いたがる者はいなかった。みんな大恐慌の波をまともにかぶった家族の子供で、ほとんどが栄養不良だったが、それでも大きく逞しく育っていた。わたしが思うに、大部分の者たちが家族からの愛をほとんど受けていなかったし、誰も他人からの愛や親切を欲しようとはしていなかった。わたしたちは物笑いの種だったが、人々は面と向かって笑ったりしないだけの気遣いは持っていた。わたしたちはあまりにも早く成長してしまい、子供でいることに飽き飽きしているようでもあった。わたしたちには年長者を敬う気持ちなどなかった。疥癬病みの虎のようなものだった。ユダヤ人の生徒の一人のサム・フェルドマンなど、黒々とした髭が生えてくるので、毎朝剃らなければならなかった。昼頃までには、彼の顎は黒く覆われていた。胸じゅう黒い毛が密生していて、腋の下はひどい臭いがした。ジャック・デンプシー（当時のボクシングの世界ヘビー級チャンピオン）そっくりの者もいたし、ピーター・マンガロアという生徒は、長さが二十六センチにもなるふにゃふにゃのペニスの持ち主だった。シャワーを浴びた時、わたしは自分がみんなの中でいちばん大きな金玉の持ち主だということに気づいた。

「おい、あいつの金玉を見てみろよ、どうだい？」

「ありゃまあ！　ちんぽこはそれほどでもないけど、あの金玉ときたら！」

「あきれたもんだ！」

自分たちの正体が何なのかはわからなかったが、確かにわたしたちには何かが備わっていたし、みんなそのことに気づいてもいた。わたしたちの歩き方や喋り方が自ずとそのことを示していた。わたしたちはあまり喋らず、ただ仄めかすだけで、すべてを軽視するわたしたちの態度に、まわりのみんなはむかっぱらを立てた。

七年生のチームは、放課後に八年生や九年生を相手にタッチ・フットボールをした。試合にならなかった。わたしたちは上級生をやすやすと負かし、こてんぱんにやっつけた。ほとんどわけないといった感じで、颯爽とした試合運びだった。タッチ・フットボールでは、たいていのチームがどんな場合でもパスをするが、わたしたちのチームはボールを持って走るほうを優先した。それにブロックを築き、わたしたちの選手が相手の選手に襲いかかって、叩きつぶした。暴力を振るうためのいい口実で、ボールを持って走っている選手のことなど気にもかけなかった。わたしたちがパス・プレイの指示を出すと、相手方のチームはいつも大喜びした。

女生徒たちも放課後残ってわたしたちの試合を観戦した。彼女たちの中にはすでに高校の男子生徒と出歩いている者もいて、もはや青臭い中学生とはじゃれ合いたがらなかったが、それでも七年生を見ようと居残ったりした。わたしたちは有名だった。女の子たちは授業が終わっても下校せず、わたしたちを見て、その見事さに目を見張った。わたしはチームの選手ではなかったが、サイドラインに立ってこっそりと煙草を吸い、コーチのような気分を味わっていた。わたしたちはみんな女の子たちを品定めしながら、そのうち彼女たちとやれるようになると思っていた。しかしたいていの者はマスターベーションしかできなかった。

マスターベーション。どんなふうにしてそれを覚えたのかわたしは忘れはしない。ある朝のこと、エディがわたしの寝室の窓をガリガリと引っ掻いた。

「どうしたんだい？」とわたしはエディに尋ねる。

彼は底に何か白いものが入っている一本の試験管を差しだした。

「何だい、それ？」

「汁だよ」とエディが言う。「俺の汁だよ」

「何だって？」

「そうさ、掌に唾をつけて、てめえのちんぽこを擦るだけでいいんだ。するといい気持ちになってすぐにもこの白いジュースがちんぽこの先っちょから噴き出すってわけさ。そいつを『汁』って言うんだ」

「そうなの？」

「そうだよ」

エディは自分の試験管を持って去っていった。彼の言ったことをしばらく考えてから、自分でも試してみることにした。わたしのちんぽこは硬くなり、やたらといい気持ちになって、その気持ちよさはどんどん増していく。なおもやり続けて、これまでに味わったことのない気持ちよさに襲われた。その時ちんぽこの先からジュースが噴き出した。それをきっかけにして、わたしは時々その行為を行なうようになった。せんずりをかきながら、誰か女の子と一緒にやっていることを思い浮かべれば、ますますよくなった。

ある日のこと、わたしはサイドラインに立って、自分たちのチームが相手のチームをこてんぱんにやっつけるのを見守っていた。こっそりと煙草を吸いながら見ていた。同じ側に一人の女の子が立っている。わたしたちのチームの選手が作戦会議の輪を解いたとたん、体育教師のカーリー・ワグナーがわたしのほうに近づいてくるのが見えた。わたしは煙草を捨てて拍手をした。

「やつらをとことん圧し潰してしまえ、野郎ども！」

ワグナーがわたしの前に歩み寄る。目の前に立って、わたしのことをじっと見つめる。わたしは凶悪な顔つきになっていた。

「おまえたちみんなをとっつかまえてやるからな！」とワグナーが言う。「特におまえを！」

わたしは顔を向け、何気ない感じでちらっとだけ彼のことを見て、それからまた顔をそむけた。ワグナーは一歩も動かず、わたしのことをじっと見つめている。そして立ち去っていった。

わたしはいい気分だった。いちばんたちの悪い一人にされたのが嬉しかった。悪人気分を味わいたかった。善人には誰でもなれるし、そうなるには根性などいらない。ディリンジャーには根性があった。マ・バーカーはそんな男たちに軽機関銃の使い方を教えた偉大な女性だ。わたしは自分の父のようにはなりたくなかった。彼はワルを装っているだけだ。本当のワルなら、装う必要はない。自然と滲み出るものだ。わたしはワルでいたかった。いい子になろうと努力するなんて吐き気がする。

わたしの隣にいた女の子が声をかけてきた。「ワグナーからあんな仕打ちを受けることはないわよ。あいつが怖いの？」

わたしは顔を向けて、彼女を見つめた。じっとしたまま長い間見つめ続けた。

「いったいどうしたっていうの？」と彼女が尋ねる。

わたしは彼女から目をそらし、地面に唾を吐きつけて、その場から立ち去った。ゆっくりと競技場の端から端まで歩いていき、裏口から表に出ると、家路についた。

ワグナーはいつも灰色のスウェットシャツを着て、同じ色のスウェットパンツをはいていた。太鼓腹になり始めている。いつも何かに煩わされていた。年齢だけが彼の強みだ。はったりをかけてわたしたちを脅しつけようとしたが、その手は通用しなくなる一方だった。強いる権利のない誰かがいつもわたしに何かを強いていた。ワグナーやわたしの父が。わたしの父やワグナーが。彼らの望みはいったい何なのか？　どうしてわたしは彼らの邪魔になるのか？

22

ある日のこと、ちょうど小学校の時と同じように、デイヴィッドが一緒だった時のように、一人の少年がわたしにまとわりつくようになった。小さくてやせっぽちの少年で、髪の毛がほとんど生えていなかった。みんなにボールディ（つるっぱげ）と呼ばれていたが、本名はイーライ・ラクロスというものだった。その本名は気に入ったが、彼自身のことは気に入らなかった。とにかくわたしにべたべたとつきまとった。あまりにもみじめだったので、彼に向かって失せろと言うことはできなかった。いじめたおされて、腹もすかせている、雑種の犬のようだった。だからといって彼につきまとわれているわたしの気分がよくなることはなかった。ただ雑種の犬のようだと思って以来、わたしは彼がつきまとっても、好きにさせることにした。口を開けば彼は悪態をつき、少なくとも何かを言えば一言は罵りの言葉が混じっていたが、すべて口先だけで、乱暴者どころか、ただ怯えているだけだった。わたしは怯えてはいなかったが、支離滅裂だったので、もしかすると二人はいいコンビだったのかもしれない。

毎日わたしは放課後に彼の家まで一緒に歩いて帰った。彼は母親と父親、それに祖父と一緒に暮らしていた。一家は小さな公園の向かいにある小さな家に住んでいた。日陰をつくる木がたくさん生えている地域で、わたしはそのあたりを気に入っていた。というのも人から醜いと言われて以来、わたしはいつでも日向よりも日陰を、光の中よりも暗闇を好むようになっていたからだ。一緒に家路についている途中、ボールディはわたしに彼の父親の話をしてくれた。彼の父は評判の外科医だったが、飲酒癖があったために免許を取り上げられてしまっていた。ある日わたしはボールディの父親に逢った。彼は木陰の椅子に、何をするともなくただ座っていた。

「父さん」とボールディが言う。「ヘンリーだよ」

「やあ、ヘンリー」

わたしは祖父に初めて逢った時のことを思い出した。あの時、彼は自宅の階段のところに立っていたのだ。ボールディの父親は黒髪で黒い髭を蓄えていたが、きらきらと輝いているその目は祖父にそっくりで、どこか得体の知れない感じがした。息子のボールディの目はといえば、死んでいた。

「さあ」とボールディが言う。「俺についてこいよ」

わたしたちは地下にあるワインの貯蔵室へ降りていった。暗くて湿っていて、薄暗闇に目が慣れるまで、二人ともしばらくその場に立っているしかなかった。やがて幾つもの樽が目に入ってきた。

「ここにある樽にはみんないろんな違う種類のワインがいっぱい入っているんだ」とボールディ

が教えてくれる。「どの樽にも栓がついているよ。ちょっと飲んでみるかい？」

「よしておくよ」

「飲めよ、ほんのくそ一口だけでも」

「どうしてさ？」

「きみは腰抜け野郎なんかじゃないんだろう、そうなのかい？」

「おれはワルだよ」

「じゃあ試し飲みしてごらんよ」

ちびのボールディのくせに、このわたしをけしかけている。どうってことはない。わたしは樽に近づいて、頭をひょいと下げた。

「くそ栓をひねるんだ！　てめえのくそったれの口を開けるんだ！」

「あたりに蜘蛛がいるんじゃないのかい？」

「飲めよ！　さあ、くそったれめ！」

栓の下に口を持っていって、それをひねった。強烈な匂いの液体が滴り落ち、口の中に入った。わたしは思わず吐き出した。

「この弱虫め！　飲み込むんだ、何てざまだよ！」

栓を開けて、口も開けた。強烈な匂いの液体が流れ込み、それを飲み下した。栓を閉めてその場に突っ立っていた。今にも吐きそうだった。

「さあ、今度はおまえが飲めよ」とわたしはボールディに言った。

「いいとも」と彼が答える。「これっぽちも怖くなんかないぜ！」

彼は樽の下に入り込む。結構な飲みっぷりだ。こんなちんぴらにわたしが負かされるわけがない。わたしは別の樽の下に入り込み、栓を開けて一気に飲んだ。そして立ち上がる。わたしはいい気持ちになり始めていた。

「おい、ボールディ」と声をかける。「気に入ったよ」

「そうかい、くそったれめ、もっとやってみろよ」

わたしはなおも飲んでみた。どんどんおいしく思えてくる。気分もますますよくなっていく。

「こいつはおまえの親父のものなんだろう、ボールディ。全部飲むわけにはいかないよな」

「気にするもんか。親父は飲むのをやめたんだ」

これほどいい気持ちになったことはなかった。自慰をするよりもいい気持ちだった。わたしは樽から樽へと移っていった。魔法そのものだ。どうして誰もわたしに教えてくれなかったのだろう？　こいつがあれば、人生は素晴らしい。人間も完璧になれる。どんなものにも煩わされることはない。

わたしはまっすぐ立ち上がってボールディを見つめた。

「おまえのおふくろはどこだい？　おまえのおふくろとおまんこしてやる！」

「殺すぞ、このろくでなしめ、おれのおふくろには手を出すなよ！」

「おまえなんか簡単にやっつけられるんだぞ、ボールディ」

「わかってるよ」

「よし、おまえのおふくろには手を出さないことにしよう」

「それなら行こうぜ、ヘンリー」

「もう一杯だけ……」

わたしはまた樽に近づいて、たっぷりと飲んだ。それから二人でワインの貯蔵室の階段を上がっていった。外に出ると、ボールディの父親はまだ椅子に座っている。

「おまえたちはワインの貯蔵室にいたな、そうだろう？」

「はい」とボールディが答える。

「ちょっと早すぎるな、そうじゃないかい？」

わたしたちは返事をしなかった。ボールディとわたしは大通りまで出て、チューインガムを売っている店に入っていった。ガムを何個か買って、二人とも口の中にほうり込んだ。彼は母親に見つかることを心配していた。わたしは何の心配もしていなかった。二人で公園のベンチに座って、ガムを嚙みながら、わたしは思いを巡らせていた。わたしにはいいものがある、これからの長い長い人生、わたしを助けてくれることになるとてもいいものを発見したと。公園の芝生は緑を増したように見え、公園のベンチもうんと素敵なもののように思え、花々も懸命に咲き誇っていた。あの代物は外科医にはよくないのかもしれないが、そもそもが外科医になろうなどと思う者は、最初からどこかおかしかったりするのだ。

23

マウント・ジャスティン中学の生物の授業は楽しかった。スタンホープ先生が担当だった。五十五歳ぐらいの歳を取った男性で、わたしたちは彼をかなり威圧していた。クラスにはリリー・

フィッシュマンがいて、彼女も随分と成長がよかった。巨大な乳房の持ち主で、尻も見事で、高い踵の靴を履いて、その尻を揺すらせながら歩いた。とてもいかしていて、男子生徒みんなに話しかけ、お喋りしながらみんなに触れまくった。

毎日生物の授業では同じことの繰り返しだった。生物に関しては何ひとつ習わなかった。スタンホープ先生が十分間ほど話をすると、いつもリリーが提案した。「ねえ、スタンホープ先生、ショウを始めましょうよ！」

「だめだ！」

「ねえ、スタンホープ先生ったら！」

彼女は教師の机に歩いて近づいていくと、愛想よく彼のほうへと屈み込み、何ごとかを囁く。

「うん、そうか、わかった……」と彼はいつも答えざるをえない。

そしてリリーは歌ったり腰を振って踊ったりし始める。出だしはいつも「ララバイ・オブ・ブロードウェイ」で、それから彼女のほかの持ち歌へと進んでいった。色っぽくて素晴らしい。彼女は熱く燃えあがり、わたしたちも熱狂した。まるで大人の女のようなその姿を、スタンホープに見せつけ、わたしたちに見せつける。見事としか言いようがない。歳取ったスタンホープはそばに座って、めそめそしたり、涎を垂らしたりするしかなかった。わたしたちはスタンホープを馬鹿にして笑い、リリーに喝采した。ある日、校長のレースフィールド先生が偶然通りかかるまで、このショウは続いた。

「いったい何をやっとるのかね？」

スタンホープは座り込んだまま一言も口がきけなかった。

「この授業はおしまい！」とレースフィールドが絶叫した。

わたしたちが列をなして教室から出ていく時、レースフィールドがこう言っていた。「そこの、きみ、フィッシュマンさん、わたしの部屋に出頭しなさい！」

その事件があってからというもの、当然のごとくわたしたちは宿題を一切しなかった。それでも問題はなかったのだが、やがてスタンホープ先生が最初の試験を実施することになった。

「くそっ」とピーター・マンガロアが大声をあげる。「いったいどうすればいいんだろう？」

ピーターは二十五センチちょっとのふにゃちんの持ち主だ。

「おまえは仕事をしなくても金が入ってくるさ」とジャック・デンプシー似の男が言った。「これはおれたちの問題だ」

「学校を焼き払ったほうがいいかもしれないな」とレッド・カークパトリックが言う。

「くそっ」と教室の後ろのほうにいる生徒が言う。「おれがFを貰うたびに、親父は俺の生爪を一枚ずつ剝がしていくんだ」

わたしたちはみんな試験の問題用紙に目をやった。わたしは自分の父のことを考えた。それからリリー・フィッシュマンのことを思い浮かべた。リリー・フィッシュマン、おまえは売女で、よこしまな女だ、とわたしは呼びかける。みんなの前でからだを揺すって、あんなふうに歌いながら、おまえはわたしたちを一人残らず地獄へ送り込もうとしているんだろう。

スタンホープはわたしたちを見つめている。

「どうして誰も書かないんだ？　どうして誰も質問に答えようとしないんだ？　誰も鉛筆を持っ

ていないのか?」

「わーい、わーい、おれたちみんな鉛筆を持っているよ」と男子生徒の一人が言った。

リリーは最前列、スタンホープ先生の机のすぐそばに座っていた。彼女が生物の教科書を開き、第一問の答えを探しているのがみんなの目に入った。そういうことなのだ。みんなが教科書を開く。スタンホープは座ったままわたしたちを見つめているだけだ。どうすればいいのか彼にはわからない。彼は何かぶつぶつ言い始める。五分間たっぷりと座っていたかと思うと、突然勢いをつけて立ち上がった。そして教室の中央の通路を早足で行ったり来たりした。

「きみたちはいったい何をやっとるんだ? 教科書を閉じなさい! 教科書を閉じなさい!」

生徒たちは彼がそばを駆け抜ける時だけ教科書を閉じ、行ってしまうとまた開いた。

わたしの隣の席に座っていたボールディが声をあげて笑う。「あいつはドアホだ! じじいのとんでもないドアホ野郎だ!」

わたしはスタンホープをちょっぴり気の毒に思ったが、それはお互い様のことだった。スタンホープは自分の机の後ろに立って叫んでいる。「教科書はすべて閉じなければならない。さもないとクラス全員落第にするぞ!」

その時リリー・フィッシュマンが立ち上がった。スカートをたくし上げ、片方の脚の絹のストッキングを引っ張りあげる。ガーターを調節する彼女の白い素肌が見えた。それから彼女はもう一方のストッキングを引っ張りあげて弛みを直す。そんな見事な光景をわたしたちはこれまでに一度も見たことがなかったし、スタンホープにしてもそのようなものにお目にかかったことがなかった。リリーが着席し、わたしたちはみんな教科書を開いたままで試験を無事に終えた。スタンホープはといえば、机の後ろに座り込んだまま、完膚なきまでに打ちのめされてしまっていた。

　彼以外にもわたしたちはポップ・ファーンズワースという人物をよくからかった。機械工場での最初の授業の時のことだった。「実際にやって覚えてみよう」と彼が言う。「今すぐ始めるんだ。各自エンジンをばらばらに分解して、ちゃんと作動する状態にまた組み立てる。今学期の間にね。壁に図面が貼ってあるし、わたしはきみたちの質問にも答えていく。エンジンがどんなふうに作動するのかという映画もそのうち見せてやる。でもまずは各自与えられたエンジンを解体し始めなさい。工具は作業棚の中にある」

「ねえ、ポップ、映画をまず見るってのはどう？」と生徒の中の一人が提案した。

「言っただろう、『課題に取りかかれ！』と」

　どこからエンジンを調達してきたのかわたしには知る由もなかった。どれも油まみれで、真っ黒で、錆びついている。何ともおぞましかった。

「くそっ」と誰かが言う。「こいつは糞が詰まった塊だぜ」

　みんな自分のエンジンを前にしていた。ほとんどの生徒がまずはモンキー・レンチに手を伸ばす。レッド・カークパトリックはねじ回しを手にして、自分のエンジンの上部をゆっくりと擦っていきながら、六十センチにも及ぶ黒い油のリボンを丹念に作り出していた。

「お願いだよ、ポップ、映画にしないかい？　体育の授業が終わったばかりで、みんな尻が地面にくっつきそうだよ！　まったく蛙の群れみたいに、ワグナーに三段跳びをやらされたんだ！」

「言われたとおり課題に取りかかれ！」

わたしたちは取りかかった。馬鹿げている。音楽鑑賞よりもひどかった。聞こえるのは、工具がぶつかる音と深い溜め息ばかりだ。

「こんちくしょう！」ハリー・ヘンダーソンが大声でわめく。「拳をすっかり擦りむいてしまったぜ！　まさに奴隷の強制労働じゃないか！」

彼は右手をハンカチでそっと包むが、たちまちのうちに血が滲んでいく。「くそっ」と悪態をつく。

残りのみんなは作業を続けていた。「象のおまんこに頭を突っ込むほうがましだぜ」とレッド・カークパトリックが言う。

ジャック・デンプシーが持っていたスパナを床に放り投げる。「やーめた」と彼が言う。「おれに何をしたっていいぜ、おれはやめだ。殺してくれよ。おれのタマを切り落としな。おれはやめる」

彼はその場から立ち去って、壁に凭れ掛かった。腕組みして自分の靴を見下ろす。

状況はまさに最悪だった。女の子は一人もいない。工場の裏口の向こうに運動場が見え、日の光が燦々とあたっている。広々としたその運動場は、人っ子一人いなくて、誰かが何かをやっているわけではない。それなのにわたしたちはみんな車にも取りつけられていない役立たずのどうしようもないエンジンの上に覆い被さっている。ただのたわけた鉄の塊だ。無機的で何のあたたかみもない。わたしたちには情けが必要だ。わたしたちの人生そのものがこの上なく味気ないのだ。何かがわたしたちを救ってくれなければどうしようもない。ポップは御しやすい相手だという噂だったが、実際はそうではなさそうだ。ビール腹のとんでもない根性悪で、油まみれの作業服を着て、目の上に髪の毛を垂らし、顎にも油をつけている。

アーニー・ホワイトチャペルも自分のスパナを投げ捨て、ファーンズワース先生のいるところへと近づいていった。歯をむき出してにやにや笑っている。「よう、ポップ、どういうつもりなんだよ？」

「自分のエンジンのところに戻れ、ホワイトチャペル！」

「よしてくれよ、ポップ、何てくだらねえ！」

アーニーはわたしたちみんなよりも二歳年上だった。どこかの青少年更生施設で数年間を過ごしている。わたしたちより年上でも、体格はみんなよりも小さい。真っ黒な髪をしていて、ワセリンで後ろになでつけている。よく男子便所の鏡の前に立って、にきびを押し潰していた。女の子に向かって卑猥なことを言い、ポケットにはコンドームを忍ばせていた。

「あんたにぴったりのやつがあるぜ、ポップ！」

「何だ？　自分のエンジンのところに戻るんだ、ホワイトチャペル」

「ごきげんなやつだぜ、ポップ」

わたしたちはみんな突っ立ったまま、アーニーがポップに卑猥な冗談を言いだすのを見守っていた。二人は頭をくっつけ合っている。冗談を聞き終えると、ポップが声を上げて笑いだす。巨体を二つに折り曲げ、腹を抱えている。「何てことを！　とんでもない、まいったね！」彼は笑い転げ、そして真顔に戻る。「よし、アーニー、自分の機械のところに戻れ！」

「いや、待てよ、ポップ、もう一つあるんだ！」

「ええっ？」

「そうさ、聞けよ……」

わたしたちはみんな自分の機械を後にして近づいていった。二人のまわりを取り囲み、アーニーの次の冗談に聞き耳を立てる。終わるとポップがからだを二つに折り曲げる。「まさか、とんでもないぞ、そいつはすごい！」

「まだあるんだぜ、ポップ。ある男が車で砂漠を走り抜けていたんだ。道端で跳びはねている一人の男が目に入る。そいつは真っ裸で、両手両足を縄で縛られている。男は車を停めてそいつに尋ねた。『おい、あんた、いったいどうしたんだ？』そうすると尋ねられた男がこう答える。『それが、車を走らせていたら、ヒッチハイクをしているやつがいたんで、車を停めてやったら、そののろくでなし野郎がおれに銃を突きつけ、身ぐるみはがして、縛り上げやがった。それからそのあこぎなろくでなし野郎はおれのけつの穴を掘りやがる！』『そうなのかい？』と男が車から降りながら言うと、『そうさ、いやらしいろくでなし野郎はそんなことをしでかしやがったんだ』と縛られている男が答える。『なるほど』と男がズボンのジッパーを下ろしながら言う。『今日のあんたはまるでついていないようだな！』」

ポップが吹き出す。巨体を折り曲げる。「おやまあ！　何てこった！　まいったなぁ……もう、**あれまあ……とんでもないや……！**」

ようやく彼は収まる。

「くそっ」と彼は静かに言う。「何てこった……」

「映画はどうかな、ポップ？」

「そうだな、わかったよ」

誰かが裏口の扉を閉め、ポップが薄汚れた白地のスクリーンを引っ張り出す。そして映写機の操作を始めた。どうしようもない映画だったが、エンジンと取り組むことを考えればずっとましだった。点火プラグによってガソリンに火がつくと、爆発が起こり、それによってシリンダー・ヘッドが押し下げられ、その結果クランク軸が回り始め、バルブが開いたり閉じたりする。一方シリンダー・ヘッドは上がったり下がったりし続け、クランク軸も回り続ける。面白いというわけではない。しかしひんやりとした工場の中、椅子にゆったりと座って、それぞれ勝手な物思いに耽ることができる。とんでもない鋼鉄で拳を潰してしまうこともない。

それからというもの、わたしたちはエンジンを分解することも、ましてや再び組み立てることなど、もう二度とすることはなかった。何度同じ映画を繰り返し見たことかわからない。ホワイトチャペルの冗談は種切れすることなく、そのほとんどがどうしようもないものだったにせよ、みんなは頭をのけぞらせて大笑いした。ポップ・ファーンズワースだけが一人例外で、彼はいつもからだを二つに折り曲げて、「何てこった！　そんな！　まさかまさか！」と笑い転げた。彼はいいやつだった。わたしたちはみんな彼のことを気に入っていた。

24

わたしたちの国語の教師のグレディス先生は、最高の女性だった。金髪で、長くて尖った鼻をしていた。その鼻はあまり素敵だとは言えなかったが、彼女のほかの部分に目を奪われていれば、それほど気になることはなかった。からだにぴったりで、襟ぐりが深く開いた服を着て、絹の靴下に黒いハイヒールをはいていた。その脚はといえば、まるで蛇のように長くて美しかった。彼女は出席をとるときだけ、教壇の後ろに座った。いつも最前列の席を一つだけ空けておき、出席をとり終えると、教壇から下りてきて、その席の机の上に腰をかけてわたしたちと向き合った。グレディス先生がそこにちょこんと腰をかけて、脚を組むと、スカートの裾が大きく捲《まく》れ上がる。わたしたちの誰一人として、あれほど見事なくるぶしや脚、それに太股にお目にかかったことはなかった。そういえば、リリー・フィッシュマンがいたが、彼女の場合はまだまだ女にはなりきっていなかった。彼女に比べれば、グレディス先生はまさに女盛りだった。そしてわたしたちは毎日授業時間中たっぷりと彼女のからだを眺めることができた。国語の授業の終わりを告げるベルが響く時、悲しい気分に襲われずに済む男子生徒はクラスの中には一人もいなかった。わたしたちはしょっちゅう彼女の噂話に興じた。

「彼女はおまんこされたがっていると思うかい？」

「いや、おれたちをじらしているだけだと思うね。おれたちを変な気分にさせてしまえるってよくわかっているんだ。そうしたいだけだよ。それがやりたいだけなんだ」

「どこに住んでいるか知っているよ。いつか夜に行ってやるんだ」

「そんな度胸があるもんか！」

「何だと？　おやそうかい？　めちゃくちゃやりまくってやるんだ！　彼女のほうから頼み込むんだぜ！」

「おれの知っている八年生のやつが、ある夜訪ねていったたって言っていたぜ」

「本当かい？　それでどうなった？」

「彼女はナイトガウン姿で玄関に出てきたんだ。乳首が今にも見えそうだったらしいぜ。そいつは明日までの宿題が何だったか忘れてしまったから確かめに来たと言ったんだ。すると先生に入るようにって言われたんだ」

「そんな馬鹿な」

「そうなんだよ。でもそれだけの話さ。彼女はお茶をいれてくれて、そいつに宿題のことを教えてくれた。そしてそいつは帰っていったのさ」

「もしもおれが家の中に入っていたら、もう絶対にい、い、い、い、いただきだったね！」

「そうかい？　いったい何をしていたっていうんだ？」

「最初にケツの穴に突っ込んでいただろうな。それから先生のあそこを舐めるんだ。お次はおっぱいの谷間で一発やって、それから彼女に無理やりおれのものをしゃぶらせるんだ」

「馬鹿言うんじゃないよ、何の夢を見てんだ？　これまでに誰かと寝たことがあるのかよ？」

「あったりまえよ、寝たことがあるぜ。何度もな」

「どんなだった？」

「ひどいもんさ」

「発射できなかったんだろう、そうじゃないのか？」

「あたり一面に発射したさ。いつまでも止まらないんじゃないかって思ったぜ」

「おまえの掌の中一面じゃないのかい、そうだろう？」

「ハッハッハッ！」

「アハハハハッ！」

「ハッハァ！」

「掌の中一面だろう、どうだい？」

「おまえら、くたばっちまえ！」

「おれたちの中に寝たことがあるやつがいるとは思えないね」と別の誰かが口を出す。みんな黙りこくってしまった。

「とんでもないぜ。おれは七つの時にやったことがあるぜ」

「そんなの大したことじゃない。俺なら四つの時にやったぞ」

「そうだよな、レッド、せいぜい大ぼらを吹いてろよ！」

「家の中にある女の子を連れ込んだんだ」

「ちんぽはちゃんと立ったのかい？」

「もちろんさ」

「いったのかい？」

「そう思うよ。何かがピュッと噴き出たね」

「ほほう。おまえは彼女のあそこの中でションベンをしたんだよ、レッド」

「馬鹿言え！」

「そいつは何て名前だった？」

「ベティ・アン」

「くそっ」と七歳の時にセックスをしたと言ったやつが悪態をつく。「おれがやった相手もベティ・アンという名前だったぜ」

「あの淫売め」とレッドが言う。

ある春の日のこと、わたしたちは国語の授業を受けていて、グレディス先生はいつものようにみんなと向き合って最前列の机の上に腰をかけていた。彼女のスカートの裾はこれまでになく上のほうまで捲れ上がっている。実に素晴らしく、身震いするほど見事で、淫らでもあった。あの脚ときたら、あの太股ときたら、わたしたちは魔法にかけられたも同然だった。信じられない光景だ。ボールディはわたしと通路を隔てた席にいた。彼がわたしのほうに屈み込んできて、指でわたしの脚をつつき始める。

「こいつは記録破りだよ」とひそひそ声で言う。「ほら！　見ろよ！」

「頼むよ」とわたしが言う。「黙れよ、でなきゃスカートを下げられてしまうぜ！」

ボールディが手を引っ込め、わたしもじっとしている。グレディス先生に気づかれてあわててスカートを下げられたことはこれまで一度としてなかった。彼女のスカートの裾は今も上のほうまで捲れ上がったままだ。まさに記憶に残る一日だった。クラス中の男子生徒は一人残らず勃起していた。グレディス先生は話し続けている。彼女の話が耳に入っている者など一人としていなかったはずだ。女子生徒はといえば、振り向いてお互いをちらっと見合ったりしている。あのスベタはちょっとやりすぎよ、と言っているかのようだ。グレディス先生はとことんまでいってしまっている。あの奥にあるのは女性器などではなく、もっと素晴らしいものが隠されているかのように思えてしまう。あの脚ときたら。窓から日の光が射し込み、彼女の脚や太股に降り注ぐ。太陽の光がぴっちりと上まで引き上げられた艶やかな絹と戯れている。スカートはうんと上のほうまで捲れ上がり、誰もがパンティを一目拝めますように、何かを一目拝めますようにと願っている。ああ、まさにこの世が終わって始まり、また終わろうとしているかのようだった。日の光も、太股も、絹のストッキングも、すべすべとしていて、実にセクシー、やたらと魅惑的で、すべてが夢か現実なのかわからない感じだった。教室中がピクンピクンと震えている。目の前がぼやっとして見えなくなってしまい、またはっきりと見えるようになると、グレディス先生はまるで何ごとも起こっていないかのように座って、まるですべてがふだんと変わりないかのように話し続けている。何ごともないかのようなふりを先生がしているという事実は、素晴らしくもあり、恐ろしくもあった。わたしは自分の机の上をしばし見下ろし、水が渦巻いているかのように浮かび上がっている木目の模様に目を遣る。それから素早く彼女の脚や太股に視線を戻し、何か大切な場面を見逃してしまったのではないかと、しばし目をそらしてしまった自分自身に対して腹をたてる。

すると何やら妙な音が聞こえてきた。ゴシ、ゴシ、ゴシ、ゴシ……

リチャード・ウェイトだ。後ろの席に座っている。どでかい耳とぶ厚い唇の持ち主で、その唇は気味が悪いほど腫れ上がってしまっている。やたらと大きな顔をしていた。その目はほとんど精彩がなく、何かに関心を抱いているようでもないし、知性のかけらも感じられなかった。大足で、いつでも口をだらしなく開けている。喋ると、言葉は途切れ途切れにしか出てこず、よどんだりすると、次の言葉がいつまでたっても出てこなかった。いじめられっ子にすらなれなかった。

誰一人として彼に話しかけようとはしない。自分たちの学校で彼がいったい何をしているのか、誰もわからなかった。何か大事なものが欠けてしまっている人間、そんな印象をみんなに与えた。清潔な服を着てはいたが、シャツの背中の裾はいつもはみ出していて、シャツやズボンのボタンもいつも一つか二つ取れてしまっていた。リチャード・ウェイト。誰も知らないどこかに住んでいて、毎日学校にやってくる。

ゴシ、ゴシ、ゴシ、ゴシ、ゴシ……

リチャード・ウェイトがグレディス先生の太股や脚に敬意を表してマスターベーションをしている。とうとう彼もこらえきれなくなってしまったのだ。きっと彼には世間のならわしというものがわかっていなかったのかもしれない。その音はみんなに聞こえていた。グレディス先生にも聞こえている。女子生徒にも聞こえている。みんな彼が何をしているのか気がついていた。あまりにも愚かなゆえ、彼はみんなに気づかれないようにやることができないのだ。彼の興奮の度はだんだんと増していく。擦る音もどんどん大きくなっていく。握りしめた彼の拳が机の裏側にぶつかる音もする。

ゴシ、ゴシ、ゴシ……

わたしたちはグレディス先生に目を遣った。彼女はいったいどうするのだろう？　彼女は一瞬たじろぎ、クラスのみんなを一瞥した。そしていつもと同じように穏やかな微笑みを浮かべて、話を続けた。
「英語というのは、最も表現力が豊かで、感化力もある伝達の一形式だと思います。まずは、この偉大な言語というまたとない贈り物を授かったことをわたしたちは感謝しなければなりません。そしてわたしたちがこの言語を乱してしまうとしたら、それは自分たち自身を乱してしまうことにほかならないのです。だからわたしたちが受け継いだこの財産に耳を傾け、心を配り、その価値を認めながらも、この言葉の世界の中に深く踏み込んで、さまざまな冒険も試みてみましょう……」

ゴシ、ゴシ、ゴシ……

「わたしたちと同じ言葉を持つイギリスや彼らの言葉の使い方のことは、ひとまずうっちゃってしまいましょう。イギリスの語法も素晴らしいものがありますが、わたしたちのアメリカの言葉こそ、まだまだこれから研究されるべき宝の泉だと言うことができるでしょう。この言葉の泉には、いまだに手がつけられていないのです。しかるべき機会と、しかるべき作家に恵まれさえすれば、そのうち学問上の大発見が……」

ゴシ、ゴシ、ゴシ……

そう、リチャード・ウェイトこそ、みんなが決して話しかけることのない数少ない一人だった。正直なところ、わたしたちは彼のことを恐れていた。彼はこてんぱんにやっつけるような相手ではなく、実際にそうしたところで嫌な気分にさせられるだけだった。関わり合いにならないようにと、できるだけ距離をおき、彼のことを見ないようにする。彼のぶ厚い唇や踏みつけられた蛙の口のようにあんぐりと開いた口など見たくもなかった。リチャード・ウェイトにはかなわないとなると、彼を遠ざけるしかなかった。

わたしたちはなりゆきを見守り、グレディス先生はイギリスとアメリカの文化の違いについて喋り続けた。わたしたちはなりゆきを見守り、リチャード・ウェイトはひたすらかき続けた。リチャードの拳が机の天板の裏にあたって音をたて、女の子たちはお互いの顔をちらっと見合い、男子生徒たちは、どうしてこんなどあほうが自分たちのクラスにいるのかと思い続けている。こいつのおかげですべてがおじゃんになってしまう。ひとりのどあほうのせいで、グレディス先生はどこまでもスカートを引き下げてしまうことになる。

ゴシ、ゴシ、ゴシ……

音が突然やんだ。リチャードは自分の席に座ったままだ。彼はいってしまったのだ。わたしたちはみんな彼のほうをちらっと盗み見する。何ら変わった様子はない。彼の精液は膝の上に飛び散っているのか、それとも掌の中に収まっているのか？

ベルが鳴る。国語の時間は終わった。

それからというもの、同じようなことの繰り返しだった。最前列の机の上に脚を高く組んで座ったグレディス先生の話にわたしたちは耳を傾け、リチャード・ウェイトはといえば、しょっちゅう自分のものを擦っていた。男子生徒はそうした状況を受け容れるようになった。そのうち面白がるようにもなった。女子生徒たちも受け容れるようになったが、快く思う者は一人としていず、とりわけ影が薄くなってしまったリリー・フィッシュマンは嫌悪していた。

クラスにはリチャード・ウェイト以外にも、わたしにとって我慢ならない生徒がいた。ハリー・ウォールデンだ。女の子たちにしてみれば、ハリー・ウォールデンは美男子で、金髪の長い巻毛をして、いつも一風変わった上品な服を着ていた。十八世紀の洒落者のようで、濃い緑や深い青など、見たこともない色の服を彼の両親はいったいどこで手に入れているのか、わたしにはまるで見当がつかなかった。彼はいつもじっと座って熱心に耳を傾けている。すべてを悟っているかのようだった。「あの子は天才よ」と女の子たちは言っていた。彼がそんな大した存在にはわたしにはどうしても思えなかった。手ごわい連中が彼にだけは手を出さないというのもわたしにはどうしても理解できないことだった。気になってしかたがない。どうして彼は何ひとつ手痛い目にあわなくても済んでいるのか？

ある日のこと廊下で彼と出会った。彼を押しとどめる。

「おまえなんかどうってことないみたいなのに」とわたしはからんだ。「どうしてみんなはおまえのことをすごいやつだって思っているのかね？」

ウォールデンが自分の右のほうをちらっと見たので、そっちに気を取られて顔を向けると、まるではき溜めの生き物を避けるかのように、彼はわたしの横をすり抜けていってしまい、次の瞬間にはもうクラスの自分の席に座っていた。

来る日も来る日も、グレディス先生はこれ見よがしに見せびらかせ、リチャードは一物をごしごしと擦り、このウォールデンという野郎は何も言わずに席に座って、自分が大天才だと信じて疑わないかのように振る舞っている。もううんざりで、反吐が出そうだった。

わたしはほかの連中に聞いてみた。「なあ、ハリー・ウォールデンってほんとうに天才だと思うかい？　きれいな服を着ていつも座ったままで、一言も喋らないじゃないか。それが何の証拠になる？　誰だってあんなふうにできるぜ？」

みんなは返事をしなかった。あのいまいましいやつのことをみんながどう思っているのか、まるで理解できない。しかしそれだけでは収まらなかった。ハリー・ウォールデンはグレディス先生のいちばんのお気に入りで、彼は毎晩先生のもとを訪れ、二人はセックスをしているという噂が流れたのだ。これにはむかついた。彼が緑や青の上品な服を脱ぎ、椅子の上にきちんと畳んでから、オレンジ色のサテンのパンツも脱いでグレディス先生のシーツの下にもぐり込む姿が目に浮かんだ。すると先生は自分の肩に押しつけられる彼の巻毛の金髪の頭をそっと抱きしめ、優しく撫で、同じようにあっちのほうも優しく撫でこする。

その噂のもとは何もかも知り尽くしているかのような女の子たちだった。グレディス先生は女の子たちから必ずしも好かれてはいなかったが、噂のような状況は問題はなかった。ハリー・ウォールデンは天才でとても品がよかったし、誰からも好かれる人物だったので、十分考えられるというわけだ。

わたしはもう一度廊下でハリー・ウォールデンをつかまえた。

「つべこべ言わせねえぞ、このくそったれめ、おれを馬鹿にすんなよ!」

ハリー・ウォールデンはわたしのことをじっと見つめる。それからわたしの肩越しに向こうのほうを見ると、指をさして、「あれはいったい何だい?」と言う。

わたしは振り返る。そしてまた顔をもとに戻すと、彼はいなくなっていた。そして彼のことを天才だと思ってちやほやしている女の子たちに囲まれ、クラスの自分の席に、誰に手を出されることもなく座っていた。


ハリー・ウォールデンがグレディス先生の家に毎晩通っているという噂はますますことしやかなものとなり、彼がクラスに顔を出さない日も出てくるようになった。そんな日はわたしにとっては申し分なかった。というのもわたしはごしごしと一物を擦る音だけにかまけていればよく、スカートやセーターや糊のきいたギンガム・チェックのワンピースに身を包んだ女の子たちが金髪の巻毛を取り巻いてちやほやするのをまったく気にしなくても済んだからだ。ハリーが休むと、女の子たちはひそひそ声で、「あの子って繊細すぎるからね……」と言い合ったりした。

するとレッド・カークパトリックはこう言うのだった。「先生はあいつが死ぬまでやりまくってんだ」

ある午後のこと、教室に入っていくと、ハリー・ウォールデンの席は空いたままだった。いつもと同じようにずる休みをしているんだろうと思った。すると席から席へと話が伝わっていく。最後に気づくのはいつもこのわたしだった。そしてようやくわたしも真相を知った。ハリー・ウォールデンは自殺したのだ。前の晩のことだ。グレディス先生はまだ知らされていなかった。わたしは彼の席を振り返って見た。そこに彼が座ることはもう二度とないのだ。色鮮やかな服ももう金輪際お目にかかれない。グレディス先生が出席を取り終える。それから最前列の席へとやってくると、机の上に座ってその脚を高く組んだ。これまでよりも淡い色合いのシルクのストッキングを穿いている。スカートの裾は太股の上のほうまで捲れ上がっている。

「わたしたちのアメリカ文化は」と彼女は口を開いた。「素晴らしいものになることは間違いありません。イギリスの言語は、今ではあまりにも制限され、体系づけられてしまったがために、改良して徹底的に作り直さなければならなくなっているのです。わたしたちの作家が今後使う言葉は、わたしは密かにこう呼ぼうと思っているのですが、アメリカニーズなのです……」

　グレディス先生のストッキングはほとんど肌の色と同じだった。まるでストッキングなど穿いていないかのようで、裸でわたしたちの前にいるようにも思え、実際はそうではないのにそう見えるだけに、余計に素晴らしく思えるのだった。

「わたしたちはわたしたち自身の真理を、わたしたち独自の話し方をもっともっと見つけ出していくことでしょう。そしてその新しい言葉は、過ぎ去った歴史や古い習俗、いにしえの死者や何の役にもたたない夢とせめぎあうことによって、体系化されたものへと作りあげられていくのです……」

ゴシ、ゴシ、ゴシ……

25

カーリー・ワグナーがモリス・モスコウィッツにいちゃもんをつけた。放課後のことで、八人か十人ほどの連中がそれを聞きつけ、様子を見ようとみんなで体育館の裏手へと足を運んだ。ワグナーがルールを決める。「どちらかがまいったと悲鳴をあげるまで闘い続ける」

「おれはかまわないよ」とモリスが言う。モリスは痩せて背の高い生徒で、少し鈍かったが、無駄口もたたかなければ、誰かに嫌がらせをすることもなかった。

ワグナーがわたしのほうを見る。「こいつを料理したら、今度はおまえを相手にしてやるからな！」

「おれだって、コーチ？」

「そう、おまえだよ、チナスキー」

わたしは彼のことをせせら笑った。

「おまえたち全員を一人ずつ順番に折檻していかなくちゃならないとしたら、このおれも少しは敬われるだろうにね！」

ワグナーは気取り屋だった。彼はいつも平行棒の練習をしたり、マットの上ででんぐり返しをしたり、トラックのところでラップを取ったりしていた。ふんぞり返って歩くので、太鼓腹がよく目立つ。生徒の目の前に立って、相手のことをまるで虫けらか何かのように長い間じっと睨《にら》みつけるのが好きだった。彼が何に苛立っているのかわたしにはよくわからなかった。わたしたちこそ彼に苛立たされていた。わたしたちみんなが女の子と狂ったようにやりまくっていると彼には思え、そのことを頭の中から振り払ってしまいたくてたまらなかったに違いない。

ワグナーとモリスの二人が構え合った。ワグナーの動きは敏捷だった。上下左右にはしこく動き、足を一瞬も休めることなく、シュッシュッと息の音を小さく洩らしながら、近づいたり離れたりした。鮮やかなものだった。そしてモスコウィッツに左のストレートのジャブを三発見舞った。モスコウィッツは両手を脇につけたまま、その場に立ちつくしている。彼はボクシングのことなど何一つわかってはいなかった。続いてワグナーの右の一発がモスコウィッツの顎に命中した。「くそっ！」とモリスがわめいて右腕を大きく振り回したが、ワグナーは素早く頭を下げる。そしてワグナーの右からのカウンター・パンチがモスコウィッツの顔の左側に入った。モリスが鼻血を出した。「くそっ！」とまた彼はわめいて、腕をぶんぶん振り回し始める。そして命中した。ワグナーの頭に見事にあたって、すごい音がした。ワグナーはカウンターを打とうとしたが、彼のパンチにはモスコウィッツほどの威力も怒りもなかった。

「すごいぜ！　やっつけちゃえ、モリー！」

モスコウィッツのパンチには威力があった。左からの痛烈な一撃を太鼓腹に打ち込む。ワグナーは息が止まって、崩れ落ちた。地面に両膝をついている。顔は切れて、血が流れていた。顎を胸に埋め、とても苦しそうだ。

「降参だ」とワグナーが言う。

建物の裏に彼を置き去りにしたまま、わたしたちはモリス・モスコウィッツの後についていった。彼はわたしたちの新たな英雄となったのだ。

「ちくしょう、モリーめ、プロになるべきだよ！」

「いや、おれはまだ十三歳だもん」

歩いて機械工場の裏手まで行き、階段のまわりにたむろした。誰かが煙草に火をつけ、みんなで回しのみをした。

「何であいつはおれたちにつっかかってくるんだ？」とモリーが聞く。

「何だい、モリー、知らないのかい？　あいつはやきもち屋なんだ。おれたちが女の子みんなとおまんこしていると思っているのさ！」

「何でだよ、おれは女の子とキスしたこともないぜ」

「ふざけんなよ、モリー」

「ふざけちゃいないよ」

「せめてセックスのまねごとぐらいはやってみろよ、モリー、最高だぜ！」

その時ワグナーが通りかかった。顔にハンカチをあてている。

「おーい、コーチ」とわたしたちの中の一人が叫んだ。「再試合はどうだい？」

彼は立ち止まってわたしたちを見つめる。「おまえら煙草を吸うんじゃない！」

「やだね、コーチ、おれたちゃ吸いたいんだ！」

「こっちにこいよ、コーチ、おれたちに煙草の火を消させてみろよ！」

「そうだよ、さあ、コーチ！」

ワグナーは立ち止まったままわたしたちをじっと見つめている。「おまえたちのことはまだ済んじゃいないからな！　一人残らずやっつけてやる、何とかしてな！」

「どうやってやるんだよ、コーチ？　あんたの能力にも限度ってものがあるぜ」

「そうさ、コーチ、どうするつもりなんだい？」

彼は原っぱを横切って自分の車へと向かった。わたしはちょっぴり彼に同情した。相手がそこまでつっかかってくれば、折れざるをえなくなってしまう。

「おれたちが卒業する頃に学校にはまだ処女がいるだなんてあいつは思っちゃいないんだろうな」と仲間の一人が言った。

「おれが思うに」と別の仲間が続ける。「誰かがせんずりをかいてあいつの耳の中にぶちまけたから、頭がおかしくなってしまったのさ」

それからわたしたちはその場を後にした。何とも素晴らしい一日だった。

26

わたしの母は毎朝低賃金の仕事へとでかけ、父も、仕事は何もなかったが、毎朝出かけていった。近所のほとんどの人間が失業中だったにもかかわらず、彼は自分も仕事がないことをみんなに知られるのを嫌がっていた。そこで彼は毎朝同じ時間に自分の車に乗り込み、あたかも仕事に行くかのように出かけていった。そして夕方になると、毎日きっかり同じ時間に家に帰ってきた。わたしとしては、家で一人だけになれるので、都合がよかった。両親は家に鍵をかけてしまったが、わたしは入り方を知っていた。ボール紙で網戸の扉の鍵を外すのだ。ポーチの扉の鍵は内側からかかっていた。わたしはドアの下から新聞紙を差し入れて、鍵を探し当てる。そしてドアの下から新聞紙を引っ張り出すと、鍵も一緒に出てきた。それでドアの鍵を開けて、家の中に入った。外に出る時は、網戸の扉をもとに戻し、裏のポーチの扉の鍵を内側からかけて、鍵をそのままにしておいた。そして錠前がかかるようにしておいて、玄関から表に出ていくのだ。

わたしは一人でいるのが好きだった。ある日のこと、自分でいろいろと考えた一人遊びのうちの一つをしていた。秒針のついた時計が炉棚の上にあり、どれだけ長い間息を止めていられるか、一人で競い合うのだ。やるたびに、わたしは記録を更新していった。苦しくてたまらなかったが、記録を何秒かずつ伸ばすたびに誇らしい気分に襲われた。その日わたしはたっぷり五秒も更新し、表の窓のところに立ってじっと息を止めていた。大きな窓は赤く厚いカーテンに覆われている。カーテンの隙間からわたしは外を覗き見た。何てことだ！　わたしたちの家の窓は、アンダーソン家のポーチの真向かいに位置しているではないか。アンダーソン夫人が階段に腰かけている。彼女が着ているワンピースをじっくりと観察することができた。彼女は二十三歳ぐらいで、とんでもなく素晴らしい脚をしていた。ワンピースの中のほうまでその見事な脚を見ることができる。その時父が軍用の双眼鏡を持っていたことに気がついた。父の戸棚のいちばん上の引き出しに入っている。走っていってそれを取り出すと、また走って戻り、その場にしゃがみ込んで、焦点をアンダーソン夫人の脚に合わせた。手に取るようによく見える！　グレディス先生の脚を見る時とは違っていた。見ていないふりをする必要はない。ただ見つめることに集中すればいい。そしてわたしはすべてを忘れて見つめた。わたしはすぐそばにいる。激しく興奮させられた。何と見事な脚、素晴らしい太股！　彼女が動くたびに、我が目を疑い、もう我慢できない状態にまでなっていた。

跪くと、双眼鏡を片手で抱え、もう一方の手で自分のちんぽこを引っ張り出した。掌に唾をかけてから、おっぱじめる。一瞬ちらりとパンティが見えたような気がした。わたしはほとんどいきそうになった。そこで手を止める。双眼鏡で見つめ続け、それからまた擦り始めた。いきそうになると、そこでまたやめる。そしてしばらく待ってから、また擦り始める。とうとうもうこれ以上我慢できないというところまできた。目の前に彼女がいる。わたしはすぐそばで見つめている！　まるでセックスをしているようなものだ。わたしはいってしまう。窓の前の堅木の床一面に精液をまき散らしてしまった。白くてねっとりしていた。立ち上がってバスルームに行き、トイレット・ペーパーを少し持って戻ってくると、それで床を拭き取った。そしてトイレに行って、水で流した。

アンダーソン夫人はほとんど毎日のように表に出てきて、階段のいつものところに座り、彼女がそうするたびにわたしは双眼鏡を持ち出して自慰をした。

もしもこのことがアンダーソン氏にばれたとしたら、とわたしは思った。彼はきっとわたしを殺してしまうに違いない……。


わたしの両親は毎週水曜日の夜になるといつも映画にでかけた。現金が当たる籤引きが映画館で行なわれ、両親はそれで金を手に入れたがっていた。わたしがあることを発見したのもそんな水曜日の夜のことだった。わたしたちの南側の家にはピロッツィ一家が住んでいた。我が家の玄関へ続く私道は、彼らの家の北側沿いにあって、そこにある窓から彼らの居間を覗き込むことができた。窓には薄いカーテンがかかっているだけだった。わたしたちの家の壁の上のほうはアーチとなって車寄せ道の正面にせり出し、あたりは茂みに覆われている。その壁と隣の家の窓との間に入り込み、茂みの中に身を隠すと、夜など特に、わたしの姿は通りからはまったく見えなくなった。

わたしはそこに入り込んでみた。想像していたよりもずっと面白かった。ピロッツィ夫人がカウチに座って新聞を読んでいる。彼女は脚を組んでいて、部屋の反対側の安楽椅子にはピロッツィ氏が座ってやはり新聞を読んでいる。ピロッツィ夫人はグレディス先生やアンダーソン夫人ほど若くはなかったが、彼女もまた見事な脚線美の持ち主でハイヒールをはいていて、新聞の紙面をめくる時はほとんど決まって脚を組み変えるので、そのたびにスカートが少しずつ上のほうまで捲れ上がる。わたしはもっと見たくてたまらなくなった。

もしも両親が映画から帰ってきて、ここにいるわたしを見つけたら、と一瞬思った。そうすればもう一巻の終わりだ。しかしそれだけのことはあった。危険を冒すだけの価値は十分あった。

わたしは窓の陰に潜んで、物音を少しもたてないように気をつけながらピロッツィ夫人の脚をじっと見つめ続けた。彼らはジェフという大きなコリーを飼っていて、その犬はドアの前で眠っていた。その日わたしは国語の授業でグレディス先生の脚を見つめ、アンダーソン夫人の脚を見ながら自慰もしていたのに、まだまだ楽しみが残っている。どうしてピロッツィ氏は奥さんの脚を見ないのだろうか？　彼はひたすら新聞を読み続けるだけだ。スカートの裾がどんどん上のほうに上がっていくことからしても、ピロッツィ夫人が亭主をその気にさせようとしているのは明らかだった。それから彼女は新聞をめくり、とても素早く脚を組み変えると、スカートが捲れ上がって、純白の太股があらわになった。まさにバターミルク！この世のものとは思えない！彼女が最高だ！

その時ピロッツィ氏の脚が動くのがちらっと見えた。彼はさっと立ち上がると、玄関のほうに向かっていく。わたしは茂みをかきわけながら逃げ出した。彼が玄関の扉を開ける音が聞こえる。わたしは車寄せの道に出て、自分の家の裏庭に逃げ込み、ガレージの裏に隠れた。しばらくそこに立ったまま、聞き耳をたてる。それから裏のフェンスをよじ登り、蔓が伸びた木の上も越えて、隣の家の裏庭に入り込んだ。その裏庭を駆け抜け、車寄せの道も通り抜け、通りに出ると、陸上競技の練習をしている選手のように南に向かって小走りに走り始めた。後をつけてくる者は誰もいなかったが、小走りを続けた。

わたしだということがばれたら、父に告げ口されたら、もうおしまいだ。

だけど彼は、大便をさせるために犬を散歩に連れ出そうとしていただけだったかもしれないではないか？

わたしは小走りでウェスト・アダムス大通りまで行って、路面電車の駅のベンチに腰をかけた。五分かそこいら座ってから、ゆっくりと歩いて家に向かう。家に着くと、両親はまだ帰っていなかった。家の中に入ると、服を脱いで明かりを消し、朝が来るのを待った……。

別の水曜日の夜のこと、ボールディとわたしは二軒のアパートメント・ハウスの間を通り抜けるいつもの近道を通っていた。わたしたちはボールディの父親のワインの貯蔵室に行く途中だったが、ある窓のところで彼が立ち止まった。その窓のブラインドは最後まできちんと下ろされてはいない。立ち止まったボールディは、身を屈めて中を覗き込む。そして手を振ってわたしを呼び寄せた。

「何だい？」とわたしがひそひそ声で尋ねる。

「見ろよ！」

ベッドの上に男と女がいた。真っ裸だ。二人の上にはシーツが少ししかかかっていない。男は女にキスしようと迫っていて、彼女はそれを押しのけようとしている。

「くそったれめ、やらせておくれよ、マリー！」

「いやよ！」

「でもおれはもう燃え上がっているんだ、お願いいいだよ！」

「あんたのそのいやらしい手をわたしからどけてよ！」

「でもマリー、愛しているんだ！」

「あんたにもあんたのどうしようもない愛にも……」

「マリー、お願いいいだ」

「ちょっと黙ってくれない？」

男が壁のほうを向く。女は雑誌を手にして、枕を頭の後ろに押し込むと、それを読み始めた。

ボールディとわたしは窓辺から離れた。

「まったく」とボールディが言う。「うんざりさせられちゃうね！」

「いいものが見れると思ったのにな」とわたしが応える。

ワインの貯蔵室に着くと、ボールディの父親はその扉に大きな南京錠をかけてしまっていた。

それから何度もわたしたちは例の窓を覗き込んでみたが、何かいいことが見られた試しはなかった。いつも似たり寄ったりだった。

「マリー、もうとんと御無沙汰だよ。おれたちゃ一緒に暮らしているんだぜ。結婚してるんだよ！」

「まあすごいこと！」

「今度だけでいいよ、マリー、そしたらもううるさく言わないから。うんと先まで何もお願いしたりしないよ、約束するから！」

「黙ってよ！　あんたにはもううんざり！」

ボールディとわたしは立ち去っていく。

「くそっ」とわたしが言う。

「くそっ」と彼も言う。

「あいつにちんぽがあるとは思えないね」とわたしが言う。

「ないほうがいいのかも」とボールディ。

わたしたちはそれからもう二度とそこへは行かなかった。

27

ワグナーはわたしたちへの手出しをやめなかった。体育の授業時間中、わたしが校庭で立ったままでいると、彼が近づいてきた。

「何をやってるんだ、チナスキー？」

「何も」

「何も、だと？」

　わたしは返事をしなかった。

「どうして何の試合にも参加しないんだ？」

「くそ、あんなのガキの遊びさ」

「追って通知するまでずっとごみ捨て当番にしてやるからな」

「どうして？　何の罰さ？」

「ぶらぶらして怠けているからさ。罰点五〇だ」

　生徒たちは自分たちの罰点をごみ捨て当番を引き受けることで減らしていかなければならなかった。罰点が一〇以上あって、当番をして減らさなかったら、卒業できなかった。わたしは卒業できようができまいがどっちでもよかった。それは学校側にとって問題なだけだ。わたしはいつまでも学校にとどまり、どんどん歳をとって、どんどん大きくなっていけばいい。女の子もみんなものにできるだろう。

「罰点五〇だって？」とわたしは聞き返した。「それだけしかおれにくれないのかい？　一〇〇でどうだい？」

「よし、一〇〇だ。おまえにやるぞ」

　ワグナーはふんぞり返って立ち去っていく。ピーター・マンガロアは罰点五〇〇だった。わたしは今や二位になったというわけだ、しかもこれからも増えていく……。

最初のごみ捨て当番は、昼食時間の後半三十分間だった。次の日わたしはピーター・マンガロアと一緒にごみ入れを持ってまわった。単純な作業だった。わたしたちはそれぞれ端に尖った釘のついた棒を持っている。その棒で紙をつまみあげると、それをごみ入れの中に入れていくのだ。通り過ぎていくわたしたちを女子生徒たちが見守っている。みんなわたしたちがワルだと知っていた。ピーターはうんざりしきっているようだったし、わたしは気にもとめていない素振りをしていた。わたしたちがどうしようもない生徒だということを女の子たちは知っている。

「リリー・フィッシュマンを知ってるかい？」と一緒に歩きながらピートがわたしに尋ねる。

「ああ、知ってるよ、知ってる」

「そうか、あいつは処女じゃないぞ」

「どうして知ってるの？」

「本人が教えてくれたんだ」

「誰にやられたの？」

「あいつの親父だよ」

「ふーん……親父さんを責めることはできないね」

「おれがどでかいちんぽを持っているってリリーはどこかで聞きつけたんだ」

「ああ、学校中で知れ渡っているじゃないか」

「それでもって、リリーがやりたがっているんだ。ちゃんと相手になれるって言いやがるのさ」

「あいつのおまんこが引き裂けてしまうぜ」

「ああ、そうかもな。とにかく、あいつはやりたがっているのさ」

わたしたちはごみ入れを地面に置いて、ベンチに座っている女の子たちをじっくり観察した。ピートがベンチに向かって歩いていく。わたしはその場に立ちつくしたままでいた。彼は女の子の一人に近づくと、その子に何やら耳打ちした。彼女がくすくす笑いだす。ピートがごみ入れを置いた場所まで戻ってきた。二人で持ち上げると、また歩きだした。

「さてと」とピートが言う。「今日の放課後四時だ。おれはリリーをびりびりに引き裂いてやる」

「ほんとうかい？」

「学校の裏手にあるボロボロの車を知っているだろう？　ポップ・ファーンズワースがエンジンを取っちゃったやつさ」

「ああ」

「あのどうしようもない代物がどこかに片付けられてしまう前に、おれの寝室にさせてもらうのさ。あいつをバック・シートに連れ込んでやる」

「最高のお楽しみってところだね」

「考えただけでおっ立ってきちゃったぜ」とピートが言う。

「おれもさ、おいしい思いができる本人じゃないというのにね」

「でもひとつ厄介なことがあるんだ」とピート。

「最後までいけないのかい？」

「違うよ、そんなことじゃない。見張りがいるんだ。今ならいいぞって合図してくれる誰かが必要なんだ」

「そんなことかい？　そうか、じゃあ、おれがやってもいいぜ」

「やってくれるかい？」とピートが頼んでくる。

「いいとも。でももう一人必要だね。そうすりゃどっちの方向も見張れる」

「わかった。誰かいいやついるかい？」

「ボールディ」

「ボールディだって？　くそっ、あいつじゃだめだよ」

「大したことはないけど、あてにはできるぜ」

「わかった。じゃあ四時にみんなで逢おう」

「じゃあ後で」


午後四時にわたしたちはピートとリリーの二人と車のところで落ち合った。

「やあ！」とリリーが声をかける。彼女は興奮しているようだった。ピートは煙草をふかしていた。うんざりといった感じだ。

「やあ、リリー」とわたしも声をかける。

「ハイ、リリー・ベイビー」とボールディ。

原っぱの反対側では、タッチ・フットボールの試合をして遊んでいる者たちがいたが、それが一種のカモフラージュになるので、わたしたちにとってはかえって好都合だった。リリーは身をくねらせ、息づかいも荒く、乳房が上下に大きく揺れている。

「さてと」とピートが煙草を投げ捨てながら言う。「仲良くなろうぜ、リリー」

彼が後ろのドアを開けて、おじぎをするとリリーが乗り込んだ。彼女に続いてピートも車の中に入ると、まずは靴を脱ぎ、それからズボンもパンツも脱ぎ捨てた。リリーが見下ろすと、だらりとぶらさがったピートの一物が目に入る。

「うわあ」と彼女が声に出す。「これじゃあまりに……」

「さあ、ベイビー」とピートが促す。「みんないつかは死んじゃうんだ」

「そうね、わかったわ、きっと……」

ピートが窓から外を見る。「おい、おまえら何かやばいことはないかどうかちゃんと見張っているか？」

「ああ、ピート」とわたしは答える。「ちゃんと見張っているよ」

「見てるからね」とボールディ。

ピートがリリーのスカートを思いきり引っ張りあげる。ハイソックスの上には白い太股が続き、彼女のパンティも目に入った。最高だ。

ピートはリリーのからだをむんずと摑むと、キスをした。そして身を引く。

「この売女め！」と彼が言う。

「優しい言葉をかけてよ、ピート！」

「このどうしようもない売女！」

そう言ってピートは彼女の頰に思いきり平手打ちを食らわせた。

リリーが啜り泣き始める。「やめて、ピート、やんないで……」

「うるせえ、あばずれ！」

ピートはリリーのパンティを引きずり下ろし始めた。やたらとてこずっている。彼女の大きな尻にパンティがしっかり食い込んでいた。ピートが力まかせで引っ張るとびりっと引き裂け、彼はそれを引きずり下ろすと彼女の脚から抜き取ってしまう。そして引き裂けたパンティを車の床の上に投げ捨てた。それから彼は彼女の性器を弄び始めた。彼女の性器をいじくりまわしながら、何度もキスを繰り返す。そして車のシートにもたれ込んだ。彼のものは半立ち状態だ。

リリーがそれを見下ろす。

「あんたって何、ホモなの？」

「違うぜ、そうじゃないさ、リリー。やばくないかどうか、あいつらがちゃんと見張っているとはどうも思えないからなんだ。やつらは俺たちばかり見ている。こんなところでとっつかまりたくないからな」

「何もやばくないよ、ピート」とわたしは言う。「ちゃんと見張っているよ！」

「ちゃんと見張っているよ！」とボールディも言う。

「こいつらを信用できないね」とピートが言う。「こいつらがしっかり見つめているのはおまえのおまんこだよ、リリー」

「このホモ野郎！　そんなにどでかいものを持っているのに半分しかおったってないじゃないの！」

「捕まるのが怖いんだよ、リリー」

「どうすればいいか知ってるわよ」と彼女が言う。

リリーは屈み込むと、ピートのペニスに舌先を這わせた。巨大な亀頭のまわりを舌先で舐め回す。そしてすっぽりと口の中に含んだ。

「リリー……すごいや」とピートが洩らす。「愛してるぜ……」

「リリー、リリー、リリー……あっ、あっ、ううっ……」

「ヘ、ヘ、ヘンリー!」とボールディが叫んだ。「見ろよ!」

わたしは目を遣った。原っぱの向こうからワグナーがこちらに向かって駆けてきていて、彼の後にはタッチ・フットボールの試合をしていた連中がついてきている。それだけでなくフットボールの試合を見ていた者たちも加わっている。男子もいれば女子もいる。

「ピ、ピ、ピート!」とわたしは金切り声をあげた。「ワグナーが五十人もの人間を引き連れてやってくるぞ!」

「くそっ、くそっ!」とピートが呻いた。

「何よ、ちくしょう」とリリーも罵る。

ボールディとわたしは退散した。門から逃げ出して半ブロックほど走り続ける。それからフェンス越しに振り返ってみた。ピートとリリーに逃げるチャンスはまったくなかった。駆けつけたワグナーが曝しものにしてやろうとドアを思いきり引き開ける。車はたちまちのうちにみんなに取り囲まれ、わたしたちはそれ以上見続けていることはできなかった……。

それ以来、ピートとリリーの姿に二度とお目にかかることはなかった。彼らがどうなったのかまったく見当がつかない。ボールディとわたしはそれぞれ一〇〇〇点の罰点を食らい、一一〇〇点となったわたしはマンガロアを抜いてトップに立つことになった。当番をして罰点を全部消化するのは到底不可能だった。わたしは一生マウント・ジャスティン中学に居続けなければならない。当然、彼らはわたしの両親にも通知した。

「いくぞ」と父が言う。そしてわたしはバスルームに入っていった。

父は革砥を手にする。

「ズボンとパンツを下げろ」と命令する。

わたしは下げなかった。父はわたしの前に回ると、わたしのベルトを引き開け、ボタンを外し、ズボンを無理やり引き下げた。パンツも引きずり下ろす。革砥が打ち当てられる。いつもと同じだった。ばちんと皮膚に当たる同じ音がして、同じ痛みに襲われる。

「おまえは母さんを殺してしまおうとしている！」と父がわめいた。

そしてまたわたしを打つ。しかし涙は流れ出てこなかった。どういうわけか乾いたままだ。わたしは父を殺すことを考えた。彼を殺す方法が何かあるはずだと。二年ほどすればわたしは彼を殴り殺せるようになるだろう。しかし今やっつけてしまいたかった。父なんかどうってことはない。わたしはきっと養子で貰われてきたのだ。彼がまたわたしを打つ。痛みは感じるが、打たれる恐怖は消えてしまっていた。革砥がまた打ち当てられる。部屋ももはやぼやけては見えなかった。何もかもがはっきりと見える。父はわたしの変化に気づいたのか、何度も何度もますます力を込めて鞭打ち始めた。しかし打てば打つほど、わたしはそれほど感じなくなっていった。無力なのはむしろ彼のほうだと思えるようにもなった。何かが起こって、何かが変わってしまった。

父は鞭打ちをやめる。息を切らしている。彼が革砥をもとの場所に掛ける音が聞こえた。そしてドアに向かう。わたしは振り返った。

「おい」とわたしは言う。

父が振り返ってわたしを見た。

「もう二、三発やってくれよ」とわたしは父に申し出る。「それであんたの気分が少しでもよくなるのなら」

「わしにそんな生意気な口をきくんじゃない！」と父が言う。

わたしは父を見つめた。顎の下や首のまわりの肉が弛んで襞になっている。みすぼらしい皺や皹ができている。くたびれきったピンクのパテのような顔をしている。下着姿で、弛んだ腹が下着のシャツに皺を寄せている。その目はもはや険しくはなかった。目をそらして、わたしと目を合わさないようにしている。何かが起こったのだ。バスタオルも、シャワー・カーテンも、鏡も、バスタブも、便器も何もかもがそのことに気づいていた。父は背中を向けるとドアを開けて出ていった。彼も気づいていたのだ。それが最後の鞭打ちとなった。わたしが父から受けた……。

28

中学校時代はあっという間に過ぎた。九年生になる直前の八年生の時に、わたしに痤瘡《アクネ》ができ始めた。多くの男子にもできていたが、わたしとは違っていた。わたしのは本当にひどかった。町中で最悪の症例だった。顔中、背中、首のいたるところに、それに胸にもいくつか、にきびやおできができている。でき始めた時期はわたしがみんなから手ごわいやつだと思われ、リーダー扱いされだした頃と一致していた。わたしがタフなことに変わりはなかったが、もはや以前と同じようではいられなかった。引き下がるしかなかった。遠くから離れてみんなを見守るだけで、まるで芝居の舞台を見ているようだった。舞台に出ているのはみんなで、わたしはその芝居を見ている観客だ。わたしはいつも女の子には手こずっていたが、痤瘡ができてしまったとなると、もはや望みはまったくなかった。女の子たちはこれまで以上に遠い存在となってしまった。女の子の中にはほんとうに可愛い子もいた。着ている服も、髪の毛も、その目も、立っているその姿も。そんな女の子の一人と放課後に一緒に通りを歩き、いろいろなお喋りをしたら、きっといい気分になれると思わずにはいられなかった。

それに原因はわたしにあるのだが、相変わらず面倒なことに巻き込まれ続けていた。ほとんどの教師はわたしを信用しないし、嫌ってもいて、とりわけ女性教師がそうだった。不適当な発言を一言も言ったりしないのに、教師たちはわたしの〝態度〟に問題があると言い張った。だらしない席のつき方やわたしの〝声の調子〟が問題だというのだ。自分では気がついていなかったが、相手を嘲笑っているといっていつも責められた。授業中に廊下に立たされたり、校長室行きを命じられたりするのはしょっちゅうのことだった。校長はいつも同じことをした。彼の部屋には電話用の小部屋があった。彼はその中にわたしを立たせて、ドアを閉める。わたしはその電話ボックスの中で何時間も過ごした。中に何か読めるものがあるとすれば、「レディズ・ホーム・ジャーナル」だけだった。意図的な拷問だ。いずれにしてもわたしは「レディズ・ホーム・ジャーナル」を読むしかなかった。新しい号が出るたびに目を通した。何か女性について学べることがあるかもしれないと期待しながら。

卒業までにわたしの罰点は五〇〇〇点になっていたはずだが、どうでもいいことだった。学校はわたしを追い出したがっていた。一人ずつ順番に講堂の中に入っていく列の中にわたしも立っていた。わたしたちはみんな安物のちっぽけな帽子とガウンを身につけていて、それらは前の卒業生から次の卒業生へと、代々受け継がれてきたものだ。舞台に上がっていく時、一人ずつ名前が呼ばれた。みんなは中学からの卒業をやたらと大袈裟なものにしようとしていた。楽団が校歌を演奏する。

ああ、マウント・ジャスティン、ああ、マウント・ジャスティン
これから先もわれらは忠実、
われらが心は高らかに歌う
青く澄み渡るわれらが大空……

わたしたちは整列して立ち、誰もが舞台の上を堂々と歩いていく順番を待っていた。両親や友人たちがみんな見守っている。
「ゲロが出そうだ」と並んでいる生徒の一人が言った。
「くだらんことの先にはもっとくだらんことが待ち受けているだけさ」と別の誰かが言う。
女生徒のほうが真面目に受け止めているようだった。だからわたしは彼女たちがなかなか信用

できないのだ。彼女たちは間違ったことにすぐに加担してしまう。女生徒たちも学校も考えていることは同じように思える。

「こんなことやっていたら気が滅入ってしまう」と仲間の一人が言う。「煙草があったらなあ」

「ほら」

別のひとりが煙草を一本差し出した。わたしたちは四、五人でその煙草を回しのみした。わたしは一服吸って、鼻の穴から煙を出す。その時カーリー・ワグナーが入ってくるのが見えた。

「捨てろ！」とわたしが言う。「へど野郎のご登場！」

ワグナーは真っ直ぐわたしに向かって歩いてきた。初めて彼を見た時も、それから後もいつ見てもそうだったように、今もグレイの体操服を着ていて、必ずスウェットシャツも身につけている。彼はわたしの前に立ちはだかった。

「いいか」と彼が口を開く。「ここから出ていくから、おれからも逃げられるとおまえは思っているだろうが、そんなことはないぞ！　この先一生おまえに付き纏ってやる。地球の果てまで追いかけて、おまえを完全にやっつけてやるからな！」

わたしは一言も答えずに一瞥すると、彼は去っていった。ワグナーのちょっとした卒業の挨拶は、みんなと一緒にいるわたしを大物に思わせただけだった。みんなはわたしが彼を怒らせるような何かとんでもないことをしでかしたに違いないと受け取った。しかし事実はそうではなかった。ワグナーが単にいかれていただけだ。

わたしたちは講堂の入口へとどんどん近づいていった。呼びあげられる各自の名前や拍手喝采が聞こえるだけでなく、参列者たちの姿も見えてきた。

それからわたしの番になった。

「ヘンリー・チナスキー」

校長がマイクを通してわたしの名前を呼ぶ。前に進み出た。喝采はなかった。すると一人の親切な参列者が拍手を二、三度だけしてくれた。

卒業生のクラスのため、席が舞台の上に何列もしつらえてあった。わたしたちはそこに座って待った。校長が機会や成功、それにアメリカに触れたスピーチを行なう。それですべておしまいだった。楽団がマウント・ジャスティンの校歌を演奏し始める。生徒たちや親、それに友人たちが立ち上がり、みんな入り乱れた。わたしは歩き回って探してみた。両親は来ていなかった。そのことをはっきりと確かめた。歩き回って隅から隅までじっくり見ていったのだ。

それでよかったのだ。タフガイにはそのほうがぴったりだ。わたしは年代物の帽子とガウンとを通路のいちばん端にいる男に手渡した。用務員だ。次に使う時のためにと彼がきちんと畳んでくれる。

講堂の外に出た。最初に出たのがわたしだった。しかしいったいどこに行けばいいのか？　ポケットの中には十一セントしかない。わたしは自分の家へと歩いていった。

29

その夏、一九三四年七月のこと、シカゴの映画館の外でジョン・ディリンジャーが射殺された。彼に勝算はまったくなかった。レディ・イン・レッドが彼のことを密告したのだ。その一年以上も前に銀行はすっかり駄目になってしまっていた。禁酒法が廃止され、わたしの父はまたイーストサイド・ビールを飲み始めた。しかし最悪のできごとはディリンジャーがやっつけられてしまったことだった。ディリンジャーを崇拝する人たちは多く、殺されてしまったことで誰もが辛い思いを味わった。ローズベルトが大統領だった。彼はラジオで炉辺談話を放送し、みんなは耳を傾けた。彼はとても話し上手だった。そして彼はみんなを仕事に就かせるための計画を制定し始めた。しかしいろいろなことがまだまだひどいままだった。わたしの腫れ物もますますひどい状態になり、信じられないほど大きくなってしまった。

九月になるとわたしはウッドヘイヴン高校に進む予定になっていたが、父はチェルシー高校に行くべきだと言って譲らなかった。

「ねえ」とわたしは父に言った。「チェルシーはこの地区外だよ。あまりにも遠すぎる」

「おまえはわたしの言うとおりにすればいい。おまえはチェルシー高校に入学手続きをとるんだ」

どうして父がわたしをチェルシーに行かせたがっているのかわかっていた。金持ちの子供たちがそこに行くのだ。父はおかしかった。彼はいまだに金持ちということにこだわっている。わたしがチェルシーに行くことに気づいたボールディは、自分も同じところに行こうと決めた。わたしは彼も腫れ物も駆逐することができなかった。

最初の日にわたしたちは自転車に乗ってチェルシー高校まで行き、それを駐車場にとめた。何とも惨めな気分だった。ほとんどの学生たち、少なくとも上級生たちは、みんな自分の車を持っていて、その多くは新車のコンバーティブルで、色もよく見かける車のように黒や濃い青などではなく、鮮やかな黄色や緑、オレンジ色や赤だった。学校の外で男子生徒たちはそれぞれ自分の車の中に座り、女子生徒たちが乗せてもらおうとまわりに群がっている。男の子も女の子もみんなお洒落をしていて、プルオーバーのセーターを着て腕時計をはめ、靴も流行のものを履いている。みんな実に大人っぽく、落ち着いていて、とても優秀なように見えた。それに混じって粗末なシャツを着てぼろぼろのズボンを穿き、靴も履き古してしまっているこのわたしがいた。しかも腫れ物だらけときている。車に乗っている男子生徒たちは痤瘡のことなど気にすることもなかった。みんなとてもハンサムで、背が高くて清潔、白く輝く歯をしていて、手を洗う石鹸で髪の毛を洗ったりはしなかった。みんなわたしの知らない何かを知っているように思えた。わたしはまたどん底に落とされてしまったのだ。

男子生徒たちはみんな車を持っていたので、ボールディとわたしは自分たちの自転車が恥ずかしくてたまらなかった。わたしたちは自転車を家に置いたまま歩いて学校まで行って、また帰ってきた。片道四キロの道のりだ。わたしたちは茶色い袋に入れた弁当を学校に持っていっていた。しかしほかの生徒のほとんどは、学校のカフェテリアですら食事をしなかった。彼らは女の子たちを連れて車でアイスクリーム店まで行き、そこでジュークボックスをかけて笑い合っていた。彼らはみんなUSCへ進学していくのだ。

わたしは自分の腫れ物を恥じ入っていた。チェルシーでは体育の授業かROTC(予備役将校訓練部隊)かどちらか好きなほうを選ぶことができた。わたしはROTCを選んだ。そうすれば体操服に着替えなくても済み、自分のからだの腫れ物が誰かにばれることもなかったからだ。しかしわたしは軍服がいやでいやでたまらなかった。シャツはウールでできていて、腫れ物にチクチクする。軍服は月曜日から木曜日まで着用しなければならない。金曜日は普段着のままでだいじょうぶだった。

わたしたちは武器教範を学んだ。軍事行動やそういったろくでもないことだ。わたしたちは試験に受からなければならなかった。運動場の行進もあった。そして武器教範の訓練を行なった。さまざまな教練の中でもライフルの操作は、わたしには特に辛かった。肩に腫れ物ができていたのだ。肩でライフルをしっかり支えなければならない時もあり、そうすると腫れ物がつぶれて、シャツの表に滲み出てきたりした。血が出ることもあったが、シャツの生地は厚く、おまけにウールでできていたので、染みはそれほど目立たず、血かどうなのかもわからなかった。

わたしは自分がどんな目にあっているのかを母親に告げた。母は白い布切れの肩あてをわたしのシャツの裏側に縫いつけてくれたが、ほんの少しましになっただけだった。

ある時将校が視察にやってきたことがあった。彼はわたしの手からライフルを取り上げると上のほうに持ち上げ、銃腔に埃がたまっていないかどうか、銃身をつぶさにチェックした。そしてわたしにライフルをドンと押し返し、わたしの右肩の血の染みに目をやった。

「チナスキー！」と彼がきつい調子で声をかける。「おまえのライフルは油が洩れているぞ！」

「はい、わかりました」

学期は過ぎていったが、腫れ物はどんどんひどくなっていった。胡桃ほどの大きさになってわたしの顔を埋め尽くす。恥ずかしくてたまらなかった。時々家でバスルームの鏡の前に立って、腫れ物を押し潰したりした。黄色の膿汁が噴き出して、鏡に飛び散る。小さくて硬い白い種のようなものも混じっている。腫れ物の一つ一つにそんなものが詰まっているのかと思うと、おぞましくはあるが、うっとりさせられるようでもあった。しかし他人がわたしから目をそむけたくなることもよくわかっていた。

学校が父に忠告したに違いない。その学期の終わりに、わたしには休学措置がとられた。わたしはベッドに入り、両親がいたるところに軟膏を塗ってくれた。嫌な臭いがする褐色の軟膏があった。父は特にそれを塗りたがった。ひりひりしてとても痛い。使用説明書で指示されているよりもずっと長く塗っておくようにと父は言い張った。ある晩、父は何時間も塗ったままにしておくようわたしに無理強いした。わたしは悲鳴をあげ始めた。バスタブに駆けつけて、水を溜め、苦しみながら何とか軟膏を洗い流す。顔も、背中も、胸も、やけどをしていた。その夜、わたしはベッドの端に座るしかなかった。横になれないのだ。

父が部屋の中に入ってきた。

「あれをずっとつけたままにしておくようにとおまえに言ったはずだがな！」

「どうなったか見てくれよ」とわたしは父に訴える。

母も部屋の中に入ってくる。

「このくそったれは治りたがっていないぞ」と父が母に言う。「どうしてわしはこんな息子を持たなくちゃならないんだ？」

母が失業した。父は仕事に行くかのように毎朝車で出かけ続けていた。「わしは技師をしている」とみんなに言っていた。彼はいつも技師になりたがっていたのだ。

ＬＡカウンティ総合病院にわたしを行かせる手はずが整えられた。わたしは白くて細長いカードを渡された。その白いカードを持って、七番の路面電車に乗り込んだ。運賃は七セント（もしくは二十五セントで四枚のトークン（切符として使う代用硬貨））だった。トークンを一枚入れて路面電車の後部へと向かった。わたしの予約は午前八時半になっている。

数ブロック進んでから、小さな男の子と女性とが路面電車に乗り込んできた。女性は太っていて、男の子は四歳ぐらいだ。二人はわたしの後ろの席に座る。わたしは窓の外を見ていた。電車はがたごと走っていく。わたしは七番の路面電車が気に入っていた。すごく速く走って、前に後ろへと揺れ、外では太陽が輝いている。

「ママ、あの人の顔どうしてあんなにひどいの？」と男の子が言っているのが聞こえた。

女性は返事をしない。

男の子は同じ質問を彼女に繰り返す。

女性はやはり返事をしない。

すると男の子が大声で叫んだ。「ママ！　あの人の顔どうしてあんなにひどいの？」

「おだまり！　あの人の顔がどうしてあんなにひどいのかわたしは知りませんよ！」

病院の受付で四階に行くようにと指示された。机の向こうに看護婦がいて、わたしの名前を確かめると、座って待つようにと言った。緑色の金属製の椅子が二列に向かい合ってたくさん並べられていて、みんなはそこに座っている。メキシコ人がいるし、白人も黒人もいる。東洋人はいなかった。読むものは何もなかった。何人かの患者は読み古されたような新聞を手にしている。太ったのも痩せたのも、背が高いのも低いのも、若いのも年寄りも、あらゆる年代の人たちがいた。お喋りをしている者は一人もいない。みんなくたびれきっているようだった。雑役係が目の前を行き来し、看護婦の姿も目に入ることはあったが、医者は一人も見かけなかった。一時間が過ぎ、二時間が過ぎる。誰の名前も呼ばれない。わたしは水飲み場を探そうと立ち上がった。みんなが診察を受けるはずの小さな部屋の中を覗き込む。どの部屋にも誰もいなかった。医者もいなければ患者もいない。

わたしは机のところに行った。看護婦は名前が記入されたやたらと分厚い名簿を睨みつけている。電話が鳴って、彼女が出る。

「メネン先生はまだお見えになっていません」彼女は電話を切る。

「すみませんが」とわたしは声をかける。

「なあに？」と看護婦が尋ねる。

「お医者さんはまだ来ていないでしょう。後で出直してきてもいいですか？」

「だめよ」

「でも誰もいませんよ」

「医者は待機中です」

「でもぼくは八時半の予約なんです」

「ここにいる人はみんな八時半の予約ですよ」

四十五人から五十人ほどの人たちが待っていた。

「順番待ちになっているのなら、二時間ほどしてからまた戻ってきたいんですけど。その頃にはお医者さんも何人かきっと来ていますよね」

「今どこかに行ったら、あなたの予約はそこで取り消されてしまいますよ。それでもまだ治療してほしいのなら、明日改めてまた出直してこなければだめよ」

　わたしは机から離れて椅子に座った。ほかに抗議する者は誰もいなかった。ほとんど何の動きもない。時々看護婦が二、三人、笑いながら通り過ぎたりする。車椅子に乗った男の人を押していることもあった。その男の両脚は包帯でぐるぐる巻きにされ、わたしから見えるほうの耳は切り落とされていた。いくつもの部分に分かれた黒い穴があるだけで、その中に蜘蛛が入り込んで蜘蛛の巣を張っているかのように思えた。何時間もが過ぎた。正午になって、それもすぐに過ぎてしまった。また時間が過ぎる。二時間ほどだろうか。みんな座って待っている。「医者が来たぞ！」と誰かが言った。

　医者は診察室の一つに入っていってドアを閉めた。みんな注視している。何ごとも起こらない。看護婦が入っていく。彼女の笑い声が聞こえる。それから彼女が外に出てきた。五分が過ぎる。十分が。カルテを手にした医者が顔を出す。

「マルティネス？」と彼が名前を呼ぶ。「ホセ・マルティネス？」

　痩せて年老いたメキシコ人が立ち上がって、医者のほうに歩き始めた。

「マルティネス？　マルティネスさん、やあ、具合はどうですか？」

「加減が悪いです、先生……もう死んじゃうよ……」

「どれどれ……中にお入んなさい……」

マルティネスは随分と長い間入ったままだった。わたしは読み捨てられた新聞を手に取って、それを読もうとした。しかしみんなはマルティネスのことで頭がいっぱいだ。マルティネスが出てきたら、今度は誰かの番になる。

しばらくしてマルティネスが悲鳴をあげる。「うわぁああ！　うぎゃあああ！　やめて！　やめとくれ！　うぎゃぎゃぎゃ！　勘弁して！　神様！　やめてください！」

「ほら、ほら、痛くないからね……」と医者が言っている。

マルティネスはまた悲鳴をあげる。看護婦が一人、診察室に駆け込んでいく。それから何の物音もしなくなった。半開きになったドアの向こうに黒い影が見えるだけだ。それから雑役係が診察室に駆け込んでいった。マルティネスが喉をごほごほいわせている。彼は担架車に乗せられて運び出されていった。看護婦と雑役係が廊下の端まで押していき、自在ドアをいくつも通り抜けていく。マルティネスはシーツにくるまれていたが、死んではいなかった。顔までは隠されていなかったからだ。

それから十分ほど医者は診察室の中にいた。そしてカルテを挟んだクリップボードを手にして姿を現わした。

「ジェファースン・ウィリアムズ？」と彼が呼びかける。

返事はなかった。

「ジェファースン・ウィリアムズはいませんか？」

何の反応もなかった。

「メアリー・ブラックソーン？」

やはり返事はない。

「ハリー・ルイス？」

「はい、先生」

「こちらへどうぞ」

とてものろかった。医者はあと五人ほどの患者を診察した。それから診察室を出てくると、受付の机のところに行って、煙草に火をつけ、看護婦と十五分ほどお喋りをした。実に聡明な感じがした。顔の右側の筋肉が痙攣してぴくぴくしている。赤毛には白髪が混じっていた。眼鏡をかけていて、かけたり外したりしている。別の看護婦がやってきて、彼にコーヒーを差し出した。彼は一口啜ると、片手にコーヒーを持ったまま、もう一方の手で自在ドアを押し開けて、どこかに行ってしまった。

事務の看護婦が、みんなの白くて長いカードを手にして机の後ろから出てきた。そして一人ずつ名前を呼んでいく。返事をした相手に、そのカードを返していく。「この病棟は今日はおしまいです。よかったらまた明日来てください。予約の時間が各自のカードにスタンプされています」

わたしは自分のカードを確かめた。午前八時半とスタンプされていた。

30

次の日は運がよかった。名前を呼ばれたのだ。昨日とは違う医者だった。わたしは裸になった。医者は熱くなった白色光をわたしに当てて、診察する。わたしは診察机の端に腰をかけていた。

「ふむ、ふむ」と彼が言う。「なるほど……」

わたしは座ったままだ。

「これができてからどのくらいになるの？」

「二年になります。どんどんひどくなっていきます」

「ふーん」

彼は診察し続ける。

「さてと、腹這いになって寝転がってもらおうかな。すぐに戻ってくるからね」

時間がしばらく過ぎ、突然診察室が人でいっぱいになった。みんな医者だった。少なくとも全員が医者のように見えたし、医者のように話している。彼らはいったいどこから現われたのか？LAカウンティ総合病院には医者がほとんどいないのではないかとわたしは思っていたのだ。

「アクネ・ヴァルガリスだ。長い間診療をしているけど、こんなにもひどい症例はこれまでで初めてだ！」

「すごいね！」

「信じられない！」

「この顔を見てごらんよ！」

「首筋だって！」

「アクネ・ヴァルガリスの若い女の子を診察したばかりなんだ。背中じゅうにできていてね。泣きじゃくっていたよ。そしてわたしに聞くんだ。『どうやって恋人を見つければいいの？　わたしの背中は一生跡が残るんでしょう。自殺してしまいたい！』ってね。ところがほら、この子を見てごらんよ！　あの女の子がこれを見たら、自分がくよくよ悩むことなどこれっぽっちもないんだって気づくに違いないよ」

この大馬鹿野郎、とわたしは思った。おまえの言っていることが全部こっちにも聞こえているってわからないのか？

人はどうやって医者になるのか？　こんなやつらでも誰かを診察しているのか？

「どうして？」

「この子は眠っているのかね？」

「とても落ち着いているようじゃないか」

「いや、眠っているとは思えないね。きみ、きみ、眠っているのかい？」

「はい」

彼らはわたしのからだのいろいろなところに熱くなった白色光を当て続けた。

「ひっくり返って」

わたしはひっくり返った。

「ほら、口腔内にも損傷がある！」

「さてと、どう処置するかな?」

「電気針だろうね……」

「もちろんそうだね、電気針だね」

「そう、針がいい」

決定は下された。

31

次の日わたしは廊下にある緑のブリキの椅子に座って、名前が呼ばれるのを待っていた。向かいには鼻がおかしくなってしまっている一人の男が座っている。鼻は真っ赤でぐじゅぐじゅになっていて、膨れて長く伸び、とても大きくなってしまっている。膨らんだ部分の上にまた別の膨らんだ部分ができているのがよくわかる。その男の鼻は何らかの刺激を受けて、どんどん膨らんでしまったのだ。その鼻を一目見て、それからは努めて見ないようにしようとした。わたしも彼に見つめられたくはなかった。彼がどんな気持ちでいるのかもよくわかる。しかしその男はとても心地よさそうだった。太っていて、座ったまま居眠りしかけている。

最初に彼の名前が呼ばれた。「スリースさん?」

椅子の中で彼は少しだけ前にずれる。

「スリース? リチャード・スリース?」

「えっ? ああ、はい、ここにいますよ……」

立ち上がって医者のほうに進む。

「今日はどんな具合ですか、スリースさん？」

「いいですよ……とても元気です……」

彼は医者の後について診察室の中に入っていった。

一時間後にわたしの名前が呼ばれた。医者の後について自在ドアを通り抜け、別室へと入っていく。診察室よりも広い部屋だった。服を脱いで診察台の上に座るように言われた。医者がわたしを調べる。

「とんでもないことになっているね、そうじゃないかい？」

「ええ」

彼はわたしの背中の腫れ物をつついた。

「痛いかい？」

「はい」

「さてと」と彼が言う。「ひとつ排膿処置をやってみるとするか」

機械のスイッチを入れる音が聞こえた。ブンブンと何かが回る音がする。オイルが熱くなっていく匂いもする。

「いいかな？」と医者が聞く。

「はい」

電気針が背中に突き刺さる。穴を掘られている感じだ。痛みは耐え難かった。痛みが部屋中を駆け抜ける。背中から血が出ているのがわかった。それから医者は針を抜き取った。

「さてと別のにかかろうか」

医者が針をわたしの中に押し込む。しばらくして針を抜き取ると、三つ目の腫れ物に押し込んだ。ほかにも男が二人入ってきて、そばに立ってじっと見つめている。彼らもきっと医者なのだろう。針がまたわたしの中に突き刺さった。

「ここまで針に責め立てられている人間を見るのは初めてだ」と男たちの一人が言う。

「この子は何の反応も見せないじゃないか」ともう一人が答える。

「あんたら、ここから出ていって看護婦のケツでもつねっていればいいじゃないか」とわたしは彼らに言った。

「こら、きみ、そんなことを言うんじゃない！」

針がわたしの中に深く刺し込まれる。わたしは返事をしなかった。

「この子はとても辛いに違いない……」

「ああ、もちろんさ、まさにそうだ」

男たちは部屋から出ていった。

「彼らは優秀な専門家たちだよ」とわたしを受け持っている医者が言う。「彼らに悪態をつくなんてきみのためにならないよ」

「あれこれ言わずにさっさと穴をあけてくれよ」とわたしは彼に告げる。

医者はそのとおりにした。針はとても熱くなったが、どんどん続けていく。彼はわたしの背中じゅうに穴をあけ、それから胸にもとりかかった。わたしは仰向けになり、顔や首にも針を突き刺された。

看護婦が一人やってきて、指示を与えられる。「さてと、アッカーマンさん、この膿疱の中の膿を……すっかり出してください。出血しても、搾り続けるんですよ。完全に排膿しなくちゃなりません」

「わかりました、グランディ先生」

「それが済んだら、紫外線の機械に当てて。初めは前からと後ろからと二分ずつね……」

「はい、グランディ先生」

わたしはアッカーマンさんについて別の部屋に行った。診察台の上に横たわるように言われる。彼女はティシューを手にして、最初の腫れ物に取りかかる。

「痛くない？」

「だいじょうぶです」

「かわいそうに……」

「気にしないでください。あなたにこんなことをさせて申しわけありません」

「かわいそうにね……」

アッカーマンさんはどんなかたちにせよわたしに同情してくれた最初の人物だった。妙な感じだった。彼女は三十代前半で小さくて丸々と太っている。

「学校に行っているの？」と彼女が聞く。

「いいえ、わたしを通わせるわけにはいかなくなったんです」

アッカーマンさんは喋りながらも腫れ物を搾り続けた。

「一日何をしているの？」

「ずっとベッドの中にいます」

「それはひどいわね」

「いや、素敵ですよ、気に入っています」

「これは痛いかしら？」

「続けてください。だいじょうぶ」

「一日中ベッドの中にいて何がそんなに素敵なのかしら？」

「誰にも逢わなくて済むし」

「そのほうがいいの？」

「ええ、そうです」

「一日中何をしてるの？」

「ラジオを聴いたりする日もあります」

「何を聴くの？」

「音楽。それにみんなのお喋りとか」

「女の子のことを考えたりしないの？」

「もちろん考えますよ。でも関係ないよ」

「そんなふうに考えたくないくせに」

「家の上を飛ぶ飛行機の表を作ったりしています。みんな毎日同じ時刻に飛んでくるんです。その時間を計るんです。たとえば午前十一時十五分に家の上を飛び越えていく飛行機があります。

十一時十分ぐらいになるとエンジンの音が聞こえないかどうか耳を澄まし始めます。最初の音を聞き逃さないようにするんです。聞こえたと思い込んでしまっている時もあるし、よくわからない時もあるけど、やがて遠くのほうからはっきりとした音が聞こえ始めます。そしてだんだん大きくなっていく。そして十一時十五分きっかりに、音はこれ以上はないというほど大きくなって、頭上を飛び越えていきます」

「毎日そんなことをやっているの」

「ここにいる時以外はね」

「ひっくり返って」とアッカーマンさんが言う。

わたしはひっくり返る。その時隣の病棟で、一人の男が絶叫し始めた。隣は精神障害者の病棟だ。とんでもなく大きな叫び声だった。

「彼は何をされているの?」とアッカーマンさんに尋ねる。

「シャワーを浴びているんです」

「それだけであんな悲鳴をあげているの?」

「ええ」

「彼よりもぼくのほうがずっとひどい目にあっているのに」

「いいえ、そんなことないわよ」

わたしはアッカーマンさんが好きだった。彼女のことをこっそり盗み見たりした。丸顔で、美人というわけではなかったが、ちょっと気取った感じで看護婦の帽子を被っていて、濃い褐色の大きな目をしている。目が素晴らしかった。使ったティシューを丸めて汚物処理箱に捨てにいく時、その歩く姿を観察もした。もちろんグレディス先生のようではなかったし、彼女よりもスタイルのいい女性には、これまでにたくさんお目にかかっている。しかし彼女にはどこかあたたかみが感じられる。彼女はいつも女でいようと意識してなどいなかった。

「顔の治療を済ませたら」と彼女が言う。「すぐに紫外線の機械に当ててあげますからね。あなたの次の予約は明後日の午前八時半になりますよ」

それから先はもう会話を交わさなかった。

しばらくして彼女が処置を終える。わたしはゴーグルをつけ、アッカーマンさんが紫外線の機械のスイッチを入れた。

カチカチという音がする。穏やかなものだった。自動タイマーか、熱くなったランプの金属製の反射鏡がたてる音に違いない。心地よくてリラックスできたが、あれこれと考え始めてみると、彼らがわたしにしてくれていることはすべて無駄でしかないという結論に達した。何もかもうまくいったとしても、針の跡はわたしのからだから一生消えることはないだろうと思わざるをえなかった。それだけでも十分耐え難かったが、わたしが真剣に気にしていたのはそのことではなかった。いちばんの気がかりは、みんなはわたしにどのような処置を施せばいいのかまったくわかっていないということだった。彼らが話し合っていることや、その素振りから、それが感じ取れた。みんなためらいがちで不安そうだったし、それどころか関心もなく、投げ出してしまっているようでもあった。自分たちが何をやろうが結局はどうでもいいのだ。何もしないと専門家ではなくなってしまうから、どんなことでもいいから彼らは何かをやらなければならないだけの話だ。

彼らは貧しい人間を使って実験をして、それがうまくいけば金持ちの治療にも導入する。うまくいかなかったとしたら、実験に使える貧しい人たちはまだまだ掃いて捨てるほど控えている。

二分間が過ぎたという合図を機械が送る。アッカーマンさんが入ってきて、わたしにひっくり返るように命じると、機械をリセットしてから出ていった。彼女はわたしがこの八年の間に逢った人たちの中でいちばん親切な人物だった。

32

穿孔と圧搾による治療は何週間も続いたが、ほとんど効果がなかった。腫れ物が一つ消えると、また新しいのができる。わたしはしょっちゅう一人で鏡の前に立ちながら、人はどこまで醜くなれるものだろうかと自問した。もう何も信用できない気持ちで自分の顔を見つめ、それから向きを変えて背中の腫れ物を確かめる。身の毛もよだつ気味悪さだ。みんながじっと見つめるのも無理はない。みんながひどい言葉をかけるのも無理はない。単なる十代のにきびどころの話ではなかった。赤く腫れあがって、手のつけようがなく、大きくて、膿がいっぱい詰まっているおできだ。こんなふうになるべくわたしに白羽の矢が立てられ、わざわざ選び抜かれているような気がした。両親はわたしがどんな状態なのか決して話題にはしてこなかった。二人とも生活保護を受け続けていた。母は毎朝仕事を探しに出かけ、父はあたかも自分が働いているかのように車で出かけていく。土曜日になると生活保護の人たちはマーケットからただで食料品を分けてもらえる。たいていは缶詰の食料で、どういうわけかほとんど決まってこま切れ肉料理の缶詰だった。わたしたちは大量のこま切れ肉料理を食べた。それにボローニャ・ソーセージのサンドイッチとじゃがいもも。母はじゃがいものパンケーキの作り方をおぼえた。土曜日ごとにただの食料品をもらいに行く時、両親は近所の人たちに見つかって自分たちが失業手当で暮らしていることがばれてしまうのを恐れて、もよりのマーケットには寄りつかなかった。二人はワシントン大通りを三キロ以上も歩き、クレンショウ大通りを越えてまだ二ブロックほど先にある店にまで足を延ばした。かなり遠い道のりだ。こま切れ肉料理の缶詰にじゃがいも、ボローニャ・ソーセージや人参でいっぱいになった買い物袋を抱えて、彼らは汗をかきながら、また三キロ以上の道のりを歩いて戻ってくる。父はガソリンを節約しようと車を使わなかった。目には見えない仕事に車ででかけたり帰ってきたりするためにガソリンがいるのだ。ほかの父親たちは違っていた。みんな表のポーチに黙って座っているか、空き地で蹄鉄投げ遊びをやったりしていた。

医者が顔に塗るための白い薬をくれた。腫れ物に塗ると乾いて固まってしまい、わたしは石膏仮面のようになってしまう。その薬も何の役にも立たないようだった。ある午後のこと、わたしは家に一人でいて、この薬を顔やからだに塗りつけていた。パンツ一枚で立ち、背中の腫れ物ができている部分に手を伸ばそうとした時、声が聞こえた。ボールディと彼の友だちのジミー・ハッチャーだった。ジミー・ハッチャーはハンサムで、とても生意気な奴だ。

「ヘンリー！」とボールディの呼ぶ声が聞こえる。彼はジミーに何か話しかけている。それからポーチに上がってくると、玄関のドアをドンドンと叩いた。「おい、ハンク、ボールディだよ！開けろよ！」

このたわけ野郎め、とわたしは思った。おれが誰にも逢いたくないのがわからないのか？

「ハンク！　ハンク！　ボールディとジムだよ！」

彼は玄関のドアを叩き続ける。

彼がジムにこう言うのが聞こえた。「いいかい、やつを見たのさ！　中で動き回っているあいつの姿が見えたんだ！」

「返事がないじゃないか」

「中に入ったほうがいいかもな。大変な目にあっているかもしれないぜ」

この馬鹿者、とわたしは思う。おまえを助けてやったじゃないか。ほかの誰もがおまえの味方になってくれなかった時、このおれがついていてやったじゃないか。ところが、こんなことをしやがって！

わたしは信じられなかった。廊下に走り出てクローゼットの中に隠れ、扉を少しだけ開けておいた。彼らが家の中に入り込んでくることなどありえないと思っていた。ところが彼らは入ってきた。わたしは裏口のドアを開けたままにしておいたのだ。家中を歩き回る彼らの物音が聞こえる。

「あいつはここにいるはずだぜ」とボールディが言う。「何かが動いているのを見かけたんだけどなあ……」

こんちくしょうめ、おれはここで動き回ることもできないのか？　おれはここに住んでいるんだぞ。

わたしは暗いクローゼットの中で小さくなっていた。そんなところをやつらに見つけられたりしてはたまらない。

クローゼットのドアを勢いよく開けて飛び出した。二人とも居間にいる。そこに駆け込んでいった。

「ここから出ていけ、このくそったれめ！」

彼らがわたしを見る。

「ここから出ていけ！　おまえらがここにいる権利はないぞ！　おれに殺されてしまう前にとっとここから出ていけ！」

彼らは裏のポーチに向かって逃げ出す。

「さあ行けよ！　さあ行け、さもなきゃ殺してやるからな！」

彼らが車寄せを抜け、歩道に出た音がした。わたしは彼らのことを見張っていたくはなかった。自分の寝室に戻って、ベッドの上で大の字になる。どうして彼らはわたしに逢いたがったのか？　彼らに何ができたというのか？　するべきことは何もなかった。話すことも何もなかった。


二日後、母は職探しに出かけていかなかった。その日はわたしがLAカウンティ総合病院に行く日でもなかった。そこでわたしたちは一緒に家にいた。気に入らなかった。一人でいるほうがずっといい。母が家の中を動き回っている物音がする。わたしは自分の寝室から出ていかなかった。腫れ物はますますひどくなっていた。わたしは飛行機の表を確認した。午後一時二十分の便がまもなくやってくる。耳を澄ました。遅れている。ちょうど一時二十分だが、まだ接近している途中だ。家の上を飛び越えた時に、時間を計ったら三分遅れだった。すると玄関の呼び鈴が鳴った。母がドアを開ける音がする。

「エミリー、お元気？」

「やあ、ケイティ、元気かい？」

今ではうんと歳を取ってしまったわたしの祖母だった。二人の話し声が聞こえたが、何を喋っているのかまではちゃんと聞き取れなかった。そのほうがありがたかった。二人は五分か十分ほど喋っていたが、それから廊下を通ってわたしの寝室へとやってくる音がした。

「まったく、ろくでなしどもばっかりだね！」と祖母が言っているのが聞こえる。「わたしの坊やはどこかね？」

ドアが開いて、わたしの祖母と母とが立っている。

「やあ、ヘンリー」と祖母が言う。

「おばあさんはおまえを助けようとやってきてくれたんだよ」と母が言う。

祖母は大きなハンドバッグを持っていた。それをドレッサーの上に置くと、中から巨大な銀の十字架を取り出した。

「おばあさんはおまえを助けようとやってきてくれたんだよ、ヘンリー……」

祖母は以前にも増して疣《いぼ》だらけになっていて、ますます太ってきている。向かうところ敵なしのように見え、絶対に死なないようにも思えた。あまりにも年老いているので、もはや死ぬことなど彼女にはほとんど何の意味もなくなってしまっている。

「ヘンリー」と母が声をかけた。「俯せになりなさい」

俯せになると、祖母がわたしの上に屈み込んできた。横目でちらっと見ると、巨大な十字架をわたしの上でぶらぶらさせている。わたしはすでに二年前に宗教は信じないことにしようと心に決めていた。もしも宗教が本物だとしたら、みんなを愚か者にしてしまうか、愚か者を引き寄せるだけだ。もしも本物じゃなかったら、愚か者はなおさら愚かになるだけだ。

しかし相手はわたしの祖母と母親だ。二人の好きにさせてやることにした。十字架がわたしの背中の上で、腫れ物の上で、前に後ろにと揺れている。

「神よ」と祖母が祈りを捧げる。「この哀れな子供の肉体から悪魔を追い払いたまえ！　この爛れた腫れあとをご覧あれ！　気分が悪くなってしまいます、神よ！　どうかご覧なさい！　悪魔のしわざです、神よ、この子のからだにとりついているのです。彼のからだから悪魔を追い払いたまえ、神様！」

「彼のからだから悪魔を追い払いたまえ、神様！」と母も続けて言った。

ほんとうに必要なのはいい医者なのに、とわたしは思った。いったいこの女たちは何をとち狂ってしまったのか？　どうしてこのわたしを放っておいてくれないのか？

「神よ」と祖母が続ける。「どうしてあなたはこの子のからだに悪魔が宿るのを見逃しておしまいになったのですか？　悪魔がどんなに喜んでいることかおわかりにならないのですか？　この腫れあとを見てやってください、ああ、神様、ちょっと見ただけでも吐きそうになってしまいます！　赤くて大きくてぱんぱんに腫れています！」

「わたしの息子のからだから悪魔を追い払いたまえ！」と母が絶叫する。

「この災いから神がわたしたちをお救いくださいますように！」と祖母も大声を張り上げる。

彼女は十字架を掲げると、わたしの背中の中心に突きたてて、深く押し込んだ。血が噴き出す。最初はあたたかい感じがしたかと思うと、急に冷たくなる。わたしは上向きになってから、ベッドの上に座り込んだ。

「いったい何をとんでもないことをやってるの？」

「神様が悪魔を押し出してくださるようにと穴をあけているんだよ」と祖母が答える。

「そうかい」とわたしは言う。「二人ともここから出ていっておくれ、とっととな！　わかったか？」

「この子はまだ悪魔に憑かれているよ」と祖母が言う。

「**ここからとっとと出ていきやがれ！**」わたしは大声でわめいた。

ショックと失望に襲われた二人は、後ろ手でドアを閉めながら、部屋から出ていった。


わたしはバスルームに行って、トイレット・ペーパーを小さく丸め、血を止めようとした。当てていたトイレット・ペーパーを取り外して見てみる。血にぐっしょり染まっている。新しいトイレット・ペーパーを引っ張り出して丸め、背中にしばらく当てていた。それからヨーチンを取り出す。背中に手を回して、ヨーチンを傷口につけようとしてみた。とても難しい。結局わたしはあきらめてしまった。いずれにしても、背中を病気に冒された者はどうなる？　生きるか死ぬかどちらかだ。どんなにとんでもないやつだろうと、切り離す方法を見つけられないのが人の背中だ。

寝室に戻ってベッドの中にもぐり込み、シーツを喉元まで引き上げた。天井を見つめながら一人ごちる。

わかりましたよ、神様、あんたがほんとうに存在するとしようか。あんたがわたしをこんな苦しい目にあわせている。わたしを試したいんだろう。わたしがあんたを試すとしたらどうかな？

あんたなんか存在しないとこのわたしが言ったらどうする？　あの両親にこの腫れ物と、あんたはわたしに最も厳しい試練を与えてくれた。わたしはあんたの試練を乗り越えられたと思うよ。わたしはあんたよりも強いんだ。あんたが今まさにこの時ここまで降りてこられるなら、その顔に唾を吐きかけてやる。あんたに顔があるとしたらの話だけどね。ところであんたも糞をするのかい？　この質問に司祭は決して答えてはくれなかったよ。彼はわたしたちに、汝、疑うことなかれと言うだけだ。疑うっていったい何を？　思うにあんたはおれにあれこれいちゃもんをつけすぎているよ、だからここまで降りてこいって頼んでいるのさ、そうすりゃあんたを試してやることができるだろう！

わたしは待った。何ごとも起こらない。わたしは神が現われるのを待った。待って待ち続けた。そのうちわたしはきっと眠ってしまったのだと思う。

わたしは仰向けになって眠ることは絶対になかった。ところが目が醒めると、仰向けになっている。仰天せずにはいられなかった。目の前にあるわたしの両脚は膝のところで折れ曲がり、毛布がかかっているので、山のようなかたちになっている。わたしの前に聳える毛布の山に目をやると、二つの目がじっとこちらを見つめているではないか。目は真っ黒で謎めいていて、うつろ……そんな目だけがフードの下からわたしをじっと見つめている。まるでクー・クラックス・クランの人間のような、てっぺんが鋭く尖った黒いフード。陰鬱でうつろな両の目はわたしをじっと見つめ続ける。わたしはどうすることもできない。心底怯えていた。わたしはこう思った。あれは神様なのだ、だけど神様があんな様子をしているとは、誰も思っていない。

わたしは睨み返すことができなかった。動くことすらできない。両の目はどこにもいかず、わたしの膝と毛布が作る小さな山から、このわたしをじっと見つめている。逃げ出したかった。その変なものが早くどこかに消えてほしかった。

わたしをただじっと見つめるだけで、何時間もそこにいたように思えた。威圧的で険悪で、恐怖を与える存在だ。

それからどこかに消え去ってしまった……。

わたしはベッドの中で思いを巡らせた。

あれが神だとは信じられなかった。あんな恰好だとは。子供騙しではないか。言うまでもなく、あれは幻覚だったのだ。

十分か十五分ほどあれこれと考えてから、起き上がって祖母が何年も前にくれた茶色の小箱を取りにいった。その中には聖書からの引用が書かれた小さな巻紙がいくつか入っている。小さな巻紙は一つずつ、仕切りで分けられていた。何か知りたいことがあったら、質問をしながら小さな巻紙を引っ張り出せば、そこに答えが書かれているというわけだった。わたしは以前にやってみて、まったく馬鹿げた代物でしかないことを思い知らされていた。それなのにまたやってみようとしている。わたしは茶色の小箱に問いかけた。「あれはいったいどういうことだったのか？あの目は何を意味していたのか？」

巻紙を一つ引っ張り出して、開けてみる。うんと小さくてごわごわとした白い紙切れだ。伸ばして読んでみる。

「**神は汝を見放された**」

その紙を巻き戻すと、茶色の箱のもとあった場所に押し込んだ。わたしは信じなかった。ベッドに戻って考えてみた。あまりにも単純すぎるし、あまりにも直接的すぎる。信じられるわけがない。自分を現実に引き戻すために自慰をしてみることを思いついた。やはりどうしても信じる気にはなれない。また起き上がって、茶色の箱の中の小さな巻紙を全部開けてみた。「**神は汝を見放された**」と書かれている紙はどこにあるのか。すべてを開けてみた。そう書かれている紙はどこにもなかった。巻紙を全部開けて読んでみたが、そう書かれているものは、一枚もなかった。全部の紙をきちんと巻き戻すと、茶色の小箱の仕切られたスペースの中に一つずつ丁寧に収めていった。

そうこうするうちにも、わたしの腫れ物はどんどんひどくなっていった。わたしは七番の路面電車に乗ってLAカウンティ総合病院に通院し続け、搾り出しをやってくれる看護婦のアッカーマンさんに恋心を抱き始めてしまった。一つずつ搾るたびに覚える激しい痛みが、わたしにどれほどの勇気を呼び起こしてくれたことか、彼女は知るはずもないだろう。血や膿に対して嫌悪感を抱いても当然なのに、彼女はいつも慈悲深くて優しかった。彼女に対するわたしの恋愛感情は性的なものではなかった。糊のきいたその白衣で彼女があたたかく抱きしめてくれたら、そして二人してこの世の中から永遠に消え去ってしまえたら、とわたしは願うのみだった。しかし彼女は決してそうはしてくれない。彼女はあまりにも事務的だ。彼女がわたしにしてくれることはといえば、次の予約を忘れないよう念を押してくれることだけだった。

33

紫外線照射器のスイッチがカチッと音をたてて切れた。これで前も後ろも両方の治療が終わったことになる。わたしはゴーグルを外して、服を着始めた。アッカーマンさんが入ってくる。

「まだですよ」と彼女が言う。「さあ、服を脱いだままでね」

彼女はいったいわたしに何をするつもりなのか。

「診察台の端に腰かけて」

そこに座ると、彼女はわたしの顔に軟膏を塗り始めた。濃くてバターのようなものだった。

「別のやり方でやってみようとお医者さんたちは決めたのよ。排膿がちゃんとできるようあなたの顔に包帯を巻くんです」

「アッカーマンさん、あの鼻が大きくなった男の人はどうなっちゃったの？ 鼻はまだまだ大きくなり続けているんですか？」

「スリースさんのこと？」

「大きな鼻の男の人」

「それがスリースさんですよ」

「あれから見かけないな。彼はちゃんと治ったの？」

「亡くなったのよ」

「大きな鼻のせいで死んじゃったということ？」

「自殺です」アッカーマンさんは軟膏を塗る手をとめない。

　その時、隣の病棟から男の叫ぶ声が聞こえた。「ジョー、どこにいる？　ジョー、戻ってくるって言ったじゃないか！　ジョー、どこにいるんだよおおう？」

　声は大きくやたらと悲しげで、苦悶に満ちている。

「今週の午後は毎日ああなんですよ」とアッカーマンさんが言う。「でもジョーはあの人を引き取りにこようとはしないんです」

「みんなあの人を助けられないの？」

「わからないわ。結局はみんなで静かにさせるんです。さあ、指を出して、わたしが包帯を巻く間このガーゼを押さえておくのよ。ここよ。そう。それでいいわ。さあ巻くわよ。そうそう」

「ジョー！　ジョー、戻ってくるって言ったじゃないかあああ！　どこにいるんだ、ジョー？」

「さあ、指でこのガーゼを押さえて。ここよ。しっかり押さえてね。きちんと巻いてあげますからね！　ほら。包帯がしっかり巻かれているかどうか確かめますからね」

　それでおしまいだった。

「いいわ。さあ、服を着て。また明後日ね。さよなら、ヘンリー」

「さよなら、アッカーマンさん」

　わたしは服を着て部屋を出ると、廊下を歩いていった。ロビーの煙草の販売機の上に鏡がある。わたしは鏡を覗き込んだ。すごいぞ。わたしの顔は包帯でぐるぐる巻きにされている。真っ白になった顔の中に、目と口と耳だけが見えていて、頭のてっぺんからは一房の髪の毛が飛び出している。わたしは覆い隠されてしまったのだ。素晴らしいではないか。そこに立ったまま煙草に火をつけ、ロビーを眺めやった。何人かの入院患者が椅子に座って新聞や雑誌を読んでいる。自分がみんなとは違う何やら危険な存在のように思えた。何ゆえにわたしがこうなってしまったのか誰にもわかりっこない。自動車事故。死に物狂いの喧嘩。人殺し。火事。誰も知らない。

わたしはロビーを後にして、病院の建物からも出て、歩道に佇んだ。まだ叫び声が聞こえる。

「ジョー！　ジョー！　どこにいるんだ、ジョー！」

ジョーが来るわけがない。ほかの人間を信頼しても引き合わない。どう転んでも、人間はあてになどできる存在ではないのだ。

帰りの路面電車で、わたしは後ろの席に座り、包帯にすっかりくるまれた頭で煙草をふかした。みんながじっと見つめるが、気にもとめなかった。彼らの目には、もはや嫌悪どころではなく恐怖が浮かび上がっている。このままでずっといられたらと願わずにはいられなかった。

終点まで乗って下車した。もう夕方になっていて、わたしはワシントン大通りとウェストヴュー大通りとの角に立って、道行く人々を眺めた。失業していない僅かな者たちが、仕事を終えて家に向かっている。わたしの父もまもなく車を走らせてまやかしの仕事から帰ってくることだろう。わたしは仕事もしていなければ、学校にも行っていなかった。わたしは何もやっていない。包帯でぐるぐる巻きにされ、交差点に立って煙草をふかしている。わたしは手に負えない男、危険な男だ。ものごとがよくわかっている。スリースは自殺してしまった。わたしは自殺するつもりはない。それなら誰かを殺すほうがましだ。四人か五人ほど道連れにしてやる。わたしを弄べばどういうことになるのかそいつらに思い知らせてやる。

一人の女性が通りをわたしのほうに歩いてきた。きれいな脚をしている。まずは彼女の目をじっと見つめ、それから脚に目を遣り、すれ違った時は尻を見て、つい見惚れてしまった。彼女の尻や絹のストッキングの縫い目をこの目にしっかりと焼きつける。

包帯でぐるぐる巻きにされていなければ、そんなことは絶対にできなかったはずだ。

34

次の日、ベッドの中で飛行機を待ち受けることにも飽き飽きしていたら、高校での勉強に使われるはずだった黄色の大きなノートがふと目に入った。まっさらのままだ。ペンも見つけた。そのノートとペンを持ってベッドに引き返した。ちょっとしたデッサンをしてみる。ハイヒールを履いて脚を組み、スカートが捲れ上がってしまっている女の絵を描いた。

それからわたしは文章を書き始めた。第一次世界大戦でのドイツの飛行士の話だ。フォン・ヒムレン男爵。彼は赤いフォッカー機に乗っている。仲間の飛行士の間では評判が悪かった。彼はみんなとは口をきかない。一人で酒を飲んで、一人で飛んでいた。女たちはみんな彼のことを気に入っていたが、当の本人は女たちには見向きもしなかった。それどころではなかったのだ。彼はあまりにも忙しすぎた。連合国軍の飛行機を撃墜するのにすべての時間をさいていた。すでに百十機は撃墜していたが、それでも戦争は終わらない。〝死を運ぶ十月の鳥〟と彼自身が呼ぶ愛機の赤いフォッカーはどこに行っても有名だった。敵陣をしばしば低空飛行し、砲撃を浴びても笑いながら、小さなパラシュートにぶら下がったシャンパンのボトルを落としたりしていたので、敵の地上部隊の間でもよく知られる存在となっていた。フォン・ヒムレン男爵が連合国軍側の攻撃を受ける時は、必ず五機以上で束になってやられていた。顔に傷痕のある醜い男だったが、じっくり見てみればその素晴らしさに気づかされる。目の輝きや、態度、勇気や徹底した一匹狼ぶりが、彼を魅力ある人物にしていた。

　わたしは男爵の空中戦について、彼がどんなふうにして敵機を三機も四機も撃墜し、自らの赤いフォッカー機はほとんどかすり傷も負うことなく、飛んで帰ったのか、何ページにもわたって書き続けた。乱暴に着陸すると、彼は飛行機から飛び降り、プロペラがまだ回り続けている機体を後にして酒場へと向かう。そこで彼は酒瓶を鷲掴みにすると、テーブルに一人座り、ショット・グラスに酒を注いで、一気に飲み干し、グラスをどんとテーブルに叩きつける。男爵のように酒を飲む者など誰一人としていなかった。ほかのみんなはバー・カウンターのところに立って、彼をただ見守るだけだ。ある時、飛行士の一人がこう言ったことがある。「何様気取りなんだよ、ヒムレン？　偉すぎて俺たちなんかとつき合えないのか？」部隊の中でいちばん大きくて力も強いウィリー・シュミットだ。男爵は酒を一息で飲むと、グラスを下に置き、立ち上がってバーに寄りかかっているウィリーのもとへとゆっくり歩き始めた。ほかの飛行士たちが後退りする。

「くそっ、いったい何をおっぱじめようっていうんだ？」とウィリーが近づいてくる男爵に向かって言う。

　男爵はそれには応えず、ウィリーのほうへとゆっくり近づいていく。

「ちくしょう、男爵よ、ほんの冗談のつもりだったんだ！　おふくろに誓って！　ちょっと待ってくれよ、男爵……男爵ったら……敵は別にいるんだぜ！　男爵！」

　男爵は右のパンチを浴びせた。あまりにも速くて目にとまらない。ウィリーの顔面に命中すると、彼はバー・カウンターの向こう側まで弾き飛ばされてしまい、完全にひっくり返ってしまう！　砲弾のようにバーの鏡に激突した彼の上に酒瓶ががらがらと落ちてくる。男爵は葉巻を一本取り出すと、それに火をつけ、自分のテーブルまでゆっくり戻り、座ってグラスに酒を注いだ。そんな立ち回りがあった後で男爵にかまおうとする者などは誰一人としていない。バー・カウンターの奥では、ウィリーが担ぎ起こされていた。彼の顔は血まみれだ。

男爵は大空から敵機を次から次へと撃墜し続けた。誰も彼のことがちゃんとは理解できなかったようだし、彼がどんなふうにして赤いフォッカー機を巧みに操れるようになったのかも知らなかった。例えば喧嘩にしても、優美なその歩き方にしても、独自のスタイルを彼がどうやって身につけたのかも謎のままだった。彼はひたすら戦い続ける。いつもついているとは限らなかった。ある日のこと、連合国軍の敵機を三機撃墜して引き返す途中、敵の前線の上を低空でよたよたと飛んでいて、榴散弾を浴びてしまった。彼の右手の手首の先が吹き飛ばされる。彼は何とかして赤いフォッカー機で帰還することができた。それからというもの、彼は右手がもとあったところに鉄製の義手をつけて出撃していった。飛行にはまったく差し障りはない。酒場にたむろする仲間たちも、彼の噂をする時は、これまでにも増して気を配るようになった。

それからも男爵の身の上にはさまざまなできごとが起こった。二度も彼は危険地帯に墜落したが、有刺鉄線をくぐり抜け、照明弾や敵の銃撃からも逃れて、瀕死の状態で自分の飛行大隊のもとへと這い戻ってきた。戦友仲間から死んだものと諦められてしまったこともしばしばだった。ある時は八日間も音沙汰がなく、酒場に集まった仲間の飛行士たちは、どんなに並み外れた男だったか彼のことをみんなで偲んでいた。ふと目をあげると、酒場の入口のところに男爵が立っているではないか。八日間で髭はぼうぼう、軍服はずたずたに破れて泥まみれ、目は赤く血走ってくたびれ果て、鉄の義手が酒場の明かりを受けてきらりと光っている。そこに立ったまま彼は一声あげる。「ここにとびきりのウィスキーがないなんてことはないだろうな、でなきゃぶっ壊してやるからな!」

男爵の魔法のような振る舞いは途絶えることはなかった。ノートの半分がフォン・ヒムレン男爵の話で埋まってしまう。男爵のことを書くのは気分がよかった。人には誰か相手が必要だ。自分のまわりに誰もいないのなら、誰かをでっちあげて、あたかも実在する人物のようにしてしまえばいい。それはまやかしでもなければ、ごまかしでもない。むしろその反対のほうが、まやかしでごまかしだ。彼のような男が身近にいることもなく、人生を生きていくことのほうが。

35

包帯は効き目があった。LAカウンティ総合病院は遂に何らかの治療法を見つけ出したのだ。腫れ物から膿が出ていった。跡形もなくなりはしなかったが、少しはぺしゃんこになった。それでも新しい腫れ物ができては、また大きくなっていく。わたしは穴をあけられ、また包帯でぐるぐる巻きにされた。

腫れ物に穴をあけられるわたしの辛い治療はいつになっても終わらなかった。三十二回、三十六回、三十八回にも及んでいく。穴をあけることへの恐怖はもはやなかった。というか、最初からなかった。怒りを覚えるだけだ。しかしその怒りも消え去ってしまった。わたしには忍従の気持ちすらも起こらず、ただ嫌悪の情を覚えるだけだった。こんなことが自分の身に起こってしまったことに対する嫌悪。そしてそれに何の手出しもできない医者たちに対する嫌悪。彼らも無力なら、わたしも無力で、ただ一つの違いはといえば、わたしは犠牲者の立場にあるということだった。わたしは同じ顔のまま生き続けなければならないというのに、彼らは家に帰って自分の生活に戻り、何もかも忘れてしまうことができる。

とはいえわたしの生活にも変化は訪れた。父が仕事にありついた。LAカウンティ博物館の試験に受かり、守衛として働くことになったのだ。父は試験で好成績を収めた。彼は数学や歴史が大好きだった。試験に受かった彼は、遂に毎朝出かけていくちゃんとした場所を見つけた。守衛に三人の欠員があり、そのうちの一人となったのだ。

LAカウンティ総合病院のほうも成果を収めたということになり、ある日のこと、アッカーマンさんがわたしにこう言った。「ヘンリー、これが最後の治療ですよ。あなたに逢えないなんて寂しくなるわ」

「やだなあ、冗談はやめてよ」とわたしは答える。「あなたがぼくを恋しく思ってくれるというのは、ぼくがあの電気針を恋しく思うようなものですよ!」

しかしその日の彼女はとても変だった。大きな目は涙ぐんでいる。彼女が鼻をかむ音も聞こえた。

看護婦の一人も彼女に尋ねる。「どうしたの、ジャニス、いったいどうしちゃったの?」

「何でもないわ。だいじょうぶよ」

かわいそうなアッカーマンさん。彼女に恋をしているわたしは十五歳だ。腫れ物だらけで、わたしたち二人にできることはといえば、何一つとしてない。

「さあ、いいわよ」と彼女が言う。「これが最後の紫外線治療よ。さあ腹這いになって寝転がって」

「あなたの名前を初めて知ったよ」とわたしが声をかける。「ジャニス。きれいな名前ですね。あなたにぴったりだ」

「まあ、お黙り」

最初のブザーが鳴った時、もう一度だけ彼女を見た。向きを変えると、ジャニスは機械をリセットして、部屋から出ていった。それを最後にもう二度と彼女に逢うことはなかった。


わたしの父は無料では診察してくれない医者を信用しようとはしなかった。「やつらは試験管の中に小便させて、金を奪い取り、妻が待つベヴァリーヒルズの家へと車を走らせて帰っていくのさ」と言っていた。

しかし父は一度だけわたしをそういう医者のもとに行かせた。口臭のひどい、バスケットボールのように丸い頭をした医者で、小さな目が二つついているところが何もないバスケットボールとは唯一違っていた。わたしは父が大嫌いだったが、その医者のことも同じぐらい嫌いだった。揚げ物はだめ、人参のジュースを飲むこと、と彼は言った。それでおしまいだった。

次の学期からわたしを高校に再入学させる、と父は言った。

「わたしはみんなが盗みを働いたりしないよう必死になって頑張っているんだ。昨日ガラスのケースを割って、貴重なコインを何枚も盗んだ黒人の野郎がいた。そのとんでもない野郎をわたしは捕まえたんだ。階段を一緒に転げ落ちたよ。ほかのやつが駆けつけてくるまで、そいつを一人で押さえつけていたのさ。毎日わたしは命懸けなんだぞ。どうしておまえは来る日も来る日もどっかり座り込んで、ぐだぐだしていたりできるんだ？　おまえには技師になってもらいたいんだ。いったいどうやって技師になるっていうんだ。スカートがケツまで捲れ上がってしまっている女の絵ばかりノートに描いていることはちゃんとわかっているんだぞ！　そんなことしかおまえは描けないのか？　どうして花や山や海を描こうとはしないんだ？　おまえは学校に戻るんだ！」

　わたしは人参のジュースを飲んで、再入学の時を待った。わたしは一学期を行きそびれただけだった。腫れ物は治ってはいなかったが、前ほどひどくはなかった。

「人参ジュース一杯のためにわたしがどれだけ大変な思いをしているのかわかっているのか？　おまえのそのたわけた人参ジュースのために、わたしは毎日最初の一時間をみっちり働かなくちゃならないんだぞ！」

　わたしはラシェネガ公立図書館の存在を知った。早速図書館の利用カードを作る。図書館はウエスト・アダムズの古びた教会の近くにあった。とても小さな図書館で、司書は一人しかいない。上品な女性だった。三十八歳ぐらいだったが、完璧な白髪で、その髪を首筋のところでしっかりと束ねていた。尖った鼻をしていて、縁なし眼鏡の奥の目は濃い緑色をしている。すべてを悟っている人物のように思えた。

わたしは本を探して図書館の中を歩き回っていた。棚から本を一冊ずつ取り出してみる。しかしどの本もまやかしでしかない。退屈千万なものばかりだ。何の意味もない言葉が何ページにもわたって書き連ねられている。あるいは何か意味のあることを言っているとしても、そのことを伝えるのにやたらと文章を費やしているのが常で、言いたいことがこちらに伝わる頃には、すでにうんざりさせられてしまい、もうどうでもよくなってしまっていた。わたしは手当りしだいに本を手に取っていってみた。確かに、多くの本に当たっていると、これぞと思う一冊に出会えることもあった。

毎日わたしは歩いてアダムズとラブレアの角にある図書館へと通った。するとそこにはいかめしくて物静かで、しかも絶大な信頼がおけるわたしの司書が待ち受けている。わたしは棚から本を引っ張り出し続けた。最初に見つけた本物の本は、アップトン・シンクレアという人物が書いたものだった。彼の文体は簡潔で、語り口には怒りが込められていた。怒りを抱いて執筆している。彼はシカゴの豚小屋のような地域のことを書いていた。自分の立場を明らかにして、明確な物言いをしている。それからわたしは別の作家も見つけた。その作家の名前はシンクレア・ルイスで、著書は『メイン・ストリート』というものだった。人々を覆っている偽善の膜を彼は見事に剝ぎ取っている。ただ怒りに欠けているようなところがあった。

もっといろいろなものを読もうとわたしは通い続けた。どの本も一晩で読み終えた。

ある日のこと、わたしは図書館の中を司書のほうをちらっと盗み見たりしながら歩き回っていて、『木や石に屈伏』というタイトルの本を見つけた。素晴らしいではないか、それこそわたしたちみんながしていることではないか。遂に閃きを感じさせるものに出会えた！　本を開いてみる。著者はジョセフィーヌ・ローレンス。女性だ。問題はない。誰であろうと知識を深めることはできる。ページを読み進める。しかしほかの本と代わり映えがしなかった。掴み所がなく、曖昧で、うんざりさせられる。その本を元に戻す。そしてそのまま近くにある本に手を伸ばしてみた。別のロレンスという作者によるものだった。適当にページを開いて、読み始めてみた。ピアノに向かっている一人の男の話だ。読み始めた時は、とんでもなく嘘くさい代物のようにしか思えなかった。しかしわたしは読み続けた。ピアノに向かっている男は悩みを抱えている。彼の心が何かを訴えかけている。謎めいてはいるが、どこか好奇心をそそる何か。ページの一行一行がわたしの心を強く引き寄せる。ちょうど男の叫び声を聞いているかのようだ。しかし「ジョー、どこにいるんだ?」という叫びではない。強いて言えば、「ジョー、何か大切なことはどこにある?」といったたぐいの叫びだ。簡潔で素晴らしい文章を書くロレンス。このロレンスのことは誰からも聞かされたことがなかった。どうして秘密のままに? どうして彼は広く紹介されないのか?

わたしは一日一冊本を読んだ。図書館にあるD・H・ロレンスの本を全冊読んでしまった。司書は本を借り出そうとするこのわたしを不思議そうに見るようになった。

「今日はどんな調子ですか?」と彼女は声をかけてきた。

そう言われるといつも悪い気分はしなかった。すでに彼女とベッドを共にしたかのような気分にさせられた。わたしはD・Hの本を読破すると、今度は女流詩人のH・Dのほうへと関心を広げていった。それからロレンスの友だちだったハックスレーも読んでみた。ハックスレー兄弟のいちばん下の人物だ。すべてが一気に押し寄せてくる。ある本を読むと、次の本へと繋がっていく。ドス・パソスにも出会った。とんでもなく素晴らしいというわけにはいかなかったが、十分楽しめた。アメリカ合衆国をテーマにした彼の三部作は、一日では読み切れなかった。ドライサーはわたしにはだめだった。シャーウッド・アンダーソンはよかった。それからヘミングウェイの登場だ。何という興奮！　彼こそ文章の書き方というものを心得ている。喜びを与えてくれる。切れ味の鋭い言葉は、読者の心を躍らさずにはおかない。彼の作品を読み、その魔術にすっかり心を預けてしまえば、自分の身に何が起ころうと、苦痛を少しも感じることなく、希望を持って生きていくことができた。

ところが家の中では……

「明かりを消せ！」と父がどなる。

わたしはロシア文学を読むようになっていた。ツルゲーネフやゴーリキーだ。午後八時になるとすべて消灯というのが父の作った規則だった。翌日の仕事を爽やかな気分で能率よくこなせるからと、父はすぐにも眠りたがった。家での彼の話題はいつも仕事のことだった。夕方家の中に入ってきた瞬間から眠りにつく時まで、父は自分の〝仕事〟のことを母に話して聞かせる。彼は出世しようと強く心に決めていた。

「よーし、そんなたわけた本を読むのはもうこれまでだ！　明かりを消せ！」

このわたしにしてみれば、どこからともなく自分の人生の中へと訪ねてきてくれたそうした作家たちこそが、さまざまなことを知る唯一の機会だった。わたしに話しかけてくれるのは彼らだけだった。

「わかったよ」とわたしは答える。

それからわたしは電気スタンドを毛布の下に押し込み、その下に枕を入れると、新しく借りてきた本をそこに凭せかけ、厚手のベッドカバーを被りながら次から次へと読んでいった。電気スタンドの熱でカバーの中はとても熱くなり、息ができなくなってしまう。そうするとカバーを持ち上げて、新鮮な空気を吸った。

「あれは何だ？　何だか明かりが見えるぞ！　ヘンリー、部屋の電気は消しただろうな？」

わたしは素早くカバーを被ると、父の鼾が聞こえてくるまで待った。

ツルゲーネフはとても真面目な人物だったが、わたしを大いに笑わせてくれた。というのもいきなり真実を突きつけられたりするのは、実におかしなことでもあるからだ。誰か他人の真実が自分のものと同じだったりすると、その真実が自分のためだけに語られているように思え、実に素晴らしかった。

そんなふうにしてわたしは、夜中にカバーの下で、熱くなった読書灯を頼りに本を読んでいった。息苦しくなりながらも、素晴らしい文章に読み耽る。それは魔法だった。

そして父が見つけた仕事。父にはそれが魔法だった……。

36

チェルシー高校に戻っても、まるで同じことだった。以前の上級生たちは卒業してしまっていたが、スポーツカーを乗り回し、高価な服を着た新たな上級生たちが彼らに取って代わっている。彼らから、からまれることはなかった。彼らはわたしなど相手にせず、完全に無視した。女の子のことで頭がいっぱいだったのだ。教室の中でも外でも、彼らは貧乏人たちには一言も話しかけなかった。

二学期が始まって一週間ほどが過ぎた頃、夕食の時にわたしは父親に話を持ちかけた。

「ねえ」とわたしは言う。「学校できついんだ。一週間に五十セントの小遣いじゃね。せめて一ドルにしてくれない？」

「一ドルだと？」

「うん」

父はフォークに突き刺した酢漬けのビーツを口の中にほうり込んで、咀嚼する。そして目の上までカールした長い眉毛の下からわたしをじっと見つめる。

「おまえに毎週一ドルやったとすると、一年で五十二ドルということになる。ということはわたしは自分の仕事を丸々一週間以上もしなければならんわけだ。それでようやくおまえの小遣いになる」

わたしは返事をしなかった。心の中でこう思っていた。ちくしょう、何でもかんでもそんなふうに考えるのなら、何一つとして買えなくなってしまうではないか。パンに西瓜、新聞に小麦粉、牛乳も髭剃りクリームも。わたしはそれっきりもう何も言わなかった。嫌いなやつに誰が頼むものか……。

金持ちの男子生徒たちは、来る時も帰る時も車を思いきりぶっ飛ばし、タイヤを焦がしながらすごいスピードで走っていく。太陽の光を浴びて眩しく輝いている車のまわりには、いつも女子学生たちが集まっている。授業は冗談みたいなもので、誰もがカレッジに進むことが決まっていて、勉強などおきまりのお笑い草でしかない。みんないい成績をもらい、教科書を手にしている姿などにはまずはお目にかかることがなく、それよりもタイヤを焦がすことばかりにますますかまけていて、きゃっきゃっと嬌声をあげて大笑いする女の子たちですし詰めになった愛車を縁石から勢いよく発進させていく。ポケットに五十セントしかないわたしは彼らをただ見つめるだけだ。わたしは車の運転の仕方すら知らなかった。

かと思えば、貧しい者や落ちこぼれ、それに馬鹿者が、相も変わらずわたしにまとわりつき続けた。わたしはフットボールの正面観覧席の下で食事をするのが好きだった。ランチ用の茶色の袋にはボローニャ・サンドイッチが二つ入っている。すると彼らが集まってくる。「やあ、ハンク、一緒に食べてもいいかい？」

「とっととどっかへ行っちまえ！　おれに二度同じことを言わせるなよ！」

そうした輩には、すでにうんざりさせられるほどたくさんなつかれてしまっていた。わたしは誰のこともほとんど相手にはしなかった。ボールディ、ジミー・ハッチャー、それに痩せてひょろ長いユダヤ人の少年のエイブ・モーテンソン。モーテンソンは全教科Aの生徒だったが、学校一の大馬鹿者でもあった。彼にはどこか根本的におかしなところがある。いつも唾を口にためていて、それを地面にではなく、自分の手の中に吐きつける。どうしてそんなことをするのかわたしにはわからなかったし、本人に尋ねもしなかった。尋ねたくもなかった。彼をただ見ているだけで気分が悪くなった。一度だけ一緒に家に帰ったことがあり、その時にどうして彼が全教科でAを取れるのか謎が解けた。彼の母親は帰るなり彼に教科書を開かせると、いつまでも読ませ続けた。学校の教科書を全部、繰り返し何度も何度も、すべてのページを読ませていたのだ。「この子は試験に受からなくちゃならないの」と彼の母親が教えてくれた。教科書が間違っているかもしれないと疑ってかかることなど、彼女は考えもつかないのだ。それともどうでもいいことだったのかもしれない。わたしは彼女に確かめたりはしなかった。

もう一度小学校を一からやり直しているようなものだった。わたしのまわりには、強い者ではなく弱い者、きれいな者ではなく醜い者、勝者ではなく敗残者が集まってきた。彼らにつきまとわれて一生旅を続けるというのがわたしに与えられた運命なのか。自分自身がそうしたどうしようもない落ちこぼれどもに何故か親しみを覚えてしまうということが事実としてある以上、それほど疎ましくは思わなかった。わたし自身、蝶や蜜蜂が引き寄せられる花というよりは、蠅がたかる糞のような存在ではないか。わたしは一人で生きたかったし、自分一人でいると、すっきりとして、何よりも気持ちが落ち着いた。それでも彼らをすっぱりと切り捨てるほど賢くもなかった。もしかすると彼らはわたしの主なのかもしれない。別の姿で現われた父親。いずれにしても、彼らがそばでうろちょろしているところで、ボローニャ・サンドイッチを食べることだけは御免蒙りたかった。

37

とはいえ楽しい時もあった。近所にわたしよりも一つ年上のジーンというたまに逢う友だちがいて、彼の仲間に、負けはしたもののプロ・ボクシングの試合に一度出たことのあるハリー・ギブソンという男がいた。ある午後のこと、わたしはジーンの家に遊びに行って、彼と一緒に煙草を吸っていると、ハリー・ギブソンが二組のボクシング・グローブを持って現われた。ジーンとわたしは、ラリーにダンという彼の二人の兄と一緒に煙草を吸っていた。

ハリー・ギブソンは生意気だった。「誰かおれとやってみたいやつはいるかい？」と尋ねる。誰も何も言わなかった。ジーンのいちばん上の兄のラリーは二十二歳ぐらいだった。彼がいちばん大きかったが、臆病で頭も少し弱かった。とてつもなく大きな頭の持ち主で、背が低くずんぐりとしていて、からだつきはがっちりしていたものの、どんなこともすぐに怖がった。ラリーが「いや、ぼくは闘いたくないよ」と言ったので、みんなの視線は二番目に大きなダンに集中した。ダンは音楽的な才能に長けていて、あと一歩で奨学金を貰えそうなところまできている。いずれにしても、ラリーがハリーの挑戦を辞退したので、ダンがハリー・ギブソンと一戦を交えることになった。

ハリー・ギブソンは見事な足さばきを見せるとんでもない野郎だった。太陽の光が素早いグローブの動きの向こうに見え隠れする。冷静で正確、しかも優雅さすら感じさせる動きを見せる。

彼はダンのまわりを踊るように跳びはねた。ダンはグローブを構えて待ち受けている。ギブソンの最初の一発が放たれた。まるでライフルの一撃のように炸裂する。裏庭の囲いの中に鶏が飼われていて、そのうちの二羽が音に驚いて宙に飛び上がった。ダンは仰向けに倒れる。どこかの安っぽいキリストのように、両手を思いきり広げたまま、芝生の上で伸びてしまった。

その姿を見てラリーが言う。「ぼくは家の中に入っちゃうからね」彼はあわてて網戸のドアに近づくと、それを開けて中に入ってしまった。

わたしたちはダンのもとへと駆け寄った。ギブソンはにたにたと笑いながら彼の上に立ちはだかっている。ジーンは跪くと、ダンの頭をほんの少し持ち上げた。「ダン？　だいじょうぶかい？」

ダンは首を左右に振ったかと思うと、ゆっくりと座り込んだ。

「こんちくしょう、あいつはとんでもない凶器を持っているぜ。このグローブを外してくれよ！」

ジーンが片方のグローブを外し始め、わたしがもう一方を受け持った。立ち上がったダンは、まるで老人のようにゆっくりと裏口へと歩いていく。「ちょっと横になるよ……」

彼も家の中に入ってしまった。

ハリー・ギブソンはグローブを拾い上げて、ジーンを見つめる。「どうだい、ジーン？」

ジーンが芝生に唾を吐く。「いったい何をしようってつもりなんだ、一家を全滅させようってのかい？」

「おまえがうまいボクサーだってことはわかってるぜ、ジーン、でもどのみちおまえには手加減してやるから」

ジーンは頷き、わたしは彼のためにグローブをつけてやった。わたしはグローブをつけるのが得意だった。

彼らは向かい合った。ギブソンがいつでもこいという感じでジーンのまわりをぐるぐる回り始める。右のほうに回ったかと思うと、今度は左のほうに回る。上下左右に敏捷な動きを見せる。それから一歩前に踏み込んだかと思うと、ジーンに強烈な左からのジャブを見舞った。その一発はジーンの目と目の間に見事に命中する。後退するジーンを、ギブソンが追っていく。ジーンを鶏の囲いのところまで追い詰めてから、まずは額に控え目な左パンチを入れ、それから力まかせの右パンチを左のこめかみに炸裂させた。ジーンは鶏の囲いの金網に沿って後退り、やがてフェンスにぶちあたると、両手で顔とからだを覆いながら、そのフェンス沿いに後退っていく。もはやジーンに打ち返す気力はなかった。氷のかけらをぼろきれに包んでダンが家の中から出てきた。ポーチの階段に腰をおろすと、そのぼろきれを額にあてる。ジーンはフェンス沿いに後退していく。ハリーは彼をフェンスとガレージの間の片隅に追い込んだ。弧を描くようにして左からのパンチをジーンの腹に叩き込み、思わず彼が前屈みになると、右のアッパーカットでのけぞらせる。わたしは気に食わなかった。ギブソンはジーンに約束したように手加減していないではないか。わたしはかっとなった。

「あのまぬけ野郎に打ち返せ、ジーン！　あいつは弱虫だぞ！　かましてやれ！」

ギブソンはグローブをはめた手を下におろすと、わたしをじっと見ながら近づいてきた。「何て言った、小僧?」

「味方を応援していただけだよ」とわたしが言う。

ダンが駆け寄って、ジーンからグローブを外している。

「〝弱虫〟とか何とか言われたように思ったけどな?」

「手加減してやるって言ってたじゃないか。でもあんたはそうしなかった。打てるチャンスがあれば、必ず手を出していた」

「おれのことを嘘つきだと言うのか?」

「あんたは約束を守らなかったと言っているだけだよ」

「こっちに来てこの小僧にグローブをはめてやれ!」

ジーンとダンがやってきて、わたしにグローブをつけ始める。

「こいつを相手に無理するなよ、ハンク」とジーンが言う。「わかってるよな、おれたちとやってすっかり疲れているぜ」

ジーンとわたしとはグローブをつけないで、朝の九時から夕方の六時まで闘ったことがある。あの日のことは決して忘れられない。ジーンは相当なものだった。わたしの手は小さく、手が小さければとてつもなく強いパンチを打てるようになるか、あるいはボクサーのように立ち回れるようになるかしかなかった。そのどちらの能力にもわたしはまるで恵まれていなかった。翌日わたしの上半身は打たれた傷だらけで真っ赤になり、唇も腫れ、前歯も二本折れてしまっていた。わたしをこてんぱんにやっつけた男を今こてんぱんにやっつけてしまった相手とこれから一勝負しなければならなくなったわけだ。

ギブソンは左に回り、それから右に回ったかと思うと、わたしに向かってきた。左からのジャブは、まったく目に入らなかった。どこに当たったのかもわからないまま、わたしは左ジャブを受けてダウンした。痛くはなかったが、倒れてしまったのだ。わたしは立ち上がる。左があんな感じで入ってくるなら、右からのはいったいどうなる？　ちゃんと見抜かなければならない。

ハリー・ギブソンは左のほうへと回り始める。わたしの左のほうだ。右のほうに逃げるだろうという彼の予測に反して、わたしは左のほうへと回る。一瞬驚きの表情が彼の顔に浮かび、両者がぶつかり合ったところで、左からの一発を力任せに見舞うと、相手の頭に思いきり命中した。最高の気分だ。相手に一発食らわすことができれば、二発目も簡単だ。

それからわたしたちは向かい合い、彼が真っ正面からわたしに挑んでくる。ギブソンはジャブでわたしを捉えようとするが、彼が手を出した瞬間、頭をひょいと下げてできるだけ素早く別の方向へと逃げた。彼の右パンチはわたしの頭のすぐ上のところを空振りする。わたしは彼に向かっていくとクリンチして、反則技の後頭部へのパンチを加えた。それから離れたが、わたしはプロになったかのような気分だった。

「あいつをやっつけられるぞ、ハンク！」とジーンが大声で叫ぶ。

「やっつけてしまえ、ハンク！」とダンも叫ぶ。

わたしはギブソンに突進し、右からの攻撃をかけようとした。しかし空振りに終わり、彼の左からのクロス・カウンターがわたしの顎に命中する。赤、黄、緑の光が目の前に点滅し、彼の右からの一発がわたしの腹に見舞われる。まるで背骨まで突き破ってしまうかのようだ。彼にしがみついてクリンチした。恐れていたわけではなかった。それどころかとてもいい気分だった。

「殺してやる、このくそったれ野郎！」と彼に向かって言う。

それからはもうボクシングなどではなく、ただの殴り合いとなった。彼のパンチは素早く、しかも強烈だった。彼のほうがずっと正確で、パワーも勝ってはいたが、わたしもまた強力なパンチを何発かお見舞いし、痛快な気分を味わうことができた。彼がわたしを打てば打つほど、何も感じなくなっていった。わたしは腹をへこませる。勝負に夢中になっていた。するとジーンとダンがわたしたちの間に割って入った。二人を引き離す。

「どうしたってんだよ？」とわたしは文句をつける。「そんなことするなよ！　おれはこいつをぶちのめしてやるんだから！」

「たわけたことを言うなよ、ハンク！」とジーンが言う。「そのざまを見てみろよ」

わたしは自分の姿を確かめた。シャツの前は血が滲み、膿の染みもできている。殴られて腫れ物が三つか四つ潰れてしまったのだ。ジーンと対戦した時はそんなことにはならなかった。

「どうってことないよ」とわたしは答えた。「ついていなかっただけさ。あいつになんかおれは痛めつけられていない。もっとやらせてくれたら、あいつをぶちのめしてやる」

「だめだ、ハンク、黴菌か何かが入ってしまうよ」とジーンが言う。

「わかった、ちくしょうめ」とわたしは答えた。「グローブを外してくれよ！」

ジーンがわたしのグローブの紐を解く。グローブが取り外されると、わたしは自分の手が震えていることに気づいた。手ほどではないが、腕全体も震えている。わたしはポケットに手を突っ込んだ。ダンがハリーのグローブを外した。

ハリーがわたしのほうを見る。「大したもんだぜ、小僧」

「サンキュー。じゃあ、また逢おうぜ……」

わたしはその場を後にする。歩きながら、ポケットから手を出した。車寄せを通って歩道に出ると、そこで立ち止まって煙草を一本取り出し、口にくわえた。マッチを擦ろうとしたが、両手があまりにも激しく震えているので、擦ることができない。まったく何気ない感じで彼らに手を振ってから、わたしは歩き去った。


家に帰って、鏡で自分の姿を確かめてみた。やたらといかしているではないか。わたしは回復しつつあった。

シャツを脱いで、ベッドの下に放り込む。何とかしてシャツの血をきれいに洗い落とす方法を見つけ出さなくてはならない。シャツはたくさん持っていなかったし、一枚でもなくなれば両親はすぐにも気がついてしまう。しかしわたしにしてみれば、その日はなかなか素晴らしい一日だった。そしてそんな日はめったにあるものではなかった。

38

エイブ・モーテンソンはそばに来られるだけでうんざりだったが、彼はただの馬鹿でしかなかった。相手が馬鹿者なら許すこともできる。というのも馬鹿者は一直線にしか走れないし、人を欺いたりしないからだ。気分が悪くなるのは人を欺くやつだ。ジミー・ハッチャーは真っ直ぐの黒い髪の毛に色白の肌で、わたしほど大きくはなかったが、肩をいつもいからせ、仲間うちでは誰よりもいい服を着ていて、自分が仲よくなりたい人間と仲よくなる術《すべ》を心得ていた。彼の母親はバーのホステスをしていて、父親は自殺していた。ジミーは笑顔が素敵で、歯も完璧で、裕福な男の子ほど金は持っていなかったが、女の子たちは彼のことを気に入っていた。誰か女の子に話しかけている彼の姿をわたしはしょっちゅう見かけた。彼がどんなことを言っていたのかは知る由もない。男子生徒が女子生徒にどんなことを喋っているのか、わたしにはまるで見当がつかなかった。女の子たちはわたしにとってまったく手の届かない存在で、彼女たちは実在しないのだと思い込もうとすらした。

しかしハッチャーはもう一人の厄介者だった。彼がホモなどではないことはよくわかっていたが、しつこくわたしにつきまとい続けた。

「なあ、ジミー、どうしておれにつきまとうんだ？　おまえのことなんかこれっぽっちも気に入っちゃいないよ」

「何言ってんだ、ハンク、おれたち友だちじゃないか」

「ええっ？」

「そうさ」

彼は以前国語の授業で、立ち上がって「友情の価値」という題の作文を朗読したことさえある。その作文を読みながら、彼はわたしのほうをちらちらと見続けた。女々しくてありきたりの馬鹿げた作文だったが、彼が朗読し終えるとクラス中が拍手喝采で、みんながそんなふうに思っているのならいったいどうすればいいのか、とわたしはつい考えてしまった。わたしは「友情がまったくないことの価値」という題の反対の内容の作文を書いた。教師はクラスのみんなの前でわたしに朗読させてはくれなかった。彼女がわたしにくれた評価は〝D〟だった。

ジミーとボールディとわたしは、毎日一緒にハイスクールから家に帰った（エイブ・モーテンソンは別の方角に住んでいたので、わたしたちは彼と一緒に帰らずにすんだ）。ある日のことみんなで歩いていると、ジミーがこう言った。「なあ、おれのガールフレンドの家に行こうぜ。みんなに逢わせたいんだ」

「何をくだらないことを。とんでもないや」とわたしが答える。

「いやいや」とジミーが話を続ける。「彼女はいい娘なんだ。おまえたちに見てほしいんだ。彼女とは指でもうやっちゃったよ」

彼女のことは知っていた。アン・ウェザートンだ。とてもきれいで、茶色の髪の毛を長く伸ばしていて、目も茶色で大きかった。おとなしくて、スタイルも抜群だ。彼女と話をしたことはなかったが、ジミーの相手だということはわかっていた。金持ちの男子生徒たちが彼女にアタックしようとしていたが、みんな無視されていた。見るからに第一級という感じだった。

「彼女の家の鍵を持っているんだ」とジミーが言う。「そこに行って、彼女が帰ってくるのを待っていればいいさ。彼女は午後も授業があるんだ」

「何だか気が乗らないなあ」とわたしが言う。

「何言ってんだよ、ハンク」とボールディが口を挟む。「どうせ家に帰ってせんずりをかくだけだろう」

「そっちのほうがずっとましなことだってあるさ」とわたしは答えた。

　ジミーが鍵を使って玄関のドアを開け、わたしたちは中に入った。小さいけれど、きれいで素敵な家だ。白黒の小さなブルドッグが短い尻尾を振りながらジミーに駆け寄る。「ボーンズって言うんだ」とジミーが教えてくれる。「ボーンズはおれのことが大好きなのさ。ほら、見てろよ！」

　ジミーは自分の右手の掌に唾を吐きかけると、ボーンズのペニスを握って擦り始めた。

「おい、いったい何をやってんだ？」とボールディが聞く。

「ボーンズはいつも庭で繋がれているんだ。誰も相手がいない。発散させてやんなくちゃならないんだ！」

　ジミーはせっせと擦り続ける。

　気分が悪くなるほど真っ赤になったボーンズのペニスは細くて長く、ぶざまな限りだ。ジミーはなおも擦り続けながら、わたしたちのほうを見上げる。「なあ、おれたちの主題歌が何だか知りたいかい？　アンの歌とおれの歌が何かって？　『ウェン・ザ・ディープ・パープル・フォールズ・オーバー・スリーピー・ガーデン・ウォールズ』だよ」

　すぐにもボーンズがクライマックスを迎えた。精液がほとばしり出て、カーペットの上に飛び散る。ジミーは立ち上がると、ほとばしり出たものを靴底でカーペットの毛の隙間に擦り込んだ。

「そのうちアンと一発やってやる。もうすぐさ。アンはおれを愛しているって言ってくれている。

おれだってあいつのことを愛している、あいつのいかしたおまんこを愛しているのさ」

「このいけ好かない野郎め」とわたしはジミーに言う。「気分が悪くなっちゃうよ」

ジミーはキッチンに入っていった。「素敵な家族なんだ。親父とおふくろ、それに兄貴と一緒に彼女はここで暮らしている。おれが彼女をやっちゃおうとしていると兄貴は感づいているんだ。そのとおりさ。でもあいつはどうすることもできない。おれにこてんぱんにやられてしまうからね。あいつなんかどうってことないよ。ほら、見てみろよ！」

ジミーは冷蔵庫のドアを開け、牛乳瓶を取り出した。みんなの家には、まだ氷で冷やす冷蔵箱しかなかった。ウェザートン家はまさに恵まれた家庭だ。ジミーは自分のペニスを引っ張り出すと、牛乳瓶のボール紙の蓋を剝がし、その中に突っ込んだ。

「ほんのちょっとだけだよ。やつらは気づかないだろうが、おれの小便を飲むってわけさ……」

彼はペニスを引き抜き、再び牛乳瓶に蓋をする。よく振ってから、冷蔵庫のもとの場所へと収めた。

「さてと」と彼が言う。「ほら、ゼリーがあるぜ。やつらは今夜のデザートにゼリーを食べるんだ。ついでにやつらはこいつも食べるんだ……」と、彼がゼリーの入ったボウルを取り出し、持ち上げたとたん、玄関のドアに鍵が差し込まれる音がして、ドアが開いた。ジミーはあわててゼリーを冷蔵庫の中にしまい、ドアを閉める。

すぐにもアンが現われた。キッチンに入ってくる。

「アン」とジミーが声をかける。「おれの親友に会ってくれよ、ハンクにボールディだ」

「こんちは！」

「やあ！」

「こいつがボールディ。こっちがハンクだ」

「こんちは！」

「やあ！」

「やあ！」

「学校であなたたちを見たことがあるわ」

「ほんと」とわたしが答える。「おれたちうろちょろしているもんな。おれたちだってきみのことを見かけたことがあるぜ」

「そうさ」とボールディが相づちをうつ。

ジミーがアンをじっと見つめる。「だいじょうぶかい、ベイビー？」

「もちろんよ、ジミー、あなたのことをずっと考えていたの」

彼女が近づき、二人は抱き合い、そしてキスし合った。わたしたちの目の前でキスを交わしている。わたしたちの目の前にジミーの顔があった。彼の右目が見えた。わたしたちにウィンクする。

「さてと」とわたしは言った。「もう行かなくちゃ」

「そうだね」とボールディ。

わたしたちはキッチンを後にし、居間を通り抜け、家の外に出た。歩道に出て、二人でボールディの家に向かって歩く。

「あいつはきっとうまくやるね」とボールディが言う。

「ああ」とわたしは答えた。

39

ある日曜日のこと、一緒にビーチに行こうとジミーが誘いかけてきた。彼は泳ぎに行きたがっていた。わたしは水泳パンツ姿を人に見られたくなかった。わたしの背中は腫れ物や傷痕だらけだった。そのことを別にすれば、わたしはなかなかいいからだをしていた。しかし誰もその事実には気づいてはくれなかった。逞しい胸と見事な脚をしていたが、気に留める者は誰一人としていなかった。

これといってすることは何もなかったし、おまけに無一文だった。それに日曜日はみんな表には遊びに出てこない。ビーチはみんなのものではないかと思った。このわたしにも行く権利があるわけだ。わたしの傷痕や腫れ物が法律に触れるわけでもない。

そこでわたしたちはそれぞれの自転車に乗って出発した。二十五キロほどの道のりだ。わたしにはどうってことはなかった。立派な脚がある。

はるばるとカルヴァー・シティまで、ジミーと一緒に颯爽と自転車を飛ばしていった。それからわたしは徐々にペダルを漕ぐ速度をあげていく。わたしに追いつこうと、ジミーも必死になってペダルを漕いだ。彼の息が切れ始める。わたしは煙草を一本取り出して火をつけてから、彼に箱を差し出した。

「一本吸うかい、ジム？」

「いや……いいよ……」

「こいつは空気銃で小鳥を撃つよりずっと面白いや」と彼に話しかける。「もっとしょっちゅうやるべきだね！」

わたしはますます懸命に漕ぎ始めた。まだまだ力が余っている。

「これは面白いや」とわたしは続ける。「せんずりをかくよりもずっと気持ちがいいぜ！」

「おい、もうちょっとゆっくり走ってくれよ！」

彼のほうを振り返った。「親友と一緒に自転車で走れるからこそ気持ちいいんじゃないか。さあ来いよ、わが友！」

それからわたしは全力を出してどんどん彼を引き離していった。風がわたしの顔に当たる。とてもいい気分だ。

「おい、待てよ！ **待ってくれ、くそったれめ！**」とジミーが叫ぶ。

わたしは声を出して笑い始め、全速力でぶっ飛ばした。たちまちのうちにジミーは半ブロック、一ブロック、二ブロック後に引き離される。わたしがどれほど素晴らしいか、どれだけのことができるのか、誰にもわかるまい。奇跡のような存在なのだ。太陽が黄金の光をいたるところに投げかけ、わたしはその中を走り抜けていく。車輪がついた鮮やかなナイフだ。わたしの父はインドの路地にたたずむ乞食だったが、世界中のありとあらゆる女たちがこのわたしを愛してくれる……。

信号にさしかかった時も、わたしは全速力で走っていた。停まっている車の間を飛ぶように走りぬかけていく。今や車ですらわたしに追い抜かれてしまう。だがそれも僅かな間のことだった。緑色のクーぺに乗った男と女が追いついてきて、わたしと並んで走る。

「おい、小僧!」

「えっ?」

わたしは男のほうを見た。二十代の大きな男で、毛むくじゃらの腕に刺青をしている。

「いったいぜんたいどこまで行こうってんだ?」と彼が尋ねる。

彼は自分の恋人の前でいいところを見せようとしていた。彼女はすごい美人で、金髪の長い髪の毛を風に靡かせている。

「そんなこと知らねえよ、こいつめ!」とわたしは彼に答えた。

「何だと?」

「『そんなこと知るか!』って言ったんだ」

わたしは、くそったれめと彼に向かって中指を立てた。

「あんなガキにふざけた真似をさせておくつもりなの、ニック?」そう言って女が男をけしかけた。

彼はわたしと並んで車を走らせ続けている。

「おい、小僧」と彼が声をかけてくる。「おまえが何て言ったのかよく聞こえなかったんだ。よかったらもう一度言ってくれるかい?」

「そうよ、もう一度言ってごらん」と美女も金髪の長い髪の毛を風に靡かせながら言う。

わたしはかちんときた。その美女にむかっときた。

わたしは男のほうを見た。「わかったよ、ひと揉めしたいんだな？　車を停めな。おれが揉めごとの相手だ」

彼はアクセルを踏んで半ブロックほど先に行くと、車を停めて、ドアを力一杯押し開けた。車から降りた彼を大きく迂回するようにわたしは自転車を走らせ、向こうから来たシボレーと正面衝突しそうになった。シボレーがクラクションを鳴らす。ぐるりと回って横道へと消える時、大男が大声で笑っているのが聞こえた。

その男が行ってしまってから、わたしは自転車を漕いでワシントン大通りまで戻った。数ブロックほど走って、自転車から降りると、バスの停留所のベンチに座ってジムがやってくるのを待った。彼がずっと向こうのほうからやってくるのが見える。彼が近づいてきた時、わたしは居眠りしている振りをした。

「おい、ハンクったら！　こんなひどい目におれをあわさないでくれよ！」

「やあ、ジムかい。ここにいたの？」

わたしはジムにビーチの中でもあまりたくさんの人がいないところに行くようにと仕向けた。シャツを着てビーチに立っている時はみんなと同じような気分だったが、服を脱いだとたん自分が人目に曝されているように思えた。わたしは泳ぎに来ているほかの人たちみんなを憎んだ。からだに何の傷もないがゆえに。日光浴をしていたり、海の中に入ったり、何かを食べたり、居眠りしたり、お喋りしたり、ビーチボールを投げ合ったりしているいまいましいやつらみんなが憎らしくてたまらなかった。彼らの背中も顔も肘も髪の毛も目も臍も水着も何もかもが憎らしかった。

砂浜の上で大の字になりながら、あのデブ野郎に一発食わせるべきだったと考えていた。あの野郎にいったい何がわかっているというのか？

ジムもわたしの隣で大の字に寝そべっている。

「どうしたってんだ」と彼が言う。「泳ぎに行こうぜ」

「まだいいよ」とわたしは答えた。

海は人でいっぱいだった。いったいビーチの何がこんなにも多くの人たちを引き寄せるのか？どうしてみんなはビーチが好きなのか？　ほかにもっとましなことができないのか？　何一つ考えることもできないへなちょこ人間ばかりじゃないか。

「考えてもみろよ」とジムが話しかけてくる。「女たちは海の中に入ってそこで小便しているんだぜ」

「そうさ、そいつをおまえが飲み込むのさ」

みんなと一緒に心地よく暮らせるなんてわたしには到底無理な話だろう。修道士になるべきなのかもしれない。神を信じているような振りをして、小さな部屋の中で暮らし、オルガンを弾いて、いつもワインで酔っぱらっている。誰もわたしにちょっかいをだしたりはしない。瞑想するために何か月も修道者独房の中に籠り、誰とも顔を合わせることなく、ワインだけを差し入れられて生きていくこともできる。厄介なのは修道士の黒いローブが一〇〇%ウールでできているということだ。ROTCの制服よりもたちが悪い。わたしには着られっこない。何かほかの生き方を考えるしかないようだ。

「ほれ、ほれ」とジムが言う。

「何だよ?」

「あそこの女の子たちがおれたちのほうを見ているぜ」

「それがどうしたってんだ?」

「お喋りして笑っている。こっちにやってくるかもな」

「ほんとかよ?」

「ほんとさ。やつらがやって来たら、来たって教えてやるからな。そうしたら仰向けになるんだぞ」

腫れ物や傷痕はわたしの胸のほうにはほんの少ししかなかった。

「忘れちゃだめだぞ」とジムが念を押す。「おれが合図したら、仰向けになるんだぞ」

「わかったよ」

わたしは腕の中に頭を埋めた。ジムはきっと女の子たちのほうを見て微笑みかけているはずだ。彼はやり方をちゃんと心得ている。

「単細胞の女どもだよ」と彼が言う。「ほんとうに馬鹿なんだから」

どうしてこんなところに来てしまったのか、と考えずにはいられなかった。いつでもひどいことかもっとひどいことが待ち受けているだけで、いい目にあうことなどまずはありえない。

「ほら、ほら、ハンク、彼女たちのおでましだぞ!」

わたしは顔を上げた。全部で五人いる。わたしは仰向けに寝転がった。女の子たちはくすくす笑いながら近づいてきて、すぐそばに立った。「ねえ、この人たち、いかしているじゃない!」

と女の子たちの一人が言う。

「きみたちこの辺に住んでいるの？」とジムが尋ねる。

「そうよ」と一人が答える。「カモメたちと同じ巣で暮らしているわ！」

みんなでくすくすと笑う。

「じゃあ」とジムが言う。「おれたちは鷲だね。五羽のカモメたちが相手だとどんなふうにやればいいのかちょっと自信がないなあ」

「じゃあ鳥たちはどんなふうにするんでしょうね？」と一人の女の子が合わせる。

「そんなこと知るもんか」とジムが言い返す。「もしかして一緒に確かめられるかもね」

「あんたたち、わたしたちのビーチマットのところに来ればいいじゃないの？」と一人が言った。

「いいとも」とジムが答える。

女の子たちの中で喋ったのは三人だけだ。ほかの二人はただ突っ立ったまま、見られたくない部分を隠そうと自分たちの水着の端を引っ張っていた。

「おれは混ぜないでおくれよ」とわたしは言った。

「あんたの友だちはいったいどうしちゃったの？」と自分の尻を隠そうとしていた女の子の一人が尋ねる。

ジムが一言答える。「こいつは変わっているんだ」

彼は起き上がると女の子たちと一緒に行ってしまった。わたしは目を閉じて波の音に耳を傾けた。海の中には無数の魚たちがいて、お互いを食べ合っている。飲み込んでは排泄する果てしない数の口と尻の穴。この世はすべて穴に尽きる。食べて排泄して性交するだけだ。

寝返りをうって、五人の女の子たちと一緒にいるジムを観察した。彼は立ち上がって、胸を突き出し、男らしさを見せびらかせている。わたしほどがっしりした胸もしていなければ、長く伸びた脚の持ち主でもなかった。黒髪に見事な歯が覗く生意気で小さな口、それに丸くちっぽけな耳と長い首の持ち主の彼は、痩せて均斉のとれたからだつきをしていた。わたしには首がなかった。ほとんどないも同然だった。肩のすぐ上に頭が乗っかっているという感じだ。しかしわたしは逞しく、手強かった。それだけでは十分ではない、淑女というものは伊達男がお気に入りなのだ。それでもこのわたしが腫れ物や傷痕だらけのからだではなかったら、一緒に行ってあれやこれやをちょっとばかし見せびらかせていたのに。男っぽいところを見せつけて、空っぽの頭をこちらに引きつけてやる。週五十セントの生活をしているこのわたしに。

そのうち女の子たちがはしゃぎながら、ジムの後を追って海の中に入っていった。まるで頭の中が空っぽみたいに彼女たちはくすくす笑ったり悲鳴を上げたりしている……いったいどうしたというのだ？　そんなことはない、彼女たちは素敵だった。大人たちや親たちとはまるで違っている。心の底から笑っている。何もかもが面白いのだ。誰かれかまわずすぐに気に入ってしまう。人生やいろんなものごとの仕組みのことなど何一つとして気にしてはいない。D・H・ロレンスはそのことがわかっていた。人は愛なしではいられない。しかしその愛は誰もが常日頃お世話になっているようなものではないのだ。親愛なるD・H師は何かがわかっていた。彼の親友のハックスレーはいつも気を揉んでばかりのインテリにすぎなかったが、何と素晴らしい人物であったことか。G・B・ショウよりはずっとましだった。彼のこじつけの機知も結局は義務と化して自らを苦しめることとなり、やがては重荷となってのしかかって、いろんなことをまともに感じられなくなっていってしまった。才気溢れる彼のスピーチも、知性や感性を逆撫でして、最後は退屈でうんざりさせられるものとなってしまった。とはいえ彼らの作品を読破するのはいいことだった。思想や言語は実に魅力的なものになり得ると気づかせてくれる。結局は何の役にも立たないとしても。

ジムは女の子たちに水をかけて遊んでいた。彼は水の神で、女の子たちに愛されている。彼こそ可能性であり未来に向けての約束でもあった。彼は素晴らしい。何をどんなふうにやればいいかよくわかっている。わたしはたくさんの本を読んでいたが、彼はわたしが読んだことのない本を読んでいた。彼は小さな水泳パンツをはいた芸術家で、肝っ玉があって、見栄えもよく、丸い耳をしている。彼は最高だった。風に髪を靡かせた美女を横にはべらせて緑色のクーペを運転していたあの図体のでかいくそったれ野郎に挑みかかったようには、彼には挑みかかっていくことはできなかった。彼らは二人とも自分たちが手にして当然なものを手に入れていた。わたしは人生の青い海原にぷかぷかと漂っている五十セントの値打ちしかないくそ野郎にしかすぎない。

わたしは海から出てきたみんなを見つめた。きらきらと輝いて、肌はなめらかで、若く、挫折を知らない。わたしも彼らに気に入られたかった。しかし同情からというのはごめんだ。とはいえ、なめらかで何ひとつ傷つけられていないその肉体や精神にもかかわらず、彼らには何かが欠けていた。というのも、彼らが根本的な試練に曝されたことは、今のところ一度としてなかったからだ。やがては彼らも人生の中で不幸なできごとに見舞われたりするだろうが、その時はもう手遅れだったり、あまりにも厳しすぎて立ち向かうことができなかったりするのだ。わたしは心構えができていた。多分できていたと思う。

ジムが女の子たちのタオルを使ってからだを拭いている。それを見ていると、四歳ぐらいの男の子が近づいてきて、掌いっぱいに砂を摑んだかと思うと、わたしの顔目がけて投げつけた。そしてわたしをじっと睨みつけたままその場に立ちつくしている。その子のいまいましい砂だらけの小さな口は、勝ち誇ったかのようにつぼめられている。ちっちゃくて可愛いこのくそ小僧め。わたしは、こっちへおいで、もっとそばにおいでよと、指を動かせてその子を呼び寄せる。彼は動こうともせずじっと立っている。

「坊や」とわたしは声をかけた。「こっちにおいで。砂糖をまぶしたくそ菓子の袋をおまえにあげよう」

くそったれ坊主はじっと見つめていたかと思うと、回れ右をして逃げていった。いまいましい尻をしている。桃のような小さな尻が、今にもばらばらになりそうな感じで揺れている。しかし新たな敵は去っていったのだ。

やがて女殺しのジムが戻ってきた。わたしの上に立ちはだかる。彼もまたわたしを睨みつけている。

「行っちゃったよ」と口を開く。

五人の女の子たちがいた場所に目をやってみると、確かに彼女たちは影もかたちもなくなってしまっている。

「どこへ行っちゃったんだ？」とわたしは尋ねる。

「知るもんか！　お誂え向きの二人の電話番号を聞き出したぜ」

「お誂え向きって何のための？」

「おまんこだよ、このとんちきめ」

　わたしは立ち上がった。

「おまえを殴り倒してやる、このとんちき野郎！」

　海の風を受けて彼の顔はますます男をあげていた。殴り倒された彼が、砂の上でもがき、足の裏が真っ白の脚を蹴り上げている姿が目に浮かぶ。

　ジムは後退りした。

「落ち着けよ、ハンク。ほら、おまえにもあいつらの電話番号を教えてやるから！」

「とっとけよ。おれはおまえみたいな腐った耳なんか持っていないから！」

「わかったよ、わかったよ、おれたちゃ友だち同士だろう、忘れたのかい？」

　わたしたちは自転車に鍵をかけてとめたビーチハウスの裏手へと、砂浜を一緒に歩いていった。歩きながら二人とも今日は誰が勝利を収めた日だったのかがよくわかっていた。相手の尻を蹴っ飛ばしたとしても、それは変えようがない。少しはすっきりするかもしれないが、何もかもがそれで収まるわけではない。自転車に乗って家に帰る途中、わたしは来た時のように自分の力を彼に誇示するようなことはしなかった。わたしはもっと別なものを求めているのだ。もしかするとわたしが求めていたのは、長い髪を風に靡かせて緑色のクーペに乗っていた金髪の美女だったのかもしれない。

40

ＲＯＴＣは、落ちこぼれのためのものだった。体育の授業かどちらかを選べばよかった。わたしは体育の授業を取りたかったが、みんなに背中の腫れ物を見られたくはなかった。ＲＯＴＣに入隊する者はみんな何かしらの欠陥を持っていた。スポーツが嫌いなやつか、愛国的だからと親に無理やり入隊させられたやつがほとんどだった。裕福な子供の親ほど愛国的になりがちだ。というのも国が落ちぶれたりしたら、彼らこそ最も多くのものを失うさだめにあるからだった。貧しい親はそれほど愛国的ではなく、愛国主義者ぶりを発揮するとしても、そうするよう求められているからとか、そうするよう育てられたからといった消極的な理由でしかなかった。潜在意識下で彼らは、ロシア人やドイツ人、あるいは中国人や日本人がこの国を支配しようが、自分たちにとってはよくも悪くもならないと思っていた。とりわけ黒人たちの場合はそうだった。それどころかいろんなことがもっとましになるかもしれない。いずれにしても、チェルシー高校の多くの親たちは金持ちだったので、我が校のＲＯＴＣは街で最も大規模なものの一つとなっていた。

かくしてわたしたちは炎天下を行進し、兵舎の便所の掘り方や蛇に嚙まれた時の治療法、負傷者の手当の仕方、止血帯の巻き方、敵を銃剣で突き殺すやり方などを学んだ。手榴弾や敵陣への潜入方法、部隊の配備、機動作戦、退却、前進についても学び、精神的かつ肉体的な教練を受けた。わたしたちは射撃訓練場に出て、バンバンと撃ち合い、射撃の名手の勲章をもらったりした。実際に野戦の機動作戦を行ない、森の中に入って、模擬戦争を展開したりもした。ライフルを抱えて腹這いでお互いの敵へと向かっていくのだ。みんな真剣そのものだった。わたしでさえ真剣になった。血を騒がせずにはおかない何かがあったのだ。ひどく馬鹿げたことだということは、ほとんど全員が十分承知していたが、頭の中で何かが切れると、誰もが熱中せずにはいられなくなるのだった。わたしたちについていたのは退役した年寄りの軍人、サセックス大佐だった。老いぼれて涎をたらすようになってきていて、口の端にはいつも少量の唾液が溢れ、顎のまわりやその下のあたりをべとべとにしていた。彼はまったく一言も喋らなかった。勲章がいっぱいついた軍服を着てただ突っ立っているだけで、それで学校から給料を貰っていた。わたしたちが模擬の機動作戦の実習を行なっていると、彼はクリップボードを手にして採点をする。高い丘の上に立って、クリップボードに挟んだ紙に採点していたのだと思う。しかし彼はどちらが勝ったのかわたしたちには決して教えてはくれなかった。お互いが勝利を主張する。そして険悪な雰囲気となった。

ハーマン・ビーチクロフト中尉がいちばんいかしていた。彼の父親はパン屋を経営していて、実態はよくわからなかったが、ホテルのケイタリング・サービスなるものもやっていた。いずれにしても彼は最高だった。機動作戦を開始する前には、いつも決まって同じスピーチを行なう。「忘れるなよ、おまえたちは敵を憎まなければならない！　やつらはおまえたちの母親や女きょうだいを強姦しようとしている！　あんな怪物たちに自分の母親や女きょうだいを犯されたいのか？」

ビーチクロフト中尉にはほとんど顎がなかった。彼の顔は突如として小さくなっていて、顎の骨があるべきところには、小さな塊しかついていない。奇形というものなのかどうかはわたししたちにはよくわからなかった。しかし怒りに満ちた彼の目は強烈で、ぎらぎらと輝く大きな青い瞳は戦争と勝利のシンボルそのものだった。

「ウィットリンガー！」

「はい、中尉！」

「あいつらにおまえのおふくろを犯してもらいたいか？」

「わたしの母は亡くなりました、中尉！」

「それは気の毒に……ドレイク！」

「はい、中尉！」

「おまえはあいつらにおふくろを犯されてもかまわないか？」

「とんでもありません、中尉！」

「よし。よく覚えておけ、これは戦争なのだ！　我々は情けを受けるが、情けを与えることはない。おまえたちは敵を憎まなければならない。やつを殺せ！　死者はおまえを打ち負かせない。敗北は疫病のように広がる！　勝利が歴史を切り拓いていく！　**さあ、あの見下げ果てたやつらどもをやっつけてしまえ！**」

わたしたちは戦線を整え、斥候を先発させてから、茂みの中を匍匐前進し始める。クリップボードを持っていつもの丘の上に立っているサセックス大佐の姿が見えた。青軍と緑軍との戦いだった。色のついたはぎれをそれぞれ自分たちの右の上膊部に巻きつけていた。わたしたちは青軍だった。茂みの中を腹這いで進むのは地獄そのものだった。暑くてたまらない。虫に砂ぼこり、石ころに刺が襲いかかってくる。自分がどこにいるのかまるでわからない。わたしたちの分隊長のコザックはどこかでいなくなってしまっていた。連絡の取りようもない。お手上げの状態だ。わたしたちの母親は強姦されてしまう。わたしは擦り傷や引っかき傷を作りながら、這って前に進み続けた。途方に暮れ、怯えてもいたが、それ以上に馬鹿になったような気分に襲われていた。何もないこの広大な土地に一面の空、丘に小川、どこまでも広がっている。いったい誰の持ち物なのか？　恐らくあの裕福な生徒たちの父親の一人なのだろう。わたしたちは何かをぶんどろうとしているわけではないのだ。すべての土地は高校に貸し出されている。「禁煙」の立て札がある。わたしは匍匐前進し続ける。わたしたちには上空掩護機もなければ、戦車もないし、何もない。食料もなければ、女たちにも恵まれていない。何の理由すらない。まったくどうしようもない機動作戦に参加しているできそこないの男たちの一団にしかすぎない。わたしは立ち上がると、歩いて木のそばまで行き、そこに背をもたせて座り込み、ライフルをかたわらに置いて待機した。

誰もが道に迷っていたが、もうどうでもいいことだった。腕章を引きちぎり、赤十字の救急車か何かがやってくるのを待った。戦争は恐らく地獄だろうが、その合間は退屈だ。

突然茂みがかき分けられたかと思うと一人の男が飛び出してきて、わたしがいることに気づいた。彼は緑の腕章をしている。強姦魔だ。わたしにライフルを突きつける。わたしは腕章をしていなかった。草の上に捨ててしまっていた。彼は捕虜を取りたがっている。彼とは顔見知りだった。ハリー・ミッションズだ。彼の父親は材木会社を経営している。わたしは木にもたれて座っていた。

「青軍か緑軍か？」とわたしに向かって大声をあげる。

「マタ・ハリだよ」

「スパイだ！　おれはスパイを捕らえた！」

「よせよ、たわけたことはもうやめな、ハリー。こんなのガキの遊びさ。てめえのくさくてたまらないメロドラマの芝居におれを引っ張り込まないでおくれ」

またしても茂みがかき分けられ、ビーチクロフト中尉が現われた。ミッションズとビーチクロフトとがお互いに向かい合う。

「ここにおまえを捕虜にする！」とビーチクロフトがミッションズに向かって叫ぶ。

「ここにおまえを捕虜にする！」とミッションズもビーチクロフトに向かって叫ぶ。

二人ともやたらと興奮して怒りまくっているのがよくわかる。

ビーチクロフトがサーベルを抜いた。「降伏せよ、さもないとおまえを突き刺してやる！」

ミッションズは銃身を摑んで銃を振り上げる。「さあ来てみろ、おまえの腐った頭を叩き割ってやる！」

いたるところで茂みがかき分けられた。彼らの叫び声が青軍も緑軍も双方を呼び寄せたのだ。両軍が入り交じるのをわたしは木にもたれて座ったまま見ていた。取っ組み合いが始まり、土ぼこりが巻き起こる。時折ライフルの銃床が脳天にあたるいやな音がした。「うわっ、ひどい！　おお、何てこった！」地面に倒れ込んでしまった者もいる。もはやライフルの出る幕ではなかった。みんな拳で殴り合ったり、相手の頭を腕で押さえ込んだりしている。緑の腕章をつけた者が二人、必殺羽交い締めをかけられていた。やがてサセックス大佐が登場した。持っていた笛を狂ったように吹く。唾があたり一面に飛び散る。それから短いステッキを持って両軍が入り乱れているところに駆け寄り、それでみんなを打ちつけ始めた。鮮やかなものだった。ステッキは鞭のように鋭く食い込み、剃刀のようにすぱっと切り分けていく。

「ああ、くそっ！　もうやめだ！」

「こら、やめろ！　ああ！　助けて！」

「母さん！」

分けられた両軍が立ちつくしたままお互いを睨み合っている。サセックス大佐がクリップボードを手にした。彼の軍服は皺一つよっていない。勲章ももとの場所にちゃんとついている。帽子も同じ角度のまま頭の上に乗っかっている。彼は短いステッキをはじき飛ばして受け止めると、立ち去った。みんながその後に続く。

おんぼろの軍用トラックに、わたしたちは乗り込んだ。幌がずたずたに破けているこの車に乗ってここまでやってきたのだ。エンジンがかかって、走り出す。わたしたちは長い木のベンチに向かい合って座っていた。一台のトラックには青軍全員が、もう一台のトラックには緑軍全員が乗って、それぞれやってきていた。それが今は両軍が入り交じってベンチに座り、たいていの者が擦り切れて埃まみれになっている自分たちの靴をじっと見下ろしたまま、でこぼこ道の轍にトラックのタイヤがはまるたび、あっちにこっちに、右に左に、上に下にと揺すぶられている。みんなくたびれきって、打ちのめされ、挫けてしまっていた。戦争は終わった。

41

ROTCを選んだおかげでわたしはスポーツから遠ざかることになってしまったが、その一方でみんなは練習に励んでいた。彼らはスクール・チームを結成し、手紙をもらったり、女の子をものにしたりしている。わたしの日々は炎天下の行進でほとんど明け暮れてしまっている。目に入るものはといえば、誰かの耳の裏と尻だけだ。さまざまな軍事演習にわたしはすぐにも幻滅してしまった。ほかの者たちは自分たちの靴をぴかぴかに磨きあげ、楽しみながら演習に参加しているようだった。わたしは何の意味も見出せなかった。完璧な行動を覚え込んでみても、結局はこてんぱんにやっつけられるだけだ。とはいえ、フットボールのヘルメットをかぶり、ショルダー・パッドもつけ、青と白の六九番のユニフォームでばっちり決めてしゃがみこみ、地方検事の息子が左からのタックルをかわしてスクリメージ・ラインのほうに六フィート走りきれるようにと、フィールドを横切ろうとするどこかのたちの悪いくそったれ野郎をブロックするべく待ち構えたり、あるいは口からタコスの匂いをプンプンさせたどこかの獣野郎をやっつけるべく手ぐすね引いて待っていたりする自分自身の姿を想像することもできなかった。厄介なのは、どっちをとってもどうしようもないとわかっていながら、どちらかを選ばなければならないことだった。そしてどちらを選び取ろうと、少しずつ自分自身を削り取られていき、結局はすべてを搾り取られてしまうだけだ。二十五歳で、ほとんどの人間は終わってしまっていた。国中がたわけ者だらけで、車を運転したり、食事をしたり、子供をつくったり、およそ考えられる最悪のやり方でいろんなことをやってのけている。例えば自分たちそっくりの大統領候補に投票するといったようなことを。

わたしは何の興味も抱けなかった。あらゆることにまったく関心がなかった。どうすればそんな状態から抜け出せるのかまったく見当がつかない。少なくともほかの者たちは人生に対して何らかの好き嫌いがある。彼らはわたしがまるで理解していない何かを理解しているように思えた。恐らくわたしは欠陥人間だったのかもしれない。それは十分考えられる。自分が劣った人間だとわたしはしょっちゅう感じさせられていた。ただただ彼らの前から逃げ出したかった。しかし行き場所はどこにもない。自殺はどうだ？　とんでもない、もっと厄介だ。五年間ほどずっと眠り続けていたい気分だったが、みんなはそうはさせてはくれなかった。

かくしてわたしは相変わらずチェルシー高校に通い、ROTCに参加し、腫れ物にも悩まされ続けていた。自分がどれほどだめな人間かということを、いやというほど思い知らされた。

華々しい一日だった。部隊内の武器教範コンテストで一位となった者が、それぞれの部隊の代表となって一列に並び、そこで最終的なコンテストが行なわれた。どうしたわけか、わたしは自分の部隊の中で優勝していた。どうしてそうなってしまったのかはまるでわからない。わたしは腕利きではなかった。

その日は土曜日だった。多くの母親や父親たちが観覧席を埋め尽くしていた。誰かが喇叭を吹いた。銃剣がぎらりと光る。命令が響き渡った。右肩に担え銃！　左肩に担え銃！　ライフル銃が肩にあてられ、ライフルの床尾が地面に打ちつけられ、銃床がまたもや肩に食い込む。青や緑、黄色やオレンジ、それにピンクや白など、色とりどりの服を身に纏った女の子たちが観覧席に座っている。暑くて、退屈で、狂気の沙汰以外の何ものでもなかった。

「チナスキー、おまえは我が大隊の名誉のために競争しているんだぞ！」

「はい、モンティ伍長」

観覧席の女の子たちは、それぞれ自分の恋人や勝者、組織のリーダーを待ち侘びている。悲しかった。風に舞う一枚の紙切れに驚いて、鳩の群れがけたたましい音をたてて飛び立っていく。わたしはビールを飲んでべろべろに酔っぱらってしまいたかった。どこでもいいからここ以外の場所にいたかった。

誰であれ失敗をおかすと、列から離れなければならない。すぐにも六人、五人と減っていき、最終的に三人が残った。わたしもその中に入っていた。優勝したい気持ちなどわたしにはこれっぽっちもなかったし、自分が勝てないだろうこともよくわかっていた。すぐにも脱落するだろう。早く抜け出したかった。うんざりしきってもいたし、くたびれてもいた。おまけに腫れ物だらけときている。みんなが手に入れようと躍起になっていることに、わたしはまったく興味がなかった。しかし見え見えの失敗をしでかすことはできない。モンティ伍長はきっと痛く傷つくだろう。

そのうち二人だけになってしまった。わたしとアンドリュー・ポストだ。ポストは人気者だった。父親は刑事専門の優れた弁護士だ。その父親が妻と、すなわちアンドリューの母親と一緒に観覧席にいる。ポストは汗をかいていたが、毅然としていた。彼が優勝するとお互いに了解していた。気力のようなものをわたしは感じたが、それはすべて彼が発しているものだった。

いいじゃないか、と思った。彼は勝ちたがっている。まわりのみんなもそれを望んでいる。そうなるさだめなのだ。そうならなければならないのだ。

わたしたちはさまざまな武器教範の作業を繰り返しやり続けた。運動場のゴール・ポストがちらりと目に入る。必死で頑張っていたら、このわたしでも優れたフットボール選手になれていたかもしれないとふと思った。

「やめ！」と指揮官が叫び、わたしは銃の遊底を思いきり引き抜いた。カチッという音が一度だけした。わたしの左隣では何の音もしなかった。アンドリュー・ポストが凍りつく。正面の特別観覧席から小さな呻き声が聞こえた。

「立て銃！」と司令官がすべてを締めくくり、わたしは作業を完遂した。ポストもそうしたが、彼の遊底は開いたままだった……。


優勝者の正式な表彰式は数日後に行なわれた。わたしにとっては好都合なことに、ほかの表彰も一緒に行なわれることになっていた。ほかに表彰される者たちと一緒に立って待っていると、サセックス大佐がこちらへと近づいてくる。わたしの腫れ物は以前にも増してひどくなっていて、ちくちくする茶色のウールの制服を着る時はいつも決まってそうなるのだが、今回も太陽が激しく照りつけ、やたらと暑く、いまいましいシャツのウールの繊維一つ一つが気になって気になってしかたなかった。わたしは大した兵士ではないし、みんなもそのことがよくわかっている。まぐれで優勝しただけだ。どうでもいいと思っていたから、神経過敏になることもなかったわけだ。サセックス大佐がどんな気持ちでいるのかがよくわかるだけに、彼に対して申しわけない気持ちでいっぱいだった。もしかすると彼もわたしがどんな気持ちでいるかよくわかっていたのかもしれない。彼が身上とする一種独特な献身ぶりや勇気など、わたしにはどうでもいいことのようにしか思えなかった。

やがて彼はわたしの目の前に立った。わたしは直立不動の姿勢で立っていたが、彼の様子をちらりと盗み見てみた。いい感じで涎を垂らしている。怒った時は、その涎も干上がってしまうのかもしれない。むっとする熱気だったが、心地よい西風が吹いている。サセックス大佐はわたしに勲章をつけてくれた。そして手を差し伸べて握手する。

「おめでとう」と彼が言う。そしてわたしに微笑みかけてくれた。それから次へと進む。

どうしてこんな老いぼれ野郎が。もしかすると彼はそんなにひどいやつじゃないのかもしれない……。

勲章をポケットに入れて家路についた。サセックス大佐はいったい何者なのだ？　わたしたちみんなと同じように糞もたれるただの男にしかすぎないのか。誰もが何かに従い、自分にぴったりと当てはまる鋳型を見つけ出さなければならない。医者、弁護士、兵士、何だっていい。ひとたび鋳型の中にはまれば、あとはどんどん前に進んでいけばいい。サセックスもほかのみんなと同じように無力な人間だ。どんなことであれ、どうにかこうにかやっていくか、路頭に迷って、ひもじい思いをするかのどちらかだ。

わたしは一人ぼっちで歩いていた。家へとどこまでも続く最初の大通りにぶつかるすぐ手前、自分が歩いている通り沿いに、誰からもほとんど相手にされていないような一軒の小さな店があった。その前で立ち止まって、ウィンドウの中を覗き込む。薄汚くよごれた値札をつけられて、さまざまな品物が陳列されている。蠟燭立てがいくつかに、トースターが一台。テーブル・ランプ。ウィンドウのガラスは外も内側も汚れきっていた。埃で茶色く汚れてしまった向こうに、歯を見せて笑っている二匹のおもちゃの犬が飾られている。それにミニチュアのピアノもある。みんな売り物だった。どれ一つとして客を引き寄せるようには思えない。店内に客は一人もいなかったし、店員の姿も見えなかった。これまでにも店の前を何度も通り過ぎていたはずだが、立ち止まってじっくり見るようなことは一度としてなかった。

　わたしは中を覗き込む。この店が気に入った。何か面白いことがあるようにはまったく思えない。休んだり眠ったりするための場所だ。何もかもが死んでしまっている。ここに店員として雇われたとしたら、ドアを開けて客が入ってこない限り、わたしはしあわせな気分に浸っていることができる。

　ウィンドウを後にして、もう少し歩いていった。大通りに出る直前で車道に降りてみると、足もとのすぐ下のところに巨大な雨水の排水管があった。がばっと大きく開けられた黒い口が、地球のはらわたへと続いているように思えた。ポケットに手を突っ込んで勲章を取り出すと、その真っ黒い入口に向かって投げ捨てた。すぽっと吸い込まれ、暗闇の中に消え去ってしまった。

　それからまた歩道に上がって、家に向かった。家に着くと、両親は忙しそうにあちこちを掃除していた。今日は土曜日なのだ。わたしも芝を刈ったり揃えたり、芝や花に水をやったりと、やるべきことがいっぱいある。

　わたしは作業着に着替えると表に出て、悪意に満ちた濃い眉毛の奥からこちらをじっと見つめている父親の視線を背後に感じながら、ガレージのドアを開け、芝刈り機を後ろ向きのまま、慎重に引っ張り出した。芝刈り機の歯がすぐにも回転し始める。

42

「おまえもエイブ・モーテンソンみたいになろうと頑張ってみなくちゃだめよ」と母が言う。「あの子は全科目Aよ。おまえはどうしてひとつもAが取れないの?」

「ヘンリーはとんだ怠け者なんだよ」と父が加勢してくる。「時々こいつが自分の息子だとは信じられなくなるよ」

「しあわせになりたくないの、ヘンリー?」と母が尋ねる。「おまえは絶対に笑わないのね。笑ってしあわせになれば」

「自分を惨めだと思うのはもういいかげんにやめろ」と父が言う。「男になれ!」

「笑うのよ、ヘンリー!」

「おまえはいったいこれからどうなるのか? どうやってうまくやれるというんだ? 何の野心も持っていないじゃないか!」

「どうしてエイブに逢いに行かないの? あの子に話してごらん、あの子みたいになろうとしてごらん」と母の繰り言はやまない……。

わたしはモーテンソン家のアパートのドアをノックした。ドアが開く。出てきたのはエイブの母親だ。

「エイブには逢えませんよ。あの子は今勉強で忙しいの」

「わかってます、モーテンソンさん。ほんのちょっと逢いたいだけなんです」

「いいわ。彼の部屋はすぐ右のところよ」

わたしは入っていった。彼は自分の机を持っている。二冊本を重ねた上にもう一冊別の本を広げて、彼は机の前に座っていた。表紙の色で何の本かわかった。公民学だ。日曜日に公民学の勉強とはあまりにもひどい。

エイブは顔を上げてわたしに気づく。両手に唾を吐きかけて、また読みかけの本に戻る。ページを見下ろしたまま、「やあ」と挨拶をした。

「同じページをもう十回以上は読んでいるんだろう、このガリ勉野郎め」

「全部暗記しなくちゃならないんだよ」

「何のたしにもならないことばかりさ」

「試験に受からなくちゃならないんだ」

「女の子をやっちゃおうって考えたことはないの？」

「何だって？」

彼は掌に唾を吐きかける。

「服を着ている女の子を見たら、その中を見てみたいって思わないのかい？　あそこはどうなっているのかって考えたりしないのかい？」

「重要なことじゃないよ」

「女の子にしてみれば重要なことさ」

「ぼくは勉強しなくちゃ」

「寄せ集めのチームで野球の試合をするんだ。学校のやつも何人か行くよ」

「日曜日に？」

「日曜日じゃだめなのかい？　みんな日曜日にいろんなことをするぜ」

「野球以外だろ？」

「プロは日曜日も試合をするよ」

「彼らはちゃんと給料を貰うじゃないか」

「おまえは同じページを何度も何度も読むことで給料を貰ってるのかよ？　ほら、少しは外のうまい空気を吸ってみろよ。頭がすっきりするかもしれないぜ」

「わかったよ。でもほんのちょっとだけだよ」

彼は立ち上がると、廊下を通って表の部屋へと行く。その後にわたしが続く。わたしたちは玄関のドアへと向かった。

「エイブ、どこへ行くの？」

「ちょっとだけ出かけてくるよ」

「いいわ。でも早く帰ってくるのよ。お勉強がありますからね」

「わかってるよ……」

「いいわよ、ヘンリー、ちゃんと彼を家に帰すようにしてね」

「彼の面倒はちゃんと見ますから、モーテンソンさん」

ボールディにジミー・ハッチャー、学校の仲間が何人か、それに近所の少年たちもいた。それぞれ七人ずつのチームにしかならなくて、守りにつく時は空いている場所ができてしまうが、わたしはそれが気に入っていた。わたしはセンターを守った。随分と上達して、みんなに追いついていた。わたしは外野のほとんど全部を守った。わたしは足が速かった。前に出て飛距離の短い打球をキャッチするのも面白かったが、頭上高くを越えて飛んでいく強打を、後ろに走っていってキャッチするのがいちばん好きだった。ロサンジェルス・エンジェルスのジガー・スタッツがいつもそうしていた。彼の打率は二割八分ほどだったが、ここぞという時に相手チームからヒットを奪うこの選手には五割打者の値打ちがあった。

日曜日ごとに近所の女の子たちが十五人ほどわたしたちを見ようと集まってきた。わたしは彼女たちのことを無視した。興奮させられる場面になると、彼女たちは本気で叫びまくる。わたしたちは硬球を使っていて、みんな自分のグローブを持っていた。モーテンソンですら自分のグローブを持っている。彼のがいちばんの高級品だったが、ほとんど使われることはなかった。

わたしは小走りでセンターの位置につき、試合が始まった。エイブは二塁を守っている。握り拳を作ってグローブの腹を思いきり殴りつけ、モーテンソンに向かって大声で呼びかけた。「おーい、エイブ、生卵を使ってせんずりをかいたことがあるかい？　死ななくても昇天できるだろう！」

女の子たちが笑い声をあげる。

トップ・バッターは三振だった。大したやつではない。わたしもよく三振する。しかしみんなの中では、わたしがいちばんの強打者だった。バットの真芯でボールを見事にとらえることができた。球は敷地の外の通りにまで飛んでいった。ホーム・ベースに覆いかぶさるようにわたしはいつも身を乗り出す。思いきり巻き上げられたねじが立っているようなものだった。

試合のあらゆる瞬間がわたしにとっては面白くてたまらなかった。試合に出ればあの芝刈りから逃れられたし、いつも仲間はずれにされていた小学校の頃のことも遠い思い出となった。わたしは遂に花開いたのだ。わたしにも何かが備わっていて、そのことが自分でもよくわかる。気分がよかった。

「おーい、エイブ」とわたしは大声をあげた。「それだけ唾がありゃ生卵の世話にならなくても済むぞ！」

次の打者はいい当たりだったが、球は高く、うんと高く上がり、わたしは肩越しに捕球しようと後ろに向かって走った。全速力で後ろに下がる。またしても奇跡を引き起こすかと思うと気分は爽快だった。

くそっ！　ボールは敷地の裏手にある高い木の中に吸い込まれていった。見上げると枝にぶつかりながらボールが落ちてくる。身構えて待った。だめだ、左にそれていく。わたしは左のほうに駆ける。ところがボールは別の枝に当たって今度は右にはねる。わたしは右に走る。また枝に当たって、しばらく引っかかっていたかと思うと、葉の間から滑り落ちてきて、わたしのグローブの中にすっぽりと収まった。

女の子たちが歓声をあげる。

わたしはワン・バウンドでピッチャーにボールを投げ返すと、浅く守るセンターの位置まで小走りで戻っていった。次の打者は三振だった。わたしたちのピッチャーのハーヴェイ・ニクソンは豪速球の持ち主だった。

攻守が入れ替わり、わたしがトップ・バッターとなった。マウンドのピッチャーは初めて見る顔だった。チェルシーの生徒ではない。いったいどこのやつなのかと気になった。頭も口も耳もからだも、何もかもがやたらと大きかった。髪の毛が目の上にかかっていて、何だか間が抜けたやつのように思える。茶色の髪に緑色の目をしていて、その緑の目が髪の毛の下からじっとわたしを睨みつけている。まるでこのわたしが憎くてたまらないみたいだ。彼の左腕は右腕よりも長いようだった。左腕の投手だ。硬球で左腕の投手と対戦するのは初めての体験だった。しかし未知の体験というほどでもあるまい。裏返してみれば、結局は同じことではないか。

〝子猫〟のフロスと、彼は呼ばれていた。大した子猫だ。体重は八十五キロ以上だ。

「さあ、ブッチ、かっ飛ばして！」女の子たちの中の一人が頼み込むように叫ぶ。

わたしは女の子たちに〝おかまのブッチ〟と呼ばれていた。試合で活躍するのに、彼女たちのことを無視するからだ。

子猫野郎がわたしをじっと見つめている。顔の両側には大きな耳がついている。わたしはホーム・プレートに唾を吐いてから、足もとの土を掘って体勢を整え、バットを振り上げた。キャッチャーからサインを送られているかのように子猫野郎が頷く。こいつはただ目立ちたがっているだけだ。それから彼は内野を見回す。ますますかっこをつけている。すべては女の子のためだ。腐った頭の中は四六時中おまんこのことばかり考えているのだ。

彼が大きく振りかぶる。わたしは彼の左手の中のボールをじっと見つめる。わたしの視線はボールから絶対に離れない。ちゃんとこつを覚えているのだ。ボールだけに集中し、ホーム・プレートに飛んでくるまで絶対に目を離さなければ、バットに見事に命中させることができる。

ぎらぎらと太陽が照りつける中、彼の指がボールから離れるのをじっと見届けた。びゅーんというすごい音をたててこちらに飛んでくるが、恐れるにはたりない。わたしの膝よりも下のボールで、ストライク・ゾーンからすっかり外れてしまっている。キャッチャーは飛びかかって捕球しなければならなかった。

「ボール・ワン」わたしたちのゲームの審判を務める近所の冴えないおやじが口の中でぶつぶつと言う。彼はデパートの夜警をしていて、女の子に話しかけるのが大好きだった。「ちょうどきみたちのような娘がわたしには二人いるんだ。とっても可愛くてね。あの子たちもからだにぴちぴちの服を着ているよ」彼は大きな尻を女の子たちに見せびらかそうと、ホーム・プレートの上に身を乗り出したがった。それしか見せびらかすものがないのだ。大きな尻と金歯が一本。

キャッチャーが子猫野郎のフロスにボールを返球する。

「おい、にゃんこちゃん！」とわたしは彼に向かって大声で叫ぶ。

「おれに言ってんのか？」

「おまえに言っているんだよ、手が縮こまっているおまえにな。もっと近づかなきゃだめなんじゃないのかい。それともおれがタクシーを呼んでやろうか」

「こんどの球で勝負だぜ」と彼が言う。

「よーし」とわたしは答えて、足もとの土を掘る。

彼はまったく同じ動作を繰り返す。サインを受けているかのように頷き、内野を確かめる。茶色の汚い髪の毛の下から、緑の目がわたしをじっと睨みつけている。彼が振りかぶる。彼の指からボールが離れ、太陽が燦々と輝く空をバックに一瞬黒い斑点となったかと思うと、わたしの頭目がけてまっしぐらに飛んでくる。急いで身を屈めると、球はわたしの髪の毛を掠めていった。

「ストライク・ワン」と冴えないおやじがもぐもぐ言う。

「何だって?」とわたしは金切り声をあげた。キャッチャーは球を受けたままの姿勢でいる。彼もわたしと同じように審判の宣告にびっくりしていた。彼からボールを奪うと、それを審判の目の前に持っていった。

「こいつは何なんだ?」とわたしは彼に尋ねる。

「野球のボールさ」

「よーし。こいつがどんなかたちをしているのかよく覚えておけよ」

わたしはボールを手にしたままマウンドへと向かっていった。汚れた髪の毛の下の緑の目は少しもたじろいではいない。しかし口がちょっぴり開いていて、ちょうど蛙が空気を吸っているかのようだ。

わたしは子猫野郎のそばに近づいていった。

「おれは自分の頭で打ったりはしないぜ。今度こんな球を投げやがったら、こいつをおまえのパンツの中のずっと奥まで突っ込んで、おまえが拭き忘れた場所までぐいぐい押し込んでやるからな」

彼にボールを手渡すと、ホーム・ベースの打席へと戻っていった。足もとの土を掘って、バットを振り上げる。

「ワン・ストライク、ワン・ボール」と冴えないおやじが告げる。

フロスがマウンドを蹴飛ばして土ぼこりを巻き上げている。そしてレフトのあたりをじっと見つめた。そこには耳を掻いている痩せこけた犬が一匹いるだけだ。フロスはサインを覗き込む。彼は女の子のことを考え、恰好よくみせようとしている。冴えないおやじもうんと前に屈み込み、たわけた尻を大きく突き出して、恰好よくみせようと張り切っている。さしあたっての仕事のことを真剣に考えているのはこのわたしぐらいのものだった。

いよいよその時が来た。子猫野郎のフロスが大きく振りかぶる。左腕をぶんぶん振り回されたりしたら、ついうろたえてしまうかもしれない。しかし心を落ち着けて、辛抱強くボールを待たなければならない。いつかは投げずにはいられないのだ。後はかっ飛ばせばいいだけで、すごい球が飛んでくればくるだけ、すごいヒットを打てるというものだ。

一人の女の子が歓声をあげたちょうどその時、ボールが彼の指から離れた。フロスは勢いを失ってはいなかった。ボールはまるで空気銃の弾のようで、それよりはずっと大きかったが、またしてもわたしの脳天目がけて投げられていた。何か罵りの言葉を思い浮かべなければということに心がいってしまう。汚い言葉ならお手の物だ。

「**スッライク・ツー！**」と冴えないおやじが叫ぶ。まともに発音すらできないではないか。ただで仕事をしてくれる人間を見つけても、そいつはたいてい役立たずと決まっている。

わたしは立ち上がって、泥を払い落とした。靴の中まで泥だらけだ。わたしの母はきっと詰問することだろう。「ヘンリー、どうすればあんたの靴はそんなにも汚くなるの？　さあ、そんなふうに顔をしかめないで。笑うのよ、もっと楽しくやるのよ！」

わたしはマウンドまで歩いていった。そしてそこに立ちはだかった。誰も何も言わない。わたしは子猫野郎をただ見つめる。手にはバットを持っていた。バットの一番先端を持って彼の鼻先に突きつけた。彼が払いのける。わたしは踵を返すと、ホーム・プレートに向かう。半分ほど行ったところで、立ち止まって振り返り、もう一度彼を睨みつけた。それからホーム・プレートへと戻る。

足もとの土を掘って、バットを構えた。今度こそ仕留めてやる。子猫野郎がありもしないサインをじっと覗き込む。長い間凝視していたかと思うと、違うと首を横に振る。汚い髪の下から、例の緑の目でじっと見つめ続ける。

わたしは前よりも力を込めてバットを振り回した。

「かっ飛ばせ、ブッチ！」と女の子の一人が大声をあげる。

「ブッチ！　ブッチ！　ブッチ！」と別の女の子が叫ぶ。

すると子猫野郎がわたしたちに背を向けて、センターのあたりをじっと見つめた。

「タイム」とわたしは言って、打席を離れる。オレンジのワンピースに身を包んだやたらと可愛い女の子がいた。ブロンドのその髪はまっすぐ下に垂らされていて、まるで黄金の滝のように美しい。一瞬彼女と目が合った。「ブッチ、お願いよ」と彼女が声をかけてくれる。

「うるさい」とわたしは言って、また打席へと戻った。

球が投げられた。わたしにはよく見えている。わたしの球だ。まずいことに、わたしは打者すれすれの球だろうと読んでいた。そんな球を投げてほしかった。そうすればまたマウンドに行って、今度はやるかやられるか、とことん勝負ができるだろう。球はホーム・プレートのど真ん中に入ってくる。あわてて体勢を変えてみるが、飛び込んでくる球のすぐ上を弱々しくスイングするのが精一杯だった。

あのろくでなし野郎はわたしをすっかりカモにしてしまったのだ。

次の打席も彼はわたしを三球三振に打ち取った。若く見ても二十三歳にはなっているに違いない。もしかするとセミ・プロなのかもしれない。

とうとうわたしたちのチームの打者が彼からシングル・ヒットを一本奪った。

しかしわたしは守ってはかなりのものだった。何度かボールをキャッチした。守備位置をあっちへこっちへと動き回った。子猫野郎の豪速球を受ければ受けるほど、わたしは自分がだんだん打てそうになってきていることに気づいた。彼はもうわたしの脳天をぶち割ろうとはしてこなかった。その必要もなかった。彼はじわじわと攻めていけばいいだけの話だ。わたしが高く打ち上げられるようになるのは時間の問題であればいいのにと願わずにはいられなかった。

しかし事態は悪くなるばかりだった。わたしは気に食わなかった。女の子たちも同じ思いを抱いていた。緑の目はピッチャーズ・マウンドでだけ威力を発揮するのではなく、打席に立った時もまた見事だった。最初の二打席で彼はホームランと二塁打を打った。三打席目は投球の下のほうを叩き、二塁を守っているエイブとセンターのわたしとの間に高いフライを打ち上げた。わたしはボールに向かって突進し、女の子たちが喚声をあげるが、エイブはといえば、上空を見上げたかと思うと肩越しに振り返り、締まりのない口をして、頭上を越えていく打球を目で追いかけているだけだ。濡れた口をぽかんと開けて、まさに馬鹿そのもののように見える。「おれが捕る！」と叫びながらわたしは突進していった。実際はエイブの守備範囲のボールだったが、どういうわけか彼にキャッチさせるのはどうしても我慢がならなかった。あいつは同じ本ばかり繰り返し読んでいるただの脳たりん野郎にしかすぎないではないか。彼のことが嫌いで嫌いでたまらない。そこでボールが落ちてくる時、わたしはがむしゃらに突っ込んでいったのだ。わたしたちはお互いにぶつかってしまう。彼のグローブからボールが飛び出て、一瞬宙に浮かんだかのように見える。エイブが地面に倒れ、わたしは彼のグローブから飛び出したボールをキャッチしていた。

地面に倒れ込んだ彼の上にわたしが立ちはだかるかたちとなった。

「起きろ、このくそったれ野郎が」と彼に言う。

エイブは土の上に倒れたままだ。泣いている。自分の左腕を抱えていた。

「腕が折れたみたいだよ」と彼が言う。

「立つんだ。この弱虫め」

エイブはようやく立ち上がると、泣きながら腕を抱えてフィールドから歩き去っていった。

わたしはあたりを見回す。「よし」と声をかける。「さあゲームを続けようぜ！」

しかしみんな帰っていくではないか。女の子たちですら去っていこうとしている。ゲームが終わってしまったのは明白だ。わたしはもうしばらくその場にいたが、あきらめて家路につき始めた……。

夕飯の直前に電話がかかってきた。母が出る。彼女の声はやたらと高ぶっている。電話を切ると、父に何か話している。

すぐにも母がわたしの寝室へやってきた。

「居間にいらっしゃい」と母が言う。

出ていってカウチに座った。両親はそれぞれの椅子に座っている。いつもそう決まっていた。椅子は自分たちのもの。カウチはお客さん用だった。

「モーテンソンさんの奥さんから電話があったわ。レントゲンをとったそうよ。おまえは彼女の息子の腕の骨を折ったのよ」

「事故だったんだよ」とわたしは答える。

「わたしたちを訴えるって言っていたわ。彼女にはユダヤ人の弁護士がついているんですって。わたしたちの持っているものを何もかも取り上げてしまうわ」

「持っているものったってそんなにないじゃないか」

わたしの母は声を出さずにさめざめと泣くタイプだった。彼女が泣くと、涙がとめどもなくこぼれ落ちる。夕暮れの光を浴びて、涙に濡れた彼女の頬がきらきらと輝く。

彼女は涙を拭った。薄茶色の目はどんよりと曇っている。

「どうしてあの子の腕を折っちゃったの？」

「ポップアップだったんだよ。二人とも捕ろうとしたんだ」

「ポップアップって何のこと？」

「捕れる者が捕るっていうフライだよ」

「それでおまえがポップアップをキャッチしたっていうの？」

「そんなポップアップを捕って何の得があるっていうの？　ユダヤ人の弁護士は腕が折れたってことで大騒ぎすることができるのよ」

「そうだよ」

わたしは立ち上がって自分の部屋に戻り夕食を待った。父は一言も言わなかった。彼は気持ちの整理がつかなかったのだ。自分が手に入れた本当に僅かなものを奪われてしまうのを恐れていたと同時に、誰かの腕の骨を折ってしまった自分の子供のことをとても誇らしげにも思っていた。

43

ジミー・ハッチャーは雑貨屋でパート・タイムの仕事をしていた。わたしたちの誰もが仕事にあぶれていたというのに、彼だけはいつも何かにありついていた。彼は子役の映画スターのような顔をしていたし、彼の母親は見事なからだつきだった。彼の顔と母親のからだを持ってすれば、わけなく仕事が見つかるというわけだった。

「今夜夕食の後にうちのアパートに来てみないかい？」と、ある日彼がわたしに誘いかけてきた。

「何のために？」

「飲みたいだけビールをかっぱらえるのさ。奥から取り出せるんだ。一緒にビールを飲めるぜ」

「どこにあるんだ？」

「冷蔵庫の中さ」

「見せてくれよ」

わたしたちは彼の家まで半ブロックのところにいた。一緒に近づいていく。玄関のところで彼が言った。「ちょっと待って、郵便を見てくるから」

鍵を取り出して、錠のかかる郵便箱を開ける。からっぽだった。彼がまた鍵をかける。「おれの鍵でこの女の郵便箱も開けることができるんだ。ほら、見てみろよ」

ジミーは郵便箱を開けて、一通の手紙を取り出すと、それを開封した。手紙をわたしに読んで聞かせる。「親愛なるベティ。この小切手が遅くなってしまったことも、きみが待ち侘びていたこともよくわかっている。ぼくは失業してしまった。そしてようやく別の仕事が見つかった。そんな事情で遅れてしまったのだ。いずれにせよ小切手を同封する。きみにとってすべてがうまくいきますように。愛を込めて。ドン」

ジミーは小切手を手に取って確かめた。それを破ると、手紙も破ってしまい、びりびりに破れた切れはしをコートのポケットの中に入れた。それから郵便箱の鍵をかける。

「さあ来いよ」

わたしたちは彼のアパートの部屋の中に入っていき、キッチンへと向かう。彼が冷蔵庫の扉を開けた。缶ビールがぎっしり詰まっている。

「おふくろさんは知っているのかい？」

「もちろんさ、おふくろが飲んでいるんだ」

彼が扉を閉める。

「ジム、おまえの親父は本当におふくろさんのせいで自分の頭を撃ち抜いたのかい？」

「そうだよ。親父は電話でおふくろと話をしていたんだ。そしておふくろに銃を持っていると教えたんだ。彼はこう言った。『おまえがわしのもとに帰ってこないのなら、自殺してやる。わしのもとに帰ってきてくれるかい?』するとおふくろは『いやよ』と答えたんだ。銃声が聞こえて、それですべてはおしまいさ」

「きみのおふくろさんはどうした?」

「電話を切っただけさ」

「わかった、じゃあ今夜会おうぜ」


わたしはジミーの家に行って一緒に宿題をすると両親に言った。考えようによっては、わたしなりの宿題だ。

「ジミーはいい子よ」と母が言う。

父は何も言わなかった。


ジミーがビールを取り出し、わたしたちは宴会を始めた。わたしはビールがとても気に入った。ジミーの母親は夜中の二時までバーで働いている。わたしたちはここで好き放題できる。

「おまえのおふくろは本当にいいからだをしているね、ジム。いいからだをしているのはほんの一握りの女たちだけで、たいていの女はやたらとぶかっこうなのはどうしてなんだろう? どうして女たちはみんないいからだになれないのかな?」

「そんなことおれが知るか。女たちがみんな一緒だったら、男たちはうんざりしてしまうからかもしれないよ」

「もっと飲もうぜ。おまえはゆっくり飲みすぎだよ」

「わかった」

「もうちょっとビールを飲んだら、おまえをこてんぱんにぶちのめしてしまうかもな」

「おれたち友だち同士だろう、ハンク」

「おれには友だちなんて一人もいないよ。さあ、飲み干せよ！」

「わかったよ。何でそんなに急いでいるんだい？」

「一気に飲まなきゃ効かないんだよ」

わたしたちは缶ビールをもっと開けた。

「もしおれが女だったら、スカートを捲り上げてあたりを歩き回り、みんなのちんぽこをびんびんにおっ立ててやるのにな」とジミーが言う。

「おまえはおれを吐かせる気か」

「おれのおふくろは自分の小便を飲んでくれる男と知り合いだぜ」

「何だって？」

「そうなんだ。二人で一晩中飲んでいて、男がバスタブの中に横になり、おふくろがそいつの口の中に小便をしたんだ。後でそいつはおふくろに二十五ドルくれたそうだ」

「おふくろがそんなことをおまえに話してくれたのか？」

「親父が死んでからというもの、おふくろはおれを信頼して何でも打ち明けるのさ。おれが親父の代わりになったようなものさ」

「ということは……？」

「違うよ。ただ何でも秘密を打ち明けてくれるだけだよ」

「バスタブの男のことかかい？」

「ああ、そいつのこととかね」

「もっとほかの秘密を教えておくれよ」

「やだね」

「さあ、飲み干せよ。誰かおまえのおふくろの糞を食ったやつはいるのかい？」

「そんなふうに言うのはよせよ」

わたしは持っていた缶ビールを飲み干すと、部屋の隅に放り投げた。

「この家が気に入ったよ。ここに引っ越してこようかな」

わたしは冷蔵庫まで行って、新たにまた六缶入りパックを取り出して戻ってくる。

「おれはやたらと手ごわい乱暴者なんだぜ」とわたしは言う。「おれのまわりでちょろちょろしていられるなんておまえはほんとうについているなあ」

「おれたちゃ友だちだろう、ハンク」

わたしは缶ビールを彼の鼻先に突きつける。

「さあ、こいつを飲みな！」

わたしは小便がしたくなってバスルームに行った。とても女性っぽいバスルームだ。鮮やかな色のタオルがかけられ、濃いピンクの床マットが敷かれている。便器のシートまでピンクだった。彼女はそこに白い大きな尻を乗っけて座るわけだ。母親の名前はクレアといった。わたしはまだ童貞のままの自分のペニスを見下ろした。

「おれは大の男だ」とひとりごちる。「誰のケツだろうとぶち込めるぜ」

「トイレに行かせてくれよ、ハンク……」

ジムがドアの外にやってきている。彼がバスルームに駆け込む。吐いている音が聞こえた。

「くそっ」とわたしは悪態をついて、またビールを一缶開ける。

何分かしてから、ジムが出てきて、椅子に座り込む。青い顔をしている。わたしは缶ビールを彼の鼻先にくっつけた。

「飲み干せ！　男になれ！　盗めるだけの度胸がある男なら、飲み干せるだけの男にもなれ！」

「頼むから少し休ませてくれよ」

「飲むんだ！」

わたしはカウチに座り込んだ。酔っぱらうのはいい気分だった。いつも酔っぱらっていることにしようと心に決めた。酔っぱらえばわけがわからなくなり、もしかしてしょっちゅうわけがわからなくなっていれば、自分自身のことすらわけがわからなくなってしまうかもしれない。

わたしはジミーのほうに目を遣った。

「飲み干せ、へなちょこ」

空き缶を部屋の向こう側へと投げ捨てる。

「おまえのおふくろの話をもっと聞かせておくれよ、ジミーちゃん。バスタブで自分の小便を飲んでくれた男のことを彼女はどう言っていたんだよ？」

「『のりやすい愚か者はいつだっている』って言っていたよ」

「ジム」

「ういっ？」

「飲み干せよ。男になれ！」

彼は自分の缶ビールを持ち上げる。それからバスルームに駆け込むと、また吐く音が聞こえた。しばらくして出てくると椅子に座り込む。気分が悪そうだった。「横になんなくちゃ」と彼が言う。

「ジミー」とわたしは声をかけた。「おまえのおふくろさんが帰ってくるまでここで待っているからな」

ジミーは椅子から立ち上がり、寝室へと向かい始める。

「おふくろさんが帰ってきたら、おまんこしちゃうからな、ジミー」

彼はわたしの言うことなど聞いていない。寝室へと入ってしまった。

わたしはキッチンに行って、もっとビールを持ってきた。


座り込んでビールを飲みながらクレアが帰ってくるのを待った。あの売女はいったいどこにいるのだ？　この手のことはわたしには許しがたかった。わたしは危険な船を操縦している。

立ち上がって寝室に入っていった。ジムは服も靴も身につけたまま、ベッドに顔を押しつけていた。わたしはもとの場所へと戻る。

そうだ、この青二才野郎はまったく酒が駄目ときている。クレアには本物の男が必要なのだ。

腰を落ち着けて、新しい缶ビールを開ける。そして勢いよく飲んだ。コーヒー・テーブルの上にあった煙草の箱を見つけ、一本取り出して火をつけた。

クレアを待ちながら、それからもなおどれぐらいのビールを飲んだのか、まるでわからなかったが、とうとう鍵が差し込まれる音がしてドアが開いた。見事なからだと輝く金髪のクレアのお帰りだ。ハイヒールに支えられた素敵なからだが、少しぐらついている。これ以上の光景はどんな芸術家だろうと思い描けないはずだ。壁やランプの笠、椅子や敷物ですら彼女に見とれている。魔法だ。目の前に立っているなんて……。

「あんたはいったい誰なの？　これはいったいどういうこと？」

「クレア、前に会ったことがあるよ。おれはハンク。ジミーの友だちだよ」

「ここからとっとと出ていきな！」

わたしは声を出して笑った。「おれはここに住むんだよ、ベイビー、あんたとおれとでね！」

「ジミーはどこ？」

彼女は寝室に駆け込み、また戻ってきた。

「この悪ガキめ！　いったいどうなっているの？」

わたしは煙草を一本取り出して火をつける。そしてにんまりとした。

「怒ったあんたはきれいだね……」

「あんたなんかビールで酔っぱらっているただのガキんちょじゃない。家に帰んな！」

「座って、ベイビー。ビールでも飲めば」

クレアは腰を下ろす。彼女が本当に座ったのでわたしはたまげてしまった。

「チェルシーの生徒なの、そうよね？」と彼女が聞く。

「ああ、ジミーとおれは親友なんだ」

「あんたはハンクね」

「そう」

「あの子があんたのことを話していたわ」

わたしはクレアに缶ビールを手渡した。手が震えている。「ほら、飲みなよ、ベイビー」

彼女はビールを開けて一口啜る。

わたしはクレアを見つめ、自分のビールを持ち上げると、ぐいと飲んだ。女らしさの塊といった彼女はメイ・ウェストのタイプだ。彼女と同じようにからだにぴっちりのガウンを着ているし、尻は大きくて脚は長い。それにその乳房ときたら。人をぎょっとさせずにはおかない乳房だ。クレアが見事な脚を組むと、スカートの裾が少しだけずり落ちる。ふくよかなその脚は眩しく輝き、ストッキングが肌に溶け込んでいる。

「あんたのお母さんに会ったことがあるわ」と彼女が言う。

わたしは缶ビールを飲み干すと、自分の足もとに置いた。また新しい缶を開け、一口啜ってから、彼女のほうに目を遣る。乳房を見ればいいのか、脚を見ればいいのか、それともくたびれたその顔をじっと見つめればいいのかよくわからない。

「あんたの息子を酔っぱらわせてしまって悪いと思っている。でもあんたに言いたいことがあるんだ」

彼女は顔をそむけて煙草に火をつけると、またわたしのほうに向き直った。

「なあに？」

「クレア、愛してるよ」

彼女は笑いだしたりはしなかった。わたしにそっと微笑みかけると、彼女の口もとがちょっぴり捲れ上がる。

「お馬鹿さんね。あんたなんて卵からかえったばかりのひよっこちゃんじゃないの」

確かにそうだったが、わたしはかっとなってしまった。ほんとうのことを言われたから、そうなってしまったのかもしれない。ふくらむ妄想とビールのせいで、世界が変わったかのような気になっていた。わたしはもう一口あおると、彼女を見つめてこう言った。「たわけたことを言うなよ。スカートをずり上げろよ。脚をもっと見せておくれ。太股を見せておくれよ」

「ただの子供じゃない」

するとわたしはこう言ってしまった。どこからそんな言葉が出てしまったのかわからないが、こう言ってしまったのだ。「ぶち込んであんたをまっぷたつに引き裂くことだってできるよ、ベイビー、おれにチャンスをくれさえしたらね」

「そうなの?」

「そうさ」

「いいわ。じゃあやってみましょう」

そして彼女は行動に出た。やるべきことはちゃんとやる。組んでいた脚を解くと、スカートをずり上げた。

彼女はパンティをはいていなかった。

白くてふくよかな彼女の太股のうんと上のほうまで、わたしの目に飛び込んでくる。豊かな肉が波打っている。左腿の内側には大きく突き出た疣《いぼ》がある。そして両脚の間にあるのは、もつれた毛のジャングルだ。しかしその色は彼女の髪の毛と同じような鮮やかな黄色ではなく、白髪混じりの茶色で、枯れかけた茂みのようにくすんでいて、生気がなく、哀しげだった。

　わたしは立ち上がった。

「もう行かなくちゃ、ハッチャーさん」

「おやまあ、あんたはやりたがっていると思ったのに！」

「あんたの息子が別の部屋にいるんじゃだめだよ、ハッチャーさん」

「あの子のことは心配しなくていいわよ、ハンク、酔い潰れて気を失っているから」

「だめです、ハッチャーさん、ほんとうにもう行かなくちゃ」

「いいわよ、ここからさっさと出ていきな、この箸にも棒にも掛からないちっぽけな蟻小僧め！」

　わたしは後ろ手でドアを閉めると、アパートの建物の廊下を抜けて、表の通りへと出た。
考えてみれば、あのせいで誰かが自殺してしまったのだ。

　突然今夜もまんざらではないと思えてきた。わたしは自分の両親がいる家に向かってせっせと歩き続けた。

44

　わたしは自分の前に広がる道を見通すことができた。わたしは貧しく、これからも貧しいままだ。とはいえ特に金が欲しいわけではなかった。自分が何を求めているのかわからなかった。いや、わかっていた。わたしはどこか隠れることができる場所、何もしなくて済む場所を求めていた。ひとかどの人間になろうと考えて奮い立つことなどこれっぽっちもなかった。そんなことを思えば気分が悪くなるだけだ。弁護士や市会議員、技師など、そういった類いの人間になることなど、自分にはまったく無理なことのように思えた。結婚して、子供たちをつくって、家族制度の陥穽に陥る。毎日どこかへ仕事をするために通い、そして戻ってくる。不可能な話だ。あれやこれやと単純なことを繰り返し、家族でのピクニックやクリスマス、独立記念日や労働者の日、母の日などが待ち受けている……人はそうしたことに耐え抜くためだけに生まれ落ち、そして死んでいくのか？　それならわたしは皿洗いにでもなって、一人ぼっちでちっぽけな部屋に帰ってきて、酔っぱらって眠りにつくほうがいい。

わたしの父にはちゃんとした計画があった。彼はわたしにこう言ったものだ。「息子よ、男なら誰でも一生のうちに家を買わなくちゃならない。死んだとしても、その家を息子に残すことができる。それからその息子がまた自分の家を手に入れてこの世を去る。両方の家を自分の息子に残してな。それで家が二つだ。その息子がまた自分の家を手に入れて、全部で三軒の家になる……」

家族の絆。家族を通じて逆境に打ち勝つこともできる。父はそう信じていた。家族をもとにして、そこに神と国家とを混ぜ合わせ、十時間労働の毎日を加えたら、必要なものが手に入る。

わたしは自分の父親を見つめた。その手を、顔を、眉を見る。この男はわたしとは何の関係もないことがよくわかる。彼は赤の他人だ。わたしの母も存在しないも同然だ。わたしは呪われていた。父親を見ても、見苦しいまでの愚鈍さしか伝わってこない。もっとひどいことに、彼はほかのみんなと比べて人一倍失敗することを恐れていた。小作農の精神が何世紀にもわたって血の中に叩き込まれている。チナスキー家の血統は、幻でしかない取るに足りない利益のために自分たちの真の人生を手放してきた、何代にもわたる小作農生活によって薄められてきたのだ。「一軒の家なんか欲しくない。わたしは家を千軒欲しいのだ、それも今すぐ！」などと言ったものは、家系の中には一人としていない。

タイヤの音をきしらせてクリーム色のクーペを走らせ、派手な色の服を着た女の子たちを拾っていく金持ちの息子たちを目の当たりにすれば、このわたしにも支配者的な態度が徐々に身についていくはずだと一人合点して、父親は自分の息子を金持ちたちが通う高校へ送り込んだ。わたしが学んだことはといえば、貧乏人はいつになっても貧乏人のままだということだった。そして若き金持ちたちは、貧乏人の悪臭を嗅ぎつけてはちょっぴり楽しんでいるということもよくわかった。彼らはわたしたちを笑い飛ばすしかなかった。さもなければとんでもない脅威となってしまう。長い歳月を経て、彼らはそのことを学んだのだ。高笑いする男たちが運転するクリーム色のクーペに乗り込んだということで、わたしはあの女の子たちを一生許すことはないだろう。もちろん彼女たちにしてみても、どうしようもないことだ。それでも人は、いつだって、もしかしたらと考えてみたくなる……しかし、そんなことはない。もしかしてなんてありえないのだ。富は勝利を意味し、勝利こそが現実を左右する。

いったいどんな女が皿洗いとの人生を選ぶというのか？

高校にいる間じゅう、わたしはいろいろなことが結局はどういうことになるのか、あまり考えすぎないようにした。考えるのを先延ばしにするのが得策のように思えた……。

とうとう卒業記念のダンス・パーティ、プロムの日が訪れた。生のバンド演奏が入って、女子体育館で行なわれることになっている。どうしてなのかはわからないが、わたしはその夜、家から四キロもせっせと歩いて出かけていった。表の暗闇の中に立ち、金網が張られた窓越しに会場を覗き込んで仰天した。女の子たちはみんな大人びて見え、堂々としていて、気品に満ちている。ロング・ドレスを着た彼女たちはみんな美しかった。ほとんど見違えるばかりだった。それに男子生徒たちもタキシードを着込み、実に立派に見える。踊りも見事だ。誰もがその腕の中に女の子を抱え、その髪の毛に顔を押しつけている。みんな優雅な踊りで、高らかに響く音楽も美しく、力強かった。

そのうちわたしは彼らを覗き込んでいる自分の姿がガラスに映っていることに気づいた。ボロボロのシャツを着て、顔じゅう腫れ物と傷痕だらけ。まるで明かりに引き寄せられて中を覗いているジャングルの獣のようだ。どうしてわたしはやってきてしまったのか？　気分が悪くなった。それでも中を覗き続ける。ダンスが終わって、小休止となった。カップルたちはお互いに気安く話し合っている。自然で洗練されていた。どこで彼らは会話の仕方やダンスを覚えたのか？　わたしはまともな会話もダンスもできなかった。誰もがわたしの知らないことを知っている。女の子たちはやたらときれいで、男たちもみんな美男子だ。彼女たちの一人に近づくのはもちろんのこと、目を遣ることすら、怖すぎてできそうもない。ましてやその目を見つめたり、一緒に踊ったりすることは論外だった。

とはいえ、わたしは自分の目の前で今行なわれていることが、見た目ほど単純でもなければ、いいことばかりでもないとわかっていた。これらすべてのために支払われる代価、たやすく信じ込まされてしまうさまざまな虚偽があり、そこからみんなは人生の袋小路へと入り込んでいってしまうのだ。バンドがまた演奏を始め、男子と女子とがまた踊り始め、頭上で回る照明の光が、金色から赤、青から緑、そしてまた金色と、さまざまな色合いにカップルたちを染めていく。彼らを見守りながら、自分に言い聞かせた。そのうちいつかわたしのダンスも始まることだろう。その日がきたら、わたしは彼らが持っていないものを手に入れることになるだろう。

しかしすぐにも耐えられなくなってしまった。わたしは彼らが憎かった。彼らの美しさが、何の悩みもない青春時代が憎かった。不思議な色合いの照明の光に浸り、お互いを抱きしめ合いながら、気分よく踊っている、とりあえず今のところは幸運に恵まれ、何の痛手も受けたことのない子供たちのままの彼らを見ていると、憎しみを抱かずにはいられない。というのも、彼らはわたしがいまだに手に入れていないものをちゃんと手にしているからだ。わたしは今一度自分自身に言い聞かせる。そのうちいつかこのおれもおまえたちみんなのようにしあわせになってやる、今に見てろよ。

みんなは踊り続ける。わたしは彼らのために繰り返し誓いをたて続けていた。

すると背後で何か物音がした。

「おい！　何をしている？」

懐中電灯を手にした年寄りだった。彼の頭はまるで蛙の頭のようなかたちをしている。

「ダンスを見ているんだ」

　彼は持っていた懐中電灯を自分の鼻の下あたりまで上げる。その目は丸くて大きく、月の光を浴びた猫の目のようにぎらりと光っていた。しかし口もとは皺くちゃで、真ん丸な頭をしている。その丸さは滑稽で風変わりで、博学者を気取ったどこかの馬鹿者を思い起こさせる。

「とっととここから失せろ！」

　彼は懐中電灯の光をわたしの全身に隈無く当てる。

「あんたは誰なんだ？」とわたしは尋ねた。

「わしは夜間の守衛だ。さっさと立ち去らないと、警察に通報するぞ！」

「どんな理由で？　これは最上級生のプロムだろう。俺は最上級生さ」

　彼は懐中電灯でわたしの顔を照らし出す。バンドは『ディープ・パープル』を演奏していた。

「馬鹿もほどほどにしろ！」と彼が言う。「おまえはどう若く見ても二十二歳にはなっとるよ！」

「ちゃんと卒業記念アルバムに載っているぜ。一九三九年度の卒業生のクラスのヘンリー・チナスキーさ」

「だったらどうして中に入ってダンスに加わらないんだ？」

「もういいや、家に帰るところなんだ」

「そうしろ」

　わたしはその場から立ち去った。歩き続ける。彼の懐中電灯の光が道の上で躍っている。わたしの後を追いかけてくる。わたしはキャンパスの外に出た。あたたかないい夜だった。暑いと言ってもいいぐらいだ。何匹かの蛍の光を見たような気がしたが、確信は持てなかった。

45

卒業式の日がやってきた。〝仰々しい儀式〟のためにわたしたちは帽子をかぶりガウンを身に纏って待機する。この三年間でわたしたちはみんな、きっとなにがしかのことを学んだのだろう。言葉を正確に綴る力がたぶんついただろうし、何よりも成長したのはみんなの体格だ。わたしはまだ童貞のままだった。「おい、ヘンリー、筆おろしはもう済んだかい？」と聞かれても、「とんでもないよ」と答えるしかなかった。

ジミー・ハッチャーがわたしの隣に座った。校長の挨拶は、まったく能がなくて、手垢のついた決まり文句の繰り返しでしかない。「アメリカは大いなる機会均等の国で、望みを抱いて頑張りさえすれば、男であろうと女であろうと、誰でも成功することができる……」

「皿洗い」とわたしが言う。

「野犬狩り」とジミーが返す。

「押し込み強盗」とわたし。

「ごみ収集人」とジミー。

「精神病院の付添い人」とわたしがやり返した。

「アメリカは素晴らしい、アメリカは勇敢なる者たちの手によって築き上げられた……この社会こそわたしたちのものなのです」

「一握りの者たちだけが一人占めする」とジミーが口を挟む。

「……公平な社会で、そうした夢を追い求める者はみんな虹の果てに見つけ出すことができるでしょう……」

「汚らわしくて虫がわいた糞の塊を」とわたしが付け加える。

「……そしてわたしはためらうことなくこう言いたい。一九三九年の夏のこの特別な卒業生たち、わたしたちの国中を襲ったあの悲惨な大恐慌が始まってから十年経つか経たないかというのに、三九年夏のこの卒業生たちは、わたしがこれまで喜んで見届けてきたどの卒業生たちのクラスよりも、勇気と才能、そして愛に溢れていたと！」

母親たちや父親たち、親戚たちから熱狂的な拍手喝采が起こる。生徒たちも何人か加わっている。

「一九三九年夏の卒業生たちよ、わたしはあなたたちの未来が誇らしい。あなたたちの未来を確信している。今こそあなたたちをそれぞれの大いなる冒険に向けて送り出そう！」

卒業生たちのほとんどはUSCに進んで、少なくともあと四年間は働かずに済む生活を送れることになっていた。

「そしてわたしはあなたたちと共に感謝の祈りを捧げよう！」

まずは優等生たちから卒業証書が手渡されていく。彼らが進み出る。エイブ・モーテンソンの名前が呼ばれた。彼が卒業証書を受け取る。わたしは拍手した。

「彼は行く行くはどうなるんだろうね」とジミーが尋ねてくる。

「自動車部品製造会社の原価計算係。カリフォルニア州ガーデナあたりのどこかで」

「生涯その仕事一筋……」とジミー。

「生涯同じ一人の妻」とわたしが付け加える。

「エイブは決して悲惨な目にはあわないだろう……」

「しあわせな目にもね」

「服従する男……」

「ひたすら仕事」

「融通がきかない男……」

「いくじなし」

優等生たちが終わると、今度はわたしたちの番になった。座って待っているのはひどく居心地が悪かった。出ていってしまいたい気分に襲われる。

「ヘンリー・チナスキー」とわたしの名前が呼ばれた。

「公僕」とわたしはジミーに言う。

舞台にあがって進み行き、卒業証書を受け取って、校長と握手する。その手は汚れた金魚鉢の中のようにヌメヌメしていた(二年後、彼が学校の資金を横領していたことが明るみに出る。彼は裁判にかけられ、有罪となって刑務所に入れられることになる)。

わたしは優等生たちの一団の中にいるモーテンソンの前を通って、自分の席へと帰った。彼は顔をあげると、わたしに向かって中指を立てた。ちらっと見えただけだったが、はっきりとわかった。まったく予期していなかったことだった。

自分の席に戻ってジミーの隣に座る。

「モーテンソンのやつ、おれに中指を立てやがったぜ!」

「まさか、絶対に信じられないね！」

「あのくそったれめ！　おれのこの日を台無しにしやがった！　中指を立てられても別にどうってことはないけど、やたらとうまくやりやがったのが気にいらない！」

「おまえに中指を立てるだけの度胸があいつにあるなんて、おれは絶対に信じられないよ」

「まるであいつみたいじゃなかったぜ。どこかで手ほどきをしてもらっていると思うか？」

「どう考えたらいいのやら、まったくわからないよ」

「息をとめていても、このおれがあいつをこてんぱんにぶちのめしてしまえるって、よくわかっているはずだぜ！」

「あいつをぶちのめしてしまえ！」

「でもわかんないか？　あいつが勝ったんだ。ああやっておれの肝をつぶしたんだからな！」

「ごたごた言わずにあいつのケツをめちゃくちゃ蹴っ飛ばしてしまえばいいじゃないか」

「あのくそったれはあんなに本をいっぱい読んで何かを学んだと思うかい？　ためになることなんて何一つ書かれていないさ。おれは四ページごとに飛ばして読んでみたんだ」

「ジミー・ハッチャー！」

　彼の名前が呼ばれる。

「司祭」と彼が言う。

「鶏小屋の農夫」とわたしがやり返す。

　ジミーが立ち上がって、自分の卒業証書を受け取る。わたしは派手に拍手した。彼の母親のような人間と一緒に暮らせる者なら、誰であれ何らかの称賛に値する。彼が席に帰ってきて、わたしたちは並んで座ったまま、前途洋々たる少年少女たちが立ち上がってそれぞれの証書を受け取るのを見つめ続けた。

「金持ちだということでやつらを責めることはできないよ」とジミーが言う。

「ちがうよ、おれはやつらのどうしようもない親たちを責めているんだ」

「それにやつらの祖父母たちもな」

「そうさ、やつらのぴかぴかの新車やいかしたガールフレンドたちをかっぱらえたら最高だろうな。社会的正義のようなものなんてくそくらえってんだ」

「そうさ」とジミーものってくる。「たいていのやつらが不法行為のことをあれこれ考えたりするのは、ことがわが身に及んだ時だけだって思うな」

前途洋々たる少年少女たちは舞台の上を闊歩していく。わたしは座ったまま、エイブの野郎に一発食らわせてやるべきかやめるべきか思いを巡らせていた。まだ帽子をかぶって、ガウンを身に纏ったままのエイブが歩道の上にばったりと倒れ込む姿が目に浮かぶ。わたしの右からのクロス・カウンターの犠牲者だ。可愛い女の子たちはみんな悲鳴をあげて、こう思う。何てひどい、このチナスキーって生徒は弾みのついた雄牛のように手に負えない男に違いないわ！

しかし見方を変えれば、エイブなどどうってことはなかった。彼なんかそこにいないも同然だ。彼をぶちのめすことくらい朝飯前だ。わたしはやらないことにした。すでに彼の腕を折ってしまったことがあるし、結局彼の両親はわたしの両親を告訴しなかったのだ。もしもわたしがやつの頭をぶちのめしたりしたら、親たちは間違いなく告訴に踏み切ることだろう。わたしの父親から最後の一銭まで取り上げてしまうに違いない。そうなったとしても全然かまわない。気になるのは母親のことだった。彼女は馬鹿みたいに苦しみ、思い悩むことだろう、わけも道理もわからなくなってしまって。

　やがて式が終わった。生徒たちは席を立つと、列になって退場していく。そして正面の芝生のところで、両親や親戚とご対面だ。いたるところで抱き合ったり、祝福したりしている。わたしの両親が待っているのが目に入った。彼らに近づき、一メートル以上離れたところで立ち止まった。

「さあ早く出ようよ」とわたしが言う。

　母がわたしのことを見つめている。

「ヘンリー、あなたがとても誇らしいわ！」

　それから彼女が振り返る。「あら、エイブが両親と一緒に歩いているわ！　ほんとうにいい人たちね！　あら、モーテンソンさん！」

　彼らが立ち止まる。母が駆け寄って、モーテンソン夫人のからだに腕をまわす。わたしの母とモーテンソン夫人だった。わたしが精神的に混乱している人間で、わたしの母はそのことでもう十分苦しんでいるからという結論だった。

　父がモーテンソン氏と握手を交わす。わたしはエイブの前に近づいていった。

「いいか、このとんちき野郎、おれに中指を立てたのはどういうわけだ？」

「何だって？」

「中指だよ！」

「何のことを言っているのかまるでわからないよ！」

「中指！」

「ヘンリー、きみが何のことを言っているのかほんとうにわからないんだ！」

「いいわよ、エイブラハム、さあ行きましょう！」と彼の母親が言う。

モーテンソン一家が一緒に帰っていく。わたしはその場に立ちつくしたまま、彼らのことを見守った。それからみんなで自分たちのおんぼろ車へと向かう。角に向かって西のほうへと歩き、それから南へと曲がる。

「モーテンソンさんちのせがれは身の入れ方をちゃんと心得ているようだな！」と父が言う。「おまえはどうやってちゃんとやってのけるつもりなんだ？　おまえが教科書のページを開いているのはもちろんのこと、表紙を見ているところすら一度として見たことがないぞ！」

「教科書の中にはつまらないものもあるんだ」とわたしは言葉を返す。

「何、つまらないだと、そうなのか？　ということはおまえは勉強したくないってことだな？　おまえにいったい何ができるというんだ？　何か得意なことはあるのか？　できることなどあるのか？　おまえを育て、ものを食べさせ、服も着せるのにとんでもない金がかかっているんだぞ！　通りに置き去りにされることを考えてみろ。そうなったらおまえはいったいどうする？」

「蝶々をつかまえるよ」

母が泣き出す。父はその母を力ずくで引っ張り、ブロックの先に駐車している買ってから十年にもなる自分たちの車のところまで連れていった。その場に立ったままでいると、ほかの家族たちが新車の音を轟かせて、めいめいの目的地へと走り去っていく。

するとジミー・ハッチャーが母親と一緒にやってきた。彼女が立ち止まる。「ねえ、ちょっと待って」とジミーに声をかける。「ヘンリーをお祝いしてあげたいの」

ジミーが立ち止まると、クレアが近づいてきた。わたしの顔に自分の顔を近づけてくる。小声で囁いたのでジミーには聞こえなかった。「いいこと、坊や、ほんとうの卒業をしたいと思ったら、いつだってこのわたしがあなたに卒業証書を手渡してあげるわよ」

「ありがとう、クレア、訪ねて行かせてもらいます」

「あんたのタマタマをしゃぶりつくしてあげるからね、ヘンリー！」

「あてにしてますよ、クレア」

彼女はジミーのもとに戻ると、一緒に通りを歩いていった。

やたらと古い車が近づいてきたかと思うと、わたしのそばで停まる。エンジンの音がやむ。中を見ると母が泣いていた。大粒の涙が頬を流れ落ちている。

「ヘンリー、お乗り！　頼むから乗ってちょうだい！　あなたの父さんの言っていることが正しいわ。でもおまえを愛しているのよ！」

「もういいから。行くところがあるんだ」

「だめよ、ヘンリー、乗って」と彼女は嘆き叫ぶ。「乗ってよ、でなきゃわたしは死んじゃうわ！」

わたしは車に近づき、後部座席の扉を開けて中に乗り込んだ。エンジンがかかって、車がまた走りだす。席に座っているのはヘンリー・チナスキー、三九年夏の卒業生、大いなる未来に向かってまっしぐらに走っているというわけだ。いや、走らされているのだ。最初の赤信号で車がエンストする。信号が青に変わっても、父は必死になってエンジンをかけようとしていた。わたしたちの後ろの車がクラクションを鳴らす。父は何とか車を発車させ、わたしたちはまた走り始める。母は泣きやんでいた。三人とも黙ったままで、車は走り続けた。

46

時代は相変わらず厳しかった。メアーズ・スターバックから電話がかかってきて、来週の月曜日から出勤しないかと言われた時、誰よりも驚いたのはこのわたし自身だった。わたしは街じゅうを歩き回って、数えきれないほどの履歴書を提出していた。ほかにすることもなかったのだ。わたしは仕事など見つけたくはなかったが、両親と一緒に暮らし続けたくもなかった。メアーズ・スターバックには恐らく何千という履歴書が山積みになっていたに違いない。自分が選ばれたことが信じられなかった。そこはいろんな街に支店を出しているデパートメント・ストアだ。

次の月曜日、わたしは茶色の紙袋に入ったランチを抱え、歩いて仕事へとでかけた。デパートメント・ストアはわたしが通っていた高校からほんの数ブロック先に行ったところにあった。どうして自分が選ばれたのか未だに理解できなかった。履歴書に必要なことを記入した後、面接はほんの数分行なわれただけだった。わたしはどの質問にも申し分ない答え方をしたのに違いない。

最初の給料が手に入ったら、とわたしは考えた。ダウンタウンのLA公立図書館の近くに自分の部屋を借りよう。

仕事場へと向かっている時、自分が一人ぼっちだという気はそれほどしなかった。それに実際にそうではなかった。腹をすかした雑種の犬が一匹わたしについてきている。哀れなその生き物は思わず目をそむけたくなるほど痩せ細っていた。肋骨が今にも皮を突き破りそうな感じではっきりと浮かび上がっている。毛もほとんど抜け落ちていた。少しだけ残っている毛も、乾いてからだにこびりついている。蹴っ飛ばされ、脅され、見捨てられて怯えきっているこの犬はホモサピエンスの犠牲者だった。

わたしは立ち止まって跪き、手を差し伸べた。犬が後退る。

「おいで、こいつ、おまえの友だちだよ……ほら、おいで……」

犬が近寄ってくる。たまらなく悲しそうな目をしている。

「いったいどんな仕打ちをされたんだ、おまえ？」

犬はぶるぶる震え、尻尾をせわしなく振りながら、歩道の上を這うようにしてますます近寄ってくる。それからわたしに飛びついてきた。大きな犬で、痩せてはいても大きさだけは変わることがなかった。前足で強く押され、歩道に尻もちをつくと、わたしの顔や口、耳やおでこなど、いたるところを舐め回す。犬を押し退けて立ち上がり、自分の顔を拭った。

「押さえて、押さえて！　何か食べるものが欲しいんだろう！　餌だ！」

紙袋に手を入れてサンドイッチを取り出した。包みも開いて、犬の分を少しちぎり取る。

「こいつがおまえの分でこっちはおれの分だよ、いい子だ！」

わたしは犬の分のサンドイッチを歩道の上に置いた。犬は近寄って匂いを嗅ぐと、後退りし、こそこそと立ち去っていく。振り返ってわたしのことをじっと見つめながら、通りをどんどん遠ざかっていく。

「おい、待てよ、こいつ！　ピ、ー、ナ、ッ、ツ、・、バ、タ、ー、付きだぜ！　こいよ、ボ、ロ、ー、ニ、ャ、もやるよ！おい、こいつ、こっちにこいよ！　戻ってこいよ！」

犬がまた用心深く近づいてくる。わたしはボローニャ・サンドイッチを見つけ出すと、かなりの部分をちぎってやり、安くて水っぽいマスタードを取り去ってから、歩道の上に置いた。サンドイッチのかけらに犬が近づき、鼻を押し当ててくんくん嗅いだかと思うと、また後ろを向いて歩き去っていく。今度はもう振り返らなかった。だんだん速足になって歩道を去っていく。生まれてからずっとわたしが意気消沈しっぱなしだったのも無理はない。滋養になるろくな食事も与えてもらってはいないのだ。

デパートメント・ストアに向かって歩きだす。高校に通っていた時と同じ道だ。

到着して、従業員口を見つけだし、ドアを押し開けて中に入る。眩しい太陽の光の中から、一転して薄闇の世界だ。目が慣れると、少し離れたところに男が一人立っていることに気づいた。彼の左耳は、いつそうなったのかはよくわからないが、半分削ぎ落とされてしまっている。長身でがりがりに痩せている男で、透明な瞳の中に針の先のような灰色の瞳孔が開いている。やたらと背が高くてめちゃくちゃ痩せてはいるが、ベルトのすぐ上、そこだけいきなりという感じで、哀れっぽくて醜く、しかも気味が悪い太鼓腹が突き出していた。全部の脂肪がそこだけに付いてしまって、ほかの部分は痩せ衰えている。

「わたしがここの責任者のフェリスだ」と彼が口を開く。「きみはチナスキー君だな？」

「はい、そうです」

「五分の遅刻だぞ！」

「遅れてしまったのは……その、お腹をすかせていた犬に餌をあげようと思って」とわたしは苦笑いした。

「それはわたしがこれまでに聞いた中でも最もちゃちな言い訳の一つになるな。わたしはここに三十五年勤めているんだぞ。もうちょっとましな何かを思いつくことができんのかね？」

「今日が初出勤なもので、フェリスさん」

「そのくせもうほとんど終わりかけてしまっているぞ。さあ」と彼が指し示す。「あそこにタイムレコーダーがある。カードが入っているケースはあっちだ。自分のカードを見つけて、タイムレコーダーに押し込むように」

わたしは自分のカードを見つけた。ヘンリー・チナスキー、従業員番号６８７５４。それからタイムレコーダーに近づいていったが、どうすればいいのかわからなかった。

フェリスが近づいてきて、わたしの真後ろに立ち、タイムレコーダーの時間を見つめている。

「これで六分の遅刻だぞ。十分の遅刻になったら、一時間分の給料が差し引かれるからな」

「だったらきっちり一時間遅刻したほうがいいように思えますけど」

「ふざけるんじゃない。コメディアンが欲しかったら、わたしはジャック・ベニーの番組を聞くよ。一時間も遅刻したら、おまえはせっかくの仕事がなくなってしまうことになるんだからな」

「すみませんが、タイムレコーダーの使い方がわからないんです。つまり、どうやって押し込めばいいのですか？」

わたしの持っていたカードをフェリスが摑み取る。彼が指図する。

「この差し込み口がわかるな？」

「ああ」

「何だと？」

「いえ、はい」

「よし、この差し込み口は週の最初の日用だ。今日のことだな」

「はあ」

「ここにタイムカードをこんなふうに差し入れる……」

彼がカードを差し入れて、それから引き出した。

「自分のタイムカードがちゃんと入っている時にこのレバーを押し下げる」

フェリスがレバーを押し下げたが、中にタイムカードは入っていない。

「わかりました。じゃあやってみます」

「いや、ちょっと待て」

彼はタイムカードをわたしの目の前に掲げる。

「昼食でタイムレコーダーを押す時は、この差し込み口にカードを入れるんだ」

「はい、わかりました」

「それから戻ってきてまた仕事に戻る時は、今度はこっちの差し込み口に入れる。昼食時間は三十分」

「三十分ですね。わかりました」

「仕事を終えてタイムレコーダーを押す時は、いちばん奥にある差し込み口だ。ということは一日に四回差し込むことになる。それから自分の家なりどことなりに帰って、寝て、また出勤したら、レバーを押す。出勤の日は毎日四回だ。馘になるか、自分から辞めるか、死ぬか、定年退職するまでは毎日ずっとだ」

「わかりました」

「きみのせいで、わたしの新入社員へのガイダンスがすっかり遅れてしまった。今のところは、きみもその新入りの一人だがね。ここを任せられているのはこのわたしだ。わたしの言うことには絶対服従で、きみの希望などまったく相手にされないからな。靴紐の結び方でも、髪の毛の梳かし方でも、屁のひり方でも何でもいい、きみのことで何かが気に入らないとこのわたしが思ったら、きみはまた即刻路頭に迷うことになるんだからな。わかったか？」

「はい、わかりました！」

一人の若い女性が飛び込んできた。茶色の長い髪の毛を後ろに靡かせ、ハイヒールで走ってくる。からだにぴったりとした赤い服を着ている。口紅を塗りすぎた彼女の唇はやたらと大きく見えて目立っていた。ケースの中の自分のカードを仰々しく取り出すと、タイムレコーダーに差し込み、興奮を抑えるようにちょっと一息ついてから、カードをもとあった場所に戻した。

彼女がフェリスのほうをちらっと見る。

「あら、エディ！」

「やあ、ダイアナ！」

ダイアナはどこから見ても女店員然としている。フェリスが彼女のそばに近づく。二人は何か立ち話をしている。何を喋っているのかまでは聞こえなかったが、二人の笑い声が聞こえた。それから離れる。ダイアナは歩いていって、エレベーターが来るのを待つ。それに乗って自分の仕事場へと向かうのだ。フェリスがわたしのタイムカードを持ったままこちらへと戻ってきた。

「タイムカードを入れなくちゃ、フェリスさん」とわたしが言う。

「わたしがやってあげよう。最初が肝心だからな」

フェリスがわたしのタイムカードを差し入れ、そのままじっとしている。彼はしばらく待っている。時計がカチッと時を刻む音がした。それから彼はレバーを押し下げる。わたしのカードをケースの中にしまう。

「どれぐらいの遅刻ですか、フェリスさん？」

「十分だ。さあ、わたしについて来い」

わたしは彼の後についていった。

何人かの集団が待っている。

男が四人と女が三人。全員が歳を取っている。みんな唾液の調節がきかないように思えた。口の端からこぼれ出た涎が泡になってかたまっている。涎は乾いて白くなり、その上にまた新たな泡ができていく。がりがりに痩せている者か、ぶくぶくに太っている者かのどちらかだ。近視の者もいれば、小刻みに震えている者もいた。派手な色のシャツを着た年寄りの男の背中にはこぶがあった。めいめい微笑んだり、咳き込んだり、煙草をふかしたりしている。

どういうことなのかわたしはわかった。意味を了解したのだ。

メアーズ・スターバックは根気よく居続ける者を求めている。会社は従業員が転職しないかどうかまったく気にすることはないのだ（ここにいる新たに雇い入れられた者たちがこの先どこかに行けるとすれば、それは墓場しかないのは誰の目にも明らかだった。それまで彼らは感謝の心を忘れない忠実な従業員であり続けるというわけだ）。そしてこのわたしもまた彼らと一緒に働き続けるようにと選ばれていた。雇用課の女性はわたしのことを、この哀れな敗残者の群れに属する一人だと見做したわけだ。

高校の仲間たちがわたしのこのざまを見たらいったいどう思うだろうか？　卒業生の中でも最も手ごわい一人だったはずのわたしの。

わたしは一団のほうに近づいていって、その中に加わった。向かいのテーブルにはフェリスが座っている。頭上の明かり採り窓からの一条の光が彼にあたっている。彼は煙草を一服するとわたしたちみんなに微笑みかけた。

「メアーズ・スターバックにようこそ」

それからしばらく彼は物思いに耽っているかのようだった。多分三十五年前に自分がこのデパートメント・ストアに初めて入った時のことを思い出していたのだ。煙草の煙でいくつか輪を作ると、上のほうへと舞い上がっていくのを目で追いかける。頭上からの光のせいで、半分削ぎ落とされた彼の耳が強力な印象を与えていた。

隣にいたプレッツェルのように細くて小さな男が、鋭く尖ったその肘でわたしの脇腹をつつく。眼鏡がいつもずり落ちそうになっている、そんなたぐいの男の一人だ。わたしよりももっと醜い。

「やあ！」と彼がひそひそ声で言う。「おれはミュークス。オデル・ミュークスだ」

「やあ、ミュークス」

「いいか、坊主、仕事を終えたらおまえとおれとでバーに行って一杯ひっかけよう。女の子をひっかけられるかもしれないぜ」

「おれには無理だよ、ミュークス」

「女の子が怖いのか?」

「兄貴のせいさ。病気なんだ。おれは兄貴の看病をしなくちゃならない」

「具合が悪いのか?」

「そんなじゃないよ。癌なんだ。チューブを通して自分の脚に縛りつけられた瓶の中に小便しなくちゃならないんだ」

するとフェリスがまた口を開いた。「きみたちの初任給は時給四十四・五セントだ。当社には組合はない。経営者たちは会社にとって得になるものはきみたちにとっても得になると確信している。務めを果たし、利益を得ることに邁進する大きな家族のようなものなんだ。きみたちがメアーズ・スターバックで買い物をすれば、すべての商品は一割引きになる……」

「**うわあ、すごいや!**」とミュークスが大声をあげる。

「そうだよ、ミュークスさん。いい待遇だろう。きみたちがわたしたちのために尽くしてくれれば、わたしたちもきみたちのために尽くすというわけだ」

このわたしもメアーズ・スターバックに四十七年間勤め続けられるかもしれないと考えた。気が触れた恋人と一緒に暮らして、左耳を切り落とされ、もしかするとフェリスが退職したら彼の仕事を引き継げるかもしれない。

フェリスはわたしたちがあてにできる休日はいつかということを説明し、それで彼の話は終わった。わたしたちはそれぞれ仕事着とロッカーとをあてがわれ、それから地下の倉庫へと連れていかれた。

フェリスもそこで仕事をした。電話を受ける役だ。電話がかかってくると、彼はいつも左手で受話器を持って切り落とされた左耳にあて、右手を左の腋の下に挟み込む。「はい？　ええっ？　わかった。すぐに行かせる！」

「チナスキー！」

「はい」

「ランジェリー売り場だ……」

それから彼は注文票を取り出すと、そこに必要な品目とその数量を書き入れていく。電話を受けながら書き込むことはなかった。いつも電話を切ってからだ。

「これらの品物を探し出して、ランジェリー売り場に運び、サインをもらって戻ってくること」

彼の言うことはいつも決まっていた。


わたしの最初の搬送はランジェリー売り場だった。品物を見つけ出し、ゴムの車輪が四つついた緑の小さなカートに積むと、それを押してエレベーターへと向かった。エレベーターは上の階に停まっていたので、ボタンを押して待った。しばらくすると降りてくるエレベーターの底の部分が見えた。とてもゆっくりと降りてくる。ようやく地下の階に着く。扉が開くと、目が片方しか見えないアルビノ（色素が欠けた人）の男が操作装置のところに立っていた。何てことだ。

彼がわたしを見つめる。

「新入りだな、そうだろう？」と彼が尋ねる。

「ああ」

「フェリスのことをどう思う?」

「立派な人だと思うよ」

もしかすると二人は同じ部屋で一緒に暮らしていて、交代で電気コンロの前に立っているかもしれないではないか。

「おまえを上には行かせてやれない」

「どうしてだめなんだ?」

「糞がしたいんだ」

彼はエレベーターから降りて、歩いていった。

作業着を着たわたしはその場に立ちつくしていた。多分いつもこんな調子なのだろう。知事であれごみ収集人であれ、綱渡りであれ銀行強盗であれ、歯医者であれ果物摘みであれ、どんな仕事に就いているにせよ、人はいい仕事をしようと思うのがあたりまえだ。持ち場についたと思ったら、ぼうっと立ったままどこかの間抜け野郎が帰ってくるのを待たなければならない。エレベーターの男が大便をしている間、わたしは作業着を着て緑色のカートのそばで突っ立っていた。

その時だ。突如として閃いた。どうして金持ちの前途洋々たる男の子や女の子たちがいつも笑っているのか。そのわけがはっきりとわかった。彼らはすべてをお見通しなのだ。

アルビノの男が戻ってきた。

「気分がすっきりした。十二、三キロは軽くなった気分だぜ」

「よかったね。じゃあ行けるかな?」

彼が扉を閉め、わたしたちは売り場へと上がっていった。扉を開けてくれる。

「幸運を祈るぜ」とアルビノの男が声をかけた。

わたしは緑色のカートを押して通路を進みながらランジェリー売り場を探した。メドウズさんに届けることになっている。

メドウズさんが待っていた。すらっとしたスタイルの洒落た女性だ。まるでモデルのように見える。腕を組んでいた。近づくにつれて、彼女がどんな目をしているのかはっきりとわかってくる。色はエメラルド・グリーンで、深みのあるその目は知性を湛えている。こんな女性とこそ知り合わなければならないのだ。この目、この気品。彼女のカウンターの前でカートを停める。

「やあ、メドウズさん」とわたしは微笑んだ。

「いったい何をしていたの?」と彼女が問いただす。

「ちょっと手間どってしまって」

「お客さんをお待たせしているのがわからないの? ここを買い物に便利な売り場にしようとわたしがいつも心がけているのがわからないの?」

店員は時給でわたしたちよりも十セント多くもらっていた。そこに歩合が加わる。彼らがわたしたちに向かって親しげな口のきき方をすることはないとすぐにも気づかされた。男性であれ女性であれ、店員はみんな同じだ。なれなれしさは、彼らにとっては公然たる侮辱だった。

「フェリスさんに電話して言いつけるからね」

「今度はもっとちゃんとやります、メドウズさん」

品物をカウンターの上に置き、サインをしてもらうために彼女に伝票を手渡す。彼女はその紙に荒々しく自分のサインを書きなぐったかと思うと、わたしには直接戻さず、緑色のカートの中に投げ入れた。

「まいったわ、あんたみたいな子をいったいどこで見つけるのかしらね！」

わたしはカートを押してエレベーターに向かい、ボタンを押して待った。扉が開き、中に入り込む。

「どうだったい？」とアルビノの男がわたしに聞いてきた。

「十二、三キロは重くなった気分だよ」とわたしは答える。

彼が苦笑いを浮かべる。扉が閉まって、わたしたちは下に降りていった。


その夜の夕食時、母がわたしに話しかけてきた。「ヘンリー、就職できたあなたのことがほんとうに誇らしいわ！」

わたしは返事をしなかった。

父が口を挟む。「そうか、就職できてもおまえは嬉しくないようだな？」

「いいや」

「いいや？　おまえの返事はそれだけなのか？　今この国でどれぐらいたくさんの人間が失業しているのかわかっているのか？」

「きっとすごくたくさんだろうね」

「それならおまえはもっと有難く思うべきだよ」

「ちょっと、黙って食事させてくれないのかい？」

「自分の食事だってもっと有難く思うべきだよ。この食事にいったいいくらかかっているのかわかっているのか？」

わたしは自分の皿を押し退けた。「くそっ！　こんなもの食えねえよ！」

立ち上がって自分の寝室に向かう。

「そっちに行ってものごとの道理というものを叩き込んでやるから覚悟してろ！」

わたしは立ち止まった。「ああ、待っているぜ、親父」

それから立ち去る。部屋に入って待った。とはいえ父はやってこないだろうとわかっていた。メアーズ・スターバックに備えて目覚し時計をセットする。まだ夜の七時半になったばかりだった。それでもわたしは服を脱いでベッドにもぐり込んだ。部屋の明かりのスイッチを消すと、真っ暗になった。ほかにすることは何もなかったし、どこか行くところもなかった。両親もすぐにも明かりを消してベッドに入ることだろう。

父はスローガンが好きだ。「早寝早起きは、健康で金持ちで賢明な人間になる秘訣」

しかし父の場合はそのどれとも無縁だった。むしろその反対のやり方をやってみようとわたしは考えた。

眠れなかった。

メドウズ嬢のことを思い浮かべてマスターベーションをしたらどうだろう？

あまりにも安っぽすぎる。

わたしは闇の中でのたうちまわっていた。何かが起こるのを待ちながら。

47

メアーズ・スターバックでの最初の三、四日は、まったく同じように過ぎていった。実際、メアーズ・スターバックでは、いつも同じであるということに重きが置かれていた。カースト制度が容認された事実として根づいている。おざなりな一言、二言は別として、在庫係に話しかける店員はただの一人もいなかった。わたしも影響を受けざるを得なかった。あちらこちらへとカートを押しながら、考えずにはいられない。店員が在庫係よりも聡明だということなどありえるのだろうか？　確かに店員のほうがいい服を着ている。自分たちがとても重要な仕事を任されていると誰もが思い込んでいることが、わたしの鼻についてならなかった。自分が店員だったとしたら、わたしも同じように思うのだろうか。わたしはほかの在庫係のことなどほとんど気にはならなかった。店員にしても同様だ。

ところで、とカートを押しながら考えた。わたしはこの仕事にありついた、これこそが自分にぴったりの仕事なのだろうか？　男たちが銀行強盗に走るのも無理はない。身を落とさずにはいられない仕事があまりにも多すぎる。いったいどういうわけでこのわたしは上級司法裁判所の判事でもなければ、プロのピアニストでもないのか？　そうなるには教育や練習が必要で、そのためには金がかかるからだ。しかしどんなかたちにせよわたしは大した人物になどなりたくはなかった。そしてわたしは多分自分の望みどおりの道を歩んでいるのだ。

カートを押してエレベーターの前に行き、ボタンを押した。

女たちは金を稼げる男たちを求め、有名人を求める。どや街ののらくら者と一緒に暮らしている粋な女が一人でもいるというのか？　いずれにしても女なんていらない。女と一緒に暮らすなんて御免だ。女と一緒に暮らせる男がよくもいるものだ。いったい何の意味があるというのか？　わたしが欲しいのは、食糧と飲み物とが三年間分蓄えられているコロラドの洞窟だ。糞をしても砂で尻を擦るだけ。だらけて、ちまちましていて、卑劣なことこの上ないこの日常に溺れてしまわずに済むのなら、何だっていい。

エレベーターが上がってきた。操作しているのは、変わることなくアルビノの男だ。「おい、昨日の夜、ミュークスと一緒にバーに行ったんだって！

「おれに何本かビールをおごってくれたよ。おけらだったからね」

「おまえたちやったのか？」

「おれはやらなかったよ」

「今度はおれを一緒に連れていったらどうだ？　すぐにやれる女のひっかけ方を教えてやるぜ」

「ほんとうに知っているのか？」

「しょっちゅうのことだぜ。先週も中国人の女の子をものにしたばかりだ。それがなあ、みんなの言ってるとおりだったぜ」

「何のことだい？」

エレベーターが地階に着いて扉が開く。

「やつらのおまんこは上下に裂けてないのさ。左右に裂けているんだ」

フェリスがわたしを待っていた。

「いったいどこをほっつき歩いていたんだ?」

「園芸売り場」

「何をやっていたんだ、フクシアに肥料でもやっていたのか?」

「ああ、それぞれの鉢植えに糞をひとつずつね」

「いいか、チナスキー……」

「何です?」

「ここで話の落ちをつけるのはわたしだからな。わかったか?」

「わかりました」

「よし、こいつを片付けてくれ。紳士服売り場から注文がきているんだ」

彼がわたしに注文票を手渡す。

「これらの品物を探し出して、納品したら、サインをもらって戻すこと」

紳士服売り場を仕切っているのは、ジャスティン・フィリップス・ジュニア氏だった。育ちがよくて、礼儀正しい、二十二歳ぐらいの男だ。髪の毛も目の色も黒く、いつも背筋をしゃんと伸ばして立ち、むっつりと唇を結んでいる。頬骨がなくて貧相な感じがしたが、気になるほどでもなかった。顔色は青白く、見事に糊がきいたシャツに濃い色の服を着ている。女店員たちは彼のことを気に入っていた。繊細で、頭もよく、手際もいい。先祖にそういう人物がいたのか、ちょっぴり意地悪な性格も受け継いでいた。一度だけしきたりを破ってわたしに話しかけてきたことがある。「ひどいもんだね、そうじゃないかい？　ほとんど醜いと言ってもいいね、きみの顔のその傷痕は」

カートを転がして紳士服売り場に近づいていくと、ジャスティン・フィリップスはいつもと同じように、背筋を伸ばして立ち、頭をちょっとだけ傾けて、何かわたしたちの目には見えないものが見えているかのように、上を見上げたりあらぬ方向を見やったりしていた。彼は目の前の幻を見ていた。しつけのよさが滲み出ているのだとしても、わたしがそのことに気づかないだけの話かもしれない。確かに彼は周囲から浮いて見えた。そんなふうに振る舞いながらも、ちゃんと給料が貰えるのだとしたら、それはそれでなかなかうまいやり方だった。恐らくそんなところが経営陣にも女店員たちにも気に入られていたのだろう。こんな仕事をさせるにはあまりにももったいなすぎる男だと言える。しかし彼はいずれにしろ、この仕事についているのだ。

わたしはカートを押して近づいていった。「あなたの注文したものです、フィリップスさん」彼はわたしに気づかないふりをした。傷つかなかったと言えば嘘になるが、それはそれでほっとすることだった。わたしが品物をカウンターの上に積み上げても、彼はあらぬところ、エレベーターの扉の少し上あたりをじっと見つめていた。

突然朗らかな笑い声が聞こえてきた。振り返ると、わたしと一緒にチェルシー高校を卒業した男子生徒のグループだった。セーターやハイキング・ショーツやいろんなものを試着している。学校で、彼らの姿は見かけていたが、言葉を交わしたことは一度もなかった。リーダーはジミー・ニューホールだ。彼はわたしたちの学校のフットボール・チームのハーフバックで、三年間負けたことがなかった。太陽の光に映えるきれいな黄金色の髪をしている。クラスの太陽、あるいは眩い光といった存在だった。太くて逞しい首をしていて、その上に偉大な彫刻家が作りあげたかのような完璧な青年の顔がある。鼻も額も顎も、何もかもが理想のかたちをしている。芸術作品だ。からだつきにしても、同じように文句のつけようがない。ニューホールと一緒にいる連中は、彼ほど完璧ではなかったが、彼らもまた実に見事なものだった。USCやスタンフォードへの入学を控え、売り場でセーターを合わせたりしては、大声で笑っている。

ジャスティン・フィリップスがわたしへの受領書にサインする。エレベーターに向かって帰りかけていると、大きな声が聞こえた。

「おい、スキー！　スキー、やたらとお似合いの恰好をしているじゃないか！」

立ち止まって、振り返る。左手をさりげなく振って、彼らを追い払おうとした。

「あいつを見てみろよ！　トミー・ドーシー以来の町でいちばん腕っぷしの強い野郎だぜ！」

「あいつの前じゃゲーブルも詰まったトイレの掃除道具のようなもんさ」

わたしは押していたワゴンから離れ、彼らのほうへと引き返していった。何をしようとしているのか自分でもよくわからなかった。彼らの前に立って、睨みつけた。彼らのことが気に入らなかった。気に入ったことなど一度もない。ほかのみんなは素敵だと思うのだろうが、わたしはそうは思わない。彼らのからだつきは、どこか女のからだを思わせるところがあった。軟弱で、どんな苦難にも立ち向かったことがない。ただ見栄えがいいだけのやつらだ。彼らを見ていると吐き気がする。大嫌いだ。姿かたちを変えてわたしを悩ませ続ける悪夢のような存在の中に、彼らも入っていた。

ジミー・ニューホールがわたしに微笑みかける。「おい、在庫運び、どうしてチームの選手の選考会に出てこなかったんだ？」

「おれのやりたいことじゃなかったからね」

「怖くてびびっちゃったんだ、そうだろう？」

「屋上の駐車場がどこにあるか知ってるよな？」

「もちろん」

「そこで逢おうぜ……」

わたしが作業着を脱いでカートの中に投げ込むと、彼らは駐車場に向かってぞろぞろと歩き始めた。ジャスティン・フィリップス・ジュニアがわたしに微笑みかける。「おやまあ、わたしの坊や、お尻を鞭で打たれますよ」


取り巻きに囲まれて、ジミー・ニューホールが待っていた。

「おい、見てみろ、在庫運び！」

「こいつが女の下着をつけていると思うか？」

ニューホールは太陽の光を浴びて立っている。シャツもその下の下着も脱いでいた。腹は引き締まり、胸の筋肉が盛り上がっている。見事なものだった。何ととんでもないことにわたしはかかずらってしまったことか。下唇がわなわなと震えているのがわかる。屋上で、わたしは恐怖の虜となっている。ニューホールを見やれば、太陽の眩い光が彼の黄金色の髪をより際立たせている。フットボールのフィールドでの彼の勇姿には、何度もお目にかかっていた。このわたしは下のチームからまるで上がれないというのに、彼は敵を何人もかわして、五十ヤードも六十ヤードも駆け抜けていたのだ。

そんな彼とわたしとが向かい合って立ち、お互いを睨みつけている。わたしたちはじっと立ったままだった。わたしは一歩も動かなかった。

とうとうニューホールが言った。「よし、こっちから行くからな」彼が一歩前に出る。ちょうどその時、黒い服を着た年寄りの小柄な女性が、買い物の荷物を山ほど抱えて通りかかった。緑色のフェルトの小さな帽子を被っている。

「こんにちは、みんな！」と彼女が声をかけてくる。

「こんにちは」

「いい日ですね……」

年寄りのその女性は自分の車のドアを開けて荷物を積み込む。それからジミー・ニューホールのほうを振り返った。

「あら、何て素敵なからだをしているの、坊や！　あなたならきっと『類人猿ターザン』のターザンになれるわよ！」

「そうじゃありませんよ」とわたしが声をかける。「お言葉を返すようですが、彼はただの猿なんですよ。まわりにいるのは彼の同類です」

「あらまあ」と彼女が声をあげる。車に乗り込みエンジンをかける。わたしたちは彼女がバックしてから走り去っていくのを待った。

「よくわかったぞ、チナスキー」とニューホールが口火を切った。「おまえのその人をせせら笑うかのようなへらず口は学校中に知れ渡っていたじゃないか。今からおれがそいつを叩き直してやるからな！」

ニューホールが飛びかかってきた。彼は戦闘態勢が整っていたが、わたしはまだ十分ではなかった。青空を背景にして激しく動き回る彼のからだや拳しか目に入らない。猿よりもすばしっこくて、しかもずっと大きかった。殴り返すこともできず、彼のパンチを受けるだけだ。その拳は岩のように堅い。殴りつけられた目を細く開けてみると、振り上げられ、それから振り下ろされる彼の拳が見える。何てことだ、とんでもなく強いではないか。攻撃はやみそうになかったし、このわたしも逃げようがなかった。多分おまえはいくじなしなのだ、きっとそうに違いない、もう降参するべきではないのか。そんな考えがわたしの頭をよぎり始めた。

しかし彼に殴り続けられているうち、わたしの恐怖心は消え去ってしまった。今となってはそのとんでもない腕力や馬力に対する驚きの気持ちのほうが勝っていた。いったいどこでそれだけのものを培ったのか？　彼のような豚野郎が？　彼は容赦なかった。わたしはもう何も見えなくなってしまっている。黄色や緑の光が目の前にちらついているだけだ。その光は紫になり、とどめの一発を受けて**真っ赤**な光に変わる……。もう倒れてしまう。

ことはこんなふうに運んでしまうのか？

わたしは片膝をつく。頭上を飛んでいく飛行機の音が聞こえた。あの飛行機に乗っていられたらと、願わずにはいられない。口もとや顎のあたりを何かが流れ落ちている。まだ生あたたかいわたしの鼻血だった。

「勘弁してやれよ、ジミー、もう手も足も出ないぜ……」

わたしはニューホールを見た。「てめえのおふくろはちんぽこしゃぶりだ」と彼に向かって言う。

「こいつめ、殺してやる!」

わたしがすっかり立ち上がる前にニューホールが襲いかかってきた。わたしの首を絞めあげる。もつれ合って二人とも倒れ、そのまま停まってるダッジの下まで転がっていった。彼の頭が何かにぶつかる音がした。何にぶつかったのかはわからなかったが、音だけはしっかり聞こえた。あっという間のことだったので、わたし以外は誰も気づかなかった。

わたしがまず起き上がり、ニューホールも続いて起き上がった。

「おまえを殺してやるからな」と彼が言う。

ニューホールが腕を思いきり振り回す。今回のはそれほど効かなかった。これまでと同じように猛烈な勢いで殴りかかってきたが、何かが欠けてしまっていた。力が衰えている。彼に殴られても、もう目の前に光がちらつくこともない。空も、駐車している車も、彼の仲間の顔も、それに彼の姿もはっきりと見える。わたしはいつでもスロー・スターターなのだ。ニューホールは相変わらず必死になっていたが、確実に力が弱まっている。わたしは小さな手をしていた。小さな手というお粗末な武器を神から授かっているのだ。

あの頃は何と滅入らされてばかりだったことか。生きる希望や欲求を持とうにも、何の能力も備わっていないときているのだ。

彼の腹に強烈な右の一発を叩き込む。息がつまって喘いだところを、左手で彼の首の後ろを摑まえ、右の強烈なパンチをもう一発腹にお見舞いした。それから彼を押し退けると、例の彫刻顔のど真ん中に、破壊的なワン・ツー・パンチを打ち込む。彼の目を見た。美しい目をしている。

わたしは彼にこれまでに味わったこともない思いをさせてやるのだ。彼は怖がっていた。敗北をどう受け止めればいいのかまるでわからないから怖がっているのだ。わたしはゆっくりと彼を仕留めることにした。

その時誰かがわたしの後頭部を力任せに殴りつけた。強烈な一撃だった。思わず振り向く。仲間の一人の赤毛のカル・エヴァンスだった。

わたしは彼のほうを向いて金切り声をあげた。「おれに手出しをするんじゃねえ！　てめえらは順番に一人ずつ相手してやる！　まずはこいつをのしてしまったら、次はてめえだからな！」

ジミーを始末するのにそれほど時間はかからなかった。いろいろと足さばきに凝ってみせるほどの余裕すら生まれた。ジャブを少し入れてから、適当にあしらい、それから踏み込んで殴りかかる。彼はなかなか打たれ強く、一瞬完全に仕留めることはできないのではないかと思わされたりもした。ところが突然彼が妙な目つきでわたしのことを見始めた。その目はこう訴えかけている。なあ、おい、もういい加減友だち同士になって、一緒にビールでも飲みに行ったほうがいいんじゃないか。そして彼は崩れ落ちた。

仲間が近づいてきて彼を抱えあげる。しっかり支えながら、声をかける。「おい、ジム、だいじょうぶか？」

「あのくそったれはいったいおまえに何をしやがったんだよ、ジム？　おれたちがあいつをぐうの音《ね》もでないようにしてやるからな、ジム。どうすりゃいいか教えておくれよ」

「家に連れてかえってくれ」とジムが言う。

階段を降りていく彼らを見送った。みんなでよってたかってジムを支え、ひとりが彼のシャツとアンダーシャツとを持っていた……。

下に降りてカートを置き去りにしたところまで行く。ジャスティン・フィリップスが待っていた。

「戻ってくるとは思わなかったよ」彼が見下したような笑いを浮かべて言う。

「味方になるつもりもないくせに馴れ馴れしくしないでくれよ」と彼に言葉を返す。

カートを押してその場を立ち去った。顔も服もひどいことになっている。エレベーターの前まで行って、ボタンを押した。しばらくして白子の男がやってくる。扉が開く。

「噂が広まっているぜ」と彼が言う。「おまえがヘビー級の新しい世界チャンピオンなんだってな」

何も面白いことが起こらないところほどニュースがすぐに伝わってしまう。

削げ耳のフェリスが待ち受けていた。

「うちのお客さんたちをこてんぱんに殴りつけたりすることは許されんぞ」

「一人だけさ」

「いつほかの人間に手出しするかわかったもんじゃない」

「そいつにちょっかいを出されたんだ」

「そんなことはどうだっていい。よくあることだ。いずれにしてもおまえはここには合わない人間だ」

「おれの給料はどうなる？」

「後で郵送する」

「わかった……じゃあな……」

「待て、ロッカーの鍵を返してから行け」

わたしはキー・チェインを取り出した。鍵は二つしかついていない。ロッカーの鍵を外してフェリスに手渡した。

それから従業員口に向かい、ドアを引き開けた。やたらと開けにくい鉄の重いドアだ。開けると、中に日の光が射し込む。振り返ってフェリスに小さく手を振った。何の反応もない。わたしをじっと見つめているだけだった。それからドアが閉まって彼の姿が見えなくなる。どういうわけか、わたしは彼のことが気に入っていた。

48

「ということはおまえの仕事は一週間と持たなかったわけだな」

わたしたちはスパゲティ・ミートボールを食べていた。わたしの問題はいつも夕食時に論議された。夕食の時間はほとんどいつもふしあわせな時間となった。

わたしは父親の質問に答えなかった。

「いったい何があったんだ？　どうしてやつらはおまえをお払い箱にしたんだ？」

わたしは返事をしない。

「ヘンリー、父さんはおまえに話しかけているのよ。ちゃんと返事をしなさい！」と母が口を出す。

「こいつはまともに働くことができんのだ、それだけのことさ！」

「この子の顔を見てやってよ」と母が言う。「顔中傷だらけ。上役に手を出されたのかい、ヘンリー？」

「違うよ、母さん……」

「どうして食べないの、ヘンリー？　お腹がいっぱいじゃないはずよ」

「こいつは食べられないんだ」と父が言う。「働けもしないし、こいつは何ひとつできない。何の値打ちもないろくでなしだ！」

「夕食の席でそんな口のきき方をしないでよ、父さん」と母が父に告げる。

「ほんとうのことを言っているだけだ！」父は莫大な量のスパゲティをフォークに巻きつける。そして口の中に無理やり押し込むと、むしゃむしゃと嚙み始めた。嚙みながら大きなミートボールにフォークを突き刺したかと思うと、それも口の中に突っ込み、おまけにちぎったフランスパンまで頰張る。

『カラマーゾフの兄弟』の中でイワンが言っていたことを思い出す。「父親を殺したいと思わない者などいるのだろうか？」

口いっぱいに頰張った食べ物をむしゃむしゃ嚙み続ける父の口もとからスパゲティが一本はみ出して、だらりと垂れ下がっている。しばらくしてそれに気づいた父は、ずるずると下品な音をたてて吸い込む。それから手を伸ばし、コーヒーにティースプーンで山盛り二杯の砂糖を入れてから、カップを持ち上げてごくりと飲み込むと、すぐに自分の皿やテーブルクロスの上に吐き出した。

「こいつは熱すぎるぞ！」

「もっと気をつけてくれなくちゃ、父さん」と母が注意する。


虱潰しとみんながよく言っていたように、わたしも職業安定所で仕事を片っ端からくまなく探し回った。しかし惨めでまるで実りのない日課でしかなかった。皿洗いのようなどうしようもない仕事を得るにも誰か知り合いのコネが必要だった。というのも誰もが皿洗いの仕事をしていて、街は失業した皿洗いたちで溢れていたからだ。そんな連中と一緒にわたしは昼下がりのパーシング広場に座り込んでいた。あたりには福音伝道者たちの姿も見受けられる。ドラムやギターを手にしている者もいる。茂みやトイレではホモセクシャルたちが徘徊していた。

「連中の中には金を持っているやつもいるんだ」と若い浮浪者がわたしに教えてくれる。「自分のアパートに二週間も泊めてくれたやつがいたよ。その間食べ放題飲み放題で、服まで買ってくれた。そのかわりすっかりしゃぶり尽くされ、吸い尽くされてしまったけどね。しばらくは腰が抜けたままだったよ。ある夜やつが眠っているすきにそっと抜け出してきたんだ。おぞましいかぎりさ。ある時やつはキスしてきやがった。部屋の向こう側までぶっとばしてやったよ。『またこんなことをしやがったら』とやつに言ったね、『おまえを殺してやるからな！』って」

クリフトンズ・カフェテリアはいいところだった。金の持ち合わせがあまりなかったら、ある分だけ出せばよかった。一文無しなら、払わなくてもいい。浮浪者の中にはそこに入ってしっかり食べている者もいた。持ち主はどこかの歳のいった大金持ちで、彼のようなよくできた人物は滅多にいなかった。わたしはそこに行ってもたらふく食べる気はしなかった。コーヒーにアップルパイを頂戴して、小銭を置いて出てくる。ソーセージを何本か頂くこともあった。中は静かで涼しく、おまけに清潔だった。大きな滝があり、そのそばに座って、すべてはうまくいっているとしばし思い込むこともできた。フィリップの店も申し分なかった。三セントでコーヒーが飲めて、お代わりも自由だ。一日中店の中に座ってコーヒーを飲んでいることができたし、どんなにひどい恰好をしていても、追い出されることはなかった。店の者が浮浪者たちに注文をつけるとすれば、ワインを中に持ち込んで飲まないでくれということだけだった。希望をなかなか抱けない時代、そんな場所が人に希望を与えてくれた。

パーシング広場の男たちは神は存在するかしないか一日中論議を闘わせていた。たいていの者は理路整然と話せなかったが、弁が立つ信心家や無神論者が現われることもあり、なかなかの見物だった。

小銭が少しあると、大きな映画館のそばにある地下のバーへと足を運んだ。わたしは十八歳だったが、そこでは酒を出してくれた。わたしは見ようによってはいくつにも見える。二十五歳のように見える時もあったし、気分は三十歳の時もあった。バーを仕切っているのは、絶対に誰にも口をきかない中国人だった。わたしは最初の一本のビールを買えばいいだけで、後はホモセクシャルたちがおごってくれる。するとわたしはウィスキー・サワーに切り替える。ウィスキー・サワーをたかるうち、彼らがぴったりくっついてくるようになると、わたしは嫌気がさして、彼らを押しのけて出ていった。しばらくすると彼らも心得るようになり、その場所は何の旨味もなくなってしまった。

足を運んだ中で最も気分が滅入る場所は図書館だった。わたしは読む本がなくなってしまっていた。やがて分厚い本を手当たりしだいに取り出し、どこかに若い女の子はいないかと探し回るようになった。いつもたいてい一人か二人いる。彼女たちから三つか四つ席をおいて座ると、精一杯知的な素振りで本を読むふりをし、そのうち誰かが誘いかけてくれないかと密かに待ち望んだりした。自分が醜いことはよくわかっていたが、かなり頭がよさそうに見えれば、十分チャンスがあるのではないかと踏んでいた。しかしそううまくはいかなかった。女の子たちは自分のレポート用紙に何かを書き留めると席を立つ。そして清潔な洋服の下で魅力たっぷり、軽やかに揺れ動く彼女たちのからだをじっと見つめているこのわたしを尻目にして、さっさと立ち去っていく。マキシム・ゴーリキーなら、こんな状況に立たされると、いったいどうしただろうか？

家に帰れば、いつもと同じだった。夕食の最初の一口目か二口目が済むまでは、何かを問いただされるようなことは決してなかった。やがて父が尋ねてくる。「今日は仕事が見つかったか？」

「いや」

「どこかあたってみたのか？」

「いろいろと行ったよ。そのうちのいくつかは、行くのが二度目か三度目だった」

「信じられないね」

しかしほんとうにそうだった。人を雇い入れるような仕事が何もないのに、毎日新聞に求人広告を出し続けている会社があるのもまた事実だった。それをしないとそうした会社の雇用課は存在価値がなくなってしまう。時間の無駄というだけでなく、死に物狂いになって仕事を追い求めている多くの人たちに、あらぬ希望を抱かせては無残にも打ち砕いていた。

「明日こそ仕事が見つかるわよ、ヘンリー」母はいつも同じせりふを繰り返す……。

49

夏中仕事を探し続けたが、一つも見つからなかった。ジミー・ハッチャーは航空機製造工場の仕事にありついた。ヨーロッパでのヒットラーの台頭が、失業者たちに仕事をもたらしつつあった。ジミーとわたしとはその日一緒に工場に出かけていって、それぞれ履歴書を提出したのだ。二人ともまったく同じように書き込んでいった。ただ一つ違っていたのは出生地の欄だった。わたしはドイツと書き込み、彼はペンシルヴェニア州レディングと書き込んだ。

「ジミーは仕事を見つけたわ。おまえと一緒の学校で、同い年なのに」と母がわたしに向かって言う。「どうしておまえは航空機製造工場に就職できなかったのかしら？」

「やつらは仕事が嫌いな者をちゃんと見抜けるんだよ」と父が言う。「こいつがやりたいことはといえば、からだに根が生えたように一日中自分の部屋に座って、お気に入りの交響楽を聴くことだけなんだ！」

「じゃあ、この子は音楽が好きなんですよ。いいことじゃありませんか」

「だけど好きなところでこいつはどうすることもできないじゃないか！　実際に役立てようとするわけじゃない！」

「いったいどうすればいいんですか？」

「ラジオ局にでもでかけて行き、そうした音楽が好きだということをそこの人間に言って、放送の仕事にありつけばいいじゃないか」

「まさか、そんなわけにはいかないよ、そう簡単にことは運ばないよ」

「おまえに何がわかる？　実際にやってみたのか？」

「わかるよ、そんなことありえないね」

父はポーク・チョップの大きな塊を口の中にほうり込む。せっせと嚙み、唇の間からは肉の脂身がはみ出している。唇が三つあるように見える。ごくりと呑み込んで、母を見る。「わかるか、母さん、こいつは働きたくないんだぞ」

母がわたしを見る。「ヘンリー、どうして食事しないの？」


結局わたしはLAシティ・カレッジに入学することになった。授業料がただだったし、使い古しの教科書が生協の書店で購入できた。息子が仕事にありつけないことを父はひたすら恥じ入っていて、わたしが学校に行くことで少しは世間体をつくろうことができるはずだった。ボールディことイーライ・ラクロスは、同じ学校ですでに一学期を過ごしていた。彼がわたしの相談にのってくれる。

「いちばん楽で簡単な授業は何だい？」と彼に尋ねる。

「ジャーナリズムだね。ここのジャーナリズム専攻の学生たちはまったく何もしないぜ」

「よし、じゃあおれはジャーナリストになろう」

わたしは学校案内にざっと目を通してみた。

「ここに書いてあるオリエンテーション・デーというのは何かな？」

「ああ、そいつは無視していいよ、まったくくだらないから」

「いいことを教えてくれたじゃないか、こいつ。じゃあ代わりにキャンパスの向かい側にあるバーに行って、ビールでも何本かひっかけるとするか」

「賛成だね！」

「よしきた」


オリエンテーション・デーの翌日は、クラスを選んで登録する日だった。書類やパンフレットを手にした学生たちが血まなこになって駆け回っている。わたしは路面電車に乗って登校していた。〝W〟に乗ってヴァーモントまで行き、それからモンローまで行く北行きの〝V〟に乗り換えてやってきていた。みんながどこを目ざしているのかまるでわからなかったし、自分が何をすればいいのかもまったく見当がつかなかった。気分が悪くなった。

「すみませんが……」と一人の女子生徒に声をかける。

彼女は顔をそむけて、せかせかと歩き去っていく。男が一人駆けてきたので、わたしは彼のベルトの後ろを摑んで引き止めた。

「おい、いったい何をしようってんだ？」と彼が声をかけてくる。

「うるさい。いったいどうなっているのか知りたいんだ！どうすればいいか知りたいだけさ！」

「オリエンテーションで何もかも説明してくれたじゃないか」

「そうか……」

彼を放してやると、勢いよく走り去っていく。わたしは何をすればいいのかまるでわからない。どこかへ行って、そこで誰かにジャーナリズムを、ジャーナリズムの初歩を取りたいと言えば、授業の時間割を書いたカードを渡される、ただそれだけのことだろうと考えていた。まったく違っていた。みんなは何をすればいいのかわかっているし、話しかけようとすらしない。小学校にまた逆戻りして、自分よりもいろんなことを知っている連中ばかりの間で無力感を味わっているような、そんな気分にさせられた。ベンチに座って、あちらこちらへと走り回るみんなを見つめる。もしかするとうまくごまかすことができるかもしれない。両親にLAシティ・カレッジに行くと言って、毎日ここに通ってきては、芝生で寝転んでいればいい。しばらくして目の前を駆け去っていく一人の男の姿が目にとまった。ボールディだ。彼の襟首を摑まえる。

「おい、おい、ハンク！　いったいどうしたってんだ？」

「今すぐおまえをぶんのめしてやんなくちゃな、このたわけ野郎！」

「どうしたんだよ？　何かまずいことでもあったのか？」

「どうやったらいまいましいクラスが取れるんだよ？　いったいどうすりゃいいんだ？」

「ちゃんとわかっていると思っていたぜ！」

「どうやって？　どうやってわかるっていうんだ？　おれには生まれながらにそうした知識が備わっていて、すべてきちんと仕分けがされ、必要な時はいつだって索引で調べることができるとでもいうのかい？」

彼の襟首を摑んだまま、ベンチへと引っ張っていった。「さあ、説明してくれよ、はっきりとわかりやすくな、何をやらなくちゃならないのか、どうやったらいいのかをね。ちゃんと教えてくれよ。そうすりゃとりあえずはおまえをぶちのめさずに済むかもしれないからな!」

というわけで、ボールディは何もかもきちんと説明してくれた。それがわたしなりのオリエンテーションになったというわけだ。わたしはまだ彼の襟首を掴んだままでいた。「さあ、おまえをもう行かせてやるぜ。でもそのうちこのけりはつけさせてもらうからな。おれをこけにしたりしたら、ただじゃ済まされないんだ。いつかきっとやっつけてやるからな」

わたしは彼を放免した。ほかのみんなに混じって走り去っていく。わたしとしてはあれこれ思い悩むことも慌てることもなかった。最悪のクラス、最悪の教師、最悪の授業時間しか残っていないのはわかっている。のんびり構えて、ゆっくり歩きながら、クラスの登録へと向かった。気を揉んでいない学生はキャンパスでわたし一人だけのように思えた。何だかみんなよりも偉くなったような気分にさせられた。

それも最初の午前七時の国語の授業を受けるまでのことだった。朝の七時半になっていて、二日酔いのわたしはドアの外に立って耳を傾けている。両親が金を出してくれて教科書を手に入れていたが、それを売って飲みしろにしてしまっていた。前の夜のこと、わたしは自分の寝室の窓からそっと抜け出して、近所のバーに足を踏み入れていたのだ。ビールの二日酔いで頭がずきずきしている。まだ酔っぱらっているような感じだ。ドアを開けて教室に入っていった。その場に立ちつくす。国語の講師のハミルトン先生は、クラスの全員を前にして歌を歌っていた。レコード・プレイヤーから大きな音が流れ、クラスの学生たちもハミルトン先生と声を合わせて歌っている。ギルバート・アンド・サリバンの曲だった。

我こそ支配者
女王の艦隊の……
丸くて大きなこの手で
すべての手紙を写し取る……
我こそ支配者
女王の艦隊の……

机にしがみついて
断固海には出ない……
そうすりゃ誰だってなれるよ
女王の艦隊の支配者に……

わたしは教室のいちばん後ろまで歩いていって、空いている席を見つける。ハミルトンがレコード・プレイヤーに歩み寄って、レコードを切った。彼は黒に白の霜降りのスーツを着て、胸元から派手なオレンジ色のシャツを覗かせている。まるでネルソン・エディのようだ。クラスのみんなと向き合うと、腕時計にちらっと目をやり、それからわたしに向かって話しかけてきた。

「きみはチナスキー君だな？」

わたしは頷く。

「三十分の遅刻だよ」

「はい」

「結婚式や葬式にもこうして三十分遅れて行くのかね？」

「いいえ」

「どうして違うんだ、言ってみたまえ」

「そうですね、もしも葬式の主役がぼくだったら、遅れるはずはありません。それに結婚式の主役がぼくだったら、それはぼくの葬式になってしまいます」

わたしはいつも口がたった。懲りるということがなかった。

「これはこれはご立派な」とハミルトン先生が言う。「わたしたちは正しい発声を学ぶためにギルバート・アンド・サリバンを聴いていたのです。さあ、立ってください」

わたしは立ち上がる。

「さあ、歌いなさい、〝机にしがみついて断固海には出ない、そうすりゃ誰だってなれるよ、女王の艦隊の支配者に〟」

わたしはじっと立ったままだ。

「さあ、歌って、ほら！」

わたしは全部歌い終えて席に着く。

「チナスキー君、ほとんど聞こえなかったよ。もう少し気迫を込めて歌えないものかね？」

わたしは再び立ち上がる。息を思いきり吸って、声を限りに歌う。「じょおおーのくぁんたぁーいのしはいしゃにいいーなりたきゃぁぁ、つくうぇーにしがみついてどわぁんこうみにはでぇなああーい！」

わたしは後ろから反対に歌っていた。

「チナスキー君」とハミルトン先生が言う。「着席しなさい」

わたしは席に着いた。悪いのはすべてボールディだ。

50

全員が一緒に体育の授業を受けた。ボールディのロッカーは、わたしと同じ並びで、四つか五つ離れたところにあった。わたしは自分のロッカーに早めに行く。ボールディもわたしも同じ悩みを抱えていた。二人ともウールのズボンが大嫌いだった。ウールが脚にちくちくするからだが、わたしたちの両親はそんなことはおかまいなしに子供にウールを着させたがった。ボールディのためにも自分自身のためにも、わたしは問題を解決し、どうすればいいかその秘密を彼にもそっと打ち明けていた。ウールのズボンの下にパジャマのズボンをはけばいいのだ。

ロッカーを開けて服を脱ぐ。ズボンとパジャマを脱ぎ、パジャマのズボンだけを別にしてロッカーの上のほうに隠す。それから体育着を身につける。ようやくほかの学生たちがやってき始める。

ボールディもわたしもお互いにパジャマにまつわる面白い逸話があった。しかしボールディの話が最高だった。ある夜のこと、彼はガールフレンドと一緒に外出し、ダンスに出かけることになった。ダンスの合間に、ガールフレンドが彼に尋ねてきた。「それは何なの？」

「それって何？」

「ズボンの折り返しのところから何かがはみ出しているわよ」

「何だって？」

「あきれた！　パ、パ、パジャマを着たままズボンをはいているのね！」

「えっ？　ああ、これか……きっと忘れちゃったんだ……」

「今すぐ帰るわ！」

彼女はもう二度とデートをしてくれなかった。

男子生徒たちがみんな体育着に着替えている。しばらくしてボールディが現われ、ロッカーの扉を開ける。

「よう、調子はどうだい？」と彼に声をかける。

「やあ、ハンク……」

「朝の七時の国語のクラスを取ったよ。それで一日が始まるんだ。国語じゃなくて〈音楽鑑賞I〉って呼ばなくちゃならないけどな」

「ああ、あれか、ハミルトンだな。やつのことは聞いているよ。ヒッヒッヒー……」

わたしは彼に近づいていった。

ボールディはベルトのバックルをすでに外している。近づいて、彼のズボンを引きずり下ろした。下に緑の縞のパジャマのズボンをはいている。彼は必死でズボンを引っ張りあげようとするが、わたしの力にはかなわなかった。

「おい、みんな、見てやれよ！　とんでもないぜ、パジャマを着たまま学校に来ているやつがいるぞ！」

ボールディはもがいていた。顔が真っ赤になっている。二、三人がそばにやってきて、見つめている。それからわたしはもっとひどいことをした。彼のパジャマのズボンも引きずり下ろしたのだ。

「それにこいつを見てやれよ！　このしょぼくれた野郎は頭に毛がないだけじゃなくて、ちんぽこもほとんどないときている。女と一発やることになったら、このしょぼくれ野郎はいったいどうするつもりなんだ？」

すぐそばに立っていた図体の大きな男が言った。「チナスキー、おまえはとんでもなくいやらしいやつだ！」

「まったくだ」とほかの何人かも口を出す。「そうだ……そうだ……」とあちこちで声があがった。

ボールディはズボンを引きずり上げた。ほんとうに泣いている。みんなのほうを見つめる。

「だったらチナスキーだってパジャマのズボンをはいているぜ！　最初にやり始めたのはこいつなんだ！　こいつのロッカーを見てみろよ、こいつのロッカーの中を確かめてやれ！」

ボールディがわたしのロッカーに駆け寄り、扉を乱暴に引き開けた。わたしの服を全部引っ張り出す。その中にパジャマはなかった。

「こいつは隠したんだ！　どこかに隠しているんだ！」

床の上に散らばった自分の服はそのままに、点呼に間に合うようにと運動場へ出ていった。わたしは二列目に並んだ。二、三度しっかりと膝の屈伸運動をする。自分の後ろにさっきとはまた別の図体の大きな男がいることに気づいた。彼の名前は耳に入ってきている。ショーロム・ストドルスキーだ。

「チナスキー」と彼が声をかけてくる。「てめえはいやな野郎だよ」

「おれにちょっかいださないでくれないか、よう。おれってすぐにいらついてしまうたちなんだ」

「そうかい、おれはてめえにからんでいるのさ」

「いい加減にしておけよ、このでぶ野郎」

「生物学の校舎とテニス・コートとの間、わかるか？」

「ああ」

「体育が終わったらそこで待ってるぜ」

「わかった」とわたしは答えた。

わたしは行かなかった。体育が終わると、後の授業を全部さぼって、路面電車でパーシング広場に向かった。ベンチに座って何かが起こるのを待つ。随分と時間が経ったような気がした。ようやく信心家と無神論者とがやり合い始めた。二人とも大したことはなかった。わたしは不可知論者だ。不可知論者には論争するようなことがあまりなかった。公園を後にして、歩いて七番街とブロードウェイの角まで行った。そこが街の中心だった。何か面白いことが起こっているようすもない。人々が信号の変わるのを待って、通りを横断しているだけだ。しばらくして脚がちくちくし始めた。パジャマをロッカーの上に置き忘れたままだ。今日は最初から最後まで何と冴えない一日だったことか。〝W〟の路面電車に飛び乗り、後ろの席に座った。電車はがたごと走りながら、わたしを家の方角へ連れていく。

51

シティ・カレッジで出会った学生の中で、わたしが気に入ったのはたった一人だけだった。ロバート・ベッカーだ。彼は作家志望だった。「書くことについて学ばなくちゃならないことは全部学ぶつもりなんだ。一台の車をばらばらに分解して、また組み立てるようなものなんじゃないかな」

「面倒な作業みたいだな」

「おれは成功するからな」

ベッカーはわたしよりも三センチほど背が低かったが、ずんぐりしていて、がっちりとしたからだつきで、肩も腕も立派だった。

「子供の時に病気をしたんだ」と彼が打ち明けてくれた。「一年間ほどベッドに寝たきりで、その時テニスボールを二つそれぞれの手に持って、いつも強く握りしめていたんだ。そんなことをしていたから、こんなふうになってしまったんだよ」

彼は夜に使い走りの仕事をしていて、それでカレッジに通い続けることができた。

「その仕事をどうやって見つけたんだ？」

「ある男を知っている男を知っていたんだ」

「そんな生意気な口がきけないようにしてやるぞ」

「たぶん、そいつは無理さ。おれは書くことにしか興味がないんでね」

わたしたちは芝生を見渡すことができるアルコーヴの中に座っていた。二人の男子学生がわたしをじっと見つめている。

そのうち一人が声をかけてきた。「ねえ」とわたしに聞いてくる。「ちょっと聞いてもいいかい？」

「どうぞ」

「きみは小学校で弱虫じゃなかったかい、きみのことを覚えているよ。ところが今のきみはやたらと強い。いったいどうしちゃったんだ？」

「知らないよ」

「きみは世をすねているのかい？」

「多分ね」

「すね者でいてしあわせかい？」

「ああ」

「じゃあ、きみはすね者じゃないよ。世をすねている者がしあわせなわけがない！」

二人の男たちはヴォードヴィル風の大げさな握手の仕草をすると、大笑いしながら駆け去っていった。

「やつらにへこまされたようだね」とベッカーが言う。

「いや、やつらは懸命にやりすぎていたよ」

「きみはほんとうに世をすねているのかい？」

「おれはふしあわせだよ。もしもおれがすね者だったら、多分もうちょっとましな気分になれるはずさ」

わたしたちはアルコーヴから飛び降りる。授業は終わっていた。ベッカーが教科書をロッカーの中にしまいたがった。一緒にロッカーまで行くと、彼が乱暴に投げ込む。それからわたしに五、六枚の紙切れを手渡した。

「ほら、読んでみなよ。短編小説だ」

二人でわたしのロッカーへと向かう。扉を開けて、彼に紙袋を手渡した。

「ぐいっとやってくれ……」

ポートワインのボトルだ。

ベッカーが一口飲み、それからわたしも一口飲んだ。

「こんなのをいつもロッカーにしまいこんでいるのかい？」と彼が尋ねる。

「できるかぎりね」

「なあ、今夜は仕事がないんだ。おれの仲間たちに逢いに来たらどうだ？」

「人と逢うのが苦手なんだ」

「連中はふつうのやつらとはちょっと違うぜ」

「そうなのかい？　どこでだい？　きみの部屋かい？」

「いや、別のところだ。ほら、住所を書いてやろう……」

彼は紙切れに書き始める。

「なあ、ベッカー、そいつらは何をするんだ？」

「酒を飲むのさ」とベッカーが答える。

わたしは紙切れをポケットの中にしまい込んだ……。


その夜、食事の後でベッカーの短編小説を読んだ。よく書けている。わたしは嫉妬した。夜中に自転車に乗って、一人の美女に電報を届ける話だった。書き方は客観的で明瞭で、落ち着きのある文体からは優しさが滲み出ていた。トマス・ウルフの影響を受けたとベッカーは言い張っていたが、ウルフほどやたらと嘆き悲しんだり、大げさな書き方をしたりしていない。剝き出しの感情が安っぽく綿々と綴られているということもなかった。ベッカーには書く才能がある。彼はわたしよりもうまく書ける。

わたしは両親からタイプライターを買い与えられていて、それを使って何編か短編小説に挑戦したものの、未完成で味わいにも欠けたものしか仕上げられなかった。まずくてどうしようもないというわけではない。しかし物語そのものに生気がなく、妙におもねっているように思えた。わたしの物語のほうがベッカーのものよりも暗く、変わってもいたが、成功してはいなかった。とはいうものの、自分の目で見てうまく書けたなと思えるものが、少なくとも一、二編はある。しかしそれらの作品にしても、あらかじめ筋書きを考えてそうなったというより、結果的にうまく収まったという感じだった。ベッカーのほうがうまいのははっきりしている。もしかするとわたしは絵に挑戦したほうがいいのかもしれない。

両親が眠るのを待った。父はいつも大きな鼾をかく。父の鼾が聞こえてきたので、寝室の網戸を開け、ベリーの茂みの向こうへ這い出た。そこは隣の家の車寄せになっている。わたしは夜の闇の中をゆっくりと歩いた。ロングウッドに出ると、二一番街にぶつかるまでずっと直進し、右に曲がり、ウェストヴューに沿って丘をのぼり、〝W〟の路面電車の終点となっているところに出た。トークンを入れて、車両のいちばん後ろまで進み、椅子に座って煙草に火をつける。ベッカーの仲間も彼の短編小説と同じようにいかしているのだとしたら、今夜は楽しいことになりそうだった。

目ざすビーコン・ストリートの番地を探しあてた時、ベッカーはすでに到着していた。彼の仲間がキッチンの隅のほうに固まっている。わたしは一人ずつみんなに紹介された。ハリーにラナ、ゴブルズにスティンキー、マーシュバードにエリス、それにドッグフェイスだ。最後に紹介されたのが、切り裂き魔、ザ・リッパーだった。みんな大きな朝食用のテーブルを囲んで座っている。ハリーはきちんとした仕事についていた。仕事があるのは彼とベッカーの二人だけだった。女性はラナしかいない。お互いに紹介されると、彼女はわたしのほうを真っ直ぐ見て微笑んだ。みんな若くて痩せこけていて、手巻きの煙草をふかしている。

「きみのことはベッカーに聞いているよ」とハリーが言う。「きみは小説家なんだってね」

「タイプライターなら持っているよ」

「おれたちのことを書くつもりかい?」とスティンキーが質問する。

「酒を飲むほうがいいな」

「よしきた。おれたちゃ大飲み競争をするんだ。金は持っているかい?」とスティンキーが尋ねる。

「二ドルなら……」

「いいぞ、賭け金は二ドルだ。さあ、みんな張った、張った!」とハリーが言う。

全部で十八ドルになった。目の前に投げ出された金は、なかなか壮観だ。ボトルが登場し、続いてショット・グラスも運ばれてきた。

「ベッカーが教えてくれたよ。自分のことを手ごわい男だと思っているんだって? きみは手ごわいのかい?」

「ああ」

「そうか、すぐにわかるよ……」

キッチンの明かりは煌々と輝いていた。まじりけのない本物のウィスキーだ。琥珀色をしている。ハリーがグラスに注ぐ。何という美しさよ。わたしの口も喉も、もう待ちきれない。ラジオがついていた。〝ああ、ジョニー、ああ、ジョニー、あなたの愛し方ときたら!〟と誰かが歌っている。

「乾杯!」とハリーが言う。

わたしが負けることなどありえない。何日だって飲み続けることができる。もう飲み飽きたという気分になったことはこれまで一度もない。

ゴブルズも自分の小さなショット・グラスを持っている。みんながそれぞれのグラスを持ち上げて飲み干した時、彼も自分のを持ち上げて飲み干した。みんなそれがおかしくてたまらないようだった。赤ん坊がそうやって飲むなんて、わたしには冗談で笑い飛ばせるようなことだとは思えなかったが、何も言わないでいた。

ハリーが二杯目を注いでいく。

「おれの短編を読んでくれたかい、ハンク？」とベッカーが聞いてきた。

「ああ」

「気に入ったかい？」

「よかったよ。きみならもういつでも大丈夫だ。あとはつきを待つだけだね」

「乾杯！」とハリーが言う。

二杯目も問題なかった。ラナも含めてみんなすぐに飲み干した。

ハリーがわたしを見つめる。「殴り合いをするのが好きなんだろう、ハンク？」

「いいや」

「そうか、もしそうだったら、ドッグフェイスが相手をするからな」

ドッグフェイスはわたしの倍の大きさだ。この世に生きるとは何とうんざりさせられることか。まわりを見回せば、いつだって自分のことを一発でのしてやろうと、手ぐすねひいている誰かが必ずいる。わたしはドッグフェイスのほうを見た。「やあ、相棒！」

「よう、抜け作」と彼が応える。「つべこべ言わずに次の酒を飲み干せよ」

ハリーが代わりを注いで回る。今度は脚の高い椅子に座っているゴブルズを抜かしたので、わたしとしてはほっとした。用意が整い、みんなはグラスをあげ、今回も全員が飲み干す。そこでラナが脱落した。

「誰かが後片づけをしなくちゃならないでしょう。それに朝になったらハリーに仕事の仕度をさせなくちゃならないし」と彼女が言う。

次の一杯が注いで回られる。ちょうどその時、ドアが勢いよく押し開けられて、二十二歳ぐらいの大きくて見た目もいい若者が部屋の中に逃げ込んできた。「ちくしょう、ハリー」と彼が声をかける。「かくまってくれよ！　ガソリン・スタンドを襲ってきたばかりなんだ！」

「ガレージにおれの車がある」とハリーが答える。「バック・シートの床の上に伏せて、そこでじっとしているんだ！」

わたしたちは酒を飲み干す。お代わりが注がれる。二本目のボトルも登場した。テーブルの中央には十八ドルがまだそっくりそのまま置かれている。ラナ以外はみんな頑張っていた。よっぽどの量のウィスキーがなければ、ここにいる連中はへたばりそうもなかった。

「なあ」とわたしはハリーに尋ねる。「酒がなくなってしまうということはないのかい？」

「彼に見せてやれよ、ラナ……」

ラナが上のほうにある棚の扉を開ける。とんでもない数のウィスキーのボトルがきちんと並べられているのが見えた。全部同じ銘柄だ。輸送中のトラックを乗っ取った時の略奪品のようで、事実そうだったのだろう。そして悪事を働いた一味がここに勢揃いしている。ハリー、ラナ、スティンキー、マーシュバード、エリス、ドッグフェイスにザ・リッパー。ベッカーももしかするとそうかもしれない。ハリーの車のバック・シートの床に蹲っているさっきのあの若者は絶対にそうに違いない。ロサンジェルスの全住民の中でも最も過激な行動に走っている連中と一緒に、自分が今こうして酒を飲んでいることが急に誇らしく思えた。ベッカーはどうしたら小説が書けるかを知っているだけではなく、仲間にすべき人間たちも知っている。わたしの処女作の小説はロバート・ベッカーに捧げることにしよう。その作品は『オヴ・タイム・アンド・リバー』を凌ぐものになるはずだ。

ハリーは次々と酒を注ぎ続け、わたしたちもそれをどんどん飲み干していった。キッチンは煙草の煙でもうもうとしていた。

まずはマーシュバードが抜けた。とても大きな鼻の持ち主で、もうこれ以上はだめだと首を左右に振った。もうもうとたちこめる煙草の煙の中、左右に揺れて降参を告げる彼の大きな鼻先だけが見えた。

次に抜けたのがエリスだった。すごい胸毛をしていたが、心臓にまで毛が生えていないことは見るからに明らかだった。

その次がドッグフェイスだ。彼は突然立ち上がると、便所に駆け込んで吐いた。彼が嘔吐する音を聞いて、それが移ってしまったのか、ハリーも飛び上がって流しの中に吐いた。

残ったのはわたしとベッカー、スティンキーとザ・リッパー四人だけだ。

次に降参したのはベッカーだった。彼はテーブルの上で腕を組むと、その上に突っ伏して、それで一巻の終わりだった。

「夜はまだ始まったばかりだ」とわたしが言う。「おれはいつも日が昇るまで飲み続けるよ」

「そうかい」とザ・リッパーが応じる。「それで籠の中に糞をするんだよな！」

「そうさ、その糞がまたおまえの頭のかたちそっくりときている」

ザ・リッパーが立ち上がる。「このくそったれめ、ぶっとばしてやる！」

彼の腕がテーブル越しに伸びてくる。しかしわたしには当たらず、ボトルをなぎ倒す。ラナが雑巾でこぼれたあとを拭った。ハリーが新しいボトルを開ける。

「座れよ、リップ、さもなきゃおまえの賭け金は没収だぞ」とハリーが言う。

ハリーが新たな一杯を注いで回る。三人ともそれを飲み干す。

ザ・リッパーが立ち上がったかと思うと、裏口へと歩いていき、そこを開けて夜に包まれた外の景色を眺める。

「おい、リップ、いったい何をやっているんだ？」とスティンキーが声をかけた。

「満月かどうか確かめてんだよ」

「どうだい、満月かい？」

返事はなかった。裏口に立っていた彼が、階段の上を転げ落ち、茂みの中に倒れる音がした。みんなは彼をそのままにしておいた。

ということは、残ったのはわたしとスティンキーの二人だけだ。

「誰かがスティンキーをまかしたのをこれまでに見たことは一度もないよ」とハリーが言う。

ラナはゴブルズをベッドに寝かせてきた。そしてキッチンへと戻ってくる。「あきれたわ、いたるところに死体がごろごろ」

「注いでくれよ、ハリー」とわたしが言う。

ハリーがスティンキーのグラスを満杯にし、それからわたしのグラスにも注いだ。どう転んでもわたしはもう一杯飲めそうもなかった。自分にやれることをやるだけだ。朝飯前のようなふりをした。ショット・グラスを摑み上げると、一気に飲み干した。スティンキーが目をまん丸くして見つめている。「すぐに戻るよ。便所に行きたいんだ」

わたしたちは座ったまま待った。

「スティンキーはいいやつだな」とわたしが言う。「あいつのことをスティンキー（臭いやつ）だなんて呼んじゃだめだよ。どうしてそんな名前がついたんだ？」

「知らんね」とハリーが答える。「誰かが、ただつけただけだろう」

「あんたの車の後ろにいる男。あいつは出てこれるのかい？」

「朝まではだめだね」

わたしたちは座ったままずっと待った。「思うんだけど」とハリーが言う。「見てきたほうがいいんじゃないかな」

わたしたちはバスルームのドアを開けた。スティンキーは中にはいないようだ。それから彼の姿を発見した。バスタブの中でぶっ倒れている。縁のところから両足が突き出ていた。目を閉じて、中で横たわり、気絶している。わたしたちはテーブルへと戻った。「金はきみのものだ」とハリーが言う。

「ウィスキーのボトル代をいくらかおれに払わせてもらえないかな？」

「おかまいなく」

「本気かい？」

「ああ、もちろんだよ」

金を摑み取ると、右の前ポケットにしまい込んだ。スティンキーの酒が目に入る。

「こいつを無駄にしちゃいけないね」とわたしは言う。

「ということは、それも飲み干すつもりなの？」とラナが尋ねた。

「いいだろう？　帰りがけの一杯だよ……」

わたしはそれも飲み下した。

「よしと、じゃあまたな、最高だったぜ！」

「おやすみ、ハンク……」

裏口から外に出て、ザ・リッパーのからだをまたいでいく。裏にある路地を見つけて、左に曲がった。歩いていると、緑色のシヴォレーのセダンが目に入る。そばに近づこうとして、少しふらついた。倒れないようにと、後部ドアの把手を摑む。いまいましいそのドアはロックされていなくて、勢いよく開いてしまい、わたしは舗道へと投げ出される。激しく倒れ、舗道の石で左の肘を擦りむいた。満月だった。ウィスキーが一気にきいてくる。二度と立ち上がれないように思えた。立ち上がらなければならない。わたしは手ごわい男のはずだ。起きあがって、半開きのドアにからだを預け、それをしっかりと摑んで寄りかかった。それから中にあるハンドルを摑み、自分自身を支えようとした。後部座席にもぐり込んで、そこに座った。しばらく座っていた。それから吐き始める。とめどもなかった。吐いても吐いてもまだまだ吐き続ける。後部座席の床がゲロだらけになった。吐いた後もしばらく座り続ける。それから四苦八苦して車から出た。もうくらくらしなかった。ハンカチを取り出して、ズボンや靴にかかったゲロを、できるだけきれいに拭き取った。車のドアを閉めて、小道を歩いていく。〝W〟の路面電車を探さなければならなかった。何としてでも見つけ出そう。

見つけて、乗り込む。それでウェストヴュー・ストリートまで行って、二一番街を歩き、ロングウッド大通りを南に曲がって、二一二二番地まで下り続けた。隣家の車寄せを抜け、ベリーの茂みを見つけると、その上をそっと越えて、開け放したままの網戸から自分の寝室へと帰還した。服を脱いでベッドにもぐり込む。一リットル近くウィスキーを飲んだはずだ。父はわたしが家を抜け出した時と同じように今も鼾をかいている。あの時よりも大きくて下品な鼾になっている。わたしはとにかく眠りについた。

いつものように、三十分遅れてハミルトン先生の国語の授業に向かった。朝の七時半だ。ドアの外に立って耳を澄ます。またギルバート・アンド・サリバンをやっている。相も変わらず、海に出て女王の艦隊がどうのこうのというやつだ。ハミルトンは飽きるということがないのだろうか。高校でのわたしの国語の教師も、ポー、ポー、エドガー・アラン・ポー、とそれしかなかった。

わたしはドアを開けた。ハミルトンがプレイヤーに近づいて、レコード針を上げる。それからクラスのみんなに向かって言う。「チナスキー君が登場する時は、いつも決まって朝の七時半です。チナスキー君はいつも時間厳守です。ただ問題なのは、守る時間が間違っているのです」

彼はそこで間合いをとって、クラスのみんなの表情をざっと見渡す。やたらと勿体をつけていた。それからわたしのほうを見る。

「チナスキー君、きみが午前七時半に出席しようが、時間どおりにちゃんと出席しようが、そんなことは問題ではありません。きみの〈国語I〉の成績は〝D〟に決定です」

「〝D〟だって? ハミルトン先生?」とわたしはお得意のせせら笑いを浮かべて聞き返す。「どうして〝F〟にしないの?」

「なぜなら〝F〟はたまに〝FUCK《ファック》〟と同一視されることがあります。きみは〝ファック〟呼ばわりされる値打ちすらない人間だとわたしは思います」

クラスのみんなが大声をあげて拍手喝采し、足をどんどん踏み鳴らしたりする。わたしは回れ右をして教室から出ると、後ろ手でドアを閉めた。みんながまだ大声をあげてはやしたてているのを耳にしながら、廊下を歩いていった。

52

ヨーロッパでの戦争はヒットラーの思いどおりに運んでいた。ほとんどの生徒たちはそのことを話題にしてあれこれと議論を交わしたりはしなかった。しかし教師たちはさかんに議論を交わし、彼らのほぼ全員が左翼か反独だった。たった一人、経済学を教えるグラスグロウ先生を除けば、教師たちの間で右翼の党派に属する人間は誰もいないように思えた。しかし彼もそのことをあからさまに主張することはなかった。

ファシズムの浸透を抑止するために、ドイツとの戦争に参加するというのは、知識としても正しく、一般的なこととなっていた。わたしとしては、自分の今の人生や、自分が将来送るであろう人生を守るために戦争に行くつもりなどさらさらなかった。わたしには自由などなかった。何もなかった。ヒットラーが台頭していれば、もしかするとわたしはたまにはセックスができる女にもありつけ、週一ドル以上の小遣いをもらえるかもしれなかった。どんなに合理的に考えてみても、わたしに守るべきものは何一つとしてなかった。加えて、自分がドイツ生まれということで、持って生まれた忠誠心のようなものがあり、ドイツ国家全体や国民が、まるで極悪非道な怪物か大馬鹿者かのように、いたるところで描写されているのをあまり目にはしたくなかった。映画館では、ヒットラーやムッソリーニを頭に血がのぼってしまった狂人のように見せるべく、ニュース・フィルムをひっきりなしに上映していた。おまけに、教師たちすべてが反独ということで、彼らと単純に意見を合わせるというのは、個人的にはなかなかできないことだった。まったくの孤立状態に立たされたということと生まれついてのつむじ曲がりから、わたしは彼らの見方と反対の立場を取ることにした。わたしは『我が闘争』を読んだこともなければ、読むつもりもなかった。ヒットラーもわたしにとってはもう一人の独裁者にしかすぎない。ただヒットラーの場合は、夕食の席でがみがみと小言を言うかわりに、彼を阻止しようとわたしが戦争に行ったとすれば、多分わたしの頭や金玉を吹き飛ばしてしまうだけだ。

教師たちがナチズムやファシズムの罪悪について延々と話し続けたりすると（わたしたちはたとえ文章の初めにきても、〝nazi〟の〝n〟はいつでも必ず小文字で綴るようにと教えられていた）、わたしは勢いよく立ち上がって、何か適当なことを言ったりもした。

「人類の存続は選択的成績責任制（生徒の成績で教師の給与等が左右される制度）にかかっている！」

誰とベッドを共にするか用心してその相手を選べということを言いたかったのだが、わたしにしかその意味はわかっていなかった。こうしたわたしの言動は、みんなを心底うんざりさせた。

どこからこうした戯言を思いつくのか自分でもよくわからなかった。

「民主主義の失敗のひとつは、ありきたりの投票からはありきたりの指導者しか選び出せず、その指導者は血も涙も通っていないありきたりの予言を我々に信じ込ませる！」

わたしは自分に対して一度も面倒を起こしたことがないユダヤ人や黒人に対しては、いかなるかたちであれ直接的な言及をしないようにした。わたしに降りかかる面倒ごとは、すべて白人のキリスト教徒たちによるものだった。たとえば、わたしは気性にしても好みにしても、決してナチではなかった。しかし教師たちは自分たちの反独の先入観でもって、わたしをナチ扱いしたり、ナチと同類だと考えることで、そうした人物に幾分なりとも無理やり仕立てあげてしまおうとした。わたしは人が自ら支持している主義や主張を心から信じていなかったり理解していなかったとしたら、その人物は何とかしてもっと納得のいく仕事をするようになるということもどこかで読んでいた。それでわたしは教師たちに対して、結構優位に立つことができた。

「農耕馬と競走馬とをかけ合わせれば、逞しくもなければ足が速くもない子馬が生まれる。新たなる支配者民族は意図的な生殖によって生み出されることだろう！」

「よい戦争も悪い戦争もない。戦争で悪いことはただひとつ負けることである。あらゆる戦争はどちら側にとってもいわゆる大義とやらのために戦われてきた。しかし勝者の大義のみが歴史上の立派な大義ということになる。誰が正しく誰が間違っているかの問題ではなく、誰が最良の将軍とより優れた軍隊を持っているかの問題なのだ！」

わたしは気に入っていた。自分の気に入るどんなことでもでっちあげることができた。

言うまでもなく、わたしは喋りまくることによって、女の子と仲良くなれるチャンスからますます遠ざかっていった。とは言っても、いずれにしても女の子と思いきり近しくなったことなど一度としてなかったのだ。途方もないスピーチのために、自分はキャンパスでは孤立無援だと考えていたが、実際にはそうではなかった。耳を傾けてくれている者も何人かいた。ある日のこと、〈時事問題〉の授業に向かっていると、誰かがわたしの後についてくる。誰であれ、自分のすぐ後について歩かれるのは絶対にいやだった。歩きながら振り返る。全学自治会議長のボイド・テイラーだった。学生の間で人気があり、自治会の議長に二度選ばれたのは、カレッジの長い歴史の中でも彼一人だけしかいない。

「やあ、チナスキー、きみに話したいことがあるんだ」

ボイドのことはそれほど気にしたことがなかった。将来を保証された、見た目もいい、典型的なアメリカ人の若者で、いつもちゃんとした服を着こなし、洗練されていてさりげなく、黒い口髭は一本たりともはみ出ることなく、きちんと揃えて手入れされている。彼の何がそんなにも全学生に支持されているのか、わたしには見当もつかない。彼はわたしと並んで歩きだす。

「みんなに悪い印象を与えてしまうと思わないのかい、ボイド、おれと並んで歩いているところを見られたりしたら？」

「そいつは心配だね」

「わかった。いったい何なんだ？」

「チナスキー、きみとぼくの間だけの話にしておきたいんだけど、いいかな？」

「いいとも」

「いいかい、きみのような人たちが支持していることや、しようとしていることをぼくはまったく信じちゃいない」

「だから？」

「でもきみたちがこの国やヨーロッパで勝利したら、ぼくは喜んできみたちの側につくということをわかっておいてもらいたいんだ」

わたしは彼を見つめて笑うしかなかった。

立ちつくす彼を後にして、さっさと歩き去る。見事に手入れした口髭をたくわえている人間を絶対に信用してはならない……。

ほかにもわたしの言うことに耳を傾け続けてくれている者たちがいた。〈時事問題〉の授業を終えて外に出ると、ボールディが身長は百五十センチほどなのに横幅は九十センチ以上はあろうかという男と一緒に立っているのを偶然見かけた。その男の頭部は両肩の間に埋もれてしまっている。真ん丸の頭で、耳は小さく、髪の毛を短く刈り込んでいて、豆粒のような目と濡れたおちょぼ口をしている。

こいつは変わり者だ、とわたしは思った。人殺しだ。

「おい、ハンク！」とボールディが大声で呼ぶ。

わたしは近づいていった。「おれたちの仲はもう終わったはずだけどな、ラクロス」

「とんでもないよ！　まだまだいろんな面白いことをいっぱいやらなくちゃ！」

何てことだ！　ボールディも同類ではないか！

ナチのゲルマン民族至上主義はどうして精神的なあるいは肉体的な不具者しか生み出せないのか？

「イーゴー・スターノフをおまえに紹介したいんだ」

そばに寄って握手を交わす。彼は力一杯わたしの手を握りしめる。痛くてたまらなかった。「放せよ」とわたしは言う。「さもなきゃてめえの行方不明の首をへし折ってやるぞ！」

イーゴーがわたしの手を放す。「力を入れない握手しかしないやつをおれは信用しないんだ。おまえはどうしてそんなふにゃふにゃの握手しかしないんだ？」

「今日はどうにもめげてしまっているんだ。朝食のトーストは焦がされるし、昼飯ではチョコレート・ミルクをこぼしてしまったし」

イーゴーがボールディのほうを向く。「こいつ、いったい何なんだ？」

「こいつのことは気にしなくていいよ。こいつなりの流儀ってものがあるんだ」

イーゴーがまたわたしのほうに向き直る。

「おれのじいさんは白系ロシア人だった。革命の時にアカどもに殺されてしまったんだ。あの畜生どもに仕返しをしなくちゃな！」

「わかるよ」

その時一人の学生がわたしたちのほうに向かって歩いてきた。「よう、フェンスター！」とボールディが大声で呼びかける。

フェンスターがすぐそばまで来る。わたしたちは握手を交わした。わたしはふにゃふにゃの握手しかしなかった。握手をするのは嫌いだ。フェンスターの名前はボブといった。グレンデールにある一軒の家で、アメリカ党のためのアメリカ人たちの集会が行なわれることになっていた。キャンパスからの代表がフェンスターだ。彼が立ち去る。ボールディが身を寄せてきて、わたしの耳元にそっと囁く。「やつらはナチだぜ！」

イーゴーは車と一ガロンのラムとを持っていた。わたしたちはボールディの家の前で待ち合わせた。イーゴーがボトルをまわす。かなりの代物で、喉の膜が思わず焼けてしまいそうな強さだ。イーゴーは赤信号も突っ切って、自分の車をまるで戦車のように運転した。クラクションを鳴らしたり、急ブレーキをかけたりする人たちに、彼は偽物の黒いピストルを振り回す。

「おい、イーゴー」とボールディが呼びかける。「ハンクにおまえのピストルを見せてやれよ」

イーゴーは車を運転している。ボールディとわたしは後ろの席にいた。イーゴーがわたしにピストルを手渡す。じっくりと見つめた。

「すごいだろう！」とボールディが言う。「木を彫って作って、黒い靴墨で色をつけたんだ。本物みたいだと思わないか？」

「ああ」とわたしは答える。「銃身に穴までくりぬいているじゃないか」

イーゴーの手に銃を返す。「素晴らしいね」と声をかけた。

彼は代わりにラムの瓶を手渡してくれる。一口飲んで、ボトルをボールディにまわした。彼がわたしを見て叫ぶ。「ハイル、ヒットラー！」

最後に到着したのがわたしたちだった。大きくて立派な家だ。玄関のところで迎えてくれたのは、にこやかに微笑む太った少年で、生まれてからこの方ずっと火のそばで栗を食べていたかのようだ。彼の両親はあたりには見当たらない。ラリー・キアニーという名前だった。彼について大きな屋敷の中に入っていき、長くて薄暗い階段を降りる。キアニーの肩と頭しか見えない。見るからに栄養がいき届いている感じで、ボールディやイーゴーやわたしよりはずっと健全そうに思える。もしかするとこの家で何か学ぶべきことがあるのかもしれない。

案内されたのは地下のワインの貯蔵室だった。椅子がいくつか空いている。フェンスターがわたしたちに頷いた。彼のほかにわたしが見たこともない者ばかり七人がいた。一段と高くなった演壇の上には机が置かれている。ラリーが歩いていって、机の後ろに立った。彼の後ろの壁には大きなアメリカ国旗が掲げられている。ラリーは直立不動だ。「これから我々はアメリカ合衆国の国旗に忠誠を誓う!」

何てことだ、とわたしは思った。場違いなところに来てしまった!

わたしたちは起立して、誓いを立てる。しかしわたしは何に忠誠を誓うのか、そこのところは声に出さなかった。

全員が着席する。机の向こうからラリーが喋り始める。これが初めての集まりなので、自分が議長を務めると説明する。会合を二、三度持って、お互いのことがよくわかり始めた頃、みんなが望むなら議長を選出してもいい、しかしそれまでの間は……。

「ここアメリカで、我々は我々の自由に対する二つの脅威と立ち向かっている。我々が立ち向かっているのは、共産主義者たちが引き起こそうとしている災厄と黒人たちの我々に取って代わろうとする野望だ。両者はしばしば共に手を組む。我々真のアメリカ人は、この災厄や脅威を撃破するためにここに集う。この目的は何としても成し遂げなければならない。さもなければ黒人の男に卑猥な声をかけられることなく、たしなみのある白人の女性がこの街を歩くことなど、一切できなくなってしまう！」

イーゴーが急に立ち上がる。「我々はやつらを殺す！」

「共産主義者たちは、我々が長年働いて得た富を、我々の父親たちが血の滲む思いをして稼いだ富を、そして彼らの父親たちが労働して築き上げた富を分配したがっている。共産主義者たちは、我々の金を黒人やホモ、浮浪者や殺人者、あるいは我々の街を我が物顔にうろつき回って子供に性的暴行を働く変態どもに分け与えようとしている！」

「我々はやつらを殺す！」

「やつらを阻止しなければならない」

「我々は武装しよう！」

「そうだ、我々は武装しよう！　そしてここに集まってアメリカを救うための全体計画を明文化するのだ！」

全員が拍手喝采する。その中の二、三人が「ハイル、ヒットラー！」と大声でわめく。それからお互いに近づき合う時間となった。

ラリーが冷えたビールを配り、いくつかの小さなグループに分かれて喋り始めたが、それほど話ははずまなかった。ただ射撃練習が必要だということで全員の意見が一致した。それさえ行なっていれば、いざという時になっても、銃の扱いに困ることはない。

みんなでイーゴーの家に戻ると、彼の両親も留守のようだった。イーゴーはフライパンを取り出すと、そこにバターの塊を四つ落として溶かし始めた。ラムを持ち出すと、大きな鍋にあけて、温める。

「これこそが男の飲み物だ」と彼が言う。それからボールディのほうを見た。「おまえは男だな、ボールディ？」

ボールディはすでに酔っぱらっていた。直立不動の姿勢で、両手は脇にぴったりとくっついている。「**はい、わたしは男であります！**」彼が泣きだす。涙が溢れ落ちた。「**わたしは男であります！**」直立不動の姿勢のまま、大声で宣誓する。「**ハイル、ヒットラー！**」涙が伝い落ちている。

イーゴーがわたしのほうを見た。「おまえは男か？」

「どうだかわかんないよ。ラムはできたのかい？」

「おまえを信用していいのかどうかわからないよ。おまえがおれたちの仲間なのかどうか確信がもてないね。おまえは逆スパイなのか？　敵の諜報員なのか？」

「違うよ」

「おれたちの同志なのか？」

「よくわからないよ。はっきり言えることはたったひとつしかないね」

「何なんだ？」

「おれはおまえが気に入らないってことさ。ラムはできたかい？」

「わかるだろう？」とボールディが口を挟む。「こいつは厄介な相手だって教えてやったじゃないか！」

「夜が明けるまでに誰がいちばん手に負えないやつかわかるさ」とイーゴーが言う。

イーゴーが沸騰したラムに溶けたバターを注ぐ。それから火を止めてかき回した。彼のことが嫌いだったが、確かに人とは違ったところがある。そこは気に入っていた。それから彼は酒を飲むためのコップを三つ見つけだす。大きくて青いコップで、表にはロシア語で何か書かれている。バター・ラムをコップに注ぎ分ける。

「よし」と彼が言う。「飲み干すんだ!」

「くそっ、これから飲むところさ」とわたしは言って、ゆっくりと飲み込んでいった。ちょっと熱すぎるし、おまけに妙な匂いがした。

イーゴーが自分の酒を飲むのをじっと見つめた。コップの縁のすぐ上に彼の豆粒のような目がある。どうにかこうにか飲み干した。黄金色のバター・ラムのしずくが締まりのない彼の口の端から垂れている。それからボールディを見る。ボールディは直立したまま、自分のコップの中をじっと見つめていた。ボールディは放っておいても酒が好きになるようなタイプの人間ではないと、わたしにはとっくの昔からわかっていた。

イーゴーがボールディを睨みつける。「飲み干せ!」

「わかったよ、イーゴー、わかった……」

ボールディが青いカップを持ち上げる。彼にとっては耐えられない瞬間だ。彼にはあまりにも熱すぎたし、味もとうてい受けつけられない。半分ほどの量が彼の口からこぼれ出て、顎を伝って、シャツを濡らした。空になった彼のコップがキッチンの床の上に落ちる。

イーゴーがボールディの目の前に立ちはだかる。

「おまえは男じゃない!」

「ぼくは男だよ、イーゴー！　わたしは男であります！」

「この嘘つきめ！」

　イーゴーは手の甲で彼の頬を打つ。ボールディの頭が片方に傾くと、彼は反対側の頬を打ってもとの真っ直ぐな位置に戻す。ボールディは両腕をぴちっとからだの脇につけて気をつけの姿勢で立っていた。

「わたしは……男で……」

　イーゴーはなおも彼の目の前に立ちはだかったままだ。

「これからおれがおまえを男にしてやる！」

「わかったよ」とわたしはイーゴーに向かって言った。「もう彼にかまうな」

　イーゴーはキッチンから出ていく。わたしはラムのお代わりを注いだ。どうしようもない代物だったが、ここにあるのはそれだけだ。

　イーゴーが戻ってきた。銃を手にしている。本物だ。昔の六連発銃だった。

「これからロシアン・ルーレットをやる」と彼が告げる。

「馬鹿くさいったらありゃしない」とわたしは言った。

「ぼくはやるよ、イーゴー」とボールディが言う。「ぼくはやるよ！　ぼくは男だ！」

「よしきた」とイーゴーが答える。「銃には一発だけ弾が込められている。おれが薬室を回してやる。それからおまえに銃を手渡すからな」

　イーゴーが薬室を回転させ、それから銃をボールディに手渡す。ボールディが銃を握りしめて、自分の頭にあてた。「ぼくは男だ……わたしは男であります……やってやる！」

彼がまた泣きだす。「やってやる……ぼくは男だもん……」

ボールディは自分のこめかみにあてられていた銃口をずらせる。自分の頭を狙わないようにしてから、引き金を引いた。カチッという音がした。

イーゴーが銃を奪い、薬室を回転させてから、今度はわたしに手渡す。わたしは銃を彼に戻す。

「おまえが先にやれ」

イーゴーは薬室を回す。それから銃を明かりのすぐそばまで持っていき、薬室の中を覗き込んだ。銃口を自分のこめかみにあてて、引き金を引く。カチッと音がする。

「でかしたもんだ」とわたしが言う。「弾がどこに入ってるか薬室を確かめたな」

イーゴーが薬室を回転させて、わたしに銃を手渡した。「おまえの番だ……」

銃を彼の手に返す。「弾を入れろよ」と告げる。

もう一杯ラムを注ごうと歩きだした。わたしが歩きだしたとたん、銃声が轟いた。足元を見下ろす。自分の足のすぐそばのキッチンの床に銃弾の穴があいている。

わたしは振り返った。

「もう一度そいつをおれに向けてみやがれ、おまえを殺してやるからな、イーゴー」

「おお、そうかい?」

「そうとも」

彼は笑いながらその場に立っている。ゆっくりと銃を持ち上げていく。わたしは待った。やがて彼は銃を下に向ける。その夜はそれまでだった。わたしたちは車へと向かい、イーゴーが運転してみんなを家まで送った。その前にまずはウェストレイク公園で車を停め、ボートを一艘借りて、ラムを飲み終えようと湖に漕ぎだした。最後の一杯を飲み終えると、イーゴーは銃に弾を込め、ボートの底を撃って穴をあけた。岸からは四十メートル近く離れていて、わたしたちは泳ぐしかなかった……。

家に着いた時は随分遅かった。いつものベリーの茂みを這うようにして越え、寝室の窓から忍び込む。隣の部屋の父の鼾を聞きながら、服を脱いでベッドにもぐり込んだ。

53

授業を終えて家に帰ろうとウェストヴュー・ヒルを下っていた。いつも教科書は一冊も持ち歩かなかった。教室での講義に耳を傾け、あてずっぽうで答えを書くことで、試験にも受かっていた。試験のために一夜漬けの勉強をしたこともなかった。普段のままで〝C〟を取ることができた。丘を下っている途中で、蜘蛛の巣にひっかかってしまった。いつものことだ。立ち止まって自分のからだにべったりと絡みついた蜘蛛の巣を取りながら、主の蜘蛛の姿を探す。すぐに発見した。大きく太った黒いやつだ。その蜘蛛を圧し潰した。わたしにとって蜘蛛は憎まずにはいられない存在になっていた。地獄に落ちたら、わたしはきっと蜘蛛に食われてしまうに違いない。生まれてからこの方ずっと、この近辺で、わたしは蜘蛛の巣にひっかかり、クロウタドリたちに襲われ、そして父親と一緒に暮らし続けていた。何もかもがいつになっても陰鬱で、情けなくて、ひどい状態のままだ。天気でさえ苛酷で耐え難かった。何週間も続けてどうしようもないほど暑かったかと思えば、雨が降るかのどっちかだ。ひとたび雨が降れば、五日も六日も降り続いた。水が芝生の上に溢れ、家の中へ流れ込む。排水路を考えだした者は、こうした事態をまったく予期できなかったその無知さかげんに、高い代価を支払われたようなものだ。

わたし自身をめぐる個人的な事柄も、生まれ落ちた時と同じように、相も変わらずひどくて情けなかった。ただ一つ違うことがあるとすれば、満足がいくほどしょっちゅうというわけではなかったが、時折酒が飲めることだった。人が一生ぼうっとしたまま、まったく役立たずのような気分で過ごさずに済んでいるのは、酒が飲めるからこそだ。そのほかのことはすべて、人から何かを毟り取って、駄目にしてしまうだけだ。興味が湧くようなことは、何一つとして、まったくない。人々は用心深くて、自分の殻を打ち破るようなこともなく、みんな似たり寄ったりだった。そんなたわけどもと一緒にわたしは残りの一生を生きていかなければならない、と考えた。何てことだ。誰にでも尻の穴と性器があって、口もついていれば、腋の下もある。みんな糞をして、ぺちゃくちゃとくだらないことを喋り、馬の糞のように冴えないときている。女の子たちは遠くから見ている限りでは、なかなか素敵だった。日の光が彼女たちの着ている服や髪の毛と戯れている。ところが近づいて、その口から次から次へと飛び出してくる彼女たちの本心に耳を傾けてみると、丘の下に穴を掘って、軽機関銃を持って潜伏したくなってしまう。自分がしあわせにもなれなければ、結婚もできないし、子供も持てないだろうことは、わかりすぎるほどわかっていた。それどころか、皿洗いの仕事にすらつけないではないか。

もしかしてわたしは銀行強盗になれるかもしれない。何かとんでもないことをやらかすのだ。一瞬ぱっと激しく燃え上がるような何か。チャンスは一度だけだ。窓拭きなんかやっていられるか!

煙草に火をつけて、丘を下り続けた。チャンスがまったくない将来に心を悩ませているのはわたし一人だけなのだろうか？

もう一匹黒くて大きな蜘蛛を見つけた。わたしの通り道に顔の高さで巣を張っている。くわえていた煙草をそいつに押しつけた。蜘蛛が暴れて、巨大な蜘蛛の巣が激しく揺れる。茂みの小枝までその振動で揺れている。蜘蛛が巣から跳びはね、歩道の上に落ちた。こいつらはみんな卑劣な殺し屋どもだ。靴で蜘蛛を踏み潰す。無駄には終わらなかった一日だ。わたしは蜘蛛を二匹殺し、自然界のバランスを乱した。この先わたしたちはみんな虫や蠅に食い尽くされてしまうことだろう。

丘をずっと下って、いちばん下のあたりまで来た時、大きな茂みが揺れた。蜘蛛の王様がわたしを追いかけているのだ。そいつに立ち向かうべく、足を一歩前に踏みだした。

茂みの陰から飛び出してきたのはわたしの母親だった。「ヘンリー、ヘンリー、家に帰っちゃだめよ、家に帰らないで。父さんはおまえを殺してしまうわ！」

「どうやってそんなことができるんだい？　あいつのケツを鞭でひっぱたいてやるよ」

「だめよ、めちゃくちゃ怒り狂っていて手がつけられないのよ、ヘンリー！　家に帰らないで、おまえを殺しちゃうわ！　ここでおまえが帰ってくるのを何時間も待っていたのよ！」

母の目は恐怖で見開かれていて、とても美しかった。茶色の大きな瞳だ。

「こんなに早く父さんは家で何をやっているの？」

「頭痛がするからって、午後をお休みにしたのよ！」

「母さんも仕事に出ていると思っていたのに。新しい仕事を見つけたんだろう？」

母は家政婦の仕事を見つけていた。

「父さんがやってきてわたしを連れて帰ったの！　めちゃくちゃ怒っているわ！　おまえを殺してしまう！」

「心配しないで、母さん、おれに無茶なことをしようとしたら、あいつのきたないケツを蹴っ飛ばしてやる。約束するよ」

「ヘンリー、父さんはおまえの短編小説を見つけて読んだのよ！」

「読んでくれなんてあいつに頼んだ覚えはないよ」

「引き出しの中に入っていた小説を見つけたのよ！　そして読んじゃったの、全部すっかり読んじゃったの！」

わたしは短編小説を十編か十二編ほど書いていた。人にタイプライターを与えたら、その人間は作家になる。小説は下着や靴下が入った引き出しの敷き紙の下に隠していた。

「そうか」とわたしは言った。「親父は頼まれもしないのにあちこち探し回って、痛い目にあったというわけか」

「おまえを殺すって言っていたのよ！　あんな小説を書く息子など自分にはいないし、そんなやつは自分と同じ屋根の下に住まわせるわけにはいかないって言っていたわ！」

わたしは母親の腕を取った。「家に帰ろう、母さん、あいつがどうするか確かめてやろうじゃないか……」

「ヘンリー、父さんはおまえの服を全部家の前の芝生の上に投げ捨てたのよ！　洗濯物も、おまえのタイプライターも、スーツケースも、それにおまえの小説も何もかも一切合切を！」

「ぼくの小説を？」

「ええ、小説もよ……」

「あいつを殺してやる！」

わたしは母から離れると、二一番街を渡ってロングウッド大通りのほうに向かった。母がわたしの後を追いかけてくる。

「ヘンリー、ヘンリー、家の中に入っちゃだめ！」

哀れな母親はわたしのシャツの背中を引っ張る。

「ヘンリー、お聞き、どこかに部屋を見つけるのよ！　ヘンリー、十ドルあるわ！　この十ドルでどこかに自分の部屋を見つけるのよ！」

わたしは振り返った。彼女は十ドル札を突き出している。

「心配しなくていいよ」とわたしは言う。「このままどこかに行っちゃうから」

「ヘンリー、お金を持っていきなさい！　わたしのためだと思ってそうして！　自分の母親のためにそうしておくれ！」

「それなら、わかったよ……」

十ドル札を受け取って、ポケットに入れる。

「ありがとう、大金じゃないか」

「かまわないのよ、ヘンリー、おまえを愛しているわ、ヘンリー、でも行かなくちゃだめよ」

家に向かって歩いているわたしを追い越して、母が駆けていく。そしてわたしはすべてをこの目で確かめた。何もかもが芝生の上にばらまかれている。わたしの服が、きれいなものも汚れたものもひっくるめて全部。スーツケースは蓋が開いたまま投げ出されている。ソックス、シャツ、パジャマ、古びたローブ、あらゆるものがあたり一面に投げ捨てられている。芝生の上だけでなく、表の通りにまで。それから風に吹き飛ばされているわたしの原稿が目に入った。どぶの中やいたるところに吹き飛ばされている。

家へと続く車寄せの道を駆け上る母の背中に向かって大声で叫んだ。そうすれば父にも聞こえるはずだ。**「あいつにここまで出てこいと言っておくれ。そしたらあいつの腐った頭を叩き落としてやるから！」**

まずは自分の原稿をかき集めることにした。原稿を捨てるとは、わたしに対する最も卑劣な仕打ちだった。それらは父に触れる権利のないもののうちの一つだ。原稿をどぶや芝生の上や道の上から一枚ずつ拾い集めているうちに、だんだん気分がよくなってきた。見つけられる限りのすべての原稿を集めて、スーツケースの中に入れ、重し代わりにその上に靴を置いた。それからタイプライターの救出に向かう。ケースから中身が出てしまっていたが、まだ使い物になるように思えた。ばらまかれた自分のぼろ服を見回す。汚れた洗濯物はそのままにしておくことにした。パジャマも持っていかないことにした。投げ捨てられたものの中で、それだけが父のお古だ。ほかに詰め込むものはそれほどなかった。スーツケースの蓋を閉めて手に持ち、一緒にタイプライターも抱えて歩きだした。厚いカーテンの陰から顔が二つ、立ち去っていくわたしを覗き見していた。しかしすぐにもそのことは忘れ、ロングウッド通りをずっと歩いていき、二一番街を渡って、いつものウェストヴュー・ヒルを上っていった。いつもとそれほど気分が違うわけではない。意気盛んになっているわけでも、消沈しているわけでもなかった。何もかもいつもの続きのように思える。わたしは〝W〟の路面電車に乗って、途中で乗り換え、ダウンタウンのどこかに行こうとしていた。

54

フィリピン人街のテンプル・ストリートに部屋を見つけた。二階の部屋で、家賃は週三ドル五十セントだった。大家は金髪の中年女で、彼女に一週間分の家賃を払った。トイレとバスタブは廊下の端まで行かなければならなかったが、部屋には洗面台がついていて、小便ならそこですることができた。

そこでの最初の夜、一階の玄関のすぐ右側にバーがあるのを見つけた。気に入った。階段を昇ればいいだけだ。そうすれば自分の部屋に帰りつける。バーは小柄で浅黒い男たちでいっぱいだったが、彼らはわたしを気にかけることもなかった。わたしはフィリピン人にまつわるいろんな噂を耳にした。彼らは白人の女が、とりわけ金髪の女が好きだ。みんな短剣を持ち歩いている。みんな同じ背格好なので、七人の男たちが金を出しあって上等のスーツを一着と一揃えの装身具とを買い、毎晩交代でそれを着る。そんなたぐいの噂だ。フィリピン人が流行の服飾スタイルをつくりだすとジョージ・ラフトがどこかで言っていた。彼らは街角に立って、金のチェーンをぐるぐると振り回していた。細い金のチェーンで、長さは十八センチから二十センチほどあり、男たちのチェーンの長さはそれぞれのペニスの長さを仄めかせていた。

バーテンダーはフィリピン人だ。

「新顔だな、そうだろう?」と彼が尋ねる。

「二階に住んでいるんだ。学生さ」

「つけはだめだ」

わたしは小銭をいくらか差し出した。

「イーストサイドをおくれ」

ボトルを持って彼が戻ってくる。

「どこで女を手に入れられる?」とわたしが尋ねる。

彼は必要な分の小銭を取る。

「おれは何も知らないよ」と言って、レジスターに向かった。

その最初の夜、閉店までねばっていた。誰もうるさく言ってこなかった。何人かの金髪の女たちがフィリピン人と一緒に店を出ていった。みんな静かに酒を飲む男たちだった。少人数の仲間で席に着くと、頭をくっつけて話し合い、時折起こる笑いも控え目なものだった。わたしは彼らのことが気に入った。バーは店じまいとなり、店を出ようと立ち上がったわたしに向かって、バーテンダーは「ありがとう」と声をかけてくれた。アメリカ人のバーでそうされたことは一度もなかった。とりわけこのわたしに向かってなど。

わたしは新しい環境が気に入った。あとは金が必要なだけだ。

カレッジには通い続けることにした。日中の居場所が確保できるというわけだ。友だちのベッカーはドロップ・アウトしていた。カレッジで少しは気になる人間といえば、共産主義者として知られる人類学の講師がいたぐらいで、あとはまったく誰もいなかった。その講師は人類学などほとんど教えない。大男で、気さくで、みんなに好かれるタイプだった。

「ポーターハウス・ステーキの料理の仕方だが」と彼は授業で教える。「まずはフライパンを真っ赤になるまで熱し、ウィスキーを一杯飲んでから、フライパンの中に軽く塩を敷き詰める。それからステーキを入れて焼くが、焼きすぎてはいけない。ひっくり返して反対側も焼き、もう一杯ウィスキーを飲む。そしてステーキを盛りつけると、ただちに食べる」

わたしがキャンパスの芝生の上で寝そべっていると、彼が通りがかり、立ち止まってすぐ隣に寝転んだこともあった。

「チナスキー、きみはナチのたわごとをいつも言い触らしているけど、本気で信じているわけじゃないんだろう、どうかな?」

「その質問には答えられませんよ。先生は自分が言っているたわけたことを信じているんですか?」

「もちろん信じているよ」

「幸運を祈ります」

「チナスキー、きみもただのドイツ野郎にしかすぎないんだな」

彼は立ち上がって、草や葉っぱを払うと、歩き去っていった……。

ジミー・ハッチャーがやってきたのは、わたしがテンプル・ストリートに部屋を借りて二日たつかたたないうちのことだった。誰かが夜にドアをノックし、開けると彼が二人の男と一緒に立っていた。航空機製造工場の同僚で、一人はデルモア、もう一人はファストシューズ（速く走れる靴）という名前だった。

「ファストシューズだなんて、どうしてそんな名前がついたんだい？」

「やつに金を貸してみなよ、すぐにわかるぜ」

「さあ、入れよ……、いったいぜんたいどうやってここを見つけ出したんだ？」

「おまえの家族が私立探偵を雇って居場所を突き止めさせたんだ」

「ちくしょう、人の人生からどうすれば喜びを奪えるかやつらはちゃんと知っていやがる」

「心配しているのかも？」

「心配しているのだとしたら、金を送ってくれさえすればいいのに」

「そんなことしたらおまえは全部酒に注ぎ込んじゃうって言うさ」

「だったら心配させておけ……」

三人が中に入ってきて、ベッドの上や床の上に座り込んだ。五分の一ガロン瓶のウイスキーと紙コップとを持参している。ジミーが全員に注いで回る。

「いいところを見つけたじゃないか」

「最高だよ。窓から顔を突き出せば、いつだって市庁舎が見えるんだ」

ファストシューズがポケットから一組のトランプを取り出す。彼は敷物の上に座り込んでいる。

わたしのほうを見上げた。

「ギャンブルはするかい?」

「毎日さ。いかさまができる印のついた札じゃないだろうな?」

「おい、このくそったれ野郎!」

「おれに悪態をつくなよ、さもなきゃおまえの髪の毛がおれの炉棚《マントルピース》の上に飾られることになるぜ」

「嘘はつかないよ、なあ、ちゃんとしたカードだよ!」

「おれはポーカーかトゥエンティ・ワンしかできない。上限はいくらだ?」

「二ドルまで」

「親を決めようぜ」

わたしが親となり、通常のドロー・ポーカーにすることにした。自由札は好きではなかった。つきにあまりにも左右されてしまうからだ。積み金は二十五セントだ。わたしが札を配っていると、ジミーが酒のお代わりを注いで回った。

「どうやってうまくやっているんだ、ハンク?」

「ほかのやつらに学期末のレポートを書いてやっているんだ」

「頭がいいな」

「ああ……」

「なあ、おまえら」とジミーが言う。「こいつは天才だと言っただろう」

「ああ」とデルモアが答える。彼はわたしの右側に座っている。彼が最初の賭けに出る。

「二十五セント」と彼が言う。

みんなもそれに従う。

「三枚」とデルモア。

「一枚」とジミー。

「三枚」とファストシューズが言った。

「おれはこのままでいいや」とわたし。

「二十五セント」とデルモアが言う。

誰も降りないので、わたしが言った。「どうせ二十五セントって言うんだろうから、俺が二ドルに引き上げてやろう」

デルモアが降り、ジミーも降りた。ファストシューズがわたしを見つめる。「窓から顔を突き出せば市庁舎のほかに何が見えるんだい?」

「札を出せよ。おれは体育の授業や景色の話をしたくてこうしているわけじゃないぜ」

「わかった」と彼が言う。「おれも降りるよ」

わたしは賭け金をかき集め、みんなのカードも集めた。自分のカードはその場に伏せたままだ。

「どんな手だったんだい?」とファストシューズが尋ねる。

「知りたきゃ賭ける、それとも一生泣き言を言っているかのどっちかさ」

そう言ってわたしは自分の札を引き寄せると、積み重ねたトランプの中に入れ、一緒にしてよく切った。気分はまるでゲーブルだった。サンフランシスコ大地震で神に痛めつけられてしまう以前の。

トランプの手は次々と変わっていったが、わたしがつきに見放されることはほとんどなかった。その日は航空機製造工場の給料日だった。貧乏人が住んでいるところに大金を持っていくものではない。貧乏人は失うにしても、持っているわずかな金だけだ。一方、数学的に考えても、相手の有り金全部いただいてしまうことも可能というわけだ。金と貧乏人を前にした時、用心しなければならないのは、どちらか一方をもう一方に近づけすぎてはいけないということだ。

どういうわけかその夜はわたしの夜になりそうな気分がした。デルモアはすぐに有り金をはたいてしまって、帰っていった。

「なあ、みんな」とわたしが声をかける。「いいことを思いついたよ。トランプじゃ時間がかかりすぎる。コイン投げで賭けようぜ。一投げ十ドル。一人みんなと違う面が出た者の勝ち」

「いいよ」とジミーが言う。

「おれもいいぜ」とファストシューズも言う。

ウィスキーはとっくに空になっている。わたしの安物のワインをみんなで飲んでいた。

「いくぞ」とわたしが言う。「コインを爪の先で高くはじき飛ばすんだ！　落ちてきたやつを掌で受け止める。そしておれが『開けろ』と言ったら、どっちの面か確かめるんだ」

わたしたちはコインを高くはじき飛ばす。そして受け止める。

「開けろ！」とわたしが言った。

わたしだけ別の面だ。やった。二十ドルの儲け。ちょろいものだ。

十ドル札をポケットの中に押し込む。

「はじけ！」とわたしが言う。みんながはじき飛ばす。

「開けろ！」とわたし。

またわたしの勝ちだ。

「はじけ！」とわたしが言う。

「開けろ！」とわたし。

ファストシューズの勝ち。

その次はわたしが取った。

それからジミーが勝つ。

その次の二回はわたしだ。

「待った」とわたしが言う。「小便がしたくなった！」

流しのところまで行って小便をする。ワインのボトルも空いてしまっていた。物置きの小部屋の扉を開ける。「ここにもう一本ワインのボトルがあるぜ」と二人に伝える。

ポケットの中の紙幣をほとんど引っ張り出して、小部屋の中に投げ込んだ。そこから出ると、ボトルを開け、みんなに注いで回る。

「くそっ」とファストシューズが自分の札入れの中を覗き込みながら言う。「ほとんどおけらになっちまった」

「おれもさ」とジミーが言う。

「いったい誰が儲けたのかね？」とわたしが聞く。

彼らは大した酒飲みではなかった。ウィスキーとワインのちゃんぽんがよくなかったらしい。

少しよろめいている。

ファストシューズが化粧棚に倒れ込み、上にあった灰皿が床に落ちた。真っ二つに割れてしまう。

「拾えよ」とわたしが言った。

「こんなもの拾わないぜ」と彼が答える。

「『拾え』って言ったんだぞ！」

「おれはそんなくだらないもの拾わないよ」

ジミーが手を伸ばして、割れた灰皿を拾い上げた。

「おまえらとっとと帰ってくれ」とわたしが言う。

「おれを無理やり行かせることなんかできないぜ」とファストシューズが言う。

「わかった」とわたしが答える。「もう一度その口を開いて、一言でも何か言ってみやがれ、てめえの頭をけつの穴に突っ込んで抜けないようにしてやる！」

「行こうぜ、ファストシューズ」とジミーが言う。

わたしがドアを開けると、彼らはおぼつかない足取りで列になって出ていく。彼らについて廊下を進み、階段のてっぺんのところまで行った。そこで全員が立ち止まる。

「ハンク」とジミーが言う。「また逢おうぜ。無理するなよ」

「わかった、ジム……」

「いいか」とファストシューズがわたしに向かって言う。「この……」

彼の口にストレートを一発見舞った。回転し跳びはねながら、後ろ向きのまま階段を落ちていく。百八十センチに八十キロ以上と、彼はちょうどわたしと同じような体格をしていて、一ブロック先でも聞こえるような大きな音がした。ロビーにはフィリピン人が二人と金髪の女家主がいた。倒れているファストシューズを見つめてはいたが、彼のほうに駆け寄ろうとはしなかった。

「あいつを殺してしまったぞ！」とジミーが言う。

階段を駆け下り、うつ伏せになっているファストシューズをひっくり返す。ファストシューズの鼻も口も血まみれだ。ジミーが彼の頭を抱え上げる。わたしのほうを見上げる。

「ありゃひどすぎるよ、ハンク……」

「そうかい、じゃあどうするつもりだ？」

「そうだな」とジミーが言う。「そのうち戻ってきて、おまえをやっつけてやる……」

「ちょっと待ちな」とわたしは遮る。

部屋に戻って、ワインを注いだ。ジミーの紙コップは気に入らなかったので、ジャムが入っていた空き瓶をグラス代わりにしてずっと飲んでいた。紙のラベルが付いたままで、ワインと埃で染みになっている。もといた場所へ戻っていく。

ファストシューズは意識が回復していた。ジミーが彼を何とか立ちあがらせようとしていた。それからファストシューズの腕を自分の首に回させる。その場に二人で立つ。

「何て言っていたんだっけ？」とわたしが尋ねる。

「おまえはきたない男だよ、ハンク、痛い目にあわさなくちゃわからないようだな」

「おれの見た目がきたないっていいたいのか？」

「違うよ、やることがきたないんだよ……」

「おれがそこまで下りていって、てめえの友だちに止めを刺す前に、さっさとそいつを連れていきな！」

ファストシューズが血まみれの顔をもたげる。花柄のハワイアン・シャツを着ていたが、とりどりの色が今となっては血で真っ赤になってしまっている。

彼がわたしのほうを見上げる。それから話しだす。その声はほとんど聞こえない。しかし何を言っているのかわたしにはわかった。彼はこう言っていた。「おまえを殺してやるからな……」

「そうさ」とジミーも言う。「おまえをやっつけてやるぜ」

「やれるのか？　このたわけどもめが」とわたしは大声で叫ぶ。**「おれはどこにも逃げ出したりしないぞ！　おれを見つけ出したいと思ったら、いつでも五号室にいるからな！　待ってるぜ！五号室だ、わかったか？　ドアは開いているからな！」**

わたしはワインがいっぱい入ったジャムの瓶を持ち上げると、ぐいと飲み干した。その瓶を彼らに向かって投げつける。そのがらくたを思いきり投げつけた。しかし狙いが外れる。瓶は階段の横の壁にぶつかって脇にそれ、ロビーの女家主と彼女のフィリピン人の友だち二人の間の床を直撃した。

ジミーはファストシューズを出口のほうに向かせると、ゆっくりと外に連れ出そうとした。痛みをこらえてゆっくり進むしかない長くて辛い道のりだ。ファストシューズが、うめいているのかべそをかいているのかよくわからない調子で、またこう言っているのが聞こえた。「あいつを殺してやる……あいつを殺してやる……」

その彼をジミーはどうにかこうにか戸口のところまで連れていった。それから出ていった。

金髪の女家主とフィリピン人二人はロビーにずっと立ちつくしたまま、わたしのほうを見上げている。わたしは裸足のままで、五日か六日は髭を剃っていなかった。髪の毛も伸び切っている。朝に一度梳かすだけで、その後は気にもしなかった。わたしの体育の教師は、いつも後を追いかけてきては、姿勢のことで文句をつけた。「肩を後ろに引け！　どうして地面ばかり見ている？　何か落ちているのか？」

わたしは服の好みやスタイルにはまったく無頓着だった。白のTシャツにはワインが滲み、煙草や葉巻の火で焦げてあちこちに穴があき、血やゲロの染みもできている。小さすぎるので、上のほうにたくし上げられて、腹や臍が丸見えだ。ズボンも小さすぎた。あまりにぴったりしすぎて、踝の上で脹らんでしまっていた。

三人はまだ立ったままわたしのほうを見ている。わたしも彼らのほうを見下ろす。「なあ、みんな、ちょっと飲みにこないか！」

二人の小さな男はわたしを見上げてにやりと笑う。美貌が衰えたキャロル・ロンバード・タイプの女家主は、無表情のままだ。みんなからカンザス夫人と呼ばれていた。彼女がわたしと恋に陥ることなどあり得るのだろうか？　ピンクのハイヒールを履いて、きらきら光るスパンコールで飾り立てられた黒いドレスを着ている。いくつもの小さな光がわたしに向かってちらついている。その乳房はありきたりの人間が決してお目にかかれないような代物だった。王様や独裁者や支配者、それにフィリピン人のためだけのものだ。

「誰か煙草を持っていないか？」とわたしが尋ねる。「煙草を切らしてしまったんだ」

カンザス夫人の隣に立っていた小さくて浅黒い男が、片手を自分のジャケットのポケットのほうに僅かに近づけたかと思うと、キャメルの箱がロビーの空中に舞い上がった。その箱をもう一方の手で器用に受け止める。指先で箱の底を軽く叩いたのかどうか、目では確かめられなかったが、煙草が一本飛び出す。誰にも真似ができないような鮮やかで正確な手口で、さあ、お取りくださいといわんばかりに煙草が一本顔を出している。

「うわぁ、まいったね、ありがとう」とわたしは声に出す。

階段を下り始め、途中で足を踏み誤って前のめりになり、今にも落っこちそうになるが、手すりを摑んで何とか体勢を立て直し、気を取り直してから残りの段を下りていった。わたしは酔っぱらっているのか？　煙草の箱を持っている小男のそばに近づいていく。軽くお辞儀をした。

キャメルを一本つまみ上げる。空中にはじき飛ばして受け止めてから、口にくわえた。浅黒き我が友は無表情のままだ。彼のにやにや笑いはわたしが階段を下りだした時に消えてしまっていた。小さき我が友は少し前に屈むと、両手を丸めて炎を包みこみ、煙草に火をつけてくれた。

一服吸って、煙を吐き出す。「どうだい、みんな上のおれの部屋に来て、一杯か二杯、一緒に酒を飲むというのはどうかな？」

「だめだ」とわたしの煙草の火をつけてくれた小さな男が答える。

「おれのラジオでベーちゃん（ベートーヴェン）かバッハが聴けるかもしれないぜ！　おれは教養があるんだよ。学生だからな……」

「だめだ」ともう一人の小男のほうも言う。

わたしは煙草を一服思いきり吸ってから、キャロル・ロンバードことカンザス夫人のほうを見る。

それから二人の我が友に目を移した。

「彼女はあんたらのものだ。おれは彼女はいらない。彼女はあんたらのものだ。いいから上がってこいよ。ワインを少し飲もうぜ。居心地のいい五号室でな」

返事はなかった。ウィスキーとワインとがわたしの中でお互いに落ち着く場所を求めてぶつかり合っているせいか、ちょっぴりぐらついてしまう。口の右端でだらしなく煙草をくわえたまま、煙をふかす。そんなふうに煙草をくわえ続けた。

短剣の話は百も承知だ。そこに住んでまだ間がなかったというのに、わたしはすでに二度も短剣がからんだ事件にお目にかかっていた。最初は、夜中にサイレンの音が聞こえて、窓から外を見ると、すぐ真下のテンプル・ストリートの歩道の上、街灯の陰に死体が月明かりに照らされて横たわっていた。別の時にも、やはり死体を見かけた。短剣の夜だ。一度目は白人の男で、別の時は彼らと同じ人種だった。いずれの時も血が舗石の上に流れ出していた。見ればすぐにわかる本物の血が、舗道の上を伝って溝に流れ込み、溝の中を赤く染めていく。無意味で、言葉も出てこない……一人の人間からそれほど多くの血が流れ出るとは。

「わかったよ、おれの友だちよ」と彼らに告げる。「悪く思わないでくれよ。おれは一人で飲むから……」

彼らに背を向けて、階段のほうへと歩きだす。

「チナスキーさん」とカンザス夫人の呼ぶ声がした。

振り向いて、二人の我が友が小さき友だちに両脇を守られている彼女を見つめる。

「自分の部屋に帰って眠りなさい。これ以上騒動を引き起こしたら、ロサンジェルス市警察に電話しますからね」

わたしは回れ右をして、階段を昇っていく。

どこに行っても活気などというものはない。この街にも、この場所にも、このくたびれきった存在そのものにも……。

部屋のドアは開いていた。中に入る。安物のワインがボトル三分の一ほど残っていた。

小部屋にもう一本あるかもしれない。

小部屋の扉を開ける。ボトルは入っていなかった。そのかわりあちこちに十ドル札や二十ドル札が散らばっていた。丸まった二十ドル札が、つま先に穴のあいた一組の汚れた靴下の間に挟まっている。シャツの襟の下に十ドル札がぶらさがっている。くたびれたジャケットのサイド・ポケットからも別の十ドル札が出てきた。あとはほとんど床の上に落ちている。

わたしは紙幣を一枚つまみ上げると、ズボンの横ポケットに滑り込ませ、ドアのほうに歩いていく。ドアを閉めて鍵をかけてから、階段を下りてバーに向かった。

55

それから二晩ほどしてから、ベッカーが現われた。ここの住所をわたしの両親に教えてもらったか、カレッジに連絡して居場所をつきとめたか、そのどちらかだと思う。わたしはカレッジの就職課の〝不熟練労働者〟の項目のところに自分の名前と住所を登録していた。「どんなことでも誠実にやるか、さもなければまったくやらないかのどちらか」と自分のカードには書き込んでおいた。連絡は一度もなかった。

ベッカーが椅子に腰をかけ、わたしはワインを注ぐ。彼は海兵隊の制服を着ている。

「きみもすっかりはめられてしまったようだな」とわたしが言う。

「ウェスタン・ユニオン電報会社の仕事を失ってしまったんだ。残っていたのはこれしかなかった」

彼に飲み物を手渡す。「だってきみは愛国者なんかじゃないだろう?」

「断固違うぜ」

「それがどうして海兵隊なんかに?」

「基礎訓練キャンプの話を聞いたんだ。自分が受かるかどうか試してみる気になってね」

「それで受かっちゃったわけだ」

「そうなんだ。とんでもないやつらがいるぜ。ほとんど毎晩喧嘩がある。止める者は誰もいない。相手を殺す寸前までいってしまうんだ」

「気に入ったね」

「入ればいいじゃないか?」

「朝早く起きるのは嫌いでね。それに人に命令されるのも嫌いだ」

「これからどうやってやっていくつもりなんだ?」

「わかんないよ。すかんぴんになったら、どや街まで歩いていくだけさ」

「あそこにはほんとう変わった連中がいるらしいぜ」

「そんなやつらはいたるところにいるさ」

ベッカーにワインのお代わりを注ぐ。

「厄介なのは」と彼が言う。「書く時間があまりないことだね」

「今でも作家になりたいのかい？」

「もちろんさ。きみはどうだい？」

「ああ」とわたしは答える。「でも極めて望み薄だな」

「まだまだちゃんと書けないってことかい？」

「違うよ、やつらがまるでどうしようもないのさ」

「どういうことだい？」

「雑誌を読んでいるかい？　『年間優秀短編小説集』とかいったやつは？　少なくとも十冊以上は出ているじゃないか」

「ああ、読んだことがあるよ」

「『ザ・ニューヨーカー』は読んだかい？　『ハーパーズ』は？　『ジ・アトランティック』は？」

「ああ……」

「今は一九四〇年だぜ。やつらはいまだに十九世紀の作品を出版し続けている。重苦しくて、手が込んでいて、もったいぶったものばかりをね。そんなものを読んでも頭が痛くなるか、眠くなってしまうかどっちかさ」

「どこがまずいんだい？」

「ごまかしさ、ペテンだよ、内輪でのちっぽけな遊びにしかすぎない」

「どうやらきみの作品がはねつけられたみたいだね」

「きっとそうなるってわかっているさ。どうして無駄な切手代を払わなくちゃならないんだ？ワインが買えなくなる」

「おれは日の目を見るからな」とベッカーが言う。「いつかそのうち図書館の棚でおれの本を見つけることになるぜ」

「書くことの話はやめようぜ」

「きみの作品を読ませてもらったよ」とベッカーが続ける。「きみは辛辣すぎて、あらゆることを憎悪している」

「書くことの話はやめようぜ」

「トマス・ウルフを読んでみろよ……」

「トマス・ウルフなんかくそくらえってんだ！　年寄りの婆あが電話で喋っているようなもんじゃないか！」

「そうか、じゃあ誰がお気に入りなんだ？」

「ジェームズ・サーバーだね」

「あのいかにもアッパー・ミドル・クラスのどうしようもない……」

「誰もが狂っているということをやつはわかっているぜ……」

「トマス・ウルフは現実的だぞ……」

「大間抜け野郎しか書くことの話なんてしないぞ……」

「おれのことを大間抜け野郎呼ばわりするのか？」

「そうさ……」

わたしは彼にワインのお代わりを注ぎ、自分にも注いだ。

「そんな制服を着るなんてきみは馬鹿だよ」

「おれのことを大間抜け野郎と言って、それから馬鹿と言ったな。　おれたちゃ友だち同士だと思っていたのに」

「友だち同士さ。　きみが自分を大切にしているように思えないだけさ」

「きみと会うと、いつだって酒を手にしている。　それが自分を大切にすることなのか？」

「おれが知っている最良の方法さ。　酒がなかったら、おれはとっくの昔にこのどうしようもない喉をかき切っていたね」

「たわけたことを」

「少しでも役に立てばたわけたことじゃないさ。　パーシング広場の説教者たちは自分たちの神を持っている。　おれは今自分の神の血を手にしているんだ！」

わたしは自分のグラスを高く掲げて、一気にワインを流し込んだ。

「きみは現実から逃避しているだけだ」とベッカーが言う。

「そうしちゃ悪いか？」

「現実から逃避している限り、小説家になんかなれっこないぜ」

「いったい何をふざけたことを言っているんだ？　それこそが小説家のすることじゃないか！」

ベッカーが立ち上がる。「おれに話しかける時は、大きな声を立てないでくれ」

「どうしてほしいんだ、おれのちんぽこを立てればいいのか？」

「ちんぽこもないくせに！」

不意打ちで右のパンチを見舞う。彼の耳の後ろに命中した。彼は部屋の反対側までよろめき、手にしていたグラスが吹き飛ぶ。ベッカーは力のある男で、わたしよりもずっと強かった。化粧棚の角にぶつかり、こちらに向き直る。わたしは彼の頬にもう一発右のストレートを放った。彼が開いたままの窓のほうによろける。これ以上殴ると、彼はそこから表の通りに落っこちてしまうかもしれなかった。

ベッカーが気を取り直し、しゃきっとするために頭を左右に振る。

「もう十分だ」とわたしは言う。「もうちょっと飲もうぜ。暴力はおれをむかつかせる」

「わかった」とベッカーも答える。

彼が自分のグラスを拾いにいく。わたしが飲んでいる安物のワインにはコルクがついていない。捩って開ける蓋がついている。わたしは新しいボトルの蓋を捩った。ベッカーが自分のグラスを差し出し、わたしは彼のために一杯注いでやる。自分にも注いで、ボトルを置いた。ベッカーが自分のグラスを飲み干し、わたしも飲み干した。

「悪く思わないでくれよ」とわたしが声をかける。

「思うもんか、仲間じゃないか」とベッカーがグラスを置きながら答える。そして彼はわたしの胃に右のきつい一発を叩き込んできた。思わずからだを二つに折り曲げると、彼はわたしの後頭部を押さえつけたまま、顔に膝蹴りを食わせる。鼻から血が噴き出て、シャツが見る見るうちに血まみれになる。

「酒を注いでくれよ、なあ」とわたしが言う。「もうこれでけりがついたものと思おうぜ」

「立ち上がれ」とベッカーが言う。「さっきのはまだ第一章さ」

立ち上がって、ベッカーに向かっていく。彼のジャブをブロックし、肘に右の一発を食らう。それから近めからのストレートを彼の鼻に命中させた。ベッカーが後退る。二人とも鼻血を流していた。

わたしはベッカーに突進した。二人ともむやみやたらに腕を振り回す。何発か強烈なパンチを受けた。腹にもきつい右の一発を叩き込まれた。たまらずからだを二つに折るが、すぐにもアッパーカットを繰り出す。見事命中した。完全に決まった文句なしの一撃だった。ベッカーは後ろによろめき、化粧棚にぶつかって倒れる。彼の後頭部が鏡にあたった。鏡が粉々に割れる。彼は茫然としている。もう仕留めたも同然だ。彼のシャツの胸のあたりを掴んで、左耳の後ろに右の激しい一発を叩き込んだ。敷物の上に倒れ込み、四つん這いになる。彼のもとを離れて、おぼつかない手つきで酒を注いだ。

「ベッカー」とわたしは告げる。「おれはここで週に二回の割合で誰かをこてんぱんに痛めつけているんだ。おまえはまずい日に現われたようだな」

グラスを空にする。ベッカーが立ち上がった。わたしを見つめながらしばらくじっと立っている。それからこちらに向かってきた。

「ベッカー」とわたしが言う。「待てよ……」

彼は右の攻撃から始めたかと思うと、すぐにも手を引っ込め、左の一発でわたしの口を思いきり殴りつけた。戦闘再開というわけだ。もはや防御のことなど考えてはいられない。パンチ、パンチ、パンチの連続だ。彼に押されて椅子の上に倒れ込む。椅子がばらばらになった。立ち上がって、向かってくる彼に一発命中させる。後ろによろめいたところに、すかさず右のパンチをお見舞いする。彼は後ろにはじけ飛び、壁に激突する。部屋全体が激しく揺れた。はずみで戻ってきた彼が、わたしの額の上のあたりに右の一発を叩き込んだ。緑や黄色や赤い光が目の前をちかちかする。肋骨に左の一発を受け、顔面にも右の一撃を食らってしまう。わたしは腕を思いきり振るが、空振りだ。

何てことだ、とわたしは思った。このけたたましい音が誰にも聞こえないのだろうか？　どうして誰も止めにやってこないのか？　どうしてみんなは警察を呼ばないのか？

ベッカーがまた激しく攻撃してくる。わたしの右からの大振りのフックは外れてしまう。それでわたしはもう一巻の終わりだった……。

意識を取り戻すと、あたりは暗かった。夜だ。わたしはベッドの下にいて、頭だけが外に突き出ている。きっとそこに這って逃げ込んだに違いない。わたしは臆病者だった。からだじゅうゲロまみれになっている。ベッドの下から這い出た。

粉々に割れてしまった化粧棚の鏡や木っ端微塵になった椅子を見つめる。テーブルもひっくり返っている。近づいて、もとに戻そうとした。ちゃんと立たずに倒れてしまう。脚が二本壊れて、天板を支えられなくなっていた。とりあえずできるかぎりのことをしてみる。何とかしてもとどおりのテーブルになる。しばらくは立っていたが、すぐにまた倒れてしまった。敷物はワインとゲロでべとべとに濡れている。横倒しになっているワインのボトルを見つけた。中身が少しだけ残っている。それを飲み干し、ほかにも残っていないかとあたりを見回した。何もない。飲めるものは何もなかった。わたしはドアのチェーンをかける。煙草を一本見つけると、それに火をつけ、窓辺に立ってテンプル・ストリートの様子を観察した。外は素敵な夜だ。

しばらくしてドアをノックする音がした。「チナスキーさん?」カンザス夫人だ。一人ではない。別の人間のひそひそ声が聞こえる。彼女は小さくて浅黒い友だちを連れているのだ。

「チナスキーさん?」

「何です?」

「あなたの部屋に入れてもらいたいんですけど」

「何のために?」

「シーツを替えたいんです」

「今気分が悪いんです。中には入れられないよ」

「シーツを替えたいだけよ。二、三分で済むから」

「だめだ、入れるわけにはいかない。朝にしてください」

みんなでひそひそと囁き合う声が聞こえる。それから廊下を遠ざかっていく音がした。ドアから離れて、ベッドの上に座る。酒なしではいられない、どうしても。今夜は土曜の夜だ。街中が酔っぱらっている。

うまくすればこっそり抜け出せるだろうか?

ドアに近づき、チェーンをかけたまま、ほんの少しだけ開けて外の様子を覗き見た。階段のいちばん上のところにフィリピン人が一人でいる。カンザス夫人の友だちのうちの一人だ。彼は金槌を手にして、跪いている。わたしのほうを見上げると、にやりと笑い、それから敷物に釘を一本打ち込んだ。彼は敷物を固定するふりをしているだけだ。わたしはドアを閉めた。

無性に酒がほしかった。床の上を行ったり来たりする。どうして世界中でこのわたしだけが酒を飲めないというのか？　このいまいましい部屋の中にわたしはいったいいつまで閉じ込められていなければならないのか？　ドアをもう一度開けてみる。同じことだった。彼がわたしのほうを見上げ、にやりと笑って、床にもう一本釘を打ち込む。わたしはドアを閉めた。

スーツケースを引っ張り出し、その中に何枚かの衣類をほうり込み始める。

ギャンブルで勝った金がまだ結構残っていたが、部屋の修理代が、それだけではとてもじゃないが追いつかないことはよくわかっている。もちろん払うつもりはまるでなかった。実際わたしだけが悪いわけじゃない。彼らは喧嘩を止めるべきだった。それに鏡を割ったのはベッカーだし……。

身仕度ができた。わたしは片手にスーツケースを持ち、もう一方の手にケースに入ったポータブル・タイプライターを持った。しばらくドアの前に立って様子を窺う。もう一度外を覗いた。彼はまだ同じ場所にいる。ドアのチェーンをそっと外す。それからドアを引き開けると、突然外に勢いよく飛び出した。階段に向かってまっしぐらに駆けていく。

「**おい！**　どこへ行くんだ？」と小男が聞く。彼はまだ跪いたままだった。彼が金槌を振り上げる。わたしはポータブル・タイプライターを振り回して、彼の側頭部に思いきり命中させた。身の毛がよだつような凄まじい音がした。階段を駆け下り、ロビーを走り抜けて、ドアの外に出る。

もしかしてわたしはあの男を殺してしまったかもしれない。

テンプル・ストリートを走って逃げ始める。タクシーを見つけた。空車だ。わたしは飛び乗る。

「バンカー・ヒル」と行き先を告げた。「大急ぎで！」

56

「空き室あり」の札が窓に出ている下宿屋を見かけ、その前にタクシーをつけてもらった。運転手に料金を払い、ポーチに近づき、呼び鈴を鳴らす。喧嘩のせいで片目には黒い隈ができていたし、もう一方の目は怪我をしている。鼻は腫れ上がっているし、唇も厚く脹らんでしまっていた。左の耳は真っ赤になっていて、ちょっとでも触れようものなら、からだじゅうを電気ショックが貫く。

　老人がドアのそばにやってきた。下着のシャツを着ていて、胸いっぱいの模様はどうやらチリ・ビーンズをこぼした跡のようだ。白髪は梳かした様子もなく、髭もあたっていなくて、べっとりと濡れた匂いのきつい煙草をふかしている。

「ここの主人かい？」とわたしが尋ねる。

「ああ」

「部屋を借りたい」

「働いとるのか？」

「小説家だ」

「小説家のようには見えんが」

「どう見えるのがそうなんだ？」

彼は答えない。

しばらくして口を開いた。「週二ドル五十セント」

「部屋を見られるかな？」

彼がげっぷをする。そして「わしについてこい……」と言う。

長い廊下を通っていく。敷物は敷かれていない。床板は軋み、わたしたちが歩くと沈んだ。部屋の一つから男の声が聞こえてくる。

「しゃぶってくれ、このあま！」

「三ドル」と女の声も聞こえる。

「三ドルだって？　くれてやらあ、このくそったれ！」

男が激しい平手打ちを食わせる。女の悲鳴が聞こえる。わたしたちはかまわず歩いていった。

「部屋は裏手にある」と老人が言う。「こっちの建物のバスルームを使ってもかまわんよ」

裏手にぼろ家が建っていて、ドアが四つついている。老人が三号室に近づき、ドアを開けた。中に入る。簡易ベッドに毛布、小さな化粧棚に小さなテーブル。テーブルの上には電熱器がある。

「電熱器もついとるよ」と老人が言う。

「こいつはいいや」

「前金で二ドル五十セント」

わたしは家賃を払う。

「明日の朝、領収書を渡すからな」

「いいよ」

「名前は何てんだ?」

「チナスキー」

「わしはコナーズじゃ」

鍵束から鍵を一つ抜くと、わたしに手渡した。

「ここは静かで居心地のいい場所じゃ。ずっとそういう場所にしておきたいと思っとる」

「よくわかった」

彼が出ていくと、ドアを閉めた。頭上には何のおおいもない裸電球が一つついている。確かに部屋はとても清潔にされている。まずまずだ。立ち上がって、部屋から出ると、ドアに鍵をかけ、裏庭を抜けて狭い裏通りに出た。

あの老人に本名をばらすべきではなかったと思った。テンプル・ストリートでわたしは例の小さくて浅黒い友だちを殺してしまったかもしれないではないか。

崖っ縁を下っていく木製の長い階段があり、下の通りへと続いていた。なかなかロマンティックだ。酒屋が見つかるまで歩き続けた。酒を仕入れるつもりだった。ワインを二本買い、腹もすいていたので大きな袋に入ったポテト・チップスも手に入れた。

自分の部屋に戻り、服を脱いで簡易ベッドによじのぼると、壁にもたれかかって煙草に火をつけ、ワインを注いだ。いい気分だ。裏のほうは実に静かだった。同じぼろ家のほかの部屋の物音はまったく聞こえない。小便がしたくなり、パンツをはくと、表に出て、ぼろ家の陰で用を足した。ここからだと街の明かりが見える。ロサンジェルスはいい場所だ。貧しい人間がやたらといるから、その中に紛れ込んで、簡単に身を隠すことができる。部屋に戻って、また簡易ベッドによじのぼった。ワインと煙草さえあれば、人は何とかやっていける。グラスを飲み干し、お代わりを注いだ。

もしかするとわたしはどうにかこうにかやっていけるかもしれない。一日八時間労働などとんでもないことだが、ほとんど誰もがそれに甘んじている。それに戦争が続いていた。ヨーロッパの戦争の話でみんなは持ちきりだった。わたしは世界の歴史になど興味はなかった。興味があるのは自分の歴史だけだ。まったくくだらない。育ち盛りの時は両親の言いなりで、やつらのいいようにされっぱなし。ようやく一人立ちできるかと思ったら、まわりから無理やり軍服を着せられてしまい、挙句の果ては大事な下半身を吹き飛ばされてしまうというわけだ。

ワインが実にうまい。お代わりを注ぐ。

戦争。ここにいるのはまだ童貞のままのわたしだ。女を一度も知ることなく、歴史とやらのために自分の大事な下半身を吹き飛ばされるなんて考えてみることすらできないではないか。あるいは自分の車を手に入れることもなく。いったい何を守ろうとするのか？　他人事だ。わたしには何の関係もない。戦争で死んだところで、それで戦争を終わらせるということは決してない。

わたしは何とかやっていける。酒飲み競争では優勝できそうだし、ギャンブルだってできる。ピストル強盗すら一、二度はしでかせそうではないか。多くは望まない。ただ放っておいてほしいだけだ。

最初のワイン・ボトルを飲み終え、二本目にかかる。

二本目のボトルを半分ほど空けたところで、飲むのをやめ、横になって手足を伸ばす。新しい場所での最初の夜だ。申し分なかった。わたしは眠りについた。

ドアに鍵が差し込まれる音で目が覚めた。それからドアが押し開けられる。わたしは簡易ベッドの上に座り込んだ。男が一人中に入ってこようとしている。

「ここからとっとと出ていきやがれ！」と大声で怒鳴った。

男があわてて立ち去る。走り去っていく足音が聞こえる。

起き上がって、ドアをばたんと閉めた。

みんながよくやることだった。部屋を借りて、家賃を払わなくなってからも、鍵だけは返さずとっておく。舞い戻って空き室だったらこっそり忍び込んでそこで眠り、別の人間がすでに借りていたら、留守を狙って空き巣を働く。とはいえ、さっきのやつはもう戻ってはこないだろう。またやったりしたら、わたしにこてんぱんにのされてしまうとよくわかったに違いない。

簡易ベッドに戻って、また酒を飲んだ。

神経が少しぴりぴりしすぎだ。ナイフを握りしめずにはいられないような気分になっている。

酒を飲み干すと、お代わりを注ぎ、それも飲み干してから、また眠りについた。

57

ある日国語の授業の後で、カーティス先生に居残りを命じられた。

彼女は舌足らずで、見事な脚をしていて、その組み合わせがどういうわけかわたしをむらむらとした気分にさせる。年齢は三十二歳前後、教養にも品のよさにも恵まれていたが、ほかのみんなと同じように、絵に描いたようなリベラルで、独自の考え方をしていたり、闘志を燃やしているということはなく、単にフランキー・ローズベルトを尊敬しているというたぐいの人間だった。大恐慌の時に貧しい人たちに向けてさまざまな計画を打ち出したということで、わたしもフランキーが気に入っていた。彼にも品のよさが備わっていた。彼が貧しい人たちのことを真剣に心配していたかといえば、わたしはそうは思わないが、彼は偉大なる役者で、いい声の持ち主だったし、見事な演説を書く人間もちゃんと雇い入れていた。しかし彼はわたしたちを戦争に駆り立てたがった。そうすれば彼の名前は歴史の本に残ることになる。戦時下の大統領にはより権力が集中するし、のちのち、よりページを割かれもする。カーティス先生のほうがずっと素敵な脚をしているということを別にすれば、彼女は我らがフランキーそっくりだった。哀れなフランキーはそんな素敵な脚をしていなかったが、彼には素晴らしい脳みそがある。ほかの国なら、彼は権力を恣《ほしいまま》にする独裁者となれたことだろう。

　最後まで残っていた生徒が出ていくと、カーティス先生の机に近づいていった。彼女がわたしに微笑みかける。わたしがこれまでずっと彼女の脚ばかり見ていたことを本人も知っている。わたしの望みもお見通しだったが、そればかりは彼女には教えようがなかった。彼女が言った言葉の中でわたしがただ一つ覚えているものがある。彼女自身の言葉ではないことは明らかだったが、わたしは気に入った——

「一般大衆の愚かさを過大評価してはなりません」

「チナスキーさん」と彼女がわたしを見つめる。「自分のことをとても頭がいいと思っている学生がこのクラスには何人かいます」

「はあ？」

「フェルトン君はクラスでいちばん頭のいい学生です」

「そうですね」

「何があなたを煩わせているの？」

「何ですって？」

「あなたを悩ませていることが……何かあるはずです」

「多分」

「これがあなたの最後の学期でしょう、そうじゃないの？」

「どうしてわかったんですか？」

確かにわたしは別れるのが辛いといった視線でここのところずっと彼女の脚を見つめていた。キャンパスは単なる隠れ場所だと決めていたのだ。いつまでもずるずると居続けるキャンパス狂のような人間もいる。カレッジの世界は厳しさとは無縁で実に居心地がいい。現実の世界で何が待ち受けているのか、誰も教えてくれようとはしない。せっせと詰め込んでくれるのは理屈だけで、舗石がどんなに堅くて冷たいかなど間違っても話題にはしない。カレッジの教育はその人間を一生駄目にすることもできるのだ。本も場合によっては人を軟弱にする。書を捨てて街に出れば、カレッジでは誰もが絶対に教えてくれなかったことを、身をもって学ばなければならなくなる。今学期が終了したらここをやめて、スティンキーや彼の仲間たちとぶらぶらしようと決めていた。酒屋に押し込み強盗に入れるほどの根性を持った誰かに新たに出会わないとも限らないではないか。銀行強盗ができるもっと凄いやつが現われるかもしれない。

「あなたがやめようとしているのはわかっていたわ」と彼女が優しく話しかけてくれる。

「〝新たに始めよう〟というほうがぴったりの言葉だと思います」

「やがて戦争になるわ。『ブレーメン号の水夫』はもう読んだ？」

「『ニューヨーカー』っぽい作品はどうも好きになれないんです」

「今世界で何が起こっているのかを理解したかったら、ああいった作品を読まなくちゃだめよ」

「ぼくはそうは思わないね」

「あなたはあらゆることに反抗しているだけよ。そんなことでどうやって生き延びていけるの？」

「わからない。すでにもうくたびれてしまっているし」

カーティス先生は長い間自分の机を見下ろしていた。それから顔を上げてわたしを見る。

「どのみちわたしたちは戦争に巻き込まれることになります。あなたは戦争に行くの？」

「どうだっていいよ。行くかもしれないし、行かないかもしれない」

「いい水兵になれるわよ」

水兵になった自分自身を思い浮かべて微笑んだ。しかしすぐにもその思いを打ち消す。

「次の学期も続けるなら」と彼女が言う。「何でもほしいものが手に入るわよ」

彼女がわたしを見つめる。彼女が何を言いたいのかわたしにははっきりとわかったし、彼女も自分の言いたいことをわたしがはっきりわかっていると気づいていた。

「いいえ」とわたしは答える。「ぼくはやめます」

わたしはドアに向かう。ドアの前で立ち止まり、振り返って、さよならを言うかわりにほんの少しだけ頷く。わかるかわからないぐらいのそっけない別れの挨拶だ。表に出て、キャンパスの木立ちの下を歩いていく。いたるところで、男と女とがくっついているように思えた。わたしがこうして一人で歩いている時、カーティス先生も一人で自分の机の前に座っている。とんでもない殊勲となっていたことだろう。ヒットラーが全ヨーロッパを制覇し、虎視眈々とロンドンを狙っているちょうどその時に、あの舌足らずの口にキスをし、あの見事な両脚をせっせと押し広げていたとしたら。

しばらくしてから体育館に向かって歩きだした。自分のロッカーを引き払うつもりだった。わたしが体育の授業に出ることももうない。みんなはいつもかいたばかりの汗の爽やかでいい匂いのことを話題にする。みんなは適当ないいわけをしなければならないだけだ。出たばかりの大便の爽やかでいい匂いのことは絶対に話題にはしないではないか。よくこなれたビール糞ほど素晴らしいものはまずはありえない。つまり前の晩にビールを二十本か二十五本ほど飲んだ時に出る大便のことだ。そんなビール糞の馥郁たる香りは、あたり一面に広がり、一時間半はたっぷりと漂い続ける。自分がほんとうに生きていると、心底感じさせてくれるのだ。

ロッカーを見つけて開けると、自分の運動着と運動靴とをごみ箱に投げ捨てる。空っぽのワイン・ボトルが二本あったので、それもついでに捨てる。次にわたしのロッカーを使うやつの幸運を祈ろう。末はアイダホ州ボイシの市長にならないとも限らない。数字を組み合わせる方式の鍵もごみ箱に投げ捨てた。決められた組み合わせの番号がいやでいやでたまらなかった。１２１１

2。頭の悪い人間向けだ。両親の家の番地は2122だった。小さな数字ばかりだ。ROTCでは、1234、1234ばかりだった。いつかそのうち5に進めることだろう。

体育館を出て、運動場を横切る近道を行った。タッチ・フットボールの試合中だった。間に合わせのゲームだ。それを避けようと、急に方向を変える。

その時ボールディの声がした。「おい、ハンク！」

見上げると、彼がモンティ・バラードと一緒に観覧スタンドに座っている。バラードに関してはどういうことはなかった。彼のいいところは、こちらから何か聞かない限り、自分からは決して話しかけないことだ。わたしが彼に何か聞いたことはこれまで一度もない。汚れて垂れ下がった黄色い髪の毛の隙間からいつも人生を見つめていて、何としてでも生物学者になりたがっていた。

彼らに手を振って、歩き続ける。

「こっちに上がってこいよ、ハンク！」とボールディが叫ぶ。「ちょっと問題だぜ」

わたしは歩み寄って行く。「何だよ？」

「まあ座って、運動着のあのがっちりしたやつをよく見てみろよ」

腰をおろす。運動着を着ている者は一人しかいなかった。スパイクのついた陸上競技用の靴を履いている。背は低いが横幅がある。中途半端な横幅ではない。二頭筋も肩も見事に盛り上がっていて、首は太く、重そうで短い脚をしていた。髪の毛は黒く、顔はほとんど扁平だ。口は小さく、鼻もまるで目立たなくて、目もどこにあるのかわからないぐらいだった。

「なあ、あいつのことなら聞いたことがあるぜ」とわたしが言う。

「よく見てろよ」とボールディ。

それぞれのチームに四人ずついる。ボールが股の間からスナップされる。クォーターバックがパスをしようと後退する。キング・コング・ジュニアはディフェンスだ。半分ほど下がったあたりで試合に参加していた。攻撃側の一人が相手の陣地に深く攻め込み、もう一人が少しだけ走る。センターがブロックする。キング・コング・ジュニアは肩を落としたかと思うと、少しだけ走った男のほうに突進していく。彼に体当たりして、自分の肩を相手の横腹や胃に深くめり込ませ、激しい勢いで押し倒してしまう。それから方向転換して小走りで戻っていく。パスは深く攻め入った男にうまく渡ってタッチダウンとなった。

「見たか？」とボールディが聞く。

「あのキング・コング……」

「キング・コングはフットボールなどまったくやっちゃいないぜ。プレーになるたび、誰かを力の限りぶん殴っているだけさ」

「パスを受けるやつがボールを手にするまで、そいつにぶつかっちゃだめなはずだぜ」とわたしが言う。「そんなの反則じゃないか」

「誰があいつに言うんだ？」とボールディが尋ねる。

「おまえが言いに行くのか？」とわたしはバラードに聞いた。

「いいや」とバラードが答える。

キング・コングのチームのキックオフとなった。ルールからすれば今度は彼は堂々とブロックできる。進み出た彼は、フィールドにいるいちばん小柄な選手をめちゃくちゃに痛めつける。ところかまわず相手を蹴り回し、自分の脚の間に彼の頭を挟んでひっくり返しにした。小柄な男はなかなか立ち上がれない。

「あのキング・コングは頭がからっぽだぜ」とわたしは言う。「どうやってあんなやつが入学試験に受かったんだろう?」

「ここはそんなものがないのさ」

キング・コングのチームが一列に並ぶ。相手チームでいちばん優秀なのは、ジョー・スタペンだ。彼の志望は精神科医だ。背が高くて、百九十センチ近くはあり、痩せっぽちだったが、根性がある。ジョー・スタペンとキング・コングがお互いにチャージし合う。スタペンはうまくやっていた。タックルで倒されることはなかった。次のプレーになって、彼らはまたお互いにチャージし合った。今度はジョーがはね跳ばされ、少しだけ退却した。

「くそっ」とボールディが声をあげる。「ジョーはあきらめちゃってるぜ」

次にコングはもっと激しくジョーにぶつかった。ジョーのからだが吹き飛ばされ、フィールドを五、六ヤード押し戻されていく。キング・コングの肩はジョーの背中にしっかりと食い込んだままだ。

「こいつはやたらとむかつくぜ! あいつはいやらしいサディストでしかないじゃないか!」とわたしはたまらず言った。

「あいつはサディストかい?」とボールディがバラードに尋ねる。

「あいつは正真正銘のサディストさ」とバラードが答える。

その次のプレーで、コングはまたいちばん小柄な選手と対するようになった。彼は小柄な相手にただ突進しただけで、激しく押し倒して、下敷きにしてしまう。小柄な男はしばらく身動きができない。それから上体を起こし、頭を抱えこんだ。完全に息の根を止められてしまったようだ。

わたしは立ち上がった。

「よし、おれが行くからな」と言う。

「あのくそったれをやっつけてくれよ」とボールディが声をかける。

「もちろんさ」とわたしは答えた。

フィールドへと降りていく。

「なあ、みんな、選手は足りているかい？」

小柄な選手が立ち上がって、フィールドを離れようとする。わたしが近づくと、立ち止まった。

「入っちゃだめだ。あいつは誰かを殺したくてたまらないだけなんだ」

「ただのタッチ・フットボールだよ」とわたしは答える。

わたしたちのチームのボールだった。次のプレーの作戦を決めるための打合せ、ハドルにわたしも加わる。ほかにはジョー・スタペンと生存者がもう二人いた。

「どんなゲームのプランをたてている？」とわたしが尋ねる。

「生きてりゃましっていうだけさ」とジョー・スタペンが言う。

「得点はどうなんだ？」

「やつらが勝っていると思うぜ」とセンターのレニー・ヒルが答える。

わたしたちのハドルが終わり、それぞれがばらばらになる。ジョー・スタペンが後に下がって立ち、ボールを待ち受ける。わたしはコングをじっと見ながら立っていた。キャンパスで彼の姿を見かけたことは一度もなかった。体育館の男子便所に入り浸っているだけのやつかもしれない。いかにも糞の臭いを嗅ぎたがりそうだ。胎児を食いそうなやつにも見える。

「タイム！」とわたしが叫ぶ。

ボールの上に屈んでいたレニー・ヒルがからだを真っ直ぐにする。わたしはコングを睨みつけた。

「おれの名前はハンク。ハンク・チナスキー。ジャーナリズム科だ」

コングは返事をしない。わたしをぎろりと見つめるだけだ。気味が悪いほど白い肌をしている。その目は死んでいて、何の輝きも感じられない。

「名前は何てんだ？」と彼に尋ねる。

彼は睨みつけるだけだ。

「どうしたってんだよ？　胎盤が歯の間に挟まってんのかよ？」

コングがゆっくりと右腕を上げる。それを真っ直ぐ突き出して、わたしを指でさす。それからまた腕を下げていく。

「こいつ、おれのちんぽこでもしゃぶりやがれ」とわたしが思わず言う。「その仕草はいったいどういう意味なんだよ？」

「さあ、ゲームをしようぜ」とコングのチーム仲間の一人が声をかけてきた。

レニーがボールの上に屈み込み、素早く後ろへと投げる。コングがわたしに向かってきた。彼に焦点を合わす間もない。遠くに見えるスタンドの正面観覧席や木々や化学科の建物が激しく揺れる。彼に激突されたのだ。彼は羽のように自分の両腕をばたばたと動かしながら、後ろ向きになぎ倒されたわたしのまわりをぐるぐると回る。立ち上がったものの、くらくらする。まずはベッカーがわたしをノックアウトし、お次はこのサディストのゴリラだ。彼は臭かった。いやな臭いがする。とことん不快なくそ野郎だ。

スタペンのパスがインコプリート（パスされたボールが、レシーブも横取りもされず、ボールデッドになること）となってしまう。わたしたちはハドルする。

「いいことを思いついた」とわたしが言う。

「何なんだ？」とジョーが聞く。

「おれがボールを投げる。おまえはブロックだ」

「なりゆきまかせにしてみようぜ」とジョーが言う。

わたしたちはハドルを終えて、散らばる。レニーがボールの上に屈み込み、スタペンにスナップする。コングがわたしに突進してくる。わたしは肩を低く落として、彼にぶつかっていく。とんでもない力の持ち主だ。跳ね返されて、棒立ちになったところを、コングがまた襲いかかってきて、肩でわたしの腹を抉る。たまらずわたしは倒れる。すぐに飛び起きるが、自分が立ち上がったようには思えない。息ができなくなっていた。

スタペンが短いフォワードパスに成功する。サード・ダウンだ。ハドルは、なしだ。ボールがスナップされると、コングとわたしはお互いに向かって走りだした。ぎりぎりの瞬間に地面を蹴って、全身の力を込めて彼に飛びかかった。彼はわたしの全体重を首から上だけで受け止め、バランスを崩して後ろに倒れる。倒れる彼を力の限り蹴飛ばし、顎にパンチを命中させる。二人とも地面の上に倒れる。わたしが先に立ち上がった。起き上がってくるコングの横顔には赤いあざができ、口の端からは血を流している。それぞれ小走りに自分のポジションへと戻った。

　スタペンのパスがインコンプリートとなる。フォース・ダウンだ。パント（ボールを落とし、地面につく前に蹴るキック）をするためにスタペンがドロップバック（スナップを受け取ったクォーターバックが、パスの準備のために、まっすぐ後ろにさがる行為）する。コングも自分のチームのセーフティーマン（守備陣の最後部に位置する者）を守るためにドロップバックする。そのセーフティーマンがパントされたボールをキャッチし、フィールドを猛進撃してくる。ボールを持って走る選手の先陣を切るのはコングだ。わたしは彼らに向かって突進していった。コングはまたしても高い位置で邪魔をされるものだとばかり思っていた。わたしは今度はさっと身を低めて、彼の足首にクリッピング（ボールを持っていない相手の選手に、後ろから腰や足に向けてブロックする反則技）する。彼は前のめりになって勢いよく倒れると、地面に顔面を思いきりぶつけた。気を失ったのか、両腕を広げたまま、その場でじっとしたままだ。わたしは駆け寄って、跪く。彼の首の後ろを摑んで、強く引っ張る。彼の首を絞めあげ、背骨に膝頭を食い込ませて、突きまくった。「おい、コング、だいじょうぶか？」

　みんなが駆け寄ってくる。「怪我をしたみたいだぞ」とわたしは彼らに言う。「さあ、こいつをフィールドから運び出すのを手伝ってくれ」

　スタペンとわたしとで両側からコングを支えて、サイドラインまで運んでいく。サイドラインの近くで、わたしは躓いたふりをして、左足で彼の足首を思いきり踏みつける。

「ああっ」とコングが声をあげる。「おれにかまわないでくれ……」

「助けてやっているんだぜ、友だちだろう？」

　サイドラインまで連れていくと、わたしたちは彼を投げ出した。コングは座り込んで、口のまわりについた血を拭う。それから手を伸ばして、足首にそっと触れた。皮膚が擦りむけていて、すぐにも赤く腫れてきそうだ。わたしは彼の上に屈み込んだ。「おい、コング、最後までゲームをやろうぜ。今のところおれたちゃ四十二対七で負けている。でも挽回のチャンスをもらわなくちゃな」

「だめだ、おれは次の授業に出なくちゃだめなんだ」

「ここで野犬狩りの授業をやっているとは初耳だ」

「〈英文学I〉だよ」

「そいつはさすがだね。そうか、さてと、おまえを助けて体育館まで連れていってやるよ。熱いシャワーを浴びさせてやるからさ、どうかな?」

「いいよ、おれのそばに来ないでくれ」

コングが立ち上がる。すっかり意気消沈していた。見事な両肩は力なく落ち、顔じゅう泥と血まみれになっている。脚を引きずって何歩か歩いた。「おい。クィン」と自分の仲間の一人に声をかける。「手を貸してくれ……」

クィンがコングの片腕を取り、二人はフィールドをゆっくりと横切って体育館のほうへと向かう。

「おい、コング!」とわたしは声を張り上げた。「授業に間に合うといいな! ビル・サロイアンにおれが『やあ』って言っていたって伝えてくれ!」

ほかのみんながまわりに集まっている。ボールディもバラードも観覧スタンドから降りてきていた。これまでで最高の行ないをわたしがしでかしたというのに、どこを見渡してもまわりには可愛い女の子は一人もいなかった。

「誰か煙草を持っているか?」とわたしが尋ねる。

「チェスターフィールドならあるよ」とボールディが答える。

「まだそんなお嬢ちゃん煙草を吸っているのか?」と憎まれ口を叩く。

「一本貰おう」とジョー・スタペンが言った。

「いいや」とわたしも言う。「それしかないというのなら」

わたしたちは突っ立ったまま、煙草をふかした。

「まだゲームができるだけの人数が揃っているじゃないか」と誰かが言った。

「くだらねえ」とわたしが答える。「スポーツなんか大嫌いだ」

「ところで」とスタペンが声をかけてくる。「きみはコングの始末をしっかりしてくれたね」

「そうだよ」とボールディも加わる。「何もかもすっかり見てたよ。一つだけまごついてしまったことがあったな」

「何だい、それは?」とスタペンが尋ねる。

「いったいどっちがサディストなんだろう?」

「さてと」とわたしが言う。「もう行かなくちゃ。今夜キャグニーの映画があるんだ。あばずれ女を連れていくことになってんだ」

わたしはフィールドを横切っていこうと歩きだす。

「自分の右手を連れて映画に行くっていうことなのか?」と仲間の中の一人がわたしの背中に向かって叫んだ。

「両手だよ」とわたしは肩越しに言い返す。

フィールドを横切り、化学科の建物のそばも通り抜けて、表の芝生に出た。そこにはうじゃうじゃといるではないか。本を手にした男子学生や女子学生たちが、ベンチに座っていたり、木陰にいたり、芝生の上にいたりする。緑の本、青い本、茶色の本。お互いに向かって何か喋り合い、微笑み合い、時には一緒に声を上げて笑っている。わたしはキャンパスの横手のほうへ近道をする。そこが〝V〟の路面電車の終点となっているのだ。〝V〟の電車に乗り込むと、乗り継ぎ切符を取って車輛のいちばん後ろまで進み、いつもと同じように最後尾の席に腰を下ろし、そして待った。

58

将来に備えてどや街に落ちぶれる予行演習をしてみた。そこで見たものはどうにもぞっとしないものだった。そこの男たちや女たちは、ふつうとは違う大胆不敵さを持っていたり、不思議な閃きを感じさせてくれるわけではなかった。ほかの誰もが求めているものとまったく同じものを彼らもまた求めていた。明らかに正気を失っているという人たちもそこにはいて、拘束されることもなく自由に通りを歩き回っている。極端なまでに貧しい、もしくは極端に裕福な社会では、往々にして、狂人たちも自由に混じりあうことが許されているということに気づいた。自分がまったくの正気ではないことはわかっていた。子供の時にすでに気づいていたように、自分にはどこかおかしいところがあるといまだに考え続けていた。自分は殺人者か銀行強盗、聖者か強姦魔、修道士か世捨て人になるべく生まれついた人間のような気がしていた。誰とも接触せずに済む隠れ場所がわたしには必要だ。どや街はむかつく。まともでありきたりの人間の生活など、何の面白味もなくて、死んだほうがまだましだ。それらに代わる別の生き方などありえないように思える。教育も一種の罠のようなものだ。ほんの少しの教育を受けようとしたばかりに、わたしはますます疑り深くなってしまった。医者や弁護士や科学者はどうなのか？　彼らは一個人として考えたり行動したりする自由を剝奪されてしまうことを、自ら進んで認めてしまった人間たちにしかすぎない。わたしは自分のぼろ家に戻って、酒を飲んだ……。

部屋に座り込んで酒を飲みながら、自殺することを考えた。しかし自分のからだや自分の人生に対する奇妙な愛着を感じてしまう。大したものではないのだが、わたしのものであることには変わりない。化粧棚の鏡を覗き込んでにんまり笑ってみる。この世とおさらばするのだとしたら、八人か、十人、それとも二十人か、やつらを道連れにしてやってもいいではないか……。

十二月の土曜日の夜だった。わたしは自分の部屋の中にいて、いつもよりたくさん飲んでいた。次から次へと煙草に火をつけ、女の子のことやこの街のこと、仕事のことややってくるこれから先の歳月のことに、あれやこれやと思いを巡らせていた。先のことを考えてみても、面白そうなことはほとんどなさそうに思える。わたしは人間嫌いでも女嫌いでもないが、一人でいるのが好きだった。小さな場所に一人で座って、煙草を吸ったり、酒を飲んだりしていると気が休まる。自分自身とはいつも楽しくつきあうことができた。

しばらくして隣の部屋からラジオの音が聞こえてきた。大きな音でつけすぎだ。胸がむかつくラヴ・ソングだった。

「よう、あんた！」とわたしは思いきり怒鳴る。「そいつを下げてくれ！」

何の反応もない。

壁際に行って、どんどんと叩いた。

「『そのくだらねえやつを下げてくれ！』って言っただろう」

ラジオの音量は変化なしだ。

隣の部屋のドアの前に行く。わたしは靴を履いていた。脚を高く持ち上げ、ドアに足の裏を力任せにぶつける。ドアが勢いよく開いた。簡易ベッドの上に二人の人間がいる。太った年寄りの男と太った年寄りの女だ。セックスの真っ最中だった。小さな蠟燭が燃えている。男が上になっていた。彼は行為を中断すると、顔を向けてこっちのほうを見た。女も男の下になったまま顔を上げる。カーテンがあったり、ちょっとした敷物が置かれていたりと、部屋の中は手が加えられて、とてもきれいにされている。

「おや、これは失礼……」

ドアを閉めて自分の部屋へと戻った。ひどい気分だ。どんな悪夢に苛まれていようとも、貧しい者たちも彼らなりのやり方でセックスをする権利がある。セックスに酒、そしてもしかすると愛、彼らにはそれしか与えられていないのだ。

また座り込んで、グラスにワインを注いだ。自分の部屋のドアは開けっ放しのままだ。街の音を道連れにして、月明かりが部屋の中に入り込んでくる。ジューク・ボックス、行き交う車、罵り声、犬の吠え声、ラジオ……。みんな同じ穴のむじなではないか。誰もが一つの巨大な便器の中でもがいている。逃げ場はどこにもない。誰もがやがては流されてしまう運命にあるのだ。

子猫が通りがかり、わたしの部屋のドアのところで立ち止まって中の様子を窺う。月の光で目が輝いている。炎のように真っ赤だ。何とも美しい目をしている。

「おいで、にゃんこちゃん……」わたしは中に食べ物が入っているようなふりをして、手を差し出す。「にゃんこよ、にゃんこ……」

猫は通り過ぎて行ってしまう。

隣の部屋のラジオのスイッチが切られる。

ワインを飲み終えて、表に出た。さっきと同じようにパンツ一枚だった。ぐいっと引っぱり上げて、自分の一物をきちんと収める。隣の部屋の前に立った。わたしは鍵を壊してしまっていた。部屋の中の蠟燭の光が見える。多分椅子か何かで内側からドアを押さえつけていた。

そっとノックする。

返事はなかった。

もう一度ノックする。

物音がして、ドアが開いた。

太った年寄りの男が立っている。皺だらけの顔には数え切れないほどの悲しみが刻み込まれていた。眉と口髭と悲しげな両の目しか見えない。

「すみません」とわたしが声をかける。「自分がしでかしたことをとても申しわけなく思っています。あんたと彼女とでおれの部屋に一杯飲みにきませんか?」

「断る」

「それともおれがあんたたち二人に何か飲み物を持ってきましょうか?」

「それも断る」と彼が答える。「わしらにかまわないでくれないか」

彼がドアを閉める。


これまで味わった中でも最悪の二日酔いで目が覚めた。いつもなら昼まで眠っていられる。今日はそれができなかった。服を着て、本館のバスルームに向かい、用を足す。そこから出ると、裏の路地を進み、階段を使って崖を下り、下の通りへと出た。

日曜日だ。一週間の中でいちばん救いようもない曜日だ。

メイン・ストリートまで歩いていって、バーの前を通り過ぎる。出入口のそばにバーのいかがわしいホステスたちが座っていた。スカートの裾をうんとたくし上げて、ハイヒールを履いた脚をぶらぶらさせている。

「ねえ、あんた、寄っておいきよ!」

メイン・ストリートから東五番街、バンカー・ヒル。アメリカの肥溜めだ。

行き場所はどこにもなかった。ゲーム場が並ぶペニー・アーケードに入っていく。いろいろなゲームを見ながら歩き回ったが、どれ一つとしてやる気にはならなかった。しばらくして、ピンボール・マシーンの前にいる一人の海兵隊員に気づいた。両手で機械の横側をしっかり摑んで、大げさな身振りでボールをうまく運ぼうとしている。わたしは近づくと、いきなり彼の襟首とべルトの後ろとをひっ摑まえた。

「ベッカー、地獄の再試合を申し込むぜ！」

自由の身にすると、彼はこちらに向き直る。

「だめだ、お断りだよ」と彼が言う。

「ケリをつけようぜ」

「くだらないことを」と彼が言う。「一杯おごってやるぜ」

わたしたちはペニー・アーケードから出て、メイン・ストリートを歩いていく。一軒のバーのホステスが大声で呼びかける。「ねえ、海兵隊員さん、入ってよ！」

ベッカーが立ち止まる。

「やめろよ」とわたしが止める。「ここに入るぜ」「あいつらは人間の姿をしたゴキブリだぜ」

「給料が入ったばかりなんだ」と彼が言う。

「女どもは茶を飲んで、俺たちの飲み物は水で薄める。値段は二倍で、後で女の子に逢えた試しがないんだ」

「おれは入るよ」

ベッカーが入っていく。いまだ本が出版されていないアメリカの最も偉大な作家の一人が、精一杯めかし込んで討ち死にか。わたしも彼の後に続く。彼は女の子の一人に近づくと、彼女に何か話しかける。女はスカートを捲り上げ、ハイヒールをぶらぶら揺すって、声をたてて笑った。隅にある仕切り席へと二人で消えていく。バーテンダーがバーの奥から出て、彼らの注文を取りに行った。バーにいた別の女がわたしを見つめる。

「ねえ、あんた、遊びたくないの？」

「遊ぶぜ、でも自分の好きにやれる遊びしかだめさ」

「あんた怖いの、それとも変態？」

「どっちもさ」とわたしはバーのいちばん奥の端の席に座りながら言った。

　その女とわたしとの間に男が一人いた。バーの上に頭を突っ伏している。札入れは抜き取られてしまっていた。目が覚めて文句を言っても、バーテンダーに力ずくで表にほっぽり出されるか、警察に突き出されるかがおちだろう。

　ベッカーとバーのホステスに給仕した後、バーテンダーがバー・カウンターの奥に戻り、こちらに向かってくる。

「何を？」

「何も」

「何も？　ここで何をしたいんだ？」

「友だちを待っているのさ」とわたしは隅の仕切り席のほうに顎をしゃくる。

「座るなら、飲まなくちゃだめだ」

「わかった、水だ」

　バーテンダーが立ち去り、戻ってきて、目の前に水の入ったグラスを置く。

「二十五セント」

　彼に金を払う。

　バーの女がバーテンダーに言う。「あいつは変態か臆病者なのよ」

バーテンダーは何も言わなかった。ベッカーに手を振って合図され、彼は注文を取りに行く。女がわたしを見つめる。「どうして制服を着ていないのさ？」

「みんなと一緒の恰好をするのが嫌いなんだ」

「ほかにもわけがあるんじゃないの？」

「ほかのわけがあってもおれの勝手だろう」

「なにさ」と彼女が言う。

バーテンダーが戻ってくる。「もう一杯飲んでもらわなくちゃ」

「わかったよ」とわたしは言って、もう一枚二十五セント玉を彼に向かって滑らせた。


外に出て、ベッカーとわたしはメイン・ストリートを歩いていく。

「どうだった？」と尋ねる。

「テーブル・チャージがついて、それに飲み物が二杯。全部で三十二ドル取られた」

「ひでえな、それだけありゃおれなら二週間はたっぷり酔っぱらっていられるぜ」

「テーブルの下でおれのちんぽこを握って、擦ってくれたよ」

「何か言われたかい？」

「何も。黙ってちんぽこをせっせと擦るだけさ」

「おれなら自分でちんぽこを擦って、三十二ドル取っておくほうがいいな」

「でもあの娘はすごくきれいだったぜ」

「勘弁してくれよ、こいつ、おれは正真正銘の馬鹿野郎と足並み揃えて歩いているってわけか」

「そのうちにこういったことを全部小説に書くんだ。図書館の棚に登場さ。ベッカーと表示されている。Bのセクションは、やたらと貧弱だろう。助けを求めているのさ」

「きみは書くことについてちょっと喋りすぎだよ」とわたしが言う。


バス発着所の近くに別のバーを見つけた。ぼったくりバーではない。バーの主人が一人でやっている店で、五、六人の旅行者の客がいた。みんな男だ。ベッカーとわたしが腰を下ろす。

「おれのおごりだ」とベッカーが言う。

「ボトルのイーストサイド」

ベッカーが二本注文する。そしてわたしを見た。

「なあ、男になれよ。入隊しろよ。海兵隊員になるんだ」

「男になるっていうことにまったく興味が持てないんだ」

「おれに言わせれば、きみはいつだって誰かをひどく殴りつけてばかりいるみたいだぜ」

「単なる気晴らしさ」

「入隊しろよ。何か書く材料が見つかるぜ」

「ベッカー、書くことならいつだって何かあるさ」

「それなら、いったい何をするつもりなんだ?」

わたしは自分のボトルを指さして、それを摑み上げる。

「どうやってちゃんとやっていくつもりなんだ?」とベッカーが質問する。

「これまでずっとその質問ばっかりされてきたみたいだぜ」

「じゃいいよ、きみのことはよくわからないけど、おれはあらゆることにぶつかっていくつもりさ！　戦争、女、旅行、結婚、子供、仕事。最初の車を手に入れたら、何もかもすっかり分解してやる！　それからまたきちんと組み立てるんだ！　いろんなことを知りたいのさ。何が何をどんなふうに動かしているのかその仕組みをね。おれはワシントンDCの記者になりたい。おれはどでかい何かが起こっている現場にいたいんだ」

「ワシントンなんてくだらねえよ、ベッカー」

「女もか？　結婚もか？　子供はどうだ？」

「くだらねえよ」

「そうかい？　じゃあ、いったい何が望みなんだ？」

「身を隠してしまうこと」

「かわいそうなやつめ。もっとビールがいるな」

「いいね」

ビールが出てくる。

わたしたちはしばらく何も言わず座っていた。どうやらベッカーは、一人自分の世界に入り込んで、海兵隊員になることや、作家になること、あるいは女の子と寝ることなど、あれこれと思いを巡らせているようだ。彼なら多分いい作家になれるだろう。意気込み十分で、はちきれそうになっている。彼ならきっといろんなものを愛することだろう。飛翔する鷹、大海原、満月、バルザック、橋、舞台の芝居、ピューリッツァー賞、ピアノ、それにあのとんでもない聖書までをも。

バーには小さなラジオがあった。はやり歌が流れている。その歌が突然中断した。「臨時ニュースをお伝えします」というアナウンサーの声がいきなり聞こえる。「日本が真珠湾を爆撃しました。繰り返します。日本が真珠湾を爆撃しました。軍関係者は全員直ちにそれぞれの基地に戻ってください！」

わたしたちは、今耳にしたばかりのことをすぐには信じられず、お互いの顔を見合わせる。

「そうか」とベッカーが静かに言った。「そういうことだ」

「ビールを飲み干せよ」とわたしは彼に告げる。

ベッカーがぐいと飲んだ。

「まいったぜ、どこかの間抜けなくそったれ野郎がおれにマシンガンの銃口を向けて、引き金を引いたとしたらどうなると思う？」

「あり得ることじゃないか」

「ハンク……」

「何だい？」

「おれと一緒にバスに乗って基地まで行ってくれないか？」

「そいつはできないよ」

西瓜のような腹を抱え、酒に酔っているのか澱んだ目をしている、年の頃四十五歳ぐらいのバーテンダーが、わたしたちのほうへとやってくる。彼がベッカーを見つめる。「さあ、海兵隊員さんよ、どうやら基地に帰らなくちゃならないようだな、そうだろう？」

それを聞いて思わずわたしはかっとなる。「おい、でぶちん、せめて酒を全部飲ませてやれよ、いいだろう?」

「もちろんさ、もちろんだよ……店のおごりでもう一杯どうだい? 海兵隊員さん、上等のウィスキーのストレートなんてどうかな?」

「結構」とベッカーが答える。「だいじょうぶだ」

「いいじゃないか」とわたしはベッカーに言う。「飲み物をもらえよ。やつは自分のバーを守るためにきみが命を落としてくれるって気になっているんだ」

「わかった」とベッカーが言う。「飲み物をもらうよ」

バーの主人がベッカーを見つめる。

「ひどい友だちと一緒じゃないか……」

「つべこべ言わずに酒を出してやれよ」とわたしが言う。

ほかの客たちは派手にぺちゃくちゃと真珠湾のことを喋っていた。それまでは、お互いに一言も口をきかなかったというのにだ。今や彼らも戦争に駆り出されてしまっている。民族の危機だ。

ベッカーが飲み物をもらう。ダブルのウィスキーだ。一気に飲み干した。

「きみには言ったことなかったけど」と彼が口を開く。「おれは孤児なんだ」

「まいったなあ」とわたしが言う。

「せめてバス乗り場までおれと一緒に来てくれないか?」

「もちろんだとも」

わたしたちは立ち上がって、出入口のドアへと向かう。

バーの主人はエプロン中いたるところを使って自分の手を擦っていた。エプロンを絞り上げるかのようにくしゃくしゃにして、夢中になってそこに手を擦りつけている。

「幸運を祈るよ、海兵隊員さん！」と彼が大声で叫ぶ。

ベッカーは表に出た。わたしはドアの中で立ち止まって、振り返ってバーの主人を見た。

「第一次大戦、そうだろう？」

「そうだよ、そうだ……」と彼がしあわせそうに答える。

わたしはベッカーに追いつく。一緒に半ば走りながらバス乗り場へと向かった。制服を着た軍人たちが、すでに集まり始めていた。その場はすっかり興奮した気配に包まれている。水兵が一人駆け抜けていく。

「**ジャップを殺してやるぞ！**」と彼は叫んでいた。

ベッカーは切符売り場の列に並ぶ。恋人と一緒の軍人がいた。女の子は、泣きながら話しかけ、彼に抱きついてキスをしている。哀れなベッカーにはわたししかいない。わたしは隅のほうに下がって待った。随分と待たなければならなかった。さっき叫んでいた水兵がわたしに近づいてきた。「ねえ、きみ、おれたちに手を差し伸べる気はないのかね？　何でそんなところに突っ立っているんだ？　どうして下に降りていって、入隊登録しないんだ？」

彼の息はウィスキー臭かった。そばかすがあって、やたらと大きな鼻をしている。

「自分のバスに乗り遅れるぞ」と彼に教えてやる。

彼はバスの出発口に向かって立ち去っていく。

「こんちくしょうのジャップめ、くそくらえ！」と叫んでいた。

ベッカーがようやく切符を手に入れた。彼についてバスのところまで行く。彼が行列に加わる。

「何か忠告は？」と彼が尋ねる。

「何も」

行列がゆっくりとバスの中へ進んでいく。女の子はさめざめと泣いていて、早口で、しかし静かな声で自分の兵士に向かって話しかけている。

ベッカーがドアに辿り着く。彼の肩を拳骨で叩く。「きみはこれまで逢った中で最高のやつだよ」

「ありがとう、ハンク……」

「さよなら……」


バス発着所から外に出た。急に通りの交通量が増えていた。誰もがめちゃくちゃに運転していて、赤信号でも突っ走ったり、お互いにわめき合ったりしていた。わたしは歩いてメイン・ストリートまで戻った。アメリカも戦争に突入だ。札入れの中身を確かめた。一ドル札が入っている。小銭を数えると六十七セントあった。

メイン・ストリートを歩いていく。今日はバーのホステスにとってはさんざんな日となることだろう。わたしは歩き続けた。やがてペニー・アーケードに辿り着いた。中には誰もいない。アーケードの持ち主が一段高くなっている小部屋の中で立っているだけだ。中は暗く、小便の臭いがした。

壊れた機械に囲まれた薄暗い通路を進んでいく。ペニー・アーケードという名前がついていたが、ほとんどのゲームは一セントのペニーでは遊べず、五セントのニッケルが必要で、中には十セントのダイムを使うものもあった。わたしはボクシング・マシーンの前で立ち止まった。わたしのいちばんお気に入りのゲームだ。ガラスの箱の中に鉄でできた小さな男が二人立っていて、それぞれの顎にはボタンがついている。ピストルの柄のような、手で握る部分があって、そこには引き金もついている。その引き金をぎゅっと握りしめると、自分のボクサーの腕が荒々しくアッパーカットを打つというわけだ。自分のボクサーを前進させたり後退させたり、左右に移動させることもできる。相手のボクサーの顎のついているボタンに命中すれば、その選手は仰向けにダウンする。それでノック・アウトだ。まだ子供だった頃、マックス・シュメリングがジョー・ルイスをノック・アウトしたことがあった。わたしは外に駆け出して、仲間を探しながら、「おーい、マックス・シュメリングがジョー・ルイスをノック・アウトしたぞ!」と大声で叫んでまわった。誰もわたしに言い返してこなかったし、誰も何も言わなかった。みんな顔を上げることもできず、逃げるように去っていっただけだ。

ボクシング・ゲームは二人でしかできない。ここの持ち主の変質者のおやじと二人でするつもりはなかった。その時、八歳か九歳ぐらいのメキシコ人の少年の姿が目に入った。彼は通路をこちらのほうへと向かってくる。二枚目で頭のよさそうなメキシコ人の少年だ。

「ねえ、坊や?」

「はい、何ですか?」

「おれと一緒にこのボクシング・ゲームをしたくない?」

「ただで?」

「もちろんさ。おれが出すよ。どっちのボクサーにする？」

彼がゲーム機のまわりをまわって、ガラスの箱の中を覗き込む。表情は真剣そのものだ。それから口を開く。「いいよ、ぼくは赤いトランクスのほうにするよ。強そうに見えるもん」

「よし、わかった」

少年がゲームの自分の側につき、ガラス箱の中をじっと睨みつける。自分のボクサーを凝視していたが、それからわたしのほうを見上げる。

「お兄さん、戦争が始まったって知らないの？」

「知ってるよ」

わたしたちはその場に立っていた。

「コインを入れなくちゃだめだよ」と少年が言う。

「こんな場所できみはいったい何をやっているんだ？」と彼に尋ねる。「学校に行っていなくてもいいのか？」

「今日は日曜日だよ」

わたしは十セント硬貨を入れた。少年が自分の引き金をぎゅっと握り始め、わたしも自分の引き金を握りしめる。少年は選択を誤った。彼のボクサーの左腕は壊れていて、半分までしか上がらない。わたしのボクサーの顎のボタンまではどうやったところで届かないのだ。少年が使えるのは右腕だけだ。わたしはじっくりと時間をかけることにした。わたしのボクサーは青いトランクスだ。慌ただしい動きで、前進させたり後退させたりする。メキシコ人の少年は大したもので、諦めることなく、果敢に立ち向かってくる。左腕はあてにせず、右腕の引き金を握りしめて、それにすべてを賭けていた。わたしは仕留めにかかろうと、両腕の引き金を握りしめて、青トランクスを猛然と前進させる。少年は赤トランクスの右腕をしきりに操作し続けている。突如として青トランクスが倒れた。がちゃんという音をたてて、激しい倒れ方をした。

「やっつけたぞ、ほら」と少年が言う。

「きみの勝ちだ」とわたしも認める。

少年は興奮していた。尻もちをついて倒れてしまっている青トランクスをいつまでもじっと見ている。

「もう一回戦やりたい？　お兄さん」

何故だかわからないが、わたしはためらってしまう。

「お金がなくなったの？　お兄さん」

「まさか、そんなことないよ」

「わかった、それなら、もう一回やろうよ」

また十セント硬貨を入れると、青トランクスが弾みをつけて起き上がる。少年が片方の引き金を握りしめ、赤トランクスの右腕が激しく何度も打ち出される。わたしは青トランクスを後退させ、しばし静観させることにした。それから少年に軽く頷いて合図する。両腕を振り回させながら、青トランクスを前進させていく。何としても勝たなければならない気分になっていた。とても重要なことのように思える。どうして重要なことなのかはよくわからなかった。わたしは考え続けた。どうして自分はこんなことをこれほど重要に思っているのだろうか。

わたしの中のもう一人のわたしが、まさに重要なことだからだよ、と答える。

青トランクスがまた倒れる。今度も、がちゃんという金属音をたてて、激しく倒れた。緑のビロードの小さなマットの上に仰向けに倒れている彼を、わたしはじっと見つめた。それから背を向けて、歩き去った。

訳者あとがき

本書は、チャールズ・ブコウスキーの一九八二年の長編小説 *Ham on Rye* の全訳だ。テキストは、カリフォルニア州はサンタ・ローザのブラック・スパロウ・プレスから一九八九年に発売された第九版のペーパー・エディションを用いた。

チャールズ・ブコウスキーは全部で六冊の長編小説を発表している。発表順に列挙していってみると、*Post Office* (1970), *Factotum* (1975), *Women* (1978), *Ham on Rye* (1982), *Hollywood* (1989), *Pulp* (1994) となる（いずれもブラック・スパロウ・プレス刊）。このうち遺作となった Pulp を除けば、すべて作者の分身と言えるヘンリー・チナスキーを主人公に、作者自身の体験が語られた自伝的小説となっている。

まず本書では、一九二〇年にドイツのアンデルナハで生まれたヘンリーことチャールズの最初の記憶から、その後一家でロサンジェルスに移り住み、主人公がその街のペニー・アーケードで日本軍の真珠湾攻撃の臨時ニュースを聞くまでのほぼ二十年間が描かれている。*Factotum* は、雑働きというそのタイトルが示しているように、一九四〇年代、二十代になったヘンリー・チナスキー／チャールズ・ブコウスキーがアメリカじゅうを放浪しながら、さまざまな雑仕事を転々とする物語だ。*Post Office* では、一九五〇年代半ばから、途中何年間か辞めていたこともあったが、合計すると十五年間も勤務した郵便局員時代のエピソードが語られている。そしてヘンリー／チャールズが一九七〇年一月二日に長年勤めた郵便局を辞めて、専業作家、もしくは専業詩人となり、*Post Office* を一気に書き上げるところから始まっているのが *Women*（邦題『詩人と女たち』）だ。この作品ではヘンリー／チャールズがさまざまな女性たちを遍歴した後、一九七六年に後に妻となるサラ／リンダ・リー・ベイルとロサンジェルスで開かれたポエトリー・リーディングで出会い、二人での生活を予見し、女性遍歴に終止符を打つところで終わっている。*Hollywood* は、一九八〇年代後半にブコウスキーが自作の映画化でハリウッドの映画業界に巻き込まれた時の裏話で、ほかの小説のように何年にもわたって描かれるのではなく、極めて短期間の物語だが、これも一種の自伝的小説と呼ぶことができる。ちなみにこの時ブコウスキーが脚本を執筆した映画が *Barfly* で、バーベット・シュローダー監督、ミッキー・ローク、フェイ・ダナウェイ主演で一九八七年に世界で公開されている。

つまり *Ham on Rye, Factotum, Post Office, Women, Hollywood* と五冊の長編小説を時代を追って読んでいけば、ヘンリー・チナスキーに託された作者チャールズ・ブコウスキーの生涯が浮かび上がるという仕組みだ。それこそ連作の自伝的小説、あるいは自らを主人公にした大河小説とでも呼びたくなってしまうが、五冊の作品でブコウスキーは自分が生きたあらゆる時代をあまねくフォローしているというわけではない。それにチャールズ・ブコウスキーの自伝的連作小説ということで言えば、*Women* 以降、すなわち七〇年代後半以降の彼の生活が詳しく描かれた長編小説は、残念ながら登場していない。

ところでここまでぼくはチャールズ・ブコウスキーの五冊の長編小説に関して、敢えて〝自伝的小説〟という呼び方をしてきたが、正直なところ、これらは小説というよりも、自伝そのものではないかという印象を強く抱いている。恐らく作者の小説作法というのは、これらの長編に限って言えば、自らの体験を誇張したり、虚構化したりすることをできるかぎり避け、ありのままの真実をきわめて正直に書き綴るというものなのではないだろうか。もちろん作品の中で作者の分身のヘンリー・チナスキーが一人歩きしてしまっている場合も皆無ではないだろうが、基本的にブコウスキーが手を加えるのは登場人物の名前を変える程度で（それも実名がすぐにも思い浮かぶような、安易な命名にとどめている場合が多い）、あとはほとんど事実の記述に終始しているように思える。

となるとこれらの作品はフィクションではなくノン・フィクション、もしくはフィクションのかたちを借りた自叙伝ということになってしまう。しかし彼の作品は、作者であるチャールズ・ブコウスキーが作品の中の自分自身であるヘンリー・チナスキーとの間に置く微妙な距離、つまり自らを客観視することのできる醒めた目の存在によって、優れた小説として成立しえている。虚構をいかにも真実らしく書き上げるのだけが小説ではなく、真実をいかにも虚構のように面白く書き上げてしまうのもまた小説だとするならば、ブコウスキーの真実の物語は、まさに小説の魅力と醍醐味とを十二分に備えたものだと言うことができる。

話を本書にしぼれば、この作品はチャールズ・ブコウスキーの自伝的小説というだけではなく、もっとさまざまな読み方ができる。まずは一九二〇年代から四〇年代にかけてのロサンジェルスの下町の時代背景がかなり詳しく、きちんと書き込まれているので、そこでの人々の暮らしがどんなだったか、二〇年代末から三〇年代半ばにかけての大恐慌がどんな風に人々を襲ったか、そしてそうした困難な時代の中で子供たちはどんな風に育っていったのか、当時の社会状況を確かめられるリアリズムの時代考証小説として読むことができる。またそんな時代背景の中で描かれているヘンリー・チナスキーことチャールズ・ブコウスキーの成長物語は、父親との対立、母親への屈折した思い、性への目覚め、近所の少年たちとの抗争、あるいはその中で芽生える友情、欺瞞的な教育への疑問、大人への不信、将来への野望など、いつの時代でも、どこの国でも、あらゆる男の子たちが多かれ少なかれ体験する問題ばかりがテーマとなっている。すなわちこの自伝的小説は、時代を超えた永遠の青春小説として読むこともできるのだ。ブコウスキーは自らの分身であるヘンリー・チナスキーを主人公に、主観的というよりは極めて客観的に自叙伝を書き上げ、同時に時代に激しくこだわりながらも、特定の時代を軽やかに超えてしまう普遍的な青春物語を書き上げることにも成功している。単なる自伝的小説には終わらない重層的な作品構造を持っているがゆえに、本作はブコウスキーの長編小説の中でも、最も成功した一作、最も完成された一作として、高く評価されているのだと思う。

ブコウスキーが本書の執筆を開始したのは、一九八〇年のことだった。ニーリ・チェルコフスキー（*Neeli Cherkovski*）によるブコウスキーの伝記 *Hank : The Life of Charles Bukowski* (1991) によると、「今回もまた、ハンク〔ブコウスキーの愛称〕は小説のためにあらかじめ計画を練ったり、準備したりすることはなく、彼の心（プシケ）に浮かび上がってくるがままに任せた。

タイプライターの前に座っているうち、ある日突如として思い浮かんだりするのだ」と書かれている。そしてニーリはこう続けている。「*Women* を完成させて彼は新たな主題を求めていた。そして、そこにじっと待ち受けていたのは、感情と追憶との色彩豊かなパノラマだった」とはいえブコウスキーは少年時代の思い出を詩や短編小説のテーマに取り上げたりしていたものの、長編小説の題材にするにはなかなか気が進まなかったようだ。ニーリ・チェルコフスキーの同じ著書の中には、彼とブコウスキーとの次のような会話も登場している。

「*Ham on Rye* をちょうど読み終えたところでね。書くのは大変だった？」とわたしは尋ねた。
「そうだね、あの時期に辿り着くには随分と長い時間がかかったよ。でも何もかもすべて入っている。昔の近所のこと、ＬＡカウンティ病院。ある題材について書けるようになるにはある程度距離をおかなければならないこともあるんだ。わたしの友だちのポールディさえ登場しているんだよ」

（中略）

「何があなたをやっと書かせるようにしたのかな？」
「時間と隔たりだね。じっと待ち受けていたんだ。わたしはただタイプライターの前に座りさえすればよかったんだ」

ぼくがチャールズ・ブコウスキーの長編小説を翻訳するのは、一九九二年の秋に河出書房新社から発売された『詩人と女たち』に続いて二度目となる。それ以前にも青野聰氏が短編を翻訳し雑誌「新潮」に発表したりしていたが、詩人にして作家のチャールズ・ブコウスキーの存在は、日本の文学界／出版界ではほとんど無視されていたも同然だったと言ってもいい。『詩人と女たち』はいくつもの素晴らしい書評を受け、少なからず話題にはなったものの、残念ながら多くの人たちに読まれるまでには、あるいはもっと直接的に言えば、多くの人たちに本を買ってもらえるまでには至らなかった。

ところがそれから一年後に青野聰氏の翻訳による短編小説集『町でいちばんの美女』が新潮社から出版されると、こちらのほうはベストセラーとなり、これに前後して山西治男氏の翻訳による別の短編小説集『ホット・ウォーター・ミュージック』が新宿書房から出版されたり、ブコウスキーの短編小説を原作にしたパトリック・ブシテー監督のフランス映画「つめたく冷えた月」が劇場公開されたりして、日本でもこの長く忘れられた作家への関心が徐々に高まるようになってきた。そしてこれまでに「エスクァイア」「ユリイカ」「トーキング・ヘッズ叢書」という雑誌でブコウスキーの特集が組まれ、本書も含めて今後彼の作品が次々と翻訳されて出版されるなど、ぼくがこのあとがきを書いている現在、日本ではちょっとしたブコウスキー・ブームが巻き起こっているような印象を受ける。彼の作品を原作にした映画も、日本未公開となっていた一九八三年のマルコ・フェレーリ監督の伊仏合作「町でいちばんの美女――ありきたりな狂気の物語」が今後上映される予定だし、新たに本書の映画化も進められているという話も伝わってきている。

ただ日本でのこの突然のチャールズ・ブコウスキー・ブームを冷静に観察してみると、短編小説作家としての彼にだけ注目が集まっているというか、その評価のされ方が少し片寄っているような気がする。確かにブコウスキーの創作活動は、本書の中でも描かれているように、十代の半ばにしたためた短編小説から始まっている。そして、四〇年代の中頃、自らが育ったロサンジェルスを離れてアメリカじゅうを転々としていた時期に、彼は短編小説を中心に執筆し、一日一編のペースで書き上げては、「ニューヨーカー」などにせっせと投稿していた。しかし作品として最初にかたちになったのは後から書き始めた詩のほうだった。彼の初めての作品集は一九六〇年にカリフォルニア州ユーリカのハース・プレスからハース・チャップブック・シリーズの一冊として出版された *Flower, Fist and Bestial Wail* で、それはオフセット印刷、全十四ページの詩集だった。それからしばらくブコウスキーは主に詩人としての活動を続け、六〇年代半ばになると、ロサンジェルスのオルタナティヴ・ペーパー「オープン・シティ」に *Notes of a Dirty Old Man* という連載コラムを開始して、そこでエッセイや短編小説を発表したり、シカゴ郊外のベンゼンヴィルにあるオーレ・プレスから出版した作品集 *Confessions of a Man Insane Enough to Live with Beast* (1965) や *All the Assholes in the World and Mine* (1966) に短編小説や散文（プロウズ）が収められるなど、彼の詩人以外の側面にもスポットライトがあたるようになっていく。そして七〇年にはブコウスキーにとって最初の長編小説となる *Post Office* が上梓され、彼がずっと書き溜めていた短編小説も *Erections, Ejaculations, Exhibitions and General Tales of Ordinary Madness* (1972)、*South of No North* (1973) といった作品集に纏められだした。本国アメリカでのチャールズ・ブコウスキーは、やはり最初にその詩が注目されたところから、まずは詩人としての認知度がいちばん高いが、詩だけでなく、短編小説も書けば長編小説も書き、絵まで描いてしまうマルチ作家として、どの分野の作品も分け隔てされることなく、ファンからこよなく愛されているように思う。

日本でのチャールズ・ブコウスキーへの評価も、その短編小説ばかりでなく、長編小説や詩へと、その対象がより大きく広がっていってほしいと強く願わずにいられない。気取ったところなどまったくない、リアルで正直な彼の詩は実に魅力的なものだが、その詩集がいまだに日本で一冊も翻訳されていないというのは何とも残念だ。できるだけ早い機会に彼の詩集を日本で紹介できたらとぼくは考えている。またブコウスキーの長編小説の翻訳を二冊手懸けているぼくが書くと何だか手前味噌のようになってしまうので心苦しいが、彼の長編小説の面白さも、もっと多くの人に味わってほしいと思う。先にも書いたように彼の長編小説は、ほとんどが自伝そのままで、プロットも緻密に練られることなく、あったことをありのままに綴っているだけというものが多い。日記や回想録といった趣すらあるが、彼が自分の身に起こったできごとを、かっこつけたり勿体ぶったりすることなく、ぶっきらぼうに書き綴れば書き綴るほど、逆に小説としての面白さ、すなわち独自の流れやダイナミズムが生み出されているような印象を受ける。綿密な構成や筋書き、下拵えや小細工など、いわゆる優れたロマンを作り出すための作法のようなものから一切解放されているがゆえに、彼の作品全体にはラフでワイルドな躍動感が漲っているのかもしれない。ブコウスキーの長編小説の面白さは、作者自身の特異な体験の面白さに負うところも確かに多いが、彼はそこにだけ頼って小説を書いているわけではない。それよりも、主人公である自分自身に酔ってしまったり、どこかで美化してしまったり決してすることのない、自分自身を突き放してしまっているような醒めた書き方、それこそ一歩間違えば「体験の垂れ流し」となってしまうような乱暴な書き方や展開の仕方、すなわち彼の小説作法そのものに読者を強く惹きつけずにはおかない面白さがあるのだとぼくは思う。私小説でもなければリアリズム小説でもない、チャールズ・ブコウスキー独自の長編小説のスタイルが、彼の作品を実に魅力的なものにしているのではないだろうか。

チャールズ・ブコウスキーをこよなく愛するぼくとしては、日本で彼が大いに注目され、その作品が相次いで登場してくるのは嬉しい限りだが、それにしてももう少し早くから紹介されなかったものかと悔しい思いを抱かざるをえない。ブコウスキーが専業作家となった一九七〇年代初めからオン・タイムで紹介されるのは無理だったとしても、詩人、小説家として彼が最も精力的に活躍していた七〇年代中頃には、少しは日本でも顧みられてもよかったのではないかという思いに捕えられる。そしてチャールズ・ブコウスキーへの関心が日本でもようやく高まり始めた一九九四年の三月九日、彼はこの世を去ってしまった。享年七三歳。死因は白血病によるものだった。

「すべての父親たちに／for all the fathers」という献辞が入った本書の翻訳作業を進めながら、訳者のぼくとしても、何度となく自分自身と父親とのことを考えさせられることが多かった。ある意味では父親と息子の物語とも言えるこの小説の日本語版が完成したら、ぜひとも自分の父親に読んでもらいたいと思っていたが、ブコウスキーが他界する二日前に、ぼくの父もこの世を去ってしまった。すでに一九九三年の秋から取りかかっていた翻訳作業が、もっぱらぼく自身の怠慢のために滞っていたのがいちばんの原因で、父親に本書を届けることができなかったわけだが、まさかあんなにもあっけなく他界してしまうとは思ってもいなかった。ぼくに読書の面白さを教えてくれ、さまざまな文学にも目を向けさせてくれた父親に、息子が翻訳したこの父親と息子の物語を読んでもらえなかったのが、かえすがえすも残念だ。また、チャールズ・ブコウスキーの存命中に、本書の翻訳を完成できなかったことも、あらゆる意味でぼくに後悔の念を抱かせている。

Ham on Rye とは、直訳すれば、ハムをはさんだライ麦パン、すなわちライ麦パンハムサンドという意味だ。何か別の意味が隠されているのではないか、スラングで何かあるのではないかと、何人かのアメリカの人たちにも聞いてみたところ、今のところハムをはさんだライ麦パン以上の答えは得られなかった。「ライ麦パン」は、ブコウスキーの生まれ故郷ドイツの象徴ではないかとか、ham には大根役者、演技過剰の役者といった意味があるし、rye と同じ発音の wry という言葉は、ひねくれた、皮肉たっぷりという意味なので、ブコウスキーは何かそのあたりをかけているのかとも考えたりもしたが、どうやらぼくの勘ぐりすぎだったようだ。しかも本文には ham on rye という表現は一度も登場していない。果たしてこの作品の時代背景の中でのハムをはさんだライ麦パンは、誰がどんな時に食べる、どの程度の食事だったのだろうか？　もしも ham on rye について正しい知識を持っている人がいるとしたら、ぜひとも教えていただきたいと思う。

邦題は、本書の内容から『くそったれ！　少年時代』とした。チナスキー／ブコウスキーが高校、シティ・カレッジへと進み、メアーズ・スターバックに就職するあたりまでをも少年時代として纏めるには幾分無理があるかも知れないが、成人するまでは少年時代と拡大解釈して、この邦題に落ち着いた。

本書の翻訳作業に関しては、前回の『詩人と女たち』の時と同じように、あるいはそれ以上に、河出書房新社編集部の木村由美子さんに大変お世話になった。翻訳作業中にぼくがかけた多大な迷惑を深謝すると共に、大いなる感謝を捧げたい。

中川五郎

一九九五年六月

新装版訳者あとがき

チャールズ・ブコウスキーのこの四作目の長編小説『くそったれ！　少年時代』は、一九八〇年に書き始められ、八二年の夏にブラック・スパロウ・プレスから出版された。一九二〇年八月十六日にドイツのアンデルナハで生まれたブコウスキーの、テーブルの下にいたという一歳から二歳にかけての頃の最初の記憶から、二三年四月にドイツからアメリカへと家族で引っ越し、しばらくしてロサンジェルスに落ち着き、四一年十二月七日、ロサンジェルスのダウンタウンのバス発着所近くのバーでラジオから流れる日本軍の真珠湾攻撃のニュースを聞き、それからゲーム・センターに移って八歳か九歳ぐらいのメキシコ人の少年とボクシング・ゲームをするまでのほぼ二十年間の「少年時代」の物語だ。

物語の主人公で語り手はヘンリー・チナスキーだが、これはチャールズ・ブコウスキー自身の分身だと考えていいだろう。実人生で還暦を迎えたブコウスキーが、六十年前から四十年前までの自分の人生を振り返って書き上げた自伝的小説だ。

六十歳を迎えたブコウスキーが子供の頃から少年時代、青年時代を回想しているということで、本作の翻訳に取りかかった時、ぼくは語り手の一人称に「わたし」を選んだ。そして主人公が少年の頃に会話で使っている一人称には「おれ」を選んだ。

言うまでもなく英語の一人称は「I」ひとつだけだが、それに対応する日本語は、「わたし」、「ぼく」、「おれ」、「わし」、「おいら」、「あたし」、「あたい」、「うち」などなどたくさんある。性別や年齢、地域などで区別されることも多い。そして英語の作品を日本語に移し変える時、まず翻訳者を悩ませるのは、一人称に何を選ぶのかということだと思う。その選択を誤ると、翻訳された作品のニュアンスが随分と違ったものになってしまう。

ぼくが初めて翻訳を手がけたブコウスキーの長編小説は『詩人と女たち』で、その時もぼくは原書を読み込み、一人称は何がいちばんぴったりくるだろうかと熟考し、「わたし」を選んだ。一九七八年十二月に出版されたブコウスキーのその三作目の長編小説では、一九七〇年一月に郵便局勤めを辞め、作家業一本になり、七六年に二人目の妻となるリンダ・リー・ベイルと出会うまでの、ヘンリー・チナスキーことブコウスキーの五十歳から五十六歳にかけての日々が綴られていた。その作品の執筆に彼が取り組んでいたのは、五十代後半のことだ。

チャールズ・ブコウスキーといえば、飲んだくれ、喧嘩好き、女好き、人嫌い、一匹狼、はみだし者、やたらときたない言葉を使うというイメージが付き纏《まと》っている。そういう人物なら、話すにしても、書くにしても、「わたし」という一人称は、ちょっと違うのではないか、違和感があるのではないか、堅苦しすぎるのではないかと考える人がいるのはよくわかる。実際、『くそったれ！　少年時代』や『詩人と女たち』のぼくの翻訳を読んでくれた人から、「『わたし』というのはちょっとしっくりこなかった」と言われたこともある。飲んだくれで女癖の悪い無頼の男に「わたし」はそぐわないということだろう。

しかしぼくはブコウスキーの振る舞いや行動よりも、彼がどんなことを考えているのか、彼の人となりはどんなものなのか、すなわち彼の外見や振る舞いよりも内面を見つめ、この人物の一人称は「わたし」がいちばんふさわしいのではないかと考えた。

しかしこれまでのところぼくのこの判断は少数意見のようだ。ブコウスキーの長編小説、短編小説は、ほとんどがすでに日本で翻訳されて出版されている。日本語に翻訳された彼の長編小説を読んでみると、『ポスト・オフィス』、『勝手に生きろ！』、『パンク、ハリウッドを行く』、『パルプ』（六作目のこの長編小説だけは自伝的小説ではない）と、ぼく以外の方が翻訳された作品は、すべて一人称は「おれ」か「俺」になっている。

短編小説の場合は、自伝的内容なもの、私小説的なもの、まったくの創作やSF的なものまでいろいろあるが、やはり「I」はたいていは「おれ」と訳されていて、青野聰さんが翻訳された二冊の短編小説集『町でいちばんの美女』、『ありきたりの狂気の物語』に収録されている作品だけが「私」という一人称が使われている。山西治男さんが翻訳された短編小説には一人称に「ぼく」が使われているものもある。

「おれ」だろうが、「わたし」だろうが、「ぼく」だろうが、大して変わらないじゃないかと思う人もいるだろう。しかしそれは違うとぼくは考える。一人称が変わればそれに応じて自然と翻訳の文体が変わってしまうし、特に会話の中の一人称などは、それが変われば口調や語尾など、大きな影響がある。その「微妙さ」、「繊細《せんさい》さ」こそが英語とはまた異なる日本語のいいところであり、厄介なところでもあると言えるだろう。

今回『くそったれ！　少年時代』が新装版の文庫で出版されることになり、新たな「訳者あとがき」を書くために久しぶりにこの長編小説を読み返してみた。そしてこの作品が一九九五年に単行本で初めて翻訳出版された時からいろいろ言われていた一人称の問題も改めて考えてみた。

もしもこの長編小説の一人称が「おれ」だったら、あるいは「ぼく」だったら、どうだっただろうか。印象はかなり違ったものになると思う。ちょっと想像してみるだけでもかなり興味深い。でも何だか手前味噌《みそ》で自己弁護になってしまうが、ぼくの結論は、六十代になったブコウスキーが自らの子供の頃や少年時代、青年時代を振り返って書き上げたこの作品の語り手の一人称は、やっぱり「わたし」がいちばんではないだろうかというものだった。

単行本の「訳者あとがき」にも書いたが、父親との対立、母親への屈折した思い、性への目覚め、近所の少年たちとの対立や友情、欺瞞《ぎまん》的な教育への疑問、世間との乖離《かいり》、疎外感、文学という自分がほんとうにやりたいこととの出会い、生きていくためにしなければならない雑仕事など、「いつの時代でも、どこの国でも、あらゆる男の子たちが多かれ少なかれ体験する問題ばかりがテーマ」になっている本作は「時代を超えた永遠の青春小説」だ。

「くそったれ！」と悪態をつきながらブコウスキーが生きた一九二〇年代、三〇年代のこの物語は、決して古臭くもなければ過去のものでもない。はたちを過ぎても童貞のままだったブコウスキーの瑞々《みずみず》しい青春物語、成長物語が、二十一世紀ももう四分の一が過ぎようかというまったく新しい時代と世界の中で、新しい読者のもとにぜひとも届いてほしいと強く願うばかりだ。

最後に単行本の「訳者あとがき」でぼくが疑問を投げかけていた本作の原題の『HAM ON RYE』のことだが、一九九八年に出版されたハワード・スーンズ著『ブコウスキー伝　飲んで書いて愛して』の中で、「タイトルはブコウスキーのお気に入りの長編小説のひとつ、『ライ麦畑でつかまえて』The Catcher in the Ryeをもじっていて、サンドイッチに挟まれたハムのように、両親の間で身動きがとれなくなっていたチナスキーのことを表してもいた」と説明されている。ハワードの注釈によると、拠り所はグンドルフ・S・フライアムト著『Das War's』とドキュメンタリー『チャールズ・ブコウスキーのありきたりの狂気』での編集者ジョン・マーティンの発言で、ゲイ・ブリューワー著『チャールズ・ブコウスキー』も参照したということだ。

中川五郎

二〇二四年七月十五日

本書は、一九九五年九月に小社より単行本として刊行され、
一九九九年一二月に河出文庫に収録したものです。

Charles Bukowski:
HAM ON RYE

Published by arrangement with Ecco,
an imprint of HarperCollins Publishers, New York
through Japan UNI Agency, Inc., Tokyo

くそったれ！ 少年時代《しょうねんじだい》

一九九九年一二月 三 日 初版発行
二〇二四年 九 月一〇日 新装版初版印刷
二〇二四年 九 月二〇日 新装版初版発行

著　者　C・ブコウスキー
訳　者　中川《なかがわ》五《ご》郎《ろう》
発行者　小野寺優
発行所　株式会社河出書房新社
〒一六二－八五四四
東京都新宿区東五軒町二－一三
電話〇三－三四〇四－八六一一（編集）
〇三－三四〇四－一二〇一（営業）
https://www.kawade.co.jp/

ロゴ・表紙デザイン　粟津潔
本文フォーマット　佐々木暁
印刷　株式会社亨有堂印刷所
製本　小泉製本株式会社

Printed in Japan　ISBN978-4-309-46805-1

勝手に生きろ！

チャールズ・ブコウスキー　都甲幸治〔訳〕　46803-7

1940年代アメリカ。チナスキーは職を転々としながら全米を放浪する。過酷な労働と嘘で塗り固められた社会。つらい日常の唯一の救いはユーモアと酒と「書くこと」だった。映画化。

詩人と女たち

チャールズ・ブコウスキー　中川五郎〔訳〕　46160-1

現代アメリカ文学のアウトサイダー、ブコウスキー。五十歳になる詩人チナスキーことアル中のギャンブラーに自らを重ね、女たちとの破天荒な生活を、卑語俗語まみれの過激な文体で描く自伝的長篇小説。

西瓜糖の日々

リチャード・ブローティガン　藤本和子〔訳〕　46230-1

コミューン的な場所アイデス〈iDeath〉と〈忘れられた世界〉、そして私たちと同じ言葉を話すことができる虎たち。澄明で静かな西瓜糖世界の人々の平和・愛・暴力・流血を描き、現代社会をあざやかに映した代表作。

オン・ザ・ロード

ジャック・ケルアック　青山南〔訳〕　46334-6

安住に否を突きつけ、自由を夢見て、終わらない旅に向かう若者たち。ビート・ジェネレーションの誕生を告げ、その後のあらゆる文化に決定的な影響を与えつづけた不滅の青春の書が半世紀ぶりの新訳で甦る。

裸のランチ

ウィリアム・バロウズ　鮎川信夫〔訳〕　46231-8

クローネンバーグが映画化したW・バロウズの代表作にして、ケルアックやギンズバーグなどビートニク文学の中でも最高峰作品。麻薬中毒の幻覚や混乱した超現実的イメージが全く前衛的な世界へ誘う。

ジャンキー

ウィリアム・バロウズ　鮎川信夫〔訳〕　46240-0

『裸のランチ』によって驚異的な反響を巻き起こしたバロウズの最初の小説。ジャンキーとは回復不能になった麻薬常用者のことで、著者の自伝的色彩が濃い。肉体と精神の間で生の極限を描いた非合法の世界。

麻薬書簡　再現版

ウィリアム・バロウズ／アレン・ギンズバーグ　山形浩生〔訳〕　46298-1

一九六〇年代ビートニクの代表格バロウズとギンズバーグの往復書簡集で、「ヤーヘ」と呼ばれる麻薬を探しに南米を放浪する二人の謎めいた書簡を纏めた金字塔的作品。オリジナル原稿の校訂、最新の増補改訂版！

キャロル

パトリシア・ハイスミス　柿沼瑛子〔訳〕　46416-9

クリスマス、デパートのおもちゃ売り場の店員テレーズは、人妻キャロルと出会い、運命が変わる……サスペンスの女王ハイスミスがおくる、二人の女性の恋の物語。映画化原作ベストセラー。

贋作

パトリシア・ハイスミス　上田公子〔訳〕　46428-2

トム・リプリーは天才画家の贋物事業に手を染めていたが、その秘密が発覚しかける。トムは画家に変装して事態を乗り越えようとするが……名作『太陽がいっぱい』に続くリプリー・シリーズ第二弾。

リプリーをまねた少年

パトリシア・ハイスミス　柿沼瑛子〔訳〕　46442-8

犯罪者にして自由人、トム・リプリーのもとにやってきた家出少年フランク。トムを慕う少年は、父親を殺した過去を告白する……二人の奇妙な絆を美しく描き切る、リプリー・シリーズ第四作。

水の墓碑銘

パトリシア・ハイスミス　柿沼瑛子〔訳〕　46750-4

ヴィクの美しく奔放な妻メリンダは次々と愛人と関係を持つ。その一人が殺害されたとき、ヴィクは自分が殺したとデマを流す。そして生じる第二の殺人……傑作長編の改訳版。映画化原作。

見知らぬ乗客

パトリシア・ハイスミス　白石朗〔訳〕　46453-4

妻との離婚を渇望するガイは、父親を憎む青年ブルーノに列車の中で出会い、提案される。ぼくはあなたの奥さんを殺し、あなたはぼくの親父を殺すのはどうでしょう？……ハイスミスの第一長編、新訳決定版。

死者と踊るリプリー

パトリシア・ハイスミス　佐宗鈴夫〔訳〕　46473-2

天才的犯罪者トム・リプリーが若き日に殺した男ディッキーの名を名乗る者から電話が来た。これはあの妙なアメリカ人夫妻の仕業か？　いま過去が暴かれようとしていた……リプリーの物語、最終編。

太陽がいっぱい

パトリシア・ハイスミス　佐宗鈴夫〔訳〕　46427-5

息子ディッキーを米国に呼び戻してほしいという富豪の頼みを受け、トム・リプリーはイタリアに旅立つ。ディッキーに羨望と友情を抱くトムの心に、やがて殺意が生まれる……ハイスミスの代表作。

十二月の十日

ジョージ・ソーンダーズ　岸本佐知子〔訳〕　46785-6

中世テーマパークで働く若者、愛する娘のために賞金で奇妙な庭の装飾を買う父親、薬物実験の人間モルモット……。ダメ人間たちの愛情や優しさや尊厳を独特の奇想で描きだす全米ベストセラー短篇集。

短くて恐ろしいフィルの時代

ジョージ・ソーンダーズ　岸本佐知子〔訳〕　46736-8

脳が地面に転がるたびに熱狂的な演説で民衆を煽る独裁者フィル。国民が６人しかいない小国をめぐる奇想天外かつ爆笑必至の物語。ブッカー賞作家が生みだした大量虐殺にまつわるおとぎ話。

エドウィン・マルハウス

スティーヴン・ミルハウザー　岸本佐知子〔訳〕　46430-5

11歳で夭逝した天才作家の評伝を親友が描く。子供部屋、夜の遊園地、アニメ映画など、濃密な子供の世界が展開され、驚きの結末を迎えるダークな物語。伊坂幸太郎氏、西加奈子氏推薦！

ハイファに戻って／太陽の男たち

ガッサーン・カナファーニー　黒田寿郎／奴田原睦明〔訳〕　46446-6

二十年ぶりに再会した息子は別の家族に育てられていた――時代の苦悩を凝縮させた「ハイファに戻って」、密入国を試みる難民たちのおそるべき末路を描いた「太陽の男たち」など、不滅の光を放つ名作群。

血みどろ臓物ハイスクール

キャシー・アッカー　渡辺佐智江〔訳〕　46484-8

少女ジェイニーの性をめぐる彷徨譚。詩、日記、戯曲、イラストなど多様な文体を駆使して紡ぎだされる重層的物語は、やがて神話的世界へ広がっていく。最終３章の配列を正した決定版！

精霊たちの家　上

イサベル・アジェンデ　木村榮一〔訳〕　46447-3

予知能力を持つクラーラは、毒殺された姉ローサの死体解剖を目にしてから誰とも口をきかなくなる――精霊たちが飛び交う神話的世界を描きマルケス『百年の孤独』と並び称されるラテンアメリカ文学の傑作。

精霊たちの家　下

イサベル・アジェンデ　木村榮一〔訳〕　46448-0

精霊たちが見守る館で始まった女たちの神話的物語は、チリの血塗られた歴史へと至る。軍事クーデターで暗殺されたアジェンデ大統領の姪が、軍政下の迫害のもと描き上げた衝撃の傑作が、ついに文庫化。

スウ姉さん

エレナ・ポーター　村岡花子〔訳〕　46395-7

音楽の才がありながら、亡き母に変わって家族の世話を強いられるスウ姉さんが、困難にも負けず、持ち前のユーモアとを共に生きていく。村岡花子訳で読む、世界中の「隠れた尊い女性たち」に捧げる物語。

リンバロストの乙女　上

ジーン・ポーター　村岡花子〔訳〕　46399-5

美しいリンバロストの森の端に住む、少女エレノア。冷徹な母親に阻まれながらも進学を決めたエレノアは、蛾を採取して学費を稼ぐ。翻訳者・村岡花子が「アン」シリーズの次に最も愛していた永遠の名著。

リンバロストの乙女　下

ジーン・ポーター　村岡花子〔訳〕　46400-8

優秀な成績で高等学校を卒業し、美しく成長したエルノラは、ある日、リンバロストの森で出会った青年と恋に落ちる。だが、彼にはすでに許嫁がいた……。村岡花子の名訳復刊。解説＝梨木香歩。